스탠드

3

스탠드
The Stand

3
애버게일의 노래

스티븐 킹 장편소설

조재형 옮김

황금가지

THE STAND

by Stephen King

Copyright © 1978 by Stephen King
New Material Copyright © 1990 by Stephen King

All rights reserved.

Korean Translation Copyright © 2007, 2011 by Minumin

Korean translation rights arranged with The Knopf Doubleday Publishing Group,
a division of Random House, Inc. through KCC.

이 책의 한국어판 저작권은 KCC를 통해
The Knopf Doubleday Publishing Group과 독점 계약한 ㈜민음인에 있습니다.

저작권법에 의해 한국 내에서 보호를 받는 저작물이므로
무단 전재와 무단 복제를 금합니다.

나의 아내 태비에게
경이로움으로 가득 찬 이 어둠의 상자를 바친다.

이 책에 쓰인 본문 종이 E-light는 국내 기술로 개발된 최신 종이로, 기존에 쓰이던 모조지나 서적지보다 더욱 가볍고 안전하며 눈의 피로를 덜게끔 한 단계 품질을 높인 고급지입니다.

| 차례 |

제2부 한 배를 탄 사람들

제43장   11
제44장   70
제45장   171
제46장   255
제47장   312

제2부
한 배를 탄 사람들

1990년 7월 5일~9월 6일

우리는 사람들이 메이플라워라고 부르는 배를 찾아간다
우리는 달을 항해했던 배를 찾아간다
우리는 시대의 가장 불확실한 시간 속으로 들어가
미국의 선율을 노래한다
그렇지만 괜찮다, 다 괜찮다
언제까지나 축복받을 수만은 없으니

―폴 사이먼

자동차 전용 식당을 찾는다
주차 공간을 탐색한다
밤낮으로 석쇠 위에서 햄버거들이 지글거리는 곳
그래! 미국에 돌아오니 주크박스가 레코드판으로 들썩거리는구나
아아 나는 미국에 살고 있어서 너무 기쁘다네
당신이 원하는 것은 뭐든 바로 여기 미국에 있다네

―척 베리

제43장

오클라호마 주 메이의 번화가 한복판에 죽은 사람이 누워 있었다.

닉은 놀라지 않았다. 소요 마을을 떠난 이후로 수많은 시체를 봐 왔지만, 그동안 죽은 사람들의 1,000분의 1도 보지 못한 채 지나친 것이리라 짐작했다. 곳곳마다 공기 중에 떠도는 강렬한 죽음의 냄새로 졸도해 버릴 것 같은 기분이 들었다. 죽은 사람이 하나 더 있다고 해도, 큰 차이는 없을 것 같았다.

그러나 그 죽은 사람이 일어나 앉자, 마음속에서 엄청난 공포의 폭발이 일어나 닉은 또다시 자전거 핸들을 놓치고 말았다. 자전거가 덜컹대더니 비틀비틀하다가 고꾸라지는 바람에 그는 오클라호마 3번 도로의 길바닥으로 거칠게 내동댕이쳐졌다. 손이 찢어지고 이마가 긁혔다.

"에그머니나, 아저씨 넘어졌구나."

시체가 말하면서, 좋게 표현하자면 귀엽게 휘청거리면서 닉을 향해 다가왔다.

"정말로 그렇죠? 어쿠야!"

닉은 이 말을 하나도 알아들을 수 없었다. 찢어진 이마에서 나온 핏방울들이 두 손 사이로 후두둑 떨어져 내리고 있는 길바닥을 바라보며, 이마가 도대체 얼마나 심하게 찢어진 건지 궁금해하고 있었다. 누군가의 손이 어깨를 건드리자 닉은 시체를 기억해 내고 두 손바닥과 신발 바닥으로 허둥지둥 땅을 기었다. 안대를 덮지 않은 눈이 공포로 빛났다.

"그렇게 겁먹지 마요."

시체가 말했고, 닉은 그 사람이 시체이기는커녕 자신을 흐뭇하게 바라보고 있는 젊은 남자인 것을 알았다. 그 사람은 손에 든 위스키 한 병을 거의 다 마신 상태였다. 그제야 닉은 이해가 되었다. 시체가 아니라 술에 취해 도로 한복판에서 곯아떨어진 사람이었다.

닉은 그에게 고개를 끄덕이고 엄지와 검지로 동그라미를 만들어 보였다. 바로 그때, 피 한 방울이 레이 부스가 망쳐 놓은 눈 속으로 뜨끈하게 스며들어가 눈이 쓰라렸다. 닉은 안대를 추어올리고 팔뚝으로 눈을 문질러 댔다. 이날은 그쪽 눈에 조금이나마 시력이 돌아왔지만, 멀쩡한 쪽 눈을 감아 보면 세상은 여전히 형형색색의 얼룩이나 다름없는 모습으로 퇴보했다. 그는 안대를 제자리에 걸치고 나서 천천히 도로 경계석으로 걸어가 조금씩 바퀴가 주저앉는 캔자스 주 번호판이 달린 플리머스 옆에 앉았다. 플리머스의 범퍼에 비춰 이마의 상처를 살펴보았다. 흉하긴 했지만 깊어 보이지는 않았다. 닉은 동네 약국을 찾아서 상처를 소독하고, 그 위에 반창고를 붙일 작정이었다. 체내에는 아직 어떤 병균이라도 물리칠 수 있을 만큼 많은 페니실린이 남아 있으리라고 생각되었지만, 다리의 총상으로 죽을 뻔했던 경험 때문에 병균에 감염될까 두려웠다. 그는 손바닥에서 돌 쪼가리들을 뽑아내며 몸을 움츠렸다.

위스키병을 든 남자가 이 광경을 아무 표정 없이 쭉 지켜보고 있었다. 닉이 올려다보았다면 즉시 괴상하다는 느낌을 받았을 것이다. 닉이 범퍼에 상처를 비춰 보려고 몸을 돌렸을 때, 그 사람의 얼굴에서 생기가 빠져나갔다. 얼굴이 텅 비어 주름 하나 없는 말끔한 상태가 되었다. 그는 깨끗하지만 빛바랜 멜빵이 달린 덧옷에 무거운 안전화를 신은 차림이었다. 키는 175센티미터 정도였고, 머리는 거의 백발에 가까운 순수한 금발이었다. 눈은 밝고 깊은 푸른색에다 머릿결은 옥수수수염처럼 부드럽고 가늘어서, 스웨덴이나 노르웨이 쪽 혈통임을 못 알아볼 수가 없었다. 스물세 살은 안 넘을 것으로 보였지만 닉은 나중에 그가 마흔다섯 살 정도일 게 틀림없다는 것을 알아냈는데, 그 사람이 한국 전쟁의 종전을 기억하고, 종전 한 달 후 어떻게 그의 아버지가 군복 차림으로 집에 돌아왔는지 기억해 냈기 때문이었다. 그가 꾸며 냈을지도 모른다고 의심할 여지는 조금도 없었다. 거짓부렁은 톰 컬런의 특기가 아니었다.

남자는 그 자리에 멍한 얼굴로 서 있었다. 플러그가 뽑힌 로봇처럼. 그러다 조금씩 조금씩, 얼굴에 다시 생기가 스며들었다. 위스키로 뻘게진 두 눈이 반짝거리기 시작했다. 그가 웃음 지었다.

제43장 13

이 상황에서 무엇을 해야 하는지 다시금 기억해 낸 것 같았다.
"에그머니나, 아저씨, 넘어졌구나. 정말로 그렇죠? 어쿠야!"
그가 닉의 이마에 피가 상당한 것을 보고 눈을 깜빡거렸다.
닉은 셔츠 주머니 속에 메모장과 빅 볼펜을 지니고 있었다. 그것들 모두 엎어질 때 빠지지 않았다. 닉이 글을 적었다.
'당신 때문에 많이 놀랐어요. 일어나 앉기 전엔 죽은 사람인 줄 알았다고요. 난 괜찮아요. 마을에 약국이 있나요?'
닉은 메모장을 멜빵 옷 입은 남자한테 내보였다. 그가 받아 들고 거기에 적힌 것을 보았다. 그러곤 다시 돌려주었다. 씩 웃으며 그 남자가 말했다.
"나는 톰 컬런. 그런데 글을 읽을 줄 몰라요. 딱 3학년까지 배웠는데 그러고 나니까 열여섯 살이 됐고 우리 아빠가 관두라고 했어요. 아빠는 내가 너무 컸다고 말했어요."
정신 지체자라고 닉은 생각했다. '나는 말을 못하고 이 사람은 글을 못 읽는구나.' 한동안 그는 도무지 어찌할 바를 몰랐다.
"에그머니나, 아저씨, 넘어졌구나!"
톰 컬런이 큰 소리로 외쳤다. 어떤 면에서는 그들 모두 사람을 본 것이 처음이었다.
"어쿠야! 정말로 그렇죠!"
닉은 끄덕거렸다. 메모장과 볼펜을 다시 집어넣었다. 한 손을 다시 입에 대고 고개를 흔들었다. 두 손으로 양쪽 귀를 덮고 고개를 흔들었다. 이어 목에다 왼손을 대고 고개를 흔들었다.
컬런이 당황하며 씩 웃었다.
"이빨이 아프다고요? 나도 옛날에 그랬는데. 에이구, 많이 아프죠. 정말로 그렇죠? 어쿠야!"
 닉은 고개를 흔들고 또다시 무언극을 펼쳤다. 컬런은 이번엔 귀가 아픈 거라고 생각했다. 닉은 두 손을 위로 쳐들어 올리고 자전거로 갔다. 페인트칠이 벗겨졌지만, 고장 난 것 같지는 않았다. 올라타고 페달을 밟아 거리를 잠시 돌아다녔다. 그렇다. 자전거는 멀쩡했다. 컬런이 옆에서 나란히 뛰면서, 행복한 듯 웃었다. 시선이 한 번도 닉에게서 떨어지지 않았다. 컬런은 거의 일주일 동안 단 한 사람도 보지 못한 참이었다.
 "얘기하기가 싫으신가 봐요?"
 톰이 물었지만, 닉은 돌아보지 않았고 말을 듣는 것 같지도 않았다. 톰은 닉의 소매를 잡아당기고 질문을 되풀이했다.
 자전거 탄 남자가 손을 입에 대고 고개를 흔들었다. 톰은 찡그렸다. 이제 자전거 남자는 자전거를 받쳐 놓고 상점가를 바라보고 있었다. 아마도 원하던 것을 찾은 것 같았는데, 인도로 걸어간 다음 노턴 씨의 약국으로 갔기 때문이었다. 만약 그가 그곳으로 들어가길 원했다면 상황이 너무 좋지 않았으니, 약국이 잠겨 있기 때문이었다. 노턴 씨는 마을을 떠나 버렸다. 모두들 집을 잠가 놓고 마을을 떠난 것 같았다. 톰의 엄마와 엄마 친구인 블레이클리 부인만 예외였는데, 그 두 사람은 죽었다.
 이제 말하지 않는 남자는 문을 열려고 애쓰는 중이었다. 톰은 그 사람한테 문에 '영업 중' 표시가 달려 있기는 해도 아무 소용없다고 충고할 수 있었다. '영업 중' 표시는 거짓말쟁이였다. 너무 나빴다. 왜냐하면 톰은 약국에서 파는 아이스크림 소다수를 끔찍이도 사랑했으므로. 위스키보다도 훨씬 좋았는데, 위스키는 처음엔 기분을 좋게 하다가 그다음엔 잠이 오게 하고 그다음엔 머리가 쪼개질 듯한 두통을 선물했기 때문이다. 톰은 두통에서 벗어나려고 잠을 청했지만 디펜베이커 목사님이 늘 입던 옷과 같은 검은 정장 차림의 남자가 등장하는 미친 꿈만 수없이 꿀 뿐이었다. 검은 정장을 입은 그 남자는 꿈꾸는 내내 톰을 쫓아다녔다. 톰은 그 남자를 매우 해로운 사람으로 여겼다. 애당초 톰이 음주에 빠져들었던 유일한 이유는 아빠가 야단치고 엄마도 그러는 바람에 술 마시는 것이 금지된 상태였다가 모든 사람이 없어져 버렸기 때문이었다. 그러니 무슨 상관이겠는가? 자기가 원하면 그만인 것이었다.

그런데 말하지 않는 남자는 지금 무엇을 하고 있는가? 인도에서 휴지통을 번쩍 들어 올려서는…… 뭘 하려는 거지? 노턴 씨 상점의 유리창을 부수려고? 와장창! 아이고 하나님 아이고 제기랄, 제발 저러지 않으면 좋으련만! 그리고 이제 그 남자는 깨진 유리창 틈으로 손을 뻗어, 문을 열려고……

"이봐요, 아저씨, 그러지 마요!"

소리치는 톰의 목소리가 분노와 흥분으로 울렁거렸다.

"그건 불법이야! 디근, 아, 리을(M-O-O-N)이라고요!' 그리고 그것을 합쳐 읽으면 불, 법이에요. 그것도 몰라요……."

그러나 그 남자는 벌써 안으로 들어간 후였고 결코 뒤돌아보지도 않았다.

"도대체 당신은 뭐예요, 귀머거리?"

톰이 화가 나서 소리쳤다.

"어쿠야! 당신은……."

톰이 말끝을 흐렸다. 생기와 흥분이 얼굴에서 사라졌다. 또다시 플러그 뽑힌 로봇이 되었다. 메이 마을의 저능아 톰이 이런 모습을 보이는 것은 드문 광경이 아니었다. 거리를 줄곧 걸어 다니면서, 약간은 둥그스름한 스칸디나비아 인 같은 얼굴에 영원토록 행복할 것만 같은 표정을 지으며 상점 진열창들을 들여다보았고, 그러다 느닷없이 죽은 듯이 멈춰 서서 흐리멍덩해졌다. 누군가가 소리쳤을지도 모른다.
"저기 톰이 간다!"
그러면 웃음보가 터졌을 것이다. 만약 톰의 아빠가 함께 있었다면, 아빠는 못마땅한 얼굴로 톰을 팔꿈치로 쿡쿡 찔렀을 것이다. 어쩌면 톰이 생기를 되찾을 때까지 어깨 또는 등을 계속해서 두들겨 패기까지 했을 것이다. 그러나 톰의 아빠는 1985년 상반기 이후로는 점점 더 모습을 드러내지 않았는데, 그 이유는 부머의 식당 겸 주점에서 일하던 빨강 머리 웨이트리스와 연애하러 다녔기 때문이다. 그녀의 이름은 디디 패커로테였고(그리고 그 이름을 가지고 몇몇 농담이 떠돌지 않았던가.), 약 1년 전 디디와 돈 컬런은 함께 달아났다. 그들은 딱 한 번 목격되었는데 오클라호마 주 슬랩 아웃에서 그리 멀지 않은 어느 형편없는 싸구려 모텔에서였고, 그것이 그들이 마지막으로 남의 눈에 띈 순간이었다.
사람들은 대개 톰의 갑작스러운 의식 단절 증세를 정신 지체가 더 심해진 표시라고 받아들였지만, 실제로는 거의 정상에 가까운 사고 과정이었다. 인간이 생각을 이끌어내는 과정은 연역법과 귀납법을 근거로 하는데(또는 심리학자들이 그렇게 말하는데), 정신 지체자는 이러한 연역적 사고와 귀납적 사고를 단숨에 이끌어 낼 수 있는 능력이 없다. 신체 내부 어딘가에는 생각의 전선들, 끊어진 회로들, 뒤엉킨 스위치들이 있다. 톰 컬런은 아주 심각한 정신 지체는 아니어서 간단한 생각의 접속을 이루어 낼 수 있는 능력은 있었다. 이따금 의식이 단절되는 동안엔, 좀 더 복잡한 연역적 또는 귀납적 생각의 접속을 이루어 낼 수 있는 능력을 발휘하곤 했다. 보통 사람이 가끔 '혀끝에서' 어떤 이름이 나올 듯 말 듯 맴도는 기분을 느끼는 것처럼 그러한 생각의 접속을 이끌어 낼 가능성을 느끼곤 했던 것이다. 그런 일이 생기면, 톰은 감각 기관의 자극 입력에서 순간순간의 흐름 정도에 지나지 않는 현실 세계를 깨끗이 털어 버리고 자신의 의식 속으로 들어갔다. 어느 캄캄한 낯선 방 안에서 한 손에 전등 코드의 플러그 끝을 잡고 바닥을 이리저리 기어 다니면서 온갖 물건에 부딪히며, 다른 손으로는 전기 콘센트를 찾으려 더듬거리는 사람처럼 말이다. 그리고 만약 콘센트를 발견한다면(항상 발견하지는 못했다.) 한바탕 조명이 펼쳐졌고 톰은 방(또는 아이디어)을 명확하게 볼 수 있었다. 톰은 감각적인 생명체였다. 그가 제일 좋아하는 것들의 목록에는 노턴 씨의 음료 계산대에서 파는 아이스크림 소다수의 맛, 길을 건너려고 모퉁이에서 기다리는 짧은 옷의 예쁜 소녀 감상하기, 라일락 향기, 실크의 감촉이 포함될 터였다. 그는 이러한 것들 중 어느 것보다도 손으로 감지할 수 없는 것을 사랑했는데, 접속이 이루어져 (적어도 잠깐은) 스위치가 작동하고, 어두운 방 안에 빛이 들어오는 바로 그 순간을 사랑했다. 그런 일이 늘 일어나지는 않았다. 때로는 접속이 비켜 갔다. 이번엔 그러지 않았다.

톰이 말했다.

"도대체 당신은 뭐예요, 귀머거리?"

사내는 톰을 똑바로 바라볼 때를 빼고는 톰의 말을 못 들은 것처럼 행동했다. 그리고 톰에게 아무 말도 하지 않았다. 심지어 안녕이란 말도 안 했다. 때때로 톰이 질문을 하면 사람들은 대답을 안 했는데 그 이유는 그의 얼굴에 나타난 무엇인가가 사람들한테 머리가 모자라다는 사실을 알려 주기 때문이었다. 그런데 그런 일이 생기면, 대답을 안 하려 드는 사람은 잔뜩 골이 나거나 슬퍼하거나 얼굴을 붉히는 것처럼 보였다. 이 남자는 그런 식으로 행동하지 않았다. 엄지와 검지로 동그라미를 만들어 톰한테 보여 주었고 톰은 그것이 별 탈 없다는 뜻임을 알았지만…… 여전히 그 사람은 말을 하지 않았다.

두 손을 양쪽 귀에 대고 고개를 흔듦.

두 손을 입에 대고 같은 동작.

두 손을 목에 대고 또 같은 동작.

방에 불이 들어왔다. 접속이 이루어졌다.

"어쿠야!"

톰의 얼굴에 다시 생기가 돌아왔다. 핏발 선 두 눈이 이글거렸다. 톰은 노턴 씨의 약국으로 돌진해 들어가며, 그렇게 하는 것이 불법이라는 것도 잊었다. 말하지 않는 남자는 약솜에다 냄새가 나는 소독약 박틴 같은 것을 뿌려 그 솜을 이마에 대고 닦고 있었다.

"이봐요, 아저씨!"

톰이 돌진해 오며 말했다. 말하지 않는 남자는 돌아보지 않았다. 톰은 순간적으로 당황했지만, 곧 기억해 냈다. 닉의 어깨를 두드리자 닉이 돌아섰다.

"당신은 귀머거리고 벙어리예요, 맞죠? 들을 수 없죠! 말할 수 없죠! 맞죠?"

닉이 끄덕거렸다. 그러자 톰이 보인 반응은 놀랍기 그지없었다. 공중에 껑충 뛰어올라 정신없이 손뼉을 쳐 댄 것이다.

"내가 생각해 냈다! 나 만세다! 내가 혼자서 생각해 냈어! 톰 컬런 만세다!"

닉은 미소 지을 수밖에 없었다. 그는 자신의 신체장애가 누군가에게 그토록 대단한 즐거움을 가져다준 적이 있었는지 떠올릴 수 없었다.

카운티 청사에 아담한 마을 광장이 있었고, 광장 안에는 제2차 세계대전 당시의 군복과 무기로 치장한 해병대원의 동상이 있었다. 동상 아래의 명판에는 이 추모비가 조국을 위해 지대한 희생을 치른 하퍼 카운티 출신의 청년들에게 헌정되었다고 씌어져 있었다. 이 추모비의 그늘에 닉 앤드로스와 톰 컬런이 앉아, 언더우드표 매운 양념 햄과 언더우드표 매운 양념 치킨에 감자 칩을 곁들여 먹고 있었다. 닉은 왼쪽 눈 위 이마에 반창고를 X 자로 붙였다. 그는 톰의 입술을 읽으며(좀 힘들었다. 톰이 말하는 내내 음식물을 잔뜩 입에 물고 있어서.) 깡통 음식만 먹기가 점점 지긋지긋해진다고 생각했다. 진정으로 먹고 싶은 것은 온갖 고명을 다 얹은 커다란 스테이크였다.

톰은 자리에 앉은 이후로 말을 멈추지 않았다. 자꾸만 같은 얘기를 되풀이했으며, 이야기의 흥을 돋우려고 "어쿠야!"와 "정말로 그렇죠?"를 추임새처럼 수없이 외쳐 댔다. 닉은 개의치 않았다. 톰을 만나기 전까지는 자신이 얼마나 사람을 그리워했는지, 또는 자신이 지구 상에 유일하게 남은 생존자일까 봐 얼마나 은밀하게 두려워해 왔는지를 진정으로 깨닫지 못했다. 어쩌면 그 질병이 농아들만 빼고 세상의 모든 사람들을 죽였을지도 모른다는 생각이 한순간 떠오르기까지 했다. 이제 닉은 속으로 웃으며 생각했다. 그 병이 농아들과 정신 지체자들만 빼고 세상 모든 사람들을 죽였을 가능성에 관해 심사숙고해 볼 수 있겠다고. 여름 오후 2시의 햇살 속에서는 즐겁게 여겨졌던 그 생각은 그날 밤 그를 다시 찾아와 모습을 드러냈고 그때는 전혀 즐겁지 않았다.

　닉은 톰이 사람들이 모두 어디로 가 버렸다고 생각하는지 궁금했다. 톰의 말에 따르면 그의 아빠는 2년 전 웨이트리스와 줄행랑을 쳤단다. 톰의 직업은 노벗 농장의 잡역부였는데 어떻게 해서 2년 전에 노벗 씨가 톰한테 도끼 다루는 일을 믿고 맡겨도 '충분히 잘해 내리라' 판단했는지도 얘기를 들었다. '덩치 큰 아이들'이 어느 날 밤 톰한테 달려들었는데 "그 애들이 반죽음이 될 때까지 모조리 혼쭐을 내 줬어요. 그리고 그들 중 한 명이 탈장을 일으켜 병원에 실려 가게 해 줬죠. '디글, 아, 리을', 그것을 합쳐 읽으면 탈장이 된다고요. 그것이 바로 톰 컬런이 한 일이라고요." 하는 얘기도 들었으며, 그리고 어떻게 톰이 블레이클리 부인의 집에서 어머니를 발견했고, 그들 두 사람이 거실에서 죽어 있는 바람에 슬그머니 나와 버렸다는 얘기도 들었다. "만약 한 사람이라도 지켜보고 있으면 예수님이 와서 죽은 사람들을 천당으로 끌어 올리지 않으실 거예요." 톰이 말했다.(닉은 톰의 예수님이 산타클로스와 반대로 움직이는 사람이어서, 선물을 내려 주는 대신 굴뚝으로 죽은 사람들을 끌어 올리는가 보다고 곰곰이 생각했다.) 그러나 톰은 메이 마을이 완전히 텅 빈 것이라던가, 또는 마을을 드나드는 도로에 움직이는 게 아무것도 없다는 사실에 관해서는 아무 말도 하지 않았다.

닉은 두 손을 톰의 가슴에 가볍게 갖다 대며, 끊임없이 이어지는 말을 중단시켰다.

"뭐예요?"

닉은 도심 지역의 건물들을 향해 커다란 원 모양으로 팔을 흔들었다. 얼굴에 어리둥절하다는 익살스러운 표정을 지으며 눈썹을 찌푸리고 고개를 길게 뺀 채, 뒤통수를 긁적거렸다. 그리고 나서 풀밭 위에 손가락으로 걷는 모양을 흉내 냈고 의문스럽다는 표정으로 톰을 바라봄으로써 동작을 끝마쳤다.

닉은 톰을 보고 깜짝 놀랐다. 톰은 얼굴의 생기가 모조리 빠져, 앉은 채 죽어 버릴지도 몰랐다. 조금 전까지 톰의 두 눈은 자신이 하고 싶어 하는 얘기들과 함께 반짝거렸지만, 이제는 흐릿한 파란 구슬 같았다. 약간 벌어진 입 속으로 닉은 톰의 혓바닥에 붙어 눅눅해진 감자 칩 쪼가리들을 볼 수 있었다. 두 손은 무릎에 축 늘어진 채였다.

걱정이 된 닉은 그를 건드려 보려고 손을 뻗었다. 손이 닿기도 전에, 톰이 몸서리를 쳤다. 눈꺼풀이 실룩거리며 물이 들통을 채우듯 생기가 두 눈으로 다시 흘러들었다. 톰이 씩 웃기 시작했다. 만약 아르키메데스가 외쳤다는 '유레카' 라는 감탄사를 써 붙인 풍선이 그의 머리 위에 나타났다면, 지금 벌어진 일이 더할 나위 없이 간단명료하게 이해됐을 것이다.

"당신은 사람들이 모두 어디로 갔는지 알고 싶은 거구나!"

톰이 고함을 질렀다.

닉이 힘차게 고개를 끄덕였다.

"글쎄, 내 짐작에 그들은 캔자스시티로 갔어요. 어쿠야, 그래요. 모든 사람들이 이곳은 무척 작은 마을이라고 만날 말했어요. 아무 일도 안 일어난다. 아무 재미도 없다. 롤러스케이트장조차도 망해 버렸네. 이젠 아무것도 없고 자동차 전용 극장만 남았는데, 시시하고 칙칙한 영화들밖에 안 보여 준다. 우리 엄마는 사람들이 떠나가는데 다시 돌아오는 사람은 아무도 없다고 만날 말해요. 딱 우리 아빠처럼. 아빠는 부머의 카페에 있던 웨이트리스랑 도망갔는데, 그 여자 이름은 디근, 아, 리을, 합쳐 읽으면 디디 패커로테가 돼요. 그래서 나는 사람들이 몹시 싫증이 나서 죄다 한꺼번에 떠나간 거라고 짐작하는 거예요. 캔자스시티로. 틀림없을 거라고요. 어쿠야, 정말로 그렇죠? 그곳이 바로 그들이 간 곳일 거예요. 블레이클리 부인과 우리 엄마만 빼고. 예수님이 그 두 분을 천당으로 끌어 올려서 영원불멸의 해악으로부터 달래 주시겠죠."

톰의 혼잣말이 다시 시작되었다.

닉은 생각했다. '캔자스시티로 떠나갔다니, 아마도 그 말이 맞을 것 같은데. 모두들 하나님의 손에 선택된 불쌍하고 슬픈 행성을 떠나 그 행성과 똑같은 영원불멸의 해악 속에서 신나게 살든가, 아니면 캔자스시티에 또다시 빌붙어 살든가.'

닉은 등을 기대고 앉아 눈꺼풀을 끔뻑거리다 보니 어느새 시인 e. e. 커밍스의 대문자 없이 표기한 현대시 같은 톰의 말들을 시각적으로 재현하여 해독할 수 있었다.

어머니가 말했어요
안 될 수밖에 없다고
하지만 나는 그들한테 말했죠 당신들은
어지르면 안 돼

전날 밤의 꿈은 나빴으며, 그날 그는 헛간에 묵었고, 배가 든든한 지금, 오로지 그가 원하는 것은……

어쿠야
'디근, 아, 리을' 그것을 합쳐 읽으면
물론 간절히 희망하는

닉은 잠에 빠져 들었다.

잠에서 깨어난 닉은 처음에는 대낮에 깊이 잠들었다 일어나면 으레 겪는 멍한 상태에서 자신이 왜 그토록 땀을 많이 흘리고 있는지 궁금해했다. 일어나 앉으면서 이해가 되었다. 때는 오후 5시 15분이었다. 그는 2시간 30분 동안 내내 잠들어 있었고 태양은 이미 전쟁 추모비 뒤에서 빠져나온 후였다. 그러나 그게 다가 아니었다. 근심 걱정에 빠져 안절부절못하던 톰 컬런이 춥지 않도록 닉을 덮어 주었던 것이었다. 두 장의 담요와 한 장의 누비이불로.

닉은 그것들을 옆으로 치우고 일어서서 기지개를 켰다. 톰이 보이지 않았다. 광장의 정문 쪽으로 천천히 걸으며, 톰에 대하여…… 또는 그와 함께 무엇을(뭐가 됐든) 할 것인지 고민했다. 지금껏 그 덜떨어진 사내는 마을 광장 건너편에 있는 A&P 슈퍼마켓에서 먹을 것을 해결해 왔다. 가게에 들어가서 깡통의 상표에 찍힌 그림을 보고 먹고 싶은 것을 빼낸 데 대해서는 양심의 가책을 전혀 느끼지 않았는데, 슈퍼마켓 문이 열려 있었기 때문에 괜찮다고 했다.

닉은 만약 문이 잠겨 있었다면 톰이 어떻게 했을지 괜히 궁금해졌다. 톰은 배가 너무 고프면 양심의 가책을 잊어버리거나 당장의 이익을 위해 양심을 옆으로 제쳐 버릴 듯싶었다. 그런데 음식이 다 떨어지면 어떻게 될까?

하지만 실제로는 그 때문에 신경 쓰이는 것이 아니었다. 정작 신경 쓰이는 것은 닉을 반기는 톰의 애처롭기까지 한 열성이었다. 닉은 생각했다. 톰이 정신 지체이긴 하지만 외로움을 못 느낄 정도의 정신 지체는 아니라고. 그의 어머니와 가까운 친척 아주머니처럼 지냈던 여자가 모두 죽었다. 아버지는 오래전에 도망갔다. 사장 노벗 씨와 메이 마을의 다른 모든 사람들은 어느 날 밤 톰이 잠든 사이 보따리를 싸서 캔자스시티로 도망쳤고, 뒤에 남은 그는 점잖게 영혼이 분리된 유령처럼 시내 중심가를 이리저리 배회했다. 그리고 손댈 일이 없었던 것들에 손을 대고 있었다. 위스키 같은 것에. 만약 톰이 또 술에 취한다면, 자해를 할 수도 있었다. 그리고 돌봐 줄 사람이 아무도 없는데 다치기라도 하면, 그것은 어쩌면 그의 종말을 의미할 수도 있었다.

제43장 25

그런데…… 농아 한 명과 정신적으로 지체된 사람 한 명이라고? 그들은 서로에게 어떤 도움이 될 수 있을까? 자, 여기 말 못하는 사내 하나와 생각 못하는 사내 하나가 있다. 저런, 올바른 표현이 아니다. 톰은 적어도 조금은 생각할 수 있었지만 글을 읽을 순 없었고, 닉은 톰 컬런과 함께하는 손짓 발짓 알아맞히기 게임에 자신이 오래도록 싫증을 내지 않으리라는 환상에 빠지지 않았다. 톰이 그 게임을 싫증 내리라곤 생각되지 않았다. 어쿠야, 그의 사전에 싫증이란 없겠지.

닉은 공원 입구의 바로 바깥쪽 인도에 멈춰 서서, 손을 주머니 속에 넣었다. '글쎄, 저 남자와 함께 여기서 밤을 보낼 수는 있어. 하룻밤이야 문제 될 게 없지. 적어도 그에게 훌륭한 식사를 만들어 줄 수는 있잖아.' 닉은 결심했다.

그렇게 생각하니 조금은 기분이 좋아져, 톰을 찾아 나섰다.

닉은 그날 밤 공원에서 잤다. 톰이 잠자는 곳을 몰랐지만, 다음 날 아침 살짝 이슬에 젖었어도 매우 상쾌한 기분으로 깨어난 닉이 마을 광장을 가로질러 가서 처음으로 보았던 것은, 코기 장난감 미니카 부대와 커다란 텍사코 주유소 플라스틱 모형 위로 허리를 숙이고 있는 톰의 모습이었다.

노턴의 약국을 부수고 들어간 것이 괜찮은 일이라면, 다른 곳을 부수고 들어가는 것도 괜찮은 거라고 톰은 판단했던 것이 틀림없었다. 그는 싸구려 잡화점 앞의 인도 경계석 위에 닉을 등지고 앉아 있었다. 약 마흔 개의 모형 차들이 인도 가장자리를 따라 늘어서 있었다. 그것들 옆에는 톰이 장난감의 겉포장을 여는 데 사용했던 스크루 드라이버가 있었다. 길가에는 재규어들, 메르세데스 벤츠들, 롤스로이스들, 긴 연두색 보닛이 달린 모형 벤틀리 하나, 람보르기니 하나, 코드 하나, 10센티미터 길이로 제작된 폰티액 보너빌 하나, 코르벳 하나, 마세라티 하나, 그리고 하나님 맙소사 저희를 굽어 살펴 보호해 주소서, 1933년형 '달' 자동차도 하나 있었다. 학구적인 자세로 웅크리고 앉은 톰은 그것들을 차고에서 들락날락 움직이면서, 장난감 주유기 앞에서 기름을 넣고 있었다. 장난감 정비 구역에서 차량용 리프트 하나가 작동하는 것이 보였는데, 이따금 톰은 차를 리프트로 들어 올려놓고 그 밑에서 무슨 일을 하는 흉내를 냈다. 만약 닉이 소리를 들을 수 있었다면, 거의 완전한 정적 속에서 톰 컬런의 상상력이 움직이는 소리를 들었을 것이다. 톰이 자동차들을 피셔프라이스 장난감 아스팔트 도로 위로 움직이며 입술을 떨어서 내는 '부르르르릉' 소리, 석유 주유기가 작동하는 '치크치크치크 땡', 차량 리프트가 위아래로 움직이는 '쉬이이이익' 같은 소리를. 실제로 주유소 사장과 작은 차들 속의 작은 사람들 사이에 오가는 대화도 알아들을 수 있었을 것이다. '가득 채울까요, 손님? 일반 휘발유로?' '그렇고말고요! 그 앞유리는 저한테 딱 맡겨 두시라니깐요, 사모님.' '제 생각엔 기화기 고장인 것 같습니다. 차를 높이 올려놓고 그 녀석을 살펴보도록 합시다.' '화장실요? 있고말고요! 저쪽에서 오른쪽으로 돌아가세요!'

그리고 이 광경 위로 사방 몇 킬로미터를 감싸고 있는 것은 하나님이 오클라호마 주의 이 작은 땅덩이에 베풀어 주신 하늘이었다.

닉은 생각했다. '나는 이 남자를 떠날 수 없어. 그럴 수 없어.' 그리고 전혀 예기치 못했던 견디기 어려운 슬픔에, 눈물이 날 것 같은 너무나 진한 감정에 불현듯 휩쓸렸다.

'사람들은 캔자스시티로 떠났어. 그랬던 거야. 사람들이 모조리 캔자스시티로 떠나갔다고.'

닉은 거리를 건너가 톰의 팔을 툭 건드렸다. 톰이 움찔하며 어깨 너머로 돌아보았다. 활짝 입을 벌리고 쑥스러운 듯 크게 웃자 셔츠 속의 목덜미가 빨개졌다.

"어린애들 거지 다 큰 어른들 게 아니란 건 나도 알아요. 그런 건 안다고요. 어쿠 그럼요, 아빠가 나한테 말해 줬는데."

닉은 어깨를 으쓱하고, 슬며시 웃으며 두 손을 벌렸다. 톰은 안심하는 듯 보였다.

"이것은 이제 내 거예요. 내가 원하면 내 거예요. 만약 당신이 약국에 들어가서 무언가를 가져도 된다면, 나도 잡화점에 들어가서 무언가를 가져도 돼요. 어쿠야, 정말로 그렇죠? 도로 갖다 놓을 필요 없는 거죠, 그죠?"

닉이 고개를 끄덕거렸다.

"내 거다."

톰이 행복하게 말하고 장난감 차고로 고개를 돌렸다. 그러곤 닉이 다시 어깨를 두드리자 뒤를 돌아보았다.

"뭔데요?"

닉은 그의 소맷자락을 잡아당겼고, 톰은 군말 없이 일어섰다. 닉은 톰을 데리고 거리를 지나 자신의 자전거를 받쳐 둔 곳까지

갔다. 닉은 자신을 손으로 가리켰다. 그다음엔 자전거를. 톰이 끄덕거렸다.

"당연하죠. 그 자전거는 당신 거예요. 저 텍사코 차고는 내 거고요. 나는 당신의 자전거를 가져가지 않을 거고 당신은 내 차고를 가져가지 않을 거예요. 어쿠, 갖고 가면 안 돼요!"

닉은 고개를 내저었다. 다시 자신을 가리켰다. 자전거도. 그런 다음 시내 중심가 쪽도. 그리고 손을 흔들었다. 바이바이.

톰이 문득 조용해졌다. 닉은 기다렸다. 톰이 머뭇거리면서 말했다.

"떠나려는 건가요, 아저씨?"

닉이 끄덕거렸다.

"떠나면 싫어요!"

톰이 버럭 소리 질렀다. 커진 눈에 눈물이 맺혀 파랗게 반짝거렸다.

"나는 당신이 좋아요! 당신까지 캔자스시티로 가 버리는 건 싫어요!"

닉은 톰을 옆으로 끌어다 놓고 어깨에 팔을 둘렀다. 손으로 자기 자신을 가리켰다. 톰도. 자전거도. '마을을 떠납시다.'

"뭔 소린지 몰라요."

닉은 참을성 있게 그 동작을 다시 한 번 반복했다. 이번에는 바이바이 손 흔들기를 추가했고, 불현듯 영감이 떠올라 톰의 손도 들어 올린 다음 역시 바이바이를 시켰다.

"나도 함께 가자고요?"

톰이 물었다. 믿기지 않는 듯, 환희의 미소가 얼굴에 빛났다.

긴장을 풀고 닉이 끄덕거렸다.

"물론이죠! 톰 컬런도 갈 거예요! 톰은……."

그가 멈칫하더니, 기쁨이 일부분 사라진 얼굴로 닉을 조심스럽게 바라보았다.

"내 차고를 갖고 가도 돼요?"

닉은 잠깐 생각하고 나서 그래도 된다고 고개를 끄덕거렸다. 톰의 싱긋거리는 웃음이 구름을 벗어난 태양처럼 다시 나타났다.

"좋았어! 톰 컬런도 갈 거다!"

닉은 그를 자전거로 데리고 갔다. 닉은 톰을 가리킨 다음 자전거를 가리켰다.

"저런 종류는 한 번도 타 본 적이 없는데."

톰이 자신 없는 표정으로 자전거의 기어 장치와 높고 좁은 안장을 훑어보았다.

"내 생각엔 안 타는 게 낫겠어요. 톰 컬런은 저런 멋쟁이 자전거에선 떨어질 거라고요."

그러나 닉은 일시적으로 기운을 얻었다. "저런 종류는 한 번도 타 본 적이 없는데."라는 것은 다른 종류의 자전거는 타 본 적이 있다는 의미였다. 단순하고도 근사한 자전거를 찾아내는 것이 유일한 문젯거리였다. 톰은 필연적으로 이동 속도를 떨어뜨려야 했지만 결국에는 그다지 대단한 손해가 아닐 듯싶었다. 그리고 어차피 서둘러야 할 이유가 뭐가 있겠는가? 그가 꿨던 꿈은 그저 꿈일 뿐이었다. 하지만 닉은 서둘러야 한다는 내면의 강박 관념에 사로잡혔으며, 너무나 강력하면서도 무어라 설명하기 어려운 그 생각은 잠재의식 속의 명령으로까지 발전했다.
 닉은 톰을 장난감 주유소로 다시 데리고 왔다. 장난감을 가리킨 다음 미소 지었고 톰을 향해 고개를 끄덕였다. 톰은 신이 나서 쪼그려 앉아 미니카 두 대를 집으려다가 손을 멈추었다. 그리고 불안한 얼굴로 닉을 빤히 올려다보았는데, 미심쩍어하는 눈치였다.
 "아저씬 톰 컬런 없이는 떠나지 않을 거죠, 그쵸?"
 닉은 굳게 고개를 끄덕거렸다.
 "좋았어."
 톰은 장난감들을 향해 자신만만한 표정으로 몸을 돌렸다. 그가 몸을 멈추기 전에 닉은 그의 머리를 헝클어뜨렸다. 톰이 올려다보며 수줍게 웃었다. 닉도 마주 웃어 주었다. 결코 톰을 혼자 내버려 두고 떠날 수가 없었다. 도저히 그럴 수 없었다.

 톰이 탈 만한 자전거를 찾아내고 나니 거의 정오가 되었다. 닉은 그토록 오랫동안 온갖 곳을 돌아다녀야 할 줄은 예상치 못했는데, 집, 차고, 바깥 창고를 잠가 놓고 떠난 사람이 놀랄 만큼 많았기 때문이었다. 닉은 대개 더럽고 거미줄 낀 창문들을 통해 그늘진 차고 속을 자세히 들여다보며 적당한 자전거를 발견하길 바랄 수밖에 없었다. 온몸에서 땀이 쏟아지고 태양이 목덜미를 끊임없이 내리쬐는 가운데 이 거리에서 저 거리로 터벅터벅 걷다 꼬박 3시간이 흘렀다. 어느 순간에는 웨스턴 오토 차량용품점을 다시 살펴보러 돌아가 보기도 했지만, 아무 보람이 없었다. 진열창 속의 자전거 두 대는 각각 남녀용 3단 변속 자전거였고 그 밖의 것들은 모두 조립되지 않은 상태였다.

마을 남쪽 끝에 있는 작은 별채 차고 안에서 닉은 마침내 그가 찾던 것을 발견했다. 차고는 잠겨 있었지만, 기어 들어갈 수 있을 정도로 큰 창문이 나 있었다. 닉은 돌멩이로 유리를 깨고 오래되어 으스러진 창틀에 붙은 유리 파편들을 조심스럽게 뽑아냈다. 안에 들어가서 보니, 차고는 탁한 기름 먼지 냄새 탓에 폭발이라도 할 듯 후덥지근하고 오싹했다. 닳아 빠진 타이어와 칠이 벗겨진 문짝이 붙은 10년 된 머큐리 스테이션왜건 옆에 구식 어린이용 슈빈 자전거가 서 있었다.

'지지리 복 없는 나처럼 저 염병할 자전거도 엉망이 돼 있을 거야.' 닉은 생각했다. 체인 없음, 구멍 난 타이어, 별의별 고장. 그러나 이번엔 복이 있었다. 자전거는 거뜬히 굴러 갔다. 타이어는 멀쩡했고 페달도 잘 돌아갔다. 모든 나사와 체인 톱니가 단단히 물려 있는 듯했다. 자전거 바구니가 달려 있지 않아서 조치가 필요했지만 체인 보호대는 붙어 있었고, 차고 벽의 갈퀴와 눈삽 사이에 산뜻하게 걸려 있는 물건은 예상치 못했던 보너스였다. 거의 새것이나 다름없는 브릭스 수동 펌프가 있었던 것이다.

닉은 더 뒤지고 다닌 끝에 선반 위에서 일거양득 윤활유 깡통을 발견했다. 금 간 시멘트 바닥에 앉아 이제 더위는 아랑곳하지 않고 자전거 체인과 양쪽 톱니바퀴를 정성 들여 기름칠했다. 그 일이 끝나자 윤활유통 뚜껑을 다시 닫아 조심스럽게 바지 주머니 속에 넣어 놓았다.

그는 슈빈 자전거의 뒤쪽 흙받기 위에 붙은 짐칸에다 새끼줄로 자전거 펌프 기계를 묶고 나서, 차고 문을 활짝 열어젖혔다. 신선한 공기가 그토록 달콤한 냄새를 풍긴 적은 없었다. 눈을 감고 공기를 깊이 들이마시고 나서, 자전거를 도로에 끌고 나와 올라타고는 천천히 중심가 쪽으로 페달을 밟았다. 자전거가 쾌적하게 굴러갔다. 톰한테 딱 맞는 자전거일 것이다…… 톰이 그 자전거를 정말로 잘 탈 수 있을 거란 생각이 들었다.

닉은 자전거를 자신의 롤리 산악자전거 옆에 세워 놓고 싸구려 잡화점 안으로 들어갔다. 상점 거의 맨 뒤편 근처, 스포츠용품이 뒤범벅된 속에서 알맞은 크기의 자전거용 철망 바구니를 발견하여 그것을 팔 밑에 끼고 상점을 나가려고 몸을 돌릴 때, 또 다른 물건이 눈길을 끌었다. 크롬 광택 나는 종과 커다란 고무공 손잡이가 달린 클랙슨 경적. 씩 웃으며, 닉은 그 경적을 바구니 안에 넣은 다음 철물 진열대로 가서 스크루 드라이버와 만능 렌치를 찾았다. 그는 다시 바깥으로 나왔다. 톰은 마을 광장에 있는 해병대원 동상의 그늘 속에 평화롭게 몸을 쭉 펴고 누워 낮잠을 즐기고 있었다.

닉은 슈빈 자전거의 손잡이에 바구니를 부착하고 그 옆에 클랙슨 경적을 달았다. 그러곤 잡화점으로 다시 들어가 적당한 크기의 대형 핸드백을 들고 나왔다.

그는 그것을 A&P 슈퍼마켓으로 갖고 가서 고기 통조림, 과일, 채소로 가득 채웠다. 칠리 콩 요리 깡통을 챙기려 멈춰 서 있다가 앞에 있는 통로에서 너울거리는 그림자를 보았다. 만약 닉이 소리를 들을 수 있었다면 톰이 자전거를 발견해 낸 걸 진작에 알아차렸을 것이다. 귀에 거슬리는 경적 소리와 '우와아아아아와!' 하며 길게 늘어지는 함성이 거리 이곳저곳에 떠올랐다가, 톰 컬런의 키득거리는 웃음과 함께 끊어졌다.
 닉은 슈퍼마켓 문을 밀치고 나와, 톰이 금발 머리와 셔츠 자락을 뒤로 나부끼며 중심가 쪽으로 당당하게 속도를 내며, 온 힘을 다해 경적을 꾹꾹 눌러 대는 모습을 보았다. 톰은 상점가의 끝인 아코 주유소에서 빙 돌더니 다시 페달을 밟았다. 얼굴에 커다란 승리의 미소가 떠올라 있었다. 피셔프라이스 장난감 차고가 자전거 바구니 속에 놓였다. 바지 주머니와 카키색 셔츠의 가슴 주머니는 코기 모형 미니카들로 불룩했다. 햇빛이 자전거 바퀴살 속에서 눈부시게 회전하며 둥그렇게 번뜩거렸다. 조금 부러워진 닉은 자신도 경적 소리를 들을 수 있어서, 그 소리가 톰을 즐겁게 해 주는 그만큼 자신도 즐겁게 해 주는지 확실히 알 수 있으면 좋겠다고 생각했다.
 톰이 닉에게 손을 흔들며 계속 거리를 돌아다녔다. 상점가의 맨 끝에 도착한 톰은 자전거를 되돌려 달려오면서, 계속 경적을 눌러 댔다. 닉은 경찰의 정지 명령을 흉내 내어 손을 내밀었다. 톰이 닉 앞에서 자전거를 미끄러뜨리며 세웠다. 굵은 땀방울이 그의 얼굴에 돋아났다. 자전거 펌프의 고무호스가 들썩거렸다. 톰은 헐떡거리며 씩 웃었다.
 닉이 마을 바깥쪽을 가리키며 바이바이 손을 흔들었다.
 "내 차고 갖고 가도 되는 거죠?"
 닉이 머리를 끄덕이고 톰의 굵은 목에 대형 핸드백의 가죽 끈을 살짝 걸었다.
 "우리 지금 바로 떠나요?"
 닉이 또다시 고개를 끄덕이고 엄지와 검지로 동그라미를 만들었다.

"캔자스시티로?"

닉이 고개를 저었다.

"어느 곳이든 우리 맘대로?"

닉이 끄덕거렸다. 그렇다. 어느 곳이든 맘대로 떠나자고 생각했다. 하지만 그 어느 곳은 네브래스카 주 안에 있는 어떤 곳이 될 확률이 무척 높았다.

"와우! 좋았어! 오예! 와우!"

톰이 행복하게 말했다.

북쪽으로 향하는 283번 도로로 들어서서 겨우 2시간 30분쯤 달리고 나니 서쪽에서 비구름이 쌓이기 시작했다. 엷은 비의 장막 위에 올라앉은 폭풍이 재빠르게 그들을 향해 다가왔다. 닉은 천둥 소리를 들을 순 없었지만, 구름에서 내리 찌르는 번갯불을 볼 수는 있었다. 번갯불은 푸르스름한 자줏빛 잔상을 남기며 눈을 부시게 할 정도로 상당히 밝았다. 닉이 동쪽의 64번 도로로 방향을 바꾸려고 했던 로스턴 외곽에 이르렀을 때, 구름 아래 펼쳐진 비의 장막이 사라지고 하늘이 고요하면서도 기묘하게 불길한 노란 색조로 물들었다. 닉의 왼쪽 뺨을 선선하게 식혀 주던 바람이 모조리 사라졌다. 그는 이유도 모른 채 극도의 불안감을 느끼기 시작했고, 마음이 이상하게도 불편했다. 인간이 지금껏 하등 동물들과 공유하는 몇 가지 본능 중 하나는 바로 기압의 갑작스러운 급강하에 대한 반응이라고 닉에게 말해 줬던 사람은 아무도 없었다.

그때 톰이 닉의 소매를 미친 듯이 잡아당겼다. 톰을 바라본 닉은 그의 얼굴에서 핏기가 완전히 사라져 버린 것을 보고 화들짝 놀랐다. 그의 눈이 커다란 접시 모양으로 둥그레졌다.
"토네이도! 토네이도 폭풍이 오고 있어요!"
톰이 날카롭게 소리 질렀다.
닉은 깔때기 모양의 회오리바람이 부는지 둘러보았지만 아무것도 발견하지 못했다. 톰에게 다시 고개를 돌리며, 그를 안심시킬 방법을 생각하느라 고심했다. 그런데 톰이 없었다. 그는 도로 오른편의 들판 속으로 자전거를 누비고 나아가면서 웃자란 풀 사이로 납작한 오솔길을 만들고 있었다.
'저런 바보 같으니라고. 자전거 바퀴 축을 망가뜨리려고 작정했구나!'
화가 난 닉이 생각했다.
톰은 500미터 정도 되는 흙 길의 끝에 서 있는 곡물 저장 탑이 딸린 헛간을 향해 가고 있었다. 여전히 불안감을 느끼던 닉은 자전거로 도로를 달리다, 가축 통행을 막으려고 설치한 나무 문짝 위로 자전거를 번쩍 들어 넘긴 다음, 흙투성이 샛길로 페달을 밟아 헛간으로 갔다. 톰의 자전거가 헛간 바깥의 흙더미 위에 쓰러져 있었다. 발 받침대를 내려 자전거를 세울 틈도 없었던 모양이었다. 닉이 만약 톰이 예전에 여러 차례 발 받침대를 사용하는 걸 보지 못했더라면 이 모습을 단순한 건망증으로 치부했을 것이다. 너무도 겁이 나서 그런 걸 챙길 여유가 없었던 거라고 닉은 생각했다.
자신도 불안감을 느껴 어깨 너머를 돌아본 닉은 자신에게 다가

오는 것을 목격하고, 길 위에서 싸늘하게 얼어붙고 말았다.

무시무시한 암흑이 서쪽에서부터 다가오고 있었다. 구름이 아니었다. 빛의 완전한 결핍이라고 하는 편에 더 가까웠다. 깔때기 형태인 그것은 첫눈에 높이가 300미터 정도로 보였다. 밑바닥보다는 꼭대기가 더 넓었다. 밑바닥은 땅에 전혀 닿아 있지 않았다. 꼭대기 지점에서는 진짜 구름이 그것을 피해 달아나는 듯 보였으며, 마치 그것이 상대를 물리치는 신비로운 힘을 지니기라도 한 것 같았다.

닉이 지켜보는 동안, 그것은 1킬로미터 정도의 거리를 사뿐히 날아왔고, 주름 진 양철 지붕으로 덮인 길고 파란 건물 한 채가, 자동차용품 보관소 또는 어쩌면 목재 저장 창고였을 그 건물이 요란한 쾅 소리를 내며 폭발했다. 물론 닉은 이 폭발음을 들을 수는 없었지만, 진동이 가만히 서 있던 그를 강타하여 사정없이 뒤흔들어 놓았다. 그리고 그 건물이 안쪽으로 폭발해 쭈그러드는 듯 보였는데, 마치 깔때기가 그 건물의 모든 공기를 빨아들여 버린 것 같았다. 다음 순간 양철 지붕이 두 쪽으로 쪼개졌다. 부서진 건물 잔해가 하늘로 소용돌이치며 올라가, 미쳐 버린 팽이처럼 돌고 또 돌았다. 넋이 나가 버린 닉은 목을 길게 빼고 건물 잔해의 움직임을 눈으로 좇았다.

'나는 지금 내 가장 끔찍한 꿈에 나왔던 정체 모를 그것을 바라보고 있는 중이야. 그것은 결코 사람이 아니야. 비록 가끔 사람처럼 보일 수는 있어도 진짜 정체는 토네이도 폭풍이라고. 천하무적의 크고 검은 회오리바람이 서쪽에서 돌진해 나와서, 불운하게도 가는 길에 놓여 있는 것은 뭐든지 다 빨아들이고 있어. 그것은

······,'
그렇게 생각하며 닉은 양팔을 부여잡고 말 그대로 두 발을 확 잡아당겨 헛간 안으로 들어갔다. 톰 컬런이 있는 쪽을 두리번거리다 톰을 보고는 순간적으로 화들짝 놀라고 말았다. 폭풍에 넋이 나갔던 바람에 톰 컬런이 존재한다는 사실을 까맣게 잊고 있었다.
"아래층으로!"
톰이 헐떡거렸다.
"빨리! 빨리! 아아 어쿠야, 그래요! 토네이도! 토네이도라고요!"
마침내 닉은 반쯤 넋이 나갔던 상태에서 빠져나와 두려움을 생생하게 느꼈고, 자신이 어디에 있는 건지 그리고 누구와 함께 있는 건지 새삼 깨달았다. 톰이 그를 헛간의 폭풍 대피용 지하실로 내려가는 계단으로 이끌었을 때, 그는 기묘하게 퉁퉁거리는 진동을 알아차렸다. 그것은 이제껏 경험해 왔던 소리 중 가장 몸에 밀착된 소리였다. 그의 뇌 한가운데서 징징거리는 두통과도 같았다. 그리고 나서 톰을 뒤따라 계단을 내려가는 동안, 절대 잊지 못할 광경을 보았다. 헛간의 널빤지 벽의 판자가 하나씩하나씩 잇따라 뽑혀 나가고 있었고, 뽑혀 나가서는 구름 낀 허공 속으로 소용돌이치며 올라갔는데, 마치 형체가 보이지 않는 집게에 뽑혀 나가는 썩은 갈색 이빨들 같았다. 바닥에 널렸던 건초들도 떠오르기 시작하여 십여 개의 축소된 토네이도 깔때기 모양을 이루어 소용돌이치며, 흔들거리고 기울어지고 껑충껑충 널뛰었다. 퉁퉁거리는 진동이 한층 더 집요해졌다.
그 순간 톰이 무거운 나무 문을 밀쳐 열고 닉을 문 안으로 떠밀었다. 축축한 곰팡이와 썩은 냄새가 풍겨 왔다. 빛이 남아 있던 마지막 순간에 닉은 그들이 폭풍 대피용 지하실을 쥐가 갉아먹은 시체 가족과 함께 사용해야 함을 알았다. 그러고 나자 톰이 문을 세게 닫았고 그들은 완전한 어둠에 싸였다. 진동은 조금 전보다는 덜했지만 완벽하게 멈춘 것은 아니었다.

갑작스러운 공포가 스멀스멀 기어 올라와 망토를 열고 닉을 안으로 끌어당겼다. 어둠은 촉각과 후각을 약화시켰는데, 그것들이 전해 오는 메시지는 어느 것도 위로가 되지 않았다. 발밑으로 널빤지들이 끊임없이 진동하는 것을 느낄 수 있었고, 죽음의 냄새를 맡을 수 있었다.

톰이 무작정 닉의 손을 움켜잡았고 닉은 그 정신 지체 사내를 곁으로 끌어당겼다. 톰이 떨고 있는 것을 본 닉은 톰이 울고 있지나 않은지 또는 어쩌면 자신에게 말을 하려고 애쓰는 것은 아닌지 궁금했다. 그런 생각이 두려움을 조금이나마 완화시켰고 닉은 톰의 어깨에 팔을 걸쳤다. 톰도 닉의 어깨에 팔을 둘러, 그들은 어둠 속에 꼿꼿이 선 채 서로에게 달라붙었다.

닉의 발밑에서 진동이 더욱 강해졌다. 심지어 얼굴에 닿는 공기조차 가볍게 떨고 있는 듯싶었다. 톰이 그를 더욱 단단히 붙들었다. 눈이 안 보이는 데다 귀도 안 들려, 닉은 다음엔 무슨 일이 생길 것인지 기다리며 만약 레이 부스가 자신의 나머지 눈도 해코지했다면 인생 전체가 지금 같은 상태로 됐을 거라고 곰곰이 생각했다. 만약 그렇게 됐다면, 이미 수일 전에 머리에 총을 쏴 자살했을 것이고 그걸로 인생이 끝장났을 것이었다.

나중에 닉은 폭풍 대피용 지하실의 어둠 속에 겨우 15분 동안만 있었음을 나타내 주는 자신의 시계를 거의 믿지 못했다. 비록 논리적으로는 시계가 계속 작동하고 있었으니 틀림없이 그럴 거라고 생각했지만. 그는 이제껏 살면서 시간이라는 것이 얼마나 주관적이고 얼마나 제멋대로인지를 이때만큼 제대로 이해했던 적이 없었다. 틀림없이 적어도 1시간, 어쩌면 2시간 또는 3시간 정도 머물렀던 것 같았다. 그리고 시간이 지날수록, 폭풍 대피용 지하실에 자신과 톰 단 둘만 있는 것이 아니라고 확신했다. 오, 그곳엔 시체들이 있었다. 어떤 불쌍한 사내가 죽을 때가 가까워지자 가족을 데리고 그리로 내려왔을 것이다. 어쩌면 그동안 다른 자연재해들을 여기서 견뎌 내 왔으므로 이번 재해도 역시 여기서 견뎌 낼 수 있으리라는 희망에 부풀었을지도 모른다. 그러나 닉의 주의를 끄는 것은 시체들이 아니었다. 닉이 생각하기에 시체는 그저 사물일 뿐, 의자나 타자기나 바닥 깔개와 별반 다를 게 없었다. 그저 공간을 차지하는 무생물일 뿐이었다. 그는 또 다른 생명체의 존재를 느꼈고 그것이 누구인지 또는 무엇인지 점점 더 확신했다.

그것은 다크맨, 닉의 꿈속에서 활기차게 움직이는 사람, 닉이 거대한 회오리바람의 검은 심장부에서 혼을 감지했던 괴물체였다.

어딘가에서…… 구석진 곳에서, 또는 어쩌면 그들 바로 뒤에서…… 그놈이 그들을 지켜보고 있었다. 그리고 기다리고 있었다. 적당한 때가 되면 그놈이 그들을 해칠 것이고 그들 두 사람 전부…… 어떻게 될까? 공포 때문에 미쳐 버릴 것이다, 당연하게도. 바로 그럴 것이다. 놈은 그들을 볼 수 있었다. 닉은 놈이 그들을 볼 수 있다고 믿었다. 그놈은 고양이의 눈처럼, 또는 불가사의

한 외계 생명체의 눈처럼 어둠 속에서도 볼 수 있는 눈을 지녔다. 어쩌면 「프레데터」라는 영화에 나오는 괴물처럼. 그렇다. 그런 것이었다. 다크맨은 인간의 눈으로는 절대 분별할 수 없는 스펙트럼의 색조를 볼 수가 있고, 그런 그에게 모든 것은 천천히 빨갛게 물드는 것으로 보일 것이다. 마치 온 세상이 핏덩이가 들어찬 큰 통 속에서 염색되기라도 한 듯이.

처음에 닉은 이런 환상을 현실과 분리할 수 있었지만, 시간이 지날수록 점점 더 그 환상이 현실이었다고 믿었다. 자신의 목덜미에서 다크맨의 숨결을 느낄 수 있다고 상상했다.

그는 당장에 입구로 돌진하여 어떻게 해서든 문을 열고 위층으로 달아나려고 했는데, 톰이 대신 그 일을 해 주었다. 닉의 어깨를 두르고 있던 팔이 갑자기 사라졌다. 다음 순간 지하실의 문이 벌컥 열리면서 휘황찬란한 흰 빛이 쏟아져 들어와, 닉은 성한 눈을 보호하려 손을 들어 올려야 했다. 그는 떨리는 눈길로 톰 컬런이 넘어질 듯 비틀거리며 계단을 오르는 모습을 그저 어렴풋이 힐끗 보고 나서 뒤따라가면서, 눈이 부신 나머지 손으로 더듬거리며 나아갔다. 계단 꼭대기에 도달하고 나니 눈이 주위에 적응한 듯싶었다.

닉은 그들이 조금 전에 지하실로 내려갔을 적엔 빛이 그리 밝지 않았다고 생각했는데, 즉시 그 이유를 깨달았다. 헛간 지붕이 뜯겨 나가 버렸던 것이다. 흡사 외과 수술을 받은 듯 제거되었다. 제거 작업이 어찌나 깔끔했던지 한때 지붕이 덮어 주었던 헛간 바닥에는 부서진 파편이 하나도 없었고 잡쓰레기도 거의 없었다. 지붕 들보 세 개가 헛간 다락의 벽에서 늘어져 내렸고, 거의 모든 널빤지들이 벽에서 벗겨져 나갔다. 그곳에 서 있자니 마치 살이 뜯겨 나간 선사 시대 괴물의 뼈대 안에 서 있는 것과도 같았다.

톰은 건물의 피해를 살피려고 걸음을 멈추지는 않았다. 대신 악마가 바로 뒤에서 쫓아오기라도 하듯 헛간에서 도망치고 있었다. 그는 딱 한 번 뒤돌아보고 우스꽝스러울 만큼 눈이 커지며 겁에 질렸다. 닉은 어깨 너머로 폭풍 대피용 지하실 속을 들여다보고 싶은 마음을 억제할 수가 없었다. 계단이 아래로 주저앉고 휘어져 그늘에 잠겼으며, 각각의 계단 발판을 떠받치던 낡은 수직 판자들이 쪼개지고 움푹 꺾였다. 지하실 바닥에 어질러진 지푸라기와 그늘에서 튀어나온 두 사람분의 손들이 보였다. 손가락은 쥐들 때문에 뼈가 훤히 드러났다.

그 아래에 다른 누군가가 또 있는지 몰랐지만 닉은 그 사람을 보지 못했다.

보고 싶지도 않았다.

그는 톰을 따라 바깥으로 나갔다.

톰은 자전거 옆에 서서 덜덜 떨고 있었다. 헛간을 거의 다 빼앗아 간 폭풍이 그들의 자전거는 무시해 버렸다니…… 토네이도의 변덕스러운 까탈에 순간적으로 어안이 벙벙해져 있던 닉은 눈물을 흘리는 톰을 보았다. 닉은 그에게로 가서 어깨에 팔을 둘렀다. 톰은 휘둥그레진 눈으로 헛간의 휘어진 양쪽 여닫이 문을 주시하고 있었다. 닉은 엄지와 검지로 동그라미를 만들었다. 톰의 시선이 짧은 순간 이 동그라미로 내려왔지만, 닉이 바랐던 미소는 얼굴에 나타나지 않았다. 톰은 금세 헛간으로 시선을 돌렸다. 그의 시선은 닉이 결코 마음에 들어하지 않았던 공허한 응시였다.

"저 안에 누군가 있어요."

톰이 불쑥 말했다.

닉은 슬며시 웃었지만, 그의 미소는 입술 위에서 싸늘하게 느껴졌다. 그는 자신의 거짓 웃음이 얼마나 그럴듯하게 보이는지 알지 못했지만, 어쨌든 기분이 엉망이었다. 그는 손으로 톰을 가리키고, 자신을 가리킨 다음 손날로 허공을 날카롭게 가르는 동작을 취했다.

"아니에요. 우리만 있는 게 아니에요. 다른 누군가도 있어요. 회오리바람에서 나온 누군가가."

닉이 어깨를 으쓱했다.

"이제 떠날까요? 그래도 되죠?"

닉은 고개를 끄덕였다.

자전거를 고속도로 쪽으로 다시 돌린 둘은 토네이도에 휩쓸려 뿌리 뽑힌 풀과 짓이겨진 흙으로 엉망이 된 오솔길을 지났다. 로스턴 서쪽 지역에 내려앉았던 토네이도는 서쪽에서 동쪽으로 이어지는 283번 도로를 가로지르며 가드레일과 연결 케이블을 피아노 줄처럼 허공으로 내동댕이쳤으며, 그들 왼쪽에 있는 헛간을 우회하여 그 앞에 서 있던, 얼마 전까지만 해도 멀쩡하던 집을 정통으로 갈아엎었다. 400미터를 더 나아가니 벌판을 휩쓸던 폭풍의 자취가 불쑥 사라졌다. 아직 소나기가 내리고 있었지만 하늘은 잔잔하고 상쾌했다. 구름이 흩어지기 시작했고 새들은 태연하게 지저귀고 있었다.

닉은 고속도로 가장자리에 뒤범벅된 가드레일 케이블 위로 자전거를 들어 올리느라 셔츠 아래로 튼튼한 근육을 드러낸 톰을 지켜보았다. '저 사람이 내 목숨을 구했어. 나는 어제까지만 해도 일생 동안 회오리바람을 본 적이 한 번도 없었어. 만약 저번에 생각했던 대로 그를 메이 마을에 내버려 두고 떠났다면, 나는 지금쯤 꼼짝없이 죽어 있을 테지.'

닉은 풀어 헤쳐진 케이블 위로 자전거를 들어 올리고 톰의 등을 두드리며 그에게 웃어 보였다.

'사람을 더 찾아야 해. 그래야 해. 그렇게 해야 내가 그에게 감사의 말을 전할 수 있어. 그리고 내 이름도. 그는 글을 읽을 줄 모르니까 내 이름조차 모른다고.'

닉은 잠시 그 자리에 서서 이런 생각을 했고, 이내 둘은 각자의 자전거에 올라타고 길을 떠났다.

그날 밤 그들은 로스턴 청년 상공 회의소의 리틀 리그 야구장 왼쪽 외야에서 야영을 했다. 그날 저녁 하늘에는 구름 한 점 없었고 별이 총총했다. 닉은 곧바로 잠들었고 꿈도 전혀 꾸지 않았다. 다음 날 새벽에 깨어나면서, 그는 누군가와 함께 있다는 것이 얼마나 좋은지, 얼마나 중요한지를 다시금 생각했다.

네브래스카 주 포크 카운티라는 곳은 정말로 있었다. 처음 그 사실을 알았을 때에는 깜짝 놀랐지만, 닉은 지난 몇 년간 온갖 곳을 여행한 몸이었다. 그는 틀림없이 포크 카운티를 언급했던 누군가랑, 또는 포크 카운티 출신의 누군가랑 대화를 나누었을 테지만 그의 의식이 까맣게 잊어버렸던 것이다. 30번 도로도 역시 존재했다. 그러나 정말로 믿을 수 없는 것이 있었다. 적어도 이렇게 화창한 이른 아침에는 믿기지 않았던 사실은 바로 늙은 흑인 여자가 옥수수밭 한가운데에 있는 집 현관에 앉아서 직접 기타 반주에 맞추어 찬송가를 부르는 모습을 실제로 발견하리라는 것이었다. 그는 예지력이나 선견지명을 믿지 않았다. 그러나 어딘가로 가서 사람들을 찾아보는 일은 중요한 듯싶었다. 어떤 면에서 닉은 집단을 재편성하려는 프랜 골드스미스와 스튜 레드먼의 충동을 공유했다. 그 일이 가능해질 때까지는, 모든 것이 낯설고 삐걱거리는 채로 남아 있을 것만 같았다. 도처에 위험이 도사리고 있었다. 그것을 볼 수는 없지만 느낄 수는 있었는데, 어제 그 지하실 안에서 자신이 다크맨의 존재를 느꼈던 것과 같은 이치라고 닉은 생각했다. 그런 위험이 곳곳에 도사리고 있음을 느꼈다. 집들 속에, 고속도로의 꺾어지는 길 주변에, 어쩌면 주요 도로 곳곳에 널브러진 승용차들과 트럭들 밑에 숨어 있을지도 몰랐다. 그리고 그런 곳에 없다손 쳐도 달력 속에, 달력 종이가 겨우 두서너 장 넘어가는 미래의 시간 속에 숨어 있었다. '위험해.' 그의 존재를 이루는 모든 입자들이 그렇게 속삭이는 것 같았다. '다리 붕괴.' '60킬로미터 앞 도로 파손.' '이 지점을 넘어서 계속 나아가는 경우 안전을 책임지지 않습니다.'

그러한 공포의 일부는 텅 빈 시골이 주는 가공할 정도의 심리적 충격이었다. 소요에 머무는 동안 그는 부분적으로나마 마을에 의해 보호를 받았다. 소요가 텅 비었느냐 아니냐는 중요치 않았다. 적어도 그리 썩 중요한 것은 아니었다. 왜냐면 소요는 체계상 당연히 아주 작은 존재였기 때문이다. 그런데 다른 곳으로 이동해서 보면, 그것은 마치…… 문득 그는 어릴 적 보았던 월트 디즈니 영화를, 자연을 담은 영상을 기억했다. 스크린을 꽉 채운 것은 튤립꽃, 한 송이 튤립이 매우 아름다워 숨을 멈추고 싶을 정도였다. 그 순간 카메라가 어지러울 만큼 갑작스럽게 뒤로 빠져서 튤립으로 가득 찬 초원 전체를 비추었다. 그것은 보는 이를 완전히 압도했다. 감각 기관 전체에 과부하를 일으켰고, 신체 내부의 회로 차단기가 지글거리며 떨어져 나가 외부의 신호 입력을 단절시켰다. 지나치게 커다란 자극이었다. 이번 여행이 바로 그러한 상태였다. 소요는 텅 비었고 닉은 거기에 적응할 수 있었다. 그러나 맥넙도 텅 비었으며, 텍사카나와 스펜서빌도 마찬가지였다. 아드모어는 땅바닥까지 깡그리 불에 타 버렸다. 81번 고속도로를 통해 북쪽으로 갔지만 보이는 것은 사슴뿐이었다. 그는 두 번, 아마도 살아 있는 사람들의 흔적인 듯한 것을 보았다. 아마도 이틀쯤 지난 것 같은 야영지의 모닥불, 그리고 총에 맞은 다음 깨끗이 잡아먹힌 듯한 사슴 한 마리. 그러나 사람은 없었다. 그 흔적은 지켜보는 이를 완전히 피폐하게 만들고도 남았는데, 무언가 흉악한 것의 느낌이 끊임없이 스멀스멀 올라오기 때문이었다. 단지 소요나 맥넙이나 텍사카나에 국한된 것이 아니었다. 온 나라가 마치 밑바닥에 깜빡 잊고 남겨 둔 콩 몇 쪼가리만 굴러다니는 상태로 내버려진 커다란 깡통 신세처럼 이 자리에 뻗어 있는 것이었다. 그리고 미국 너머엔 전 세계가 있었고, 거기까지 생각이 미치자 닉은 너무 어지럽고 기분이 나빠져서 생각하기를 포기해야만 했다.

대신 그는 지도 책에 열중했다. 계속 달려가다 보면 어쩌면 언덕 아래로 굴러 내려가는 눈덩이처럼 점차 덩치가 커질 것 같았다. 운이 좀 따라 준다면, 이곳과 네브래스카 사이에서 좀 더 많은 사람을 끌어들일 것이다.(또는 그들 자신이 끌려 들어갈 것이다. 더 커다란 집단을 만난다면.) 네브래스카 다음엔 어디든 다른 곳으로 이동할 듯싶었다. 마지막까지 눈에 보이는 목표 없이 떠나는 기사들의 모험 여행과도 같았다. 성배도 없고, 대장간 쇠모루에 꽂힌 전설의 명검도 없었다.

'우린 북동쪽을 가로지를 거야. 캔자스 주 안쪽으로.' 35번 고속도로가 그들을 81번 도로로 이끌 것이고, 81번은 네브래스카 주 스위드홀름으로, 네브래스카 92번 도로를 완벽하게 직각으로 가로지르는 그곳으로 이끌 것이었다. 또 다른 고속도로인 30번 도로는 정삼각형의 빗변을 이루는 다른 두 도로와 연결되었다. 그리고 그 삼각형 안쪽 어딘가가 그의 꿈에 등장했던 지역이었다.

그런 생각을 하자 벌써부터 이상야릇한 전율이 느껴졌다.

환상이 절정에 이르렀을 때 뭔가 움직임이 느껴져 닉은 고개를 쳐들었다. 톰이 일어나 앉아, 두 주먹으로 눈을 비비고 있었다. 동굴이 열리는 듯 커다란 하품이 그의 얼굴 아랫부분 전체를 사라지게 하는 것 같았다. 닉이 그를 향해 싱긋 웃자 톰도 웃어 주었다.

"우리 오늘도 좀 더 달리는 거죠?"

톰이 물었고, 닉이 끄덕였다.

"으흐, 그거 좋다. 나 자전거 타는 게 좋아요. 어쿠, 그럼요! 절대 멈추지 않았으면 좋겠다!"

지도 책을 치우며 닉은 생각했다. '누가 알겠소? 당신 소원이 이루어질지도 모르지.'

그날 아침 동쪽을 향해 떠난 그들은 오클라호마 주와 캔자스 주 경계에서 멀지 않은 교차로에 멈춰 점심을 먹었다. 7월 7일이었고, 더웠다.

그들이 식사를 위해 멈추려는 순간, 톰이 습관적으로 자전거를 미끄러뜨리며 정지시켰다. 그는 비포장 갓길에 반쯤 묻힌 시멘트 덩어리에 박힌 도로 표지판을 주시하고 있었다. 닉도 바라보았다. 표지판에는 이렇게 씌어져 있었다. '당신은 오클라호마 주 하퍼 카운티를 떠나고 있습니다. 당신은 오클라호마 주 우즈 카운티에 들어서고 있습니다.'

"나 저거 읽을 수 있어요."

만약 닉이 소리를 들을 수 있었다면 목소리가 날카롭게 높이 올라가는 톰의 연설조 어투 때문에 마음이 한편으로는 즐겁고 한편으로는 찡했을 것이다.

"당신은 지금 하퍼 카운티에서 나가고 있다. 당신은 지금 우즈 카운티로 들어오고 있다."

그는 닉에게 고개를 돌렸다.

"중요한 게 뭔지 알아요, 아저씨?"

닉은 고개를 저었다.

"나는 평생 한 번도 하퍼 카운티 바깥으로 나가 본 적이 없어요. 어쿠, 없었지, 톰 컬런한텐 없었지. 그런데 옛날에 우리 아빠가 날 여기로 데리고 와서 이 표지판을 보여 줬어요. 아빠는 만약 자기가 언제든 표지판 반대편에 가 있는 나를 붙잡으면 인정사정 볼 것 없이 두들겨 패겠다고 그랬는걸요. 나는 아빠가 저쪽 우즈 카운티에 가 있는 우리를 붙잡지 않기를 간절히 원해요. 아빠가 잡으러 올 것 같아요?"

닉은 단호하게 고개를 저었다.

"캔자스시티는 우즈 카운티 안에 있어요?"

닉은 다시 한 번 고개를 저었다.

"그치만 우리는 다른 곳으로 가기 전에 우즈 카운티로 들어갈 거죠, 그쵸?"

닉이 끄덕거렸다.

톰의 눈이 반짝반짝 빛났다.

"거기가 세상인 거죠?"

닉은 이해하지 못했다. 그는 얼굴을 찌푸렸다가…… 눈썹을 추켜세웠다가…… 어깨를 으쓱거렸다.

"그러니까 '세상' 말이에요. 우리는 세상 속으로 들어가는 거죠, 아저씨?"

머뭇거리던 톰이 다시 진지하게 물었다.

"우즈(woods)가 세상(world)을 뜻하는 단어 맞지요?"

닉이 천천히 고개를 끄덕였다.

"좋았어."

톰이 잠시 표지판을 바라보다가 오른쪽 눈을 닦자 그곳에서 눈물 한 방울이 뚝 떨어졌다. 곧이어 그가 자전거로 껑충 뛰어올랐다.

"좋았어, 가자고요."

톰은 군말 없이 카운티 경계선을 자전거로 넘어갔고, 닉이 그 뒤를 따랐다.

그들은 자전거를 더 타지 못할 정도로 어두워지기 직전에 캔자스 주로 건너왔다. 톰은 저녁 식사 후에 기분이 언짢아졌으며 피곤해했다. 그는 장난감 차고를 갖고 놀고 싶었다. 텔레비전도 보고 싶었다. 다시는 자전거를 타고 싶어 하지 않았는데 안장 탓에 궁둥이가 아팠기 때문이었다. 톰은 주 경계선이라는 개념이 없어서 또 다른 표지판을 지나칠 때 '당신은 지금 캔자스 주로 들어서고 있습니다'라고 적힌 것을 보고 닉이 느꼈던 감흥을 전혀 느끼지 않았다. 그 무렵엔 어스름이 아주 짙어져서 흰 글씨들이 갈색 표지판 위로 몇 센티미터 붕 떠 있는 것 같았다. 영혼들처럼.

그들은 주 경계선을 500미터 지난 지점에 H. G. 웰스의 소설에 등장하는 화성인처럼 기다란 강철 다리로 서 있는 급수탑 아래서 야영을 했다. 톰은 침낭 속으로 기어들자마자 잠들었다. 닉은 한동안 땅바닥에 앉아 별이 나오는 것을 구경했다. 땅은 완전히 어두웠고, 그에게는 완전한 정지 상태였다. 침낭 속으로 기어 들어가기 바로 직전에, 까마귀 한 마리가 근처 담장 기둥에 날개를 펄럭이며 내려앉아 그를 지켜보는 것 같았다. 까마귀의 작고 검은 두 눈 가장자리에 핏빛 반원이 보였다. 조용히 떠오른 풍만한 오렌지색 여름 달이 반사된 것이었다. 그 까마귀한테는 닉의 마음에 들지 않는 무언가가 있었다. 그래서 그는 불안했다. 커다란 흙덩이를 찾아 까마귀한테 던졌다. 까마귀는 날개를 퍼덕거리며 그를 악의에 가득 찬 눈초리로 쏘아보는 듯하더니, 밤하늘로 사라졌다.

그날 밤 닉은 얼굴 없는 남자가 드높은 지붕 위에 서서 두 손을 동쪽으로 뻗치는 꿈을 꾸었고, 그러고는 옥수수, 그의 키보다도 큰 옥수수와 음악 소리가 등장하는 꿈을 꾸었다. 이번만큼은 그도 음악이라는 것을 알았고 기타 소리라는 것을 알았다. 오줌보가 꽉 차 고통스러운 상태로 새벽녘에 깨어나자 여인의 말이 그의 귓전에 울려 퍼졌다.

"마더 애버게일이 내 이름이랍니다…… 언제든지 나를 보러 와요."

그날 오후 늦게 160번 고속도로를 따라 동쪽으로 이동하여 코만치 카운티를 통과하던 그들은 길에 멈춰 서서, 열두 마리 정도 되는 들소 무리가 좋은 목초지를 찾아 도로를 가로질러 태연히 왔다 갔다 걸어 다니는 모습을 자전거에 걸터앉아 경이로워하며 구경했다. 도로의 북쪽 편에는 가시철조망 울타리가 있었지만, 들소 떼가 들이받아 쓰러뜨린 것 같았다.

"저것들이 다 뭐래요? 젖소는 아닌데!"

톰이 무서워하며 물었다.

그러나 닉은 말을 못하고 톰은 글을 못 읽기 때문에 알려 줄 수가 없었다. 그날은 1990년 7월 8일이었고, 그날 밤 둘은 디어헤드에서 서쪽으로 60킬로미터 떨어진 농장 지대의 평야에서 잠을 잤다.

7월 9일, 그들은 일부가 불에 타 무너진 농가의 앞마당에 있는 오래되고 우아한 느릅나무 그늘에서 점심을 먹었다. 톰은 한 손으로 깡통에서 소시지들을 꺼내 먹으며 다른 손으로는 미니카를 장난감 주유소로 들락날락 움직이고 있었다. 그리고 인기 있는 유행가의 후렴구를 계속 반복해서 부르고 있었다. 닉은 톰이 외우는 가사를 입술의 모양새를 보고 알았다.
"베이비, 당신의 남자를 믿나요······ 그는 오올바아른 나암자예요······ 베이비, 당신의 남자를 믿나요?"
닉은 미국 땅의 거대한 크기 때문에 우울해졌고 약간은 두렵기까지 했다. 그는 지나가는 차를 얻어 타려고 엄지손가락을 치켜드는 것이 얼마나 편한 일이었는지 실감했는데, 평균의 법칙에 따라 조만간 호의가 베풀어지리라 알고 있던 예전에는 한 번도 느끼지 못한 감정이었다. 예전 같으면 차 한 대가 멈춰 섰고, 대개 남자 혼자 운전하는 차였으며 보통은 그 남자의 가랑이에 캔 맥주 하나가 기분 좋게 걸려 있곤 했다. 그 남자는 닉이 얼마나 멀리까지 가는지 알려고 할 것이었고 닉은 가슴 주머니 속에 간편하게 소지했던 종이쪽지 한 장을 건넸을 것이다. '안녕하세요, 제 이름은 닉 앤드로스입니다. 저는 농아입니다. 유감스럽게도 말이죠. 저는 (   )로 가는 중입니다. 태워 주셔서 대단히 감사합니다. 저는 입술 모양을 보고 말을 알아들을 수 있습니다.' 그거면 그만이었다. 만약 운전자가 농아에 대해 편견을 가지고 있지만 않으면(일부 사람들은 편견을 가졌다. 비록 소수이긴 했지만.), 닉은 차에 올라탔고 차는 닉을 원하는 곳까지 데려다 주거나, 그쪽에 가까운 거리까지 데려다 주었다. 자동차는 도로를 단숨에 나아가 수 킬로미터를 배기관 밖으로 뿜어냈다. 자동차는 순간 이동 장치였다. 자동차는 지도를 무력화하였다. 그러나 이제는 차가 하나도 없었다. 안전 운전만 한다면 대부분의 도로에서 단숨에 120이나 130킬로미터를 주파하는 데에는 자동차가 실용적인 운송 수단일 터인데……. 그러다 마침내 길이 막혀 버리면, 차를 버리고 그저 한동안 걷다가 다른 차를 주워 타야 했다. 차가 없으면, 그들은 쓰러진 거인의 가슴 위를 가로질러 기어 다니는 개미들, 거인의 한쪽 젖꼭지에서 반대쪽 젖꼭지까지 영원히 이동하는 개미들과도 같았다. 그래서 닉은 그들이 마침내 다른 사람을 만날 때가 됐다고 반쯤은 희망했고 반쯤은 몽상했는데(그런 일이 당연히 생기리라 늘 생각했는데), 그 순간은 대개 근심 걱정 없이 차를 얻어 타던 옛 시절의 모습과 비슷할 듯싶었다. 다음 번 언덕배기 위로 친숙한 크롬 광택의 반짝임이 떠오를 터였으며, 햇빛으로 번쩍거리는 그 모습에 눈이 부신 동시에 즐거움을 느낄 것이었다. 그 차는 완벽하게 평범한 미국산일 터이니, 시보레 비스케인이나 폰티액 템페스트, 감미롭도록 친숙한 디트로이트 자동차 공장에서 생산된 굴렁쇠일 것이다. 닉의 꿈속에서는 결코 혼다나 마쯔다나 유고 같은 외국산 차량인 적이 없었다. 아름다운 미국산 차가 길가에 멈춰설 것이고 운전석에는 한 남자가, 차창 밖으로 볕에 탄 팔꿈치를 건들건들 내민 한 남자가 보일 것이다. 이 남자가 웃음 지으며 말할 것이다.

"여어, 형씨들! 이렇게 만나다니 우라지게 기쁘지 않을 리가 있나! 이리 올라타! 올라타서 어디로 갈지 한번 알아보자고!"

그러나 그들은 그날 아무도 보지 못했고, 열흘째가 되어서야 우연히 만난 사람은 바로 줄리 로리였다.

그날은 익어 버릴 듯 무더운 하루였다. 셔츠를 허리에 동여맨 채로 거의 오후 내내 자전거를 달린 두 사람은, 모두 인디언처럼 피부가 거무스름해지고 있었다. 그들은 그다지 유쾌한 시간을 보내지 못하고 있었다. 그런 날이었다. 사과 때문이었다. 풋사과 때문에.

그들은 농장 터에서 늙은 사과나무에 자라고 있는 사과들을 발견했는데, 덜 익고 작고 맛이 시었지만, 오랫동안 신선한 과일을 접해 보지 못했던 그들에게는 기가 막히게 맛이 좋았다. 닉은 두 개를 먹고 나서 그만뒀지만, 톰은 게걸스럽게 계속 연달아 여섯 개를, 씨 있는 데가 다 드러날 정도로 싹싹 파먹었다. 그는 그만 먹으라는 닉의 몸짓을 무시했다. 머릿속에 욕심을 품었을 땐, 톰 컬런은 고집 센 네 살배기 아이나 마찬가지로 몹시 집착하는 경향이 있었다.

그 바람에 오전 11시경부터 시작된 톰의 설사가 오후 내내 이어졌다. 땀이 작은 강물을 이루어 흘러나왔다. 그는 끙끙거렸다. 자전거에서 내려야 했고 낮은 언덕에서조차 자전거를 끌고 올라가야 했다. 그들이 겪는 불행한 상황에 짜증이 나긴 했어도, 닉은 약간은 안쓰러운 즐거움을 느끼지 않을 수 없었다.

그들이 오후 4시경 프랫이라는 마을에 도착했을 때, 닉은 그날의 이동은 그쯤에서 끝내자고 결정했다. 톰은 감사하며 그늘이 진 버스 정류장 벤치 위로 푹 쓰러졌고 즉시 잠이 들었다. 닉은 그를 그곳에 남겨 두고 약국을 찾아 인적 없는 상점가를 따라 걸었다. 펩토비스몰 소화제를 구해서 톰이 원하건 말건 간에 깨어났을 때 마시도록 할 작정이었다. 만약 한 병 전체를 먹어야 설사를 막을 수 있다면 그렇게 할 작정이었다. 내일은 좀 더 많이 이동하고 싶었다.

닉은 프랫 극장과 노르지 세탁소 사이에서 렉솔 약국을 발견했다. 열린 문으로 슬그머니 들어선 그는 잠시 서서 친숙한, 후텁지근하고 공기가 통하지 않는 퀴퀴한 냄새를 맡았다. 다른 종류의 향기들도 섞여 있었는데, 강렬해서 머리가 지끈거렸다. 향수 냄새가 가장 강렬했다. 아마도 병 몇 개가 더운 날씨에 터진 모양이었다.

주위를 훑어보던 닉은 뱃속을 가라앉히는 약을 찾으며, 소화제 펩토비스몰이 더운 날씨에 완전히 상해 버리는지 아닌지 기억해 내려 애썼다. '뭐, 병에 붙은 라벨이 알려 주겠지.' 그의 눈길이 마네킹 하나를 지나쳤고 오른쪽 두 번째 줄에서 원하던 것을 발견했다. 그쪽으로 두 걸음 걸어가서야 이제껏 약국 안에서 마네킹을 본 적이 한 번도 없었다는 것을 깨달았다.

뒤돌아본 그가 발견한 것은 줄리 로리였다.

그녀는 완전히 꼼짝 않고 서서 한 손엔 향수병을, 다른 손엔 향수를 발라 볼 때 쓰는 작은 유리 막대를 들고 있었다. 도자기처럼 푸르스름한 그녀의 두 눈이 어안이 벙벙한 채, 믿기지 않는 듯 놀라움으로 휘둥그레졌다. 갈색 머릿결을 화사한 실크 스카프로 묶어 등 가운데로 넘긴 모습이다. 분홍색 세일러복 스웨터에다 팬티라고 착각할 정도로 아주 짧은 블루진 반바지를 입고 있었다. 이마엔 여드름 천지였고 턱 한가운데에도 무성한 여드름 밭이 있었다.

줄리와 닉은 버려진 약국의 절반 거리를 사이에 두고 서로를 뚫어지게 쳐다보며, 둘 다 얼어붙어 버렸다. 그때 향수병이 그녀의 손에서 떨어져 폭탄처럼 산산조각 났고, 온실의 악취가 매장을 가득 채워, 장례식장 같은 냄새를 풍겼다.
"어마나, 당신 진짜야?"
그녀가 떨리는 목소리로 물었다.
닉은 심장이 줄달음치기 시작하면서 관자놀이 속에서 피가 미칠 듯이 출렁거리는 것을 느낄 수 있었다. 심지어 시력도 약간 충격을 받아 보였다 안 보였다 하기 시작하면서, 빛의 알갱이들이 시야에 가득 질주하고 있었다.
그가 끄덕거렸다.
"귀신 아니고?"
또 고개를 끄덕였다.
"그럼 뭐라고 말해 봐. 만약 귀신이 아니라면, 뭐라고 말 좀 해 보라고."
닉은 한 손을 입에 대고 나서 목에도 갖다 댔다.
"그게 무슨 뜻이지?"
줄리의 목소리가 살짝 신경질적인 음색을 띠었다. 닉은 그런 음색의 변화를 들을 순 없었다…… 하지만 느낄 수는 있었고, 그녀의 얼굴에서 볼 수 있었다. 그녀를 향해 발을 내딛기가 두려웠는데, 만일 그랬다간 그녀가 도망갈 것이기 때문이었다. 그녀가 다른 사람을 만나는 걸 두려워한다고는 생각되지 않았다. 그녀가 두려워하는 것은 자신이 환상을 보고 있다는 것, 그리고 맛이 가고 있다는 것일 터였다. 닉은 또다시 좌절감이 밀려왔다. 오로지 말만 할 수 있었다면…….

대신에 그는 또다시 팬터마임을 했다. 결국 그가 할 수 있는 유일한 것이었다. 이번엔 이해한다는 표정이 나타나기 시작했다.
"당신 말 못해? 벙어리?"
닉이 끄덕거렸다.
그녀가 거의 좌절에 가까운 날카로운 웃음소리를 내뱉었다.
"그러니까 당신 뜻은 누군가 마침내 짠 하고 나타났는데 그게 벙어리 남자라는 거에요?"
닉이 어깨를 으쓱했고 입가를 비틀며 미소를 지었다.
"저런."
그녀가 통로를 따라 그에게 다가왔다.
"당신은 나쁜 사람으로 보이지는 않아. 그게 중요한 거지."
그녀가 한 손을 닉의 팔에 갖다 대자 불룩한 유방이 닿을 듯했다. 그는 적어도 세 가지 각기 다른 종류의 향수 냄새를 맡을 수 있었고, 그것들에는 모두 불쾌한 땀 냄새가 섞여 있었다.
"내 이름은 줄리, 줄리 로리. 당신 이름은 뭐에요?"
줄리가 살짝 키득거렸다.
"당신은 말을 못하는 거지, 그치? 불쌍해라."
줄리가 좀 더 가까이 기대자 유방이 그를 스쳤다. 그는 후끈 달아오르기 시작했다. '도대체 뭐야. 겨우 어린애일 뿐인걸.'
거북함을 느낀 닉은 황급히 그녀한테서 떨어져 나와, 주머니에서 메모장을 꺼내 글을 적기 시작했다. 메시지를 한 줄 정도 썼을 때 무슨 말을 쓰는지 보려고 줄리가 그의 어깨 위로 몸을 기댔다. '노브라잖아. 맙소사.' 그녀는 빠른 속도로 두려움을 확실히 극복해 버렸다. 닉의 필체가 약간 불안하게 흔들렸다.

"오, 와우."

글을 쓰는 것을 보고 그녀가 감탄했다. 마치 특별히 복잡한 재주를 부릴 능력이 있는 원숭이를 보기라도 하는 것 같았다. 닉은 메모장을 내려다보느라고 줄리의 말을 '읽을' 수는 없었지만, 그녀의 숨결이 간질이는 온기를 느낄 수는 있었다.

'나는 닉 앤드로스. 나는 벙어리예요. 약간 정신 지체인 톰 컬런이라는 남자와 여행 중. 그는 글을 읽지 못하고, 매우 간단한 게 아니면 내가 몸짓으로 표현하는 것들 상당수를 이해하지 못해요. 우리는 네브래스카로 가는 길인데 그곳에 사람들이 있을 거라고 생각하기 때문이랍니다. 우리랑 같이 갑시다, 만일 당신이 원한다면.'

"당연하지."

즉시 대답한 줄리는 닉이 귀머거리라는 것을 기억하고는 조심스럽게 입술로 모양을 만들면서 물었다.

"입술 모양을 읽을 수는 있지?"

닉이 끄덕거렸다.

"좋았어. 만나서 매우 반가워. 벙어리든 정신 지체든 무슨 상관이겠어. 여기는 으스스해. 전기가 끊어진 후론 밤에 잠도 제대로 못 자겠어."

줄리의 얼굴에 현실의 인물보다는 멜로드라마의 여주인공에게 나 어울리는, 슬픔 어린 절망의 주름살이 생겨났다.

"우리 엄마랑 아빠가 2주 전에 죽었어. 나만 빼고 모두 죽었단 말이야. 난 너무 외로웠어."

흐느끼면서 그녀가 닉의 품 안으로 몸을 던졌고 슬픔을 빙자하여 외설스럽게 몸을 비벼 대기 시작했다.
줄리가 몸을 떼었을 때, 두 눈은 물기 없이 반짝거렸다.
"이봐, 우리 그거 하자. 당신 꽤 귀여운걸."
닉은 그녀를 멍청히 바라보았다. '믿기지 않는 일이로군.'
그러나 너무나도 분명한 현실이었다. 줄리는 그의 허리띠를 끌어당기고 있었다.
"자, 어서. 나 피임약 먹었거든. 안전하다고."
그녀가 일순간 행동을 멈추었다.
"당신 할 수 있지, 못해? 내 말은 그러니까 당신이 말을 못하기 때문에 섹스도 못하는 건 아닌……."
닉이 두 손을 내밀었는데, 아마도 줄리의 어깨를 움켜잡으려는 의도였던 것 같았다. 하지만 대신에 줄리의 두 유방을 잡았다. 그것이 닉이 이제껏 버텨 왔던 저항의 끝이었다. 논리적인 생각은 그의 마음을 떠났다. 닉은 줄리를 바닥에 눕히고 정복했다.

얼마 후 닉은 허리띠를 다시 채우고 문으로 가서 밖을 내다보며 톰을 살폈다. 톰은 여전히 정류장 벤치 위에 죽은 듯 잠들어 있었다. 줄리가 닉에게 몸을 붙이고 새 향수병을 만지작거리며 물었다.
"저게 그 저능아야?"
닉은 끄덕거리기는 했어도 그 단어가 맘에 들지 않았다. 잔인한 단어인 것 같았다.
줄리가 자신에 관해 말하기 시작하자 닉은 그녀가 열일곱 살이므로 자기보다 많이 어린 것은 아니라는 사실을 알고 안심했다.

엄마와 친구들은 항상 그녀를 천사 얼굴 또는 줄여서 그냥 천사라고 불렀다고 말했는데, 너무 어리게 보이기 때문이었다. 줄리는 그 뒤로도 계속 무수히 많은 말을 했는데, 닉은 거짓말 중에서…… 더 좋게 표현하자면, 바라던 희망 사항을 진짜인 양 꾸며 대는 미사여구들 중에서 진실을 가려내기란 거의 불가능하다는 것을 깨달았다. 줄리는 닉 같은 사람을 기다려 왔던 것일지도 몰랐다. 끝없이 이어지는 자신의 독백을 절대 방해할 수 없는 그런 사람을. 닉의 눈은 그녀의 분홍색 입술이 단어 모양들을 토해 내는 것을 계속 지켜보느라 피곤해졌다. 그러나 만일 톰을 살펴보려고 또는 길 건너편의 의상실 판유리 창문이 박살 난 것을 쳐다보려고 그의 눈이 단 한 순간이라도 두리번거렸다면, 줄리의 손이 그의 뺨을 만져 눈을 다시 그녀의 입 쪽으로 돌려놓았을 것이다. 그녀는 그가 모든 것을 '듣기'를, 하나도 놓치지 말기를 원했다. 닉은 처음엔 그녀가 불쾌했고, 나중엔 지긋지긋해졌다. 1시간도 채 지나지 않아 닉은 놀랍게도 애당초 그녀를 발견하지 말았기를, 또는 그녀가 그들과 동행하려는 마음을 바꾸기를 바라고 있었다.

줄리는 록 음악과 대마초 '속으로' 화제를 돌렸고 '콜롬비아산 뚱뚱이 연초'와 '들들 볶는 코카인 양념 아빠'라고 부르는 대마초 담배에 조예가 깊었다. 남자 친구가 있었지만, 그는 그 지역 고등학교를 좌지우지하는 '권력 체제'에 너무 열을 받은 나머지 지난 4월 해병대에 입대하려고 떠나갔다. 그 후로 그를 보진 못했지만, 여전히 그에게 매주 편지를 썼다. 줄리와 두 여자 친구, 루스 호닝거와 메리 베스 구치는 위치타에서 열린 모든 록 콘서트에 갔는데, 작년 9월에는 캔자스시티까지 내내 차를 얻어 타고 가서 콘서

트에서 '밴 헤일런과 헤비메탈 괴물들'을 만났다. 그녀는 록 그룹 도켄의 베이시스트와 '그거 했다.'고 주장했고, 그것이 '내 인생에서 가장 빡세게 뽕 가는 경험'이었다고 말했다. 줄리는 어머니와 아버지가 24시간도 되지 않아 잇달아 죽고 나서 구슬프게 '엉엉 울고 또 계속 엉엉 울었다.'라고 했다. 비록 어머니는 '성질 고약한 내숭쟁이'였고, 아버지는 해병대에 입대하려고 마을을 떠난 그녀의 남자 친구 로니에 관해서라면 '엄청 삐딱하게 취급'하기는 했지만서도. 줄리는 고등학교를 졸업했던 위치타에서 미용사가 되거나 "무작정 할리우드로 가서 스타들의 집을 관리하는 회사에서 일자리를 얻는 거야. 내가 또 실내 장식이라면 빡세게 뽕 가거든. 그리고 메리 베스도 나랑 같이 가겠다고 그랬어."라고 떠벌렸다.

이 시점에서 줄리는 메리 베스 구치가 죽었으며, 미용사나 스타들의 실내 장식가가 되려던 기회는 자신의 친구와 함께…… 모든 사람들과 다른 모든 것들과 함께 없어졌다는 것을 문득 떠올렸다. 이것이 더 진실한 슬픔으로 충격을 준 것 같았다. 하지만 그것은 폭풍 같은 감정은 아니었고, 그저 짧은 소나기일 뿐이었다.

비록 당분간이었지만 거침없이 나오던 말이 조금씩 고갈되기 시작하자, 그녀는 매우 수줍어하며 한 번 더 '그거 하기'를 원했다. 닉이 고개를 젓자, 그녀는 잠깐 입을 삐죽거렸다.

"어쩌면 당신과 함께 떠나지 않을지도 몰라."

닉이 어깨를 으쓱했다.

"벙어리 자식 벙어리 자식 벙어리 자식."

줄리가 갑작스럽게 날카로운 악의를 드러내며 말했다. 두 눈이

제43장 61

심술궂게 빛났다. 그러고는 웃음 지었다.

"진심은 아냐. 그냥 농담한 거라고."

닉은 무표정하게 그녀를 바라보았다. 그는 이제껏 더 나쁜 이름으로도 불려 보았지만, 그녀의 말 속에는 너무도 맘에 들지 않는 무언가가 있었다. 안절부절못하는 불안정 상태. 줄리는 만약 화가 난다면, 소리 지르거나 상대의 얼굴을 철썩 때리지는 않을 것 같았다. 그런 타입이 아니었다. 이 여자 애는 아마 손톱으로 할퀴지 싶었다. 그녀가 나이를 속였다는 생각이 갑작스럽게 확신으로 다가왔다. 그녀는 열일곱 살도, 또는 열네 살도, 또는 스물한 살도 아니었다. 상대방이 원하는 어떤 나이로도 변했다…… 그녀가 상대를 원하는 것 이상으로 상대가 그녀를 더욱 원하고, 그녀가 상대를 요구하는 것 이상으로 상대가 그녀를 요구하는 동안에는. 줄리는 성적인 생명체로서 몸을 열었고, 닉은 줄리의 성욕이 성격 속에 담긴 다른 무엇의 징후…… 또는 증상일 뿐이라고 생각했다. 비록 증상은 병에 걸린 사람한테 사용하는 말이기는 하지만, 그렇지 않던가? 줄리가 병에 걸린 건 아닐까? 한편으로 보면 그런 것 같았고, 닉은 그녀가 톰한테 영향을 끼칠지도 몰라 갑자기 두려움을 느꼈다.

"이봐, 당신 친구가 깨어나려나 봐!"

줄리의 말에 닉이 돌아보았다. 그렇다. 톰은 이제 정류장 벤치에 일어나 앉아서, 부스스한 머리를 긁적거렸고 창백한 얼굴로 이리저리 눈을 굴렸다. 닉은 갑자기 펩토비스몰이 생각났다.

"안녕, 여러분!"

줄리가 떨리는 목소리로 소리치면서 톰을 향해 내달렸는데, 꼭

끼는 세일러복 웃옷 밑에서 유방이 감미롭게 출렁거렸다. 두리번거리던 톰의 눈은 처음부터 커져 있었다. 지금은 그 눈이 더욱 커져 갔다.

"안녕?"

그가 천천히 물었고, 확인 아니면 설명을 구하는 시선으로 닉을 바라보았다.

불안감을 감추고, 닉이 어깨를 으쓱하며 고개를 끄덕였다.

"나는 줄리야. 어떻게 지냈어, 자기야?"

염려와 불안이 깊어진 채로 닉은 톰에게 필요한 것을 구하러 다시 약국 안으로 들어갔다.

"어어어."

톰이 고개를 저으며 뒤로 물러났다.

"어어어, 나 안 할래요. 톰 컬런은 약 싫어해. 어쿠 안 되지, 맛이 안 좋아."

한 손에 삼각기둥 모양의 펩토비스몰 약병을 쥐고 있던 닉은 좌절과 혐오를 느끼며 톰을 쳐다보았다. 그는 줄리를 보았고 그녀도 시선을 마주 대했는데, 그녀의 눈에서 그를 벙어리 자식이라고 불렀을 때와 똑같은 심술궂은 눈빛이 보였다. 생동하는 눈빛이 아니라 음울한 기색을 띤 냉정한 광채였다. 남자든 여자든 본질적으로 유머 감각이 없는 사람이 심술부릴 준비를 하고 있을 때 눈에 들어 있는 표정이었다.

"그 말이 맞아, 톰. 그거 마시지 마, 그거 독약이야."

닉이 입을 벌리고 멍하니 줄리를 보았다. 그녀가 미소로 맞받으며 두 손을 엉덩이에 올리고, 톰을 다른 방식으로 설득시켜 보라고 도발했다. 비열한 복수였다. 필시 그녀의 두 번째 요구가 거절당했기 때문일 것이었다.

닉은 톰을 돌아보았고 자신이 직접 펩토비스몰을 마구 들이켰다. 관자놀이를 내리누르는 묵직한 분노가 느껴졌다. 톰에게 약병을 내밀었지만, 톰은 받으려 하지 않았다.

"안 돼요, 어어어. 톰 컬런은 독약은 마시지 않아요."

톰은 닉이 여자 애를 처다보는 들끓는 분노의 눈길 때문에 무서워졌다.

"아빠가 그러지 말랬어요. 만일 그게 헛간에 있는 쥐들을 죽이는 거라면, 톰도 죽일 거라고 아빠가 말했다고요! 독약은 안 돼요!"

줄리의 야비한 미소를 참을 수가 없던 닉이 갑자기 그녀에게 돌아섰다. 그러고는 줄리를 맘껏 후려쳤다. 세게 후려쳤다. 톰이 가만히 보더니, 눈이 커지며 잔뜩 겁에 질렸다.

"너……."

줄리는 입을 열었지만 한순간 할 말을 찾을 수가 없었다. 얼굴이 드문드문 불그스름해지더니 갑자기 수척해지고 망가지고 사악해진 듯 보였다.

"이 벙어리 기형아 개자식아! 그냥 농담이었어, 이 돌대가리야! 왜 쳐! 날 왜 치냐고, 염병할 새끼야!"

줄리가 달려들자 닉은 그녀를 뒤로 밀쳤다. 블루진 반바지 차림으로 엉덩방아를 찧으며 쓰러진 그녀가 고개를 들고 쏘아보며, 이를 악물고 으르렁거렸다.
"네 불알을 찢어발겨 버리겠어. 감히 이런 짓을 하다니."
그녀가 거칠게 숨을 내쉬었다.
두 손이 떨리고 머리는 쿵쾅거리는 상태로, 닉은 펜을 꺼내 큼직큼직 들쭉날쭉한 글씨로 메모를 갈겨썼다. 종이를 뜯어 줄리에게 내밀었다. 이글이글 분노하는 눈길로, 줄리는 그것을 옆으로 뿌리쳤다. 닉이 그것을 주워들며 줄리의 목덜미를 붙잡고, 메모를 얼굴에 들이밀었다. 톰이 움츠러들며, 훌쩍훌쩍 울었다.
줄리가 날카롭게 소리쳤다.
"알았다고! 읽으면 되잖아! 네 쓰레기 같은 메모 읽어 줄게!"
메모는 세 마디 말이었다.
'너 필요 없어.'
"좆 까!"
줄리가 부르짖으며, 닉의 손아귀에서 벗어나려 날뛰었다. 그녀가 인도 쪽으로 몇 발자국 물러났다. 약국 안에서 닉이 글자 그대로 그녀한테 걸려들었던 때처럼 그녀의 두 눈은 커다랗고 파랬지만, 이제 그 두 눈은 증오를 뿜어 댔다. 닉은 지긋지긋했다. 하고많은 사람들을 만날 수 있었는데, 왜 하필 그녀가 걸렸을까?
"난 여기 있지 않을 거야. 나도 떠날 거라고. 너는 나를 막을 수 없어."
줄리 로리가 말했다.
그러나 닉은 할 수 있었다. '이 여자 애는 여태 그것도 깨닫지 못했나? 그랬군. 이 여자 애는 깨닫지 못했어.' 줄리에게 이 모든 것은 할리우드 영화의 시나리오 같은 것이었고, 자신은 생동감 있는 재난 영화의 주연이었다. 천사 얼굴이라고 알려진 줄리 로리는 항상 자기가 원하는 것을 얻고야 마는, 그런 영화였다.

닉은 권총집에서 리볼버를 빼내 줄리의 발을 겨냥했다. 줄리는 뻣뻣이 굳어 버렸고, 빨갛게 달아올랐던 얼굴의 핏기가 싹 가셨다. 눈빛이 변하자 매우 달라 보인 그녀는 어쩐 일인지 처음으로 진지해진 듯했다. 무엇인가가 그녀의 세상으로 들어왔고, 적어도 그녀 자신의 마음속에서 그런 세상은 그녀한테 유리하게 돌아가도록 조종할 수가 없었다. 총이다. 닉은 갑자기 지긋지긋할 뿐만 아니라 메스꺼워지기까지 했다.

"정말로 그러려던 건 아니었어. 당신이 원하는 건 뭐든지 다 할게. 하나님께 맹세해."

닉은 총을 휘휘 내저으며 그녀에게 꺼지라는 시늉을 했다.

줄리는 돌아서서 걷기 시작하면서, 어깨 너머로 뒤를 돌아보았다. 빠르게 더 빠르게 걷더니 이내 걸음이 뜀박질로 변했다. 그녀는 한 블록 위에 있는 모퉁이를 돌아 사라졌다. 닉은 총을 권총집에 꽂았다. 몸이 떨려 왔다. 더럽혀진 것 같은 우울한 기분이었다. 마치 줄리 로리가 인간이 아닌, 인간이라기보다는 죽은 나무 밑에서 흔히 굴러다니는 피도 눈물도 없는 곤충에 더 가까운 존재이기라도 한 것처럼.

닉은 돌아서서 톰을 찾았지만, 보이지 않았다.

머리가 몹시도 쿵쾅거리는 데다 레이 부스가 후벼 팠던 눈이 욱신거렸지만, 닉은 땡볕이 내리쬐는 거리를 바삐 걸어 다녔다. 거의 20분이 지나서야 톰을 찾을 수 있었다. 그는 상점가에서 두 블록 떨어진 건물의 뒤쪽 베란다에 웅크리고 있었다. 베란다의 녹슨 그네 의자에 앉아서 피셔프라이스 장난감 차고를 품에 안고 있었다. 그는 닉을 보자 소리 내어 울기 시작했다.
"제발 마시라고 하지 마세요. 제발 톰 컬런이 독약을 마시지 않게 해 줘요. 어쿠, 안 돼요. 만약 그게 쥐를 죽이는 약이라면 나도 죽일 거라고 아빠가 말했다고요…… 제에에발!"
닉은 자신이 아직도 펩토비스몰 약병을 쥐고 있다는 것을 알았다. 약병을 내던져 버리고 빈 손을 톰 앞에 펼쳤다. 톰의 설사는 그저 저절로 없어져야만 하는 판국이었다. '몹시도 고맙구나, 줄리.'
톰이 베란다 계단을 내려오며 울먹거렸다.
"미안해요."
계속 또 계속 말했다.
"미안해요. 톰 컬런이 미안해요."
그들은 함께 다시 번화가로 걸어갔다…… 그러곤 멈춰 서서, 전방을 응시했다. 자전거 두 대가 모두 뒤집혀 쓰러졌다. 바퀴들이 찢겨 있었다. 배낭 속 내용물이 거리 한쪽에서부터 반대쪽까지 마구 널려 있었다.
바로 그때 닉은 무언가가 빠른 속도로 얼굴 가까이 지나가는 것을 느꼈고, 톰은 비명을 지르고 달아나기 시작했다. 닉은 잠시 당황한 채로 서서 두리번거리다, 오른쪽에서 두 번째로 발사되는 총구의 불빛을 우연히 목격했다. 불빛은 프랫 호텔의 2층 창문에서 날아들었다. 초고속으로 움직이는 짜깁기 바늘 같은 물체가 닉의 셔츠 옷깃 천을 세게 낚아챘다.
그는 돌아서서 톰을 뒤따라 달렸다.

줄리가 또다시 총을 쏠 것인지는 알 방법이 없었다. 톰을 따라잡고 나서 닉이 확실히 알았던 것이라고는 그들 모두 총에 맞지 않았다는 것이었다. '적어도 저 망나니랑은 인연을 끊은 거야.' 닉은 그렇게 생각했지만 이는 오직 반만 진실인 것으로 나중에 드러났다.

그들은 그날 저녁 프랫의 북쪽으로 5킬로미터 떨어진 한 헛간에서 잠을 잤고, 톰은 계속되는 악몽 때문에 잠을 설치다가 닉을 깨우고 나서야 안심했다. 다음 날 오전 11시경 둘은 이우카에 도착하여 '스포츠와 사이클 세상'이라는 매장에서 좋은 자전거 두 대를 발견했다. 마침내 줄리와의 충돌에서 회복되기 시작한 닉은 늦어도 14일까지는 도착할 수 있는 그레이트벤드에서 여행 물품을 다시 완전히 갖출 수 있으리라 생각했다.

그러나 7월 12일 오후 3시 15분쯤에, 그는 왼쪽 자전거 손잡이 근처에 달린 백미러 속에서 뭔가 반짝거리는 것을 보았다. 닉은 자전거를 멈추고(닉의 뒤에서 자전거를 달리며 방심하고 있던 톰이 발을 밟고 지나갔지만, 거의 느끼지 못했다.) 어깨 너머로 돌아다보았다. 샛별처럼 그들 바로 뒤편 언덕 위로 떠오른 반짝임이 그의 눈을 기쁘게 하고 아찔하게 했다. 믿을 수가 없을 지경이었다. 그것은 아주 오래전에 만들어진 시보레 픽업트럭, 근사하고 친숙한 디트로이트 자동차 공장산 굴렁쇠였다. 천천히 달리는 그 트럭은 281번 도로의 차선을 지그재그로 바꿔 가면서, 꼼짝 않고 길에 주저앉은 차량들이 산재한 미로를 요리조리 피하고 있었다.

차가 그들 곁으로 와서(톰은 열렬히 손을 흔들고 있었지만, 닉은 다리 사이에 자전거 몸체를 끼운 채로 서서 굳어 있을 수밖에 없었다.) 멈추었다. 운전자의 머리가 나타나기 전까지 닉은 그 운전자가 심술궂은 승리의 미소를 짓고 있는 줄리 로리일 거라고 생각했다. 줄리는 전에 그들을 살해하려 했던 그 총을 소지하고 있을 것이고, 이렇게 가까운 거리에서는 목표를 못 맞힐 일은 없을 터였다. 제기랄, 여자가 수치로 여길 만한 분노를 사지 말지어다.

그러나 모습을 드러낸 얼굴은 파란 벨벳 띠에 날렵한 깃털 하나가 비스듬히 꽂힌 밀짚모자를 쓴 40대 정도의 남자였고, 그가 씩 웃자 얼굴이 햇살에 찡그린 보기 좋은 잔주름살로 쭈글쭈글해졌다.

그는 이렇게 말했다.

"원 세상에, 이런 예수님이 회전목마를 타고 노는 듯한 희한한 경우를 봤나. 내가 지금 반가워하는 건가? 내 생각엔 그런 것 같구먼. 차에 올라타게나. 그리고 우리가 어디로 갈지 연구해 보자고."

그것이 닉과 톰이 랠프 브렌트너를 만난 내력이었다.

제44장

그는 맛이 가고 있었다. '베이비, 당신은 그거 까맣게 모르지?' 그것은 1950년대에 활동한 휴이 '피아노' 스미스가 부른 노래의 가사였는데, 지금 그 가사가 생각났다. 먼 옛날로 되돌아가기. 과거에서 온 돌풍. 휴이 '피아노' 스미스라, 그 노래를 어떻게 부르는지 기억해? 아아아아, 데이요…… 구바구바구바구바…… 아아아아. 주저리주저리. 휴이 '피아노' 스미스의 재치, 지혜 그리고 사회 비판.

"사회 비판 따위 좆 까라 그래. 휴이 피아노 스미스는 내 전 세대였어."

몇 년 후 자니 리버스가 휴이의 노래 「춤추는 폐렴과 신나는 독감」을 녹음했다. 래리 언더우드는 그 노래를 매우 명확하게 기억할 수 있었고, 이 상황에 매우 잘 어울리는 노래라고 생각했다. 멋지고 정겨운 자니 리버스. 멋지고 정겨운 휴이 '피아노' 스미스.

"좆 까라 그래."

래리가 또 한 번 생각을 내뱉었다. 그는 몹시 힘들어 보였다. 뉴잉글랜드 고속도로 위를 비틀거리며 걸어 다니는 창백하고 허약한 유령이었다.

"1960년대가 좋았지."

물론 1960년대, 그때가 좋은 시절이었다. 1960년대 중반, 1960년대 후반. 평화의 꽃 물결. 대통령 후보였던 진을 위해 깨끗하게 옷을 차려입은 히피들. 분홍색 뿔테 안경을 쓴 예술가 앤디 워홀과 그의 작품, 지랄 같은 브릴로 주방 수세미 상자들. 록 그룹 벨벳 언더그라운드. 요르바 린다에서 온 괴생물체 리처드 닉슨의 귀환. 작가 노먼 스핀래드, 작가 노먼 메일러, 사회주의 지도자 노먼 토머스, 일러스트레이터 노먼 록웰, 그리고 영화「사이코」의 베이츠 모텔에 사는 착하고 정겨운 사이코 노먼 베이츠, 헤헤헤. 가수 밥 딜런은 오토바이 사고로 목이 부러졌다. 가수 베리 맥과이어는「파멸 전야」를 목이 터져라 불렀다. 가수 다이애나 로스는 미국에 사는 모든 백인 아이들의 사회 의식을 높였다. '모든 경이로운 무리여, 나에게 1960년대를 달라. 그리고 1980년대는 당신 엉덩이에 쑤셔 넣으시라.' 래리는 멍하니 생각했다. 로큰롤 음악 얘기를 하자면, 1960년대는 황금 군단의 마지막 축제였다. 크림. 래스칼스. 러빙 스푼펄. 제퍼슨 에어플레인에서는 그레이스 슬릭이 보컬을 맡고, 노먼 메일러가 리드 기타를 맡고, 착하고 정겨운 노먼 베이츠는 드럼을 맡았다. 비틀스. 후. 데드······.

래리는 엎어지면서 머리를 부딪혔다.

세상이 까맣게 물결치더니 빛나는 파편들과 함께 다시 돌아왔다. 관자놀이를 문지르자 손에 엷은 피거품이 묻어났다. 별로 대단한 일도 아니었다. 씨발 씨발이었다. 눈부신 영광의 1960년대 중반에 사람들의 표현 그대로. 지난주 내내 래리는, 잠들기만 하면 악몽 때문에 깨어나고, 좋은 밤이라야 비명이 목구멍 한가운데 걸려 나오지 못하는 그런 밤들을 겪었는데, 그때 무엇이 머리를 공격하여 강타했던 것일까? 큰 소리로 비명을 지르고 '그것'에서 깨어나면, 자신의 비명 때문에 더 끔찍하게 겁에 질리고 말았다.

링컨 터널 속으로 다시 돌아가 있는 꿈. 래리의 뒤에 누군가가 있었는데, 꿈속에서 누군가는 리타가 아니었다. 그것은 악마였고, 악마가 얼굴에 차갑고 어두운 미소를 지으며 몰래 접근하고 있었다. 그 검은 남자는 걸어 다니는 시체가 아니었다. 걸어 다니는 시체보다도 더 끔찍했다. 래리는 흉한 꿈들의 느릿하고 질퍽한 공포에 휩싸여 뛰어가면서, 눈에 안 보이는 시신들 위를 위태롭게 밟으며 나아갔다. 가야 할 곳이 있음에도, 꽉 막혀 버린 자동차들의 납골당에 갇힌 시체들이 박제된 기념품처럼 흐리멍덩한 눈으로 노려보고 있다는 것을 깨달으면서 뛰어다녔다. 하지만 검은 악마 사내가, 검은 마법의 사내가 적외선 투시기 같은 눈으로 어둠 속을 볼 수 있는 판국에 뛰고 있다고 해서 그리 나을 게 있겠는가? 그리고 얼마 후면 다크맨이 그에게 낮은 목소리로 읊조리기 시작할 것이다.

"이리 와, 래애리, 이리 와, 우리는 다 함께 뭉칠 거야아아 래애애리……."

래리는 검은 남자의 숨결이 자신의 어깨에 곧바로 와 닿는 것을 느낄 것이고 그때가 바로 몸부림치며 잠에서 탈출하는 때였으며,

비명은 뜨거운 뼛조각처럼 목구멍에 걸려 버리거나 시체를 깨울 정도로 요란하게 실제로 입술을 뚫고 나왔다.

낮 시간에는 다크맨의 환각이 물러갔다. 다크맨은 엄격하게 야간 근무만 했다. 낮 동안에 래리에게 수작을 걸어 오는 것은 지독한 고독이었으며, 고독은 지칠 줄 모르는 어떤 설치 동물처럼, 아마도 쥐나 족제비처럼 날카로운 이빨을 가지고 그의 두뇌 속으로 야금야금 길을 파내고 있었다. 낮 동안에 래리의 생각은 리타를 떠나지 않았다. 비틀스의 노래 「사랑스러운 리타, 주차 단속 여경이여」처럼. 몇 번씩이고 마음으로 리타를 몇 번이고 되새기면서, 경악과 고통 속에서 죽어 버린 어떤 동물의 눈같이 가늘게 벌어진 그녀의 눈을, 한때 그가 키스를 했지만 이제 퀴퀴한 녹색 구토물이 가득 들어찬 그녀의 입을 상상했다. 리타는 너무도 쉽게 죽어 버렸다. 한밤중에, 만날 같이 쓰던 그 좆같은 침낭 안에서, 그리고 이제 그는…….

저런, 맛이 가고 있었다. 그런 것이었다. 그렇지 않은가? 그것이 그에게 일어나고 있는 일이었다. 래리는 맛이 가고 있었다.

"맛이 간다네. 야아 그거 참, 아주 지랄발광을 하는구나."

래리는 신음했다.

아직 어느 정도 합리적 태도를 간직한 마음 한구석은 그 말이 사실일 것이라 단언했지만, 그 순간 래리는 더위로 말미암은 심신 쇠약에 시달리고 있었다. 리타에게 사고가 생긴 이후로 그는 다시는 오토바이를 타고 다닐 수가 없었다. 그냥 그럴 수가 없었다. 마치 정신적 장애와도 같았다. 자신의 몸이 고속도로 위에서 완전히 피떡이 된 모습만 계속해서 눈에 보였다. 그래서 결국 래리는 오토바이를 내버렸다. 그다음부터 쭉 걸어 다니고 있었다. 얼마나 오랫동안? 4일 동안? 8일 동안? 9일 동안? 알 수가 없었다. 이날은 아침 10시 이후로 섭씨 30도였으며, 이제 거의 4시가 다 된 지금, 태양은 그의 바로 뒤에 있었고, 그는 모자를 쓰고 있지 않았다.

자신이 오토바이를 내버린 것이 며칠 전인지를 기억할 수 없었다. 어제는 아니었고, 아마 그 전날도 아닐 테고(어쩌면 그날이겠지만, 아마도 아닐 것이다.), 그런데 그게 뭐가 그리 중요한 일이겠는가? 래리는 오토바이에서 내려 기어를 힘차게 넣고, 속도 조절 손잡이를 돌리고 나서, 손을 뗐다. 부들부들 떨리는 힘 빠진 손에서 벗어난 오토바이는 정신 나간 광신도처럼 혼자 날뛰다가 콩코드 동쪽 방면 어디쯤이던 9번 도로의 축대 위로 뛰어들어 허공을 가르며 솟았다. 래리는 오토바이를 죽여 버렸던 마을 이름이 고스빌일지도 모른다고 생각하기는 했지만, 그것 역시 그리 중요한 일은 아니었다. 사실 오토바이는 이제 그에게 쓸모가 없었다. 그는 시속 25킬로미터 이상으로 운전할 엄두를 내지 못했고, 시속 25킬로미터에서도 운전대 위로 몸이 튀어 나가 두개골이 골절된다거나 앞이 잘 안 보이는 길모퉁이를 돌다가 뒤집힌 트럭에 부딪쳐 불덩어리가 될 거라는 악몽 같은 환각에 빠졌다. 그리고 얼마 후 개좆같은 과열 경고등이 켜졌는데, 당연한 결과였다. 조그만 빨간 전구 위에 덮인 플라스틱 보호판 위로 자그맣게 '겁쟁이'란 단어가 실제로 찍혀 있는 것처럼 생각되기까지 했다. 얼굴 양쪽으로 바람이 쇄도하는 속도감, 으스스한 발판 15센티미터 아래로 획획 흐릿해지는 포장도로……. 래리가 오토바이 타는 걸 당연하게 여겼을 뿐만 아니라 그것을 진짜로 즐겼던 적이 있기는 했던가? 있었다. 리타가 그와 동행하는 동안에는, 리타가 그저 녹색 구토물로 가득한 입과 가늘게 벌어진 두 눈이 달린 존재로 변하기 전까지는, 줄곧 오토바이를 즐겨 탔다.

그러한 이유 때문에 래리는 오토바이를 축대 밑으로 떨어뜨려 잡초가 빽빽한 협곡으로 보내 버린 다음 조심스럽게 공포에 젖어 가만히 지켜보았다. 오토바이가 어떻게 해서든 솟아올라 그를 덮치기라도 할 것처럼. '빨리 죽어라. 빨리 죽어서 엔진을 꺼트려라, 이 등신아.' 그러나 아주 오랫동안, 오토바이는 죽지 않을 태세였다. 아주 오랫동안 협곡 밑바닥에서 고함치고 으르렁거렸으며, 뒷바퀴가 뻥뻥 헛바퀴를 돌았고, 굶주린 듯한 체인은 작년 가을의 낙엽들을 마구 먹어 치우며 독한 냄새가 나는 갈색 먼지구름을 내뱉었다. 푸른 연기가 크롬 광택 나는 배기관에서 분출했다. 그리고 그런 때조차 래리는 오토바이한테 초자연적인 면이 있다는 생각에 너무 깊이 빠져 들어서는, 그 오토바이가 다시 일어나, 무덤에서 솟아 나와서 자신을 씹어 먹을 것이라고…… 그렇게 되던가 아니면 어느 날 오후 커지는 엔진 소리 때문에 뒤돌아보았더니 자신의 오토바이가 보일 것이고, 그냥 엔진을 끄고 예의 바르게 죽을 의향이 없는 이 염병할 오토바이가 자기를 향해 고속도로를 곧장 질주하며 시속 130킬로미터로 달려오는데, 운전대 위로 몸을 수그린 것은 다크맨, 그 무법자일 것이고, 다크맨의 뒷자리에 타고서 바람에 나부끼는 하얀 실크 바지를 입은 것은 리타 블레이크 무어일 것이니, 분필처럼 하얀 얼굴, 가늘게 벌어진 눈, 한겨울의 옥수수밭처럼 메마르고 퇴색한 머릿결을 하고 있을 터였다. 그런 생각을 하고 나자 드디어 오토바이가 으르렁거리고 컥컥거리며 숨이 막히고 헛기침을 하기 시작했는데, 마침내 엔진이 멈추자 내려다보던 그는 슬픔을 느꼈다. 마치 오토바이가 자신의 일부였는데 죽여 버리기라도 한 듯이. 오토바이가 없으면 정적에게 맹렬한 공격을 퍼부을 방법이 전혀 없었는데, 어떤 면에서 정적은 사고로 죽거나 심각한 부상을 당할 것 같은 두려움보다도 더 끔찍했다.

그때 이후로 래리는 쭉 걷고 있었다. 9번 도로를 따라 통과했던 몇몇 소도시는 오토바이 매장이 있었고, 열쇠까지 꽂혀 있는 전시용 오토바이들이 서 있었지만, 만약 그것들을 너무 오래 쳐다보면, 자신이 길가의 핏물 웅덩이 속에 누워 있는 불길한 환각이 총천연색으로 생생하게 떠오를 것이었다. 찰스 밴드 감독의 소름 끼치면서도 한편으론 매혹적인 B급 공포 영화들에 나오는 장면처럼, 커다란 트럭 바퀴 아래 깔린다거나 이름 없는 커다란 벌레들이 사람의 따스한 생체 기관 속에서 자라다가 결국엔 살점이 튀어 오르면서 뱃속이 터지는 장관을 연출하며 불쑥 튀어나오는 식으로 사람들이 계속 죽어 나가는 장면들처럼……. 따라서 래리는 정적을 참아 내면서, 창백한 채로 벌벌 떨면서 전시된 오토바이를 그냥 지나쳤다. 윗입술과 관자놀이의 오목한 부분에서 섬세하고 자잘한 땀방울들이 돋아나며 그냥 지나쳤다.

몸무게가 줄었다. 왜 아니겠는가? 그는 온종일, 매일 매일, 동틀 때부터 해 질 때까지 걸었다. 잠을 이루지 못했다. 새벽 4시만 되면 악몽 때문에 깨어나곤 했고 콜맨 램프를 켜고 그 곁에 웅크리고 앉아, 툭툭 털고 일어나 길을 걸을 수 있도록 해가 뜨기만을 기다리곤 했다. 그리고 계속 걷다가 날이 어두워져 앞이 안 보일 정도가 되면 탈옥수와도 같이 은밀하고 다급하게 야영 준비를 하곤 했다. 야영 준비가 다 되면 누운 채로 늦게까지 깨어서, 2그램 정도의 코카인을 주입한 기분을 느꼈다. 오 베이비, 흔들어, 진저 리쳐, 그리고 뒹굴어. 또한 심각한 코카인 중독자처럼 음식을 제대로 먹지 않았다. 배고픔을 전혀 느끼지 않았다. 코카인은 식욕을 돋우지 않는 물건이고, 공포 역시 마찬가지 효과가 있었다. 래리는 오래전 캘리포니아에서 있었던 파티 이후로는 코카인에 손대지 않았지만, 그동안 줄곧 공포에 젖었다. 숲 속에서 새가 울어 대는 깍깍 소리가 그를 움찔거리게 했다. 더 큰 동물로 착각하게 만드는 작은 동물의 필사적인 통곡 소리는 그를 거의 펄쩍 뛰게 했다. 그는 날씬함과 뼈쩍 마름을 지나, 피골이 상접한 상태로 치달았다. 이제는 피골이 상접함과 뼈만 남음 사이에 있는 은유적인 (또는 신진대사의) 울타리에서 균형을 유지했다. 그가 기른 턱수염은 머리 색깔보다 더 밝은 황갈색에 순금 빛깔이 감도는 두 가지 색조로 제법 멋이 있었다. 두 눈은 얼굴 속에 깊숙이 파묻혀서, 함정에 빠지고 덫에 걸려 버린 절망적인 작은 동물처럼 눈구멍 속에서 반짝거렸다.

"맛이 간다네."

또 신음했다. 이 처량한 넋두리에 담긴 쇠잔한 절망이 무서웠다. 상황이 그렇게까지 안 좋아졌단 말인가? 한때 적당히 히트한 음반을 냈던 래리 언더우드라는 사람이 있었는데, 그는 그의 시대에서 엘튼 존 같은 명가수가 되리라는 포부를 지녔고…… 오 이 친구야, 제리 가르시아가 그 말을 듣고 얼마나 비웃었을까…… 그리고 이제 그 사내는 뉴햄프셔 주 남동부의 어딘가에 있는 9번 도로의 검은 아스팔트 도로를 기어 다니는 망가진 생물로 변질되었으니. 기어 다니는, 그저 기어 다니는 왕뱀, 그것이 바로 그였다. 예전의 래리 언더우드는 이렇게 기어 다니는 게으름뱅이랑은 분명히 아무 관련도 없었을 터인데…… 이것은…….
일어서려고 기를 썼지만 그럴 수가 없었다.
"야, 이거 너무 우스꽝스럽잖아."
래리는 반은 웃으며 반은 울며 말했다.
길 건너 200미터 떨어진 언덕 위에 아름다운 신기루처럼 희미하게 빛나는 것이 있었으니, 희고 울퉁불퉁한 뉴잉글랜드식 농가였다. 녹색 담장, 녹색 외부 장식 그리고 녹색 판자 지붕으로 이루어진 집이었다. 농가에서 이제 막 덥수룩해지기 시작한 녹색 잔디밭이 이어져 나왔다. 잔디밭 끝 부분엔 작은 개천이 흘렀다. 개천이 콸콸거리고 졸졸거리는 황홀한 소리를 들을 수 있었다. 돌벽이 개천 옆을 따라서 굽이굽이 서 있었는데, 아마도 사유지의 경계를 표시하는 것 같았고, 그 벽에 일정한 간격으로 기대 있는 것은 그늘을 늘어뜨린 덩치 큰 느릅나무들이었다. 래리는 그곳까지 세계적으로 유명한 기어 다니는 게으름뱅이 꿈틀거리기를 열심히 해서 한동안 그늘에 앉아 있을 작정이었다. 바로 그렇게 하려고 맘먹었다. 그리고…… 총체적으로 기분이 한결 좋아지면…… 두 발에 힘을 주고 개천으로 내려가 물을 한 모금 마시고 몸을 씻을 생각이었다. 아마 그의 몸에는 지독한 냄새가 배었을 것이다. 그렇지만 누가 신경 쓰겠나? 리타도 죽은 마당에 그의 몸 냄새를 맡을 사람이 누가 있겠는가?
리타는 아직도 그때 그 텐트 안에 그대로 누워 있으려나? 그는 병적으로 집착하며 궁금해했다. 시신이 부풀어 올랐을까? 파리 떼가 들끓고 있을까? 1번 횡단로의 화장실 안에 있던 시커멓고 달콤한 진수성찬처럼 점점 변하고 있을까? 도대체 리타가 다른 곳 어디에 있을 수 있단 말이야? 코미디언 보브 호프랑 팜스프링스에 골프 치러 갔으려나?

"맙소사, 그거 참 무시무시한데."

중얼거리며 래리는 도로를 가로질러 기어갔다. 일단 그늘에 들어오고 나니 두 발로 일어설 수 있으리라 확실히 느꼈지만, 그것은 너무나도 많은 노력이 필요한 행동인 듯했다. 그렇기는 해도 오토바이가 자신을 깔아뭉개지 않는다는 걸 확인하려고, 정말로 아껴 뒀던 상당한 에너지를 소비해 자신이 왔던 길을 슬쩍 뒤돌아보았다.

그늘 속은 적어도 섭씨 10도는 더 시원해서 래리는 기쁨과 안도의 숨을 깊게 내쉬었다. 그날 내내 태양이 내리쬐었던 목덜미에 손을 댔다가 통증 때문에 자그맣게 신음 소리를 내며 손을 뒤로 뺐다. 햇볕에 화상을 입은 건가? 자일로카인 마취제를 써 봐. 그리고 온갖 좋다는 너절한 방법도 다 써 보라고. 뜨거운 태양 아래서 나와. 불타잖아, 베이비, 불타잖아. 와츠. 1960년대에 일어난 폭동으로 불탄 도시 와츠를 기억하지? 과거에서 온 또 하나의 재앙. 전 인류의 존재는 그저 과거에서 온 하나의 대단하고 격심한 재앙일 뿐, 대단하고 장엄한 황금시대의 신기한 유물일 뿐.

"이 보라고, 너는 아픈 거야."

래리가 말하며 느릅나무의 거칠거칠한 몸통에 머리를 기대고 눈을 감았다. 군데군데 햇빛이 얼룩진 그늘이 눈꺼풀 안쪽에서 빨강과 검정이 움직이는 무늬를 만들었다. 졸졸거리고 콸콸거리는 물소리는 감미롭고 위안이 되었다. 잠시 후면 그곳으로 내려가 물을 마시고 몸을 씻을 생각이었다. 조금만 있다가.

래리는 꾸벅꾸벅 졸았다.

몇 분이 흐르자 선잠을 자던 그는 며칠 만에 처음으로 찾아온 아무런 꿈도 없는 깊은 잠에 빠져 들었다. 축 늘어진 두 손이 무릎에 놓여 있었다. 앙상한 가슴이 오르락내리락했고, 턱수염 때문에 더욱 야위어 보이는 얼굴은 믿기 어려울 만큼 잔혹한 대학살에서 탈출한 고독한 피난민의 심란한 얼굴 같았다. 조금씩 조금씩, 볕에 그을린 얼굴에 새겨진 주름살들이 펴지기 시작했다. 무의식의 가장 깊은 단계로 빙글빙글 내려간 그는 시원한 진흙 속에서 꿈꾸듯 여름을 나는 자그마한 민물 생명체처럼 그곳에서 휴식을 취했다. 하늘에선 태양이 지고 있었다.

실개천의 끄트머리 근처에서 무성한 덤불 울타리가 약간 덜그덕거리면서, 무엇인가 그 속에서 은밀하게 움직였다가 멈췄다가 다시 움직였다. 조금 후에 한 소년이 모습을 드러냈다. 열세 살이나 열 살 정도였고 나이에 비해 키가 컸다. 프루트오브더룸 상표가 붙은 팬티만 빼고는 벌거벗은 차림이었다. 몸이 온통 적갈색으로 볕에 그을렀다. 팬티의 허리끈 바로 위에 나타난 깜짝 놀랄 만큼 하얀 살결의 띠만 빼고. 피부가 모기와 벼룩한테 물린 자국들로 덮였는데, 일부는 새로 생긴 것이었지만 대개는 오래된 것이었다. 소년은 오른손에 큰 식칼을 들고 있었다. 칼날은 30센티미터 길이였으며 칼끝은 들쭉날쭉한 톱니 모양이었다. 그 칼이 햇빛을 받아 맹렬히 번쩍거렸다.

부드럽게 허리를 살짝 앞으로 구부린 소년이 느릅나무와 돌벽

쪽으로 다가와 래리 바로 뒤에 섰다. 두 눈은 초록빛을 띤 파란색, 바닷물 색깔이었으며, 눈초리가 살짝 올라가 중국인 같은 인상을 주었다. 눈은 표정이 없었으며, 다소 포악스러웠다. 소년이 칼을 치켜들었다.

한 여자의 목소리가 부드럽고도 엄하게 말했다.

"안 돼."

소년이 그녀한테 돌아서서, 고개를 길게 빼고 귀를 기울인 채로 칼을 치켜들고 서 있었다. 그의 태도는 의혹과 실망 둘 다였다.

"우리 잘 지켜보기로 하자."

여자의 목소리가 말했다.

소년이 가만히 서서, 갈망하는 것이 분명한 표정으로 칼에서 래리에게로 그리고 다시 칼로 시선을 옮기더니, 왔던 길을 따라 다시 물러났다.

래리는 계속 잠만 잤다.

래리가 깨어나서 첫 번째로 깨달은 사실은 기분이 좋아졌다는 것이었다. 두 번째는 배가 고프다는 것이었다. 세 번째는 태양이 이상하다는 것이었다. 태양은 하늘을 거꾸로 가로질러 여행해 버린 듯했다. 네 번째는 표현이 좀 그렇기는 해도 자신이 경주마처럼 오줌을 갈겨야 한다는 것이었다.

일어서서 기지개를 켜는 동안 힘줄들이 기분 좋게 우두둑거리는 소리를 들으면서 그는 자신이 그저 낮잠만 잔 게 아니었다는 사실을 깨달았다. 밤새도록 잤던 것이다. 손목시계를 내려다보고는 태양이 이상하게 보였던 이유를 알았다. 아침 9시 20분이었다. 배가 고팠다. 저 크고 하얀 집 안에 음식이 있을 것 같았다. 통조림 수프, 어쩌면 소금 간이 된 소고기도. 위장이 꾸르륵거렸다.

위로 올라가기 전에 래리는 옷을 벗고 개천 옆에 무릎을 꿇고 앉아 온몸에 물을 적셨다. 자신이 얼마나 앙상해졌는지 실감할 수 있었다. 완전히 엉망진창 신세로 전락했다. 그는 일어서서 셔츠로 몸을 닦고, 바짓단을 위로 끌어 올렸다. 바윗돌 두 개가 개천에서 축축한 검은 등짝을 내밀고 있어서 그것들을 밟고 개천을 건넜다. 건너편에 다다르자 갑자기 몸이 굳어 버린 그는 덤불이 무성한 쪽을 응시했다. 잠에서 깬 이후로 그의 내면에 잠들어 있던 공포가 폭발하는 소나무 장작처럼 별안간 확 타오르더니 너무도 급속히 가라앉았다. 래리가 들었던 소리는 다람쥐나 마멋의 소리였을 것이다. 어쩌면 여우일지도. '별거 아니야.' 그는 아무렇지 않은 듯 돌아서서 크고 하얀 집을 향해 잔디밭을 걸어 올라가기 시작했다.

반쯤 올라가다 한 가지 생각이 마음속에서 거품처럼 떠올랐다가 펑 터졌다. 요란한 팡파르도 울리지 않았으며, 무심코 일어난 생각이었지만, 함축된 의미들로 말미암아 꼼짝없이 걸음을 멈추어야 했다.

그 생각은 이거였다. '왜 너는 자전거를 탈 생각은 안 했니?'

그는 개천과 집에서 같은 거리에 있는 잔디밭 한가운데 서서, 그 생각의 간단명료함에 화들짝 놀랐다. 할리 오토바이를 내버린 후로 그는 쭉 걷고 있었다. 걷기, 자기 몸을 축내 가면서 걷기, 그러다 마침내 일사병이나 그것과 별 차이 없는 유사한 증세로 맥없이 쓰러지기. 그러나 열심히 자전거 페달을 밟았더라면, 기껏해야

빠르게 뜀박질하는 속도에 불과했겠지만 그래도 지금쯤이면 해변에 도착해서 여름 별장을 하나 골라 소유하고 있을 것이다.

래리는 웃음을 터뜨렸다. 처음엔 주위의 고요함을 깨고 튀어나온 웃음소리에 스스로 약간 으스스해져서 조용히 웃었다. 주변에 같이 웃을 사람이 하나도 없을 때 혼자 웃는 것은 그저 전설적인 지랄 발광의 나라로 일방통행 여행을 하고 있다는 또 하나의 신호였다. 그러나 그 웃음이 너무도 진실하고 스스럼없이 들려서, 너무도 지랄 맞게 건강하게 들려서, 예전의 래리 언더우드가 거침없이 웃어 대는 것 같았다. 두 손을 엉덩이에 대고 하늘을 향해 고개를 한껏 뒤로 젖히고 서서 자신의 놀랄 만큼 굉장한 어리석음을 비웃느라 큰 소리로 웃어 댔다.

그의 뒤쪽, 실개천 근처를 둘러싼 덤불이 제일 울창한 곳에서 초록빛을 띤 파란 눈이 이 모든 것을 지켜보았고, 래리가 마침내 집으로 향하는 잔디밭을 올라가면서 계속 조금씩 웃음을 터뜨리고 고개를 흔드는 광경도 지켜보았다. 그 눈은 래리가 현관으로 올라가 앞문을 열려다 문이 열려 있는 것을 발견하는 모습을 지켜보았다. 그가 실내로 사라지는 것을 지켜보았다. 그러고 나서 덤불이 흔들리기 시작하면서 래리가 들었다가 무시해 버렸던 부스럭거리는 소리를 냈다. 덤불 속을 뚫고 나온 소년은 여전히 팬티만 걸친 벌거벗은 몸이었고, 큰 식칼을 휘두르고 있었다.

또 다른 손이 나타나서 소년의 어깨를 어루만졌다. 소년이 즉시 멈췄다. 덤불 밖으로 여자가 나왔다. 키가 크고 위풍당당한 그녀는 덤불을 전혀 건드리지 않은 듯했다. 그녀의 머릿결은 빽빽하게 무성한 검은 바탕에 순백의 굵은 줄들이 빛나고 있었다. 매력적이고 놀라운 머릿결이었다. 머리끈으로 틀어 묶어서 한쪽 어깨 위에 걸친 머리가 가슴이 불룩하게 솟은 곳까지 길게 늘어뜨려졌다. 이 여자를 바라보는 사람은 누구나 처음엔 큰 키를 주목하고, 그런 다음 그 머릿결에 이끌려 찬찬히 바라보고, 복슬복슬하면서도 윤기 나는 감촉을 눈으로도 느낄 수 있을 정도라고 생각할 것이다. 그리고 남자라면, 만약 그녀가 머리띠를 풀어 달빛이 쏟아지는 베개 위로 쫙 펼친다면 어떤 모습일지 궁금해할 것이다. 또한 그녀가 침대에서는 어떤 모습일지 궁금해할 것이다. 그러나 그녀는 침실에 남자를 끌어들인 적이 한 번도 없었다. 순결한 여자였다. 그녀는 기다리고 있었다. 꿈을 꿔 왔다. 오래전 그녀가 대학생이던 시절에 점치는 받침판인 위저보드에 얽힌 사건이 있었다. 그녀는 이 남자가 바로 그 사람인지 아닌지 궁금해했다.

"기다려."

그녀가 소년한테 말했다.

그녀는 괴로워하는 소년의 얼굴을 자신의 차분한 얼굴로 돌려 세웠다. 그녀는 문제가 무엇인지를 알았다.

"집은 괜찮을 거야. 저 사람이 왜 집을 망가뜨리겠니, 조?"

소년이 고개를 돌려 집을 바라보았다. 그리워하며, 걱정스럽게.

"그가 떠나면, 우리도 그를 따라갈 거야."

소년이 심술궂게 고개를 저었다.

"아니야. 우린 그래야 해. 나는 그래야 해."

그녀는 그래야 한다고 강하게 느꼈다. 그 남자는 어쩌면 그 사람이 아닐 것이다. 그러나 설령 아니라고 해도, 그는 그녀가 수년간 쫓아다녔던 사슬 속에서, 이제 끝에 가까워지고 있는 그 사슬 속에서 하나의 연결 고리였다.
 본명은 아니지만 하여튼 조라고 불린 소년은 여자를 찌를 듯한 태세로 사납게 칼을 치켜들었다. 그녀가 자신을 방어하거나 달아나려는 행동을 전혀 하지 않자 소년은 칼을 천천히 내렸다. 그러고는 집을 향해 돌아서서 그쪽으로 칼을 푹 찔렀다.
 "안 돼, 너 그러면 안 돼. 왜냐하면 그는 살아 있는 사람이고, 우리를 인도해 줄 거야……."
 여자가 침묵에 빠졌다. '다른 사람들한테로.' 그녀는 그렇게 말을 끝맺으려 했다. '그는 살아 있는 사람이고, 우리를 다른 사람들한테로 인도해 줄 거야.' 그러나 그것이 자기가 하려 했던 말인지, 또는 설사 그렇다 쳐도 그것이 자기가 하려 했던 말의 '전부'였는지는 확신하지 못했다. 이미 그녀는 그 두 가지 면이 동시에 끌려 나온 것을 느꼈고, 차라리 래리를 보지 못했더라면 좋았겠다고 생각하기 시작했다. 그녀는 또다시 소년을 어루만지려 했지만 소년은 화를 내며 몸을 홱 잡아 뺐다. 크고 하얀 집을 올려다보는 아이의 두 눈이 질투로 가득 차 이글거렸다. 잠시 후 아이는 덤불 속으로 스르르 들어가며, 비난하듯 그녀를 쏘아보았다. 그녀는 아이가 괜찮은지 확인하려고 따라갔다. 아이는 누워서 태아처럼 웅크리고 칼을 가슴에 안았다. 엄지손가락을 입 안에 넣고 눈을 감았다.
 네이딘은 개천이 작은 연못을 이룬 곳으로 가서 무릎을 꿇었다. 두 손에 물을 떠서 마시고 나서 자리를 잡고 그 집을 지켜보았다. 눈빛은 차분했으며, 얼굴은 라파엘 그림 속의 성모 마리아와 흡사하게 매우 엄숙했다.

그날 오후 늦게 9번 도로의 가로수 길을 따라 자전거를 타고 가던 래리는 녹색으로 번쩍거리는 표지판 하나가 앞에서 다가와 다소 놀라서 뭔지 보려고 멈췄다. 표지판에는 그가 '메인 주, 휴가의 땅'으로 진입 중이라고 씌어져 있었다. 그는 그 사실을 좀처럼 믿을 수 없었다. 아마도 공포 때문에 반쯤 넋이 나간 상태로 경이로울 만큼 먼 거리를 걸었던 것이 틀림없었다. 그랬던가 아니면 어딘가에서 이틀 동안 걸었던 기억을 잊어버렸던가. 다시 자전거를 막 타려고 했을 때 무엇인가가, 숲 속에서 또는 어쩌면 그의 머릿속에서 소음이 들려 어깨 너머로 황급히 뒤돌아보았다. 아무것도 없었고, 그저 9번 도로만이 뉴햄프셔로 흘러 들어가는 황량한 풍경만 펼쳐졌다.

래리는 마른 시리얼과 가루 치즈를 얹은 약간 눅눅한 리츠 크래커로 아침 식사를 했던 크고 하얀 집에서부터, 몇 번씩이나 감시당하고 쫓기고 있다는 느낌을 강하게 받았다. 여러 가지 소리를 들었을 테고, 어쩌면 곁눈질로 여러 가지를 보기도 했을 것이다. 이토록 이상한 상황 속에서 완전히 소생하기 시작한 그의 관찰력은 얼핏 지나치기 쉬운 아주 경미한 자극에도 일일이 반응하여 '감시당하는' 느낌만 주는 사소한 일에도 연방 신경이 거슬리게 했다. 다른 느낌과는 달리 섬뜩한 기분이 들지는 않았다. 환각이나 정신 착란의 기미는 없었다. 만약 누군가가 그를 지켜보고 그저 숨죽이고 있다면, 아마도 그를 두려워하기 때문일 것이었다. 그리고 만약 그들이 불쌍하게 늙어 버린 홀쭉이 래리 언더우드를, 이제는 너무 겁을 먹어 시속 40킬로미터로 오토바이를 달릴 엄두조차 못 내는 그런 사람을 무서워한다면, 걱정할 정도의 사람들은 결코 아닐 것이었다.

그래서 래리는 크고 하얀 집에서 동쪽으로 5킬로미터 정도 떨어진 곳의 스포츠용품점에서 구한 자전거에 다리를 걸치고 서서 분명하게 소리쳤다.

"만약 거기 있거든 밖으로 나오시지그래? 나는 당신을 해치지 않아."

아무 대답도 없었다. 그는 지역 경계를 표시하는 표지판 옆의 도로 위에 서서 지켜보며 기다렸다. 새 한 마리가 지저귀다가 하늘로 쌩하니 날아올랐다. 그 밖에 움직이는 것은 없었다. 잠시 후 그는 계속 길을 나아갔다.

그날 저녁 6시에 래리는 9번 도로와 4번 도로의 교차 지점에 있는 노스 버윅이라는 작은 마을에 당도했다. 그곳에서 야영을 하고 아침에 해안까지 마저 이동하기로 했다.

9번과 4번의 교차로가 지나는 노스 버윅에는 작은 가게가 있었고, 래리는 가게 안으로 들어가 전기가 나간 냉장고에서 여섯 개들이 캔 맥주 한 상자를 구했다. 그가 한 번도 마셔 본 적 없는 블랙 라벨 맥주였는데 아마도 그 지역 맥주인 듯했다. 그는 험프티 덤프티 소금 식초 양념 감자 칩 대용량 한 봉지와 딘티 무어 소고기 스튜 깡통 두 개도 집었다. 그러고는 물건들을 배낭에 넣고 문 밖으로 나왔다.

길 건너에 식당이 있었고, 아주 짧은 순간 동안 래리는 긴 그림자 두 개가 식당 뒤에서 자신을 미행하다가 사라지는 것을 보았다고 생각했다. 그의 눈이 착각한 것일지도 몰랐지만, 그렇게 생각되지 않았다. 그는 고속도로 건너편으로 뛰어가 숨어 있는 사람들이 나오도록 놀래 줄 수 있을지 생각해 보았다. 모두 모두 다 나와라. 술래잡기 놀이 끝났다, 애들아. 하지만 그러지 않기로 했다. 그는 공포가 무엇인지를 잘 알았다.

대신에 래리는 짐이 든 배낭을 자전거 핸들에 매달고 자전거를 끌면서 고속도로를 좀 더 걸어갔다. 도로 너머로 나무들이 늘어선 커다란 벽돌 모양의 학교가 보였다. 그는 제법 크게 불을 피우려고 작은 숲에서 나무를 충분히 주위다가, 학교의 아스팔트 운동장 한가운데에 쌓았다. 학교 옆에는 실개천이 방직 공장을 지나 고속도로 아래로 흐르고 있었다. 그는 맥주가 시원해지도록 개천 물에 담갔고 소고기 스튜 깡통 하나를 조리했다. 그러고는 그것을 보이스카우트 식판에 담아 운동장 그네에 앉아서 먹었다. 농구 코트의 빛바랜 경계선들 위로 그의 그림자를 길게 늘어뜨리며 그네가 앞뒤로 천천히 흔들거렸다.

그는 자신을 따라오고 있는 사람들이 왜 그다지 무섭게 여겨지지 않는 건지 이상했다. 왜냐하면 이제 그는 따라오는 사람들이 정말로 있다고 확신했고, 적어도 두 사람이었으며, 어쩌면 더 많을 수도 있기 때문이었다. 그렇게 생각하고 보니 왜 온종일 기분이 좋았을까도 궁금했다. 마치 전날 오후에 긴 잠을 자는 동안 검은 독극물 같은 것이 몸에서 빠져나가기라도 한 듯했으니까. 그저 그동안 휴식이 필요했던 것뿐이었나? 그것 말고 별다른 이유는 없나? 너무 간단한 듯싶었다.

래리는 생각을 논리적으로 정리해 보며 만약 쫓아오는 사람들에게 자신을 해칠 의향이 있었다면, 벌써 그렇게 했을 것이라고 생각했다. 그들은 매복했다가 총으로 쏘거나 하다못해 무기로 위협이라도 해서 그를 강제로 굴복시켰을 것이다. 그들은 자신들이 원하는 것을 빼앗아 갔을 텐데...... 하지만 또다시 논리적으로 생각해 보니(논리적으로 생각하는 것 역시 기분이 좋기만 했는데, 지난 며칠간은 모든 사고력이 공포라는 부식성 염산 목욕물 속에서 녹아 버렸기 때문이었다.), 그가 가진 것 중에 다른 사람이 원할 만한 것이 도대체 뭐란 말인가? 이 세상 물건이 다 없어질 때까지 모든 사람들한테 물건이 풍족하게 남아돌 판이었는데 그 이유는 살아남은 사람이 엄청나게 극소수이기 때문이었다. 시어스 통신 판매 카탈로그를 무릎에 놓고 변기에 앉아 갖고 싶다고 간절히 꿈만 꿔 왔던 모든 것들을 이제는 미국의 모든 상점 진열창 뒤에서 집어 가면 그만인 판국에, 왜 훔치고 죽이고 자기 목숨을 위태롭게 하려고 기를 쓴단 말인가? 그냥 유리창을 깨고 안에 들어가서 들고 나오면 되는데.

모든 것이 마음대로였다. 다만 친구들과의 친목 도모 활동만 빼고. 래리가 아주 잘 아는 바대로 그것은 매우 드문 일이 되었다. 그리고 그가 두려움을 느끼지 않았던 진짜 이유는 바로 그 친목 활동이야말로 이 사람들이 바라는 것임에 틀림없기 때문이었다. 조만간 그들의 열망이 그들의 두려움을 압도할 것이다. 래리는 그렇게 될 때까지 기다릴 것이다. 메추라기 떼를 내몰듯 그들을 자극하진 않을 것이다. 그랬다가는 상황을 더 악화시키기만 할 것이다. 이틀 전만 같았더라도, 만약 누군가를 목격했다면 그 자신도 몸을 숨겼을 것이다. 그저 너무나도 소스라치게 놀라 그 밖에 다른 행동은 못했을 터였다. 그러고는 어떻게 될지 숨죽이고 기다렸을 것이다. 그러나, 아아, 그는 진정으로 다시 누군가를 만나길 원했다. 진정으로 그러했다.

그는 개천으로 돌아가서 식판을 헹구었다. 물속에서 맥주 상자를 꺼내 그네로 돌아왔다. 첫 번째 맥주의 뚜껑을 똑 따서 그림자들을 목격했던 식당 쪽을 향해 치켜들었다.

"너무나 활력 넘치는 당신들의 건강을 위하여."

래리가 말하면서 단숨에 캔의 절반을 들이켰다. 목을 넘어가는 부드러운 감촉이 정말로 좋았다!

캔 여섯 개를 다 해치웠을 무렵엔 시간이 7시를 넘어섰고 태양은 질 채비를 하고 있었다. 그는 모닥불의 마지막 남은 잿더미를 발로 산산이 흩뜨려 버린 다음 짐을 한데 모았다. 그러고선 적당히 취해 유쾌한 기분으로, 9번 도로를 자전거로 500미터쯤 달려 방충망을 친 현관이 붙은 집을 발견했다. 자전거를 잔디밭에 세운 뒤, 침낭을 들고 현관문을 스크루 드라이버로 강제로 뜯었다.

래리는 한 번 더 주위를 두리번거리며 남자든 여자든 따라오는 사람들을 보길 바랐다. 그들이 아직도 자신을 뒤따르고 있다고 느꼈지만, 거리는 조용했고 텅 비어 있었다. 그는 어깨를 으쓱하며 집 안으로 들어갔다.

아직 이른 시간이어서 적어도 한동안은 뒤척거리며 누워만 있을 거라 예상했지만, 아직도 보충해야 할 잠이 분명히 남아 있었다. 눕고 나서 15분 뒤 그는 의식의 세계를 벗어나, 천천히 고르게 숨을 쉬었다. 소총이 오른손 가까이에 놓여 있었다.

네이딘은 피곤했다. 이날은 그녀 인생에서 가장 긴 하루인 것 같았다. 래리에게 두 번은 발각당했다고 그녀는 확신했다. 한 번은 스트래포드 근처에서, 그리고 또 한 번은 메인 주와 뉴햄프셔 주 경계선에서. 그때 그 사람은 어깨 너머로 뒤돌아보며 소리를 질렀다. 네이딘으로서는 발각당하든 말든 상관없었다. 이번 남자는 미친 사람이 아니었다. 열흘 전에 크고 하얀 집을 지나갔던 그 남자와는 달랐다. 그 남자는 여러 자루의 총과 수류탄과 탄띠로 무장한 군인이었다. 그는 울며 웃으며 모든 중위라는 사람의 눈알을 찌부러뜨리겠다고 위협했다. 모든 중위는 눈앞에 얼씬도 안 했는데, 만약 그 중위가 살아 있었다면 그에게는 무척 다행스러운 일이었을 것이다. 조도 역시 그 미친 군인을 무서워했는데, 그런 상황에서 조의 그런 반응은 매우 다행스러운 것이었다.

"조?"

그녀가 두리번거렸다.

조가 없어졌다.

네이딘은 막 잠들려는 찰나여서 의식이 풀어지던 중이었다. 그녀는 1인용 담요를 밀치고 일어나면서 백 군데도 넘는 곳의 각기 다른 통증 때문에 움찔거렸다. 그토록 긴 시간을 자전거 위에서 보낸 이후로 이런 통증을 느낀 적이 있었던가? 이렇게까지 쑤셨던 적은 아마도 한 번도 없었다. 자전거 타는 동안은 넘치지도 모자라지도 않는 적절한 방법을 찾으려고 지속적으로 안절부절못하며 노력했다. 만약 그에게 너무 가까이 접근하면, 그가 그들을 발견했을 것이고 그러면 조를 혼란으로 몰고 갔을 것이다. 만약 너무 멀리 뒤처져 버리면, 그는 다른 길을 찾아 9번 도로를 벗어날 수도 있고 그러면 그를 놓쳤을 것이다. 그랬더라면 그녀는 혼란스러워 했을 것이다. 래리가 한 바퀴 빙 돌아서 그들 뒤로 따라붙을지도 모른다는 생각은 한 번도 떠오르지 않았다. 다행스럽게도 (적어도 조에게는) 그런 생각은 래리한테도 역시 한 번도 떠오르지 않았다.

그들에게 그 남자가 필요하다는 생각에 조도 곧 익숙해질 것이라고 그녀는 거듭 자신에게 일렀다…… 그리고 딱히 그 남자가 아닐지라도 어차피 누군가가 필요하다는 생각에도 익숙해질 것이라고. 그들끼리 외톨이로 지낼 순 없었다. 만약 외톨이 신세를 벗어나지 못한다면 외톨이로 죽어 갈 것이다. 조도 이러한 생각에 익숙해질 것이다. 비록 조는 네이딘만큼 예전 생활에 대한 상실감에 빠져 지내진 않았지만서도. 다른 사람들은 예전의 생활 방식으로 돌아가고 싶어할 것이다.

"조."

네이딘이 다시 불렀다. 부드럽게.

조는 덤불 속을 기어 다니는 베트콩 게릴라만큼이나 조용히 행동할 수 있었지만, 그녀의 귀는 지난 3주간에 걸쳐 조의 움직임에 맞춰져 있었고, 이날 밤은 보너스로 달까지 떠 있었다. 자갈을 긁고 떨그럭거리는 소리가 희미하게 들렸고, 아이가 어디로 가고 있는지도 알 수 있었다. 네이딘은 통증을 아랑곳하지 않고 뒤쫓아갔다. 10시 15분이었다.

그들은 잡화점 건너편의 노스 버윅 그릴 식당 뒤에 숙소를 마련하고(풀밭에다 담요 두 장 깔아 놓은 걸 '숙소'라고 부를 수 있다면) 식당 뒤의 창고에 자전거들을 보관했다. 그들이 뒤따르고 있는 남자는 길 건너 학교 운동장에서 식사를 했고("조, 내가 장담하건데 만약 우리가 저기에 갔더라면, 저 남자는 분명히 우리한테 저녁 식사를 나눠 줬을 거야, 조." 네이딘이 영악하게 말했다. "그 음식은 따끈따끈하고······ 근사한 냄새가 나지 않겠어? 우리가 먹는 이 볼로냐 소시지보단 훨씬 더 근사하다고 장담할 수 있단 말이야." 조는 눈을 크게 뜨고 희번덕거리며 래리가 있는 방향으로 사납게 칼을 흔들어 댔다.), 그런 다음 도로를 지나 방충망 현관이 달린 집으로 갔다. 네이딘은 자전거를 운전하던 모습으로 보아 남자가 아마 조금 취한 것 같다고 생각했다. 남자는 그가 고른 집의 현관 위에서 잠들었다.

네이딘은 더 빠르게 움직이다 발바닥의 볼록한 부분에 마구잡이로 들이닥치는 조약돌 쪼가리들 때문에 움찔거렸다. 그녀는 왼편에 있는 집들을 지나 들판으로 뻗은 잔디밭을 건너갔다. 지나가는 내내 이슬로 무거워진 풀들이 달콤한 냄새를 풍기며 노출된 정강이에 와 닿았다. 그것은 네이딘으로 하여금 어떤 소년과 함께 지금처럼 풀밭을 달리던 때를 생각나게 했는데, 그땐 이번처럼 일그러진 달이 아니라 꽉 찬 보름달 아래서였다. 아랫배에 흥분으로 똘똘 뭉친 뜨겁고 달콤한 언덕이 불룩했던 네이딘은 탐스럽고 풍만하게 튀어나온 자신의 두 유방을 성적인 대상으로 충분히 자각했다. 달은 그녀의 기분을 취하게 했고, 밤의 습기로 다리를 적시던 풀들도 역시 그랬다. 그때 그녀는 만일 소년이 자신을 붙잡는다면 그 소년에게 자신의 처녀성을 내줄 것이란 걸 알고 있었다. 그녀는 옥수수밭 속을 인디언처럼 내달렸다. 그가 그녀를 붙잡았던가? 지금 그게 무슨 상관인가?

네이딘은 더 빠르게 달리며, 어둠 속에서 얼음처럼 번들거리는 시멘트 차도를 껑충 뛰어넘었다.

그런데 그곳에 조가 있었다. 아이는 그 남자가 잠든 방충망 현관의 언저리에 서 있었다. 조의 하얀 팬티가 어둠 속에서 밝게 빛났다. 사실은 조의 피부가 너무 까만 탓에 얼핏 보아서는 팬티가 혼자 허공에 둥둥 떠 있거나, 아니면 H. G. 웰스의 소설 속 투명 인간이 팬티를 입고 있는 것으로 착각할 지경이었다.

조는 엡솜 마을 출신이었는데, 네이딘은 그곳에서 조를 발견했기 때문에 이를 알 수 있었다. 네이딘은 엡솜에서 북동쪽으로 25킬로미터 떨어진 사우스반스테드 출신이었다. 그녀는 규칙적으로 다른 건강한 사람들을 찾으러 다니면서도 고향 마을에 있는 자신의 집을 떠나는 것을 내켜 하지 않았다. 점점 더 동심원의 반경을 키워 가면서 그 안에서 수색 작업을 펼쳤다. 유일하게 발견한 사람이 조였고, 아이는 어떤 동물한테 물린 상처 때문에 정신 착란에다 고열에 시달렸는데…… 상처 크기로 보아 쥐나 다람쥐의 소행 같았다. 팬티만 걸치고 벌거벗은 채 엡솜에 있는 어떤 집의 잔디밭에 앉아 있던 조는, 구석기 시대 원시인 또는 죽어 가는 와중에도 여전히 사악한 피그미족처럼 큰 식칼을 손에 꼭 붙들고 있었다. 그녀는 예전에 감염된 상처를 경험한 적이 있었다. 그녀는 아이를 집 안으로 데리고 들어갔다. 그곳이 그 아이의 집이었을까? 그럴 것 같다고 생각되었지만, 조가 말해 주지 않는 한 절대 확인하지 못할 터였다. 집 안에 사람들이, 아주 많은 사람들이 죽어 있었다. 어머니, 아버지, 아이들 셋. 가장 나이 많은 아이가 열다섯 살 정도였다. 네이딘은 소독제와 항생제와 붕대가 있는 의사 진료

실을 찾아냈다. 여러 항생제 중 어느 것이 적합한지 확신하지 못했고, 만일 잘못 고르기라도 하면 아이를 죽이는 결과가 되리라는 걸 잘 알았다. 하지만 아무 조치도 취하지 않으면 어차피 조는 죽을 것이었다. 상처가 난 발목이 튜브만 한 크기로 부어올라 있었다. 행운이 그녀와 함께했다. 사흘 뒤 발목이 정상적인 크기로 가라앉았고 열도 없어졌다. 소년은 네이딘을 신뢰했다. 엄밀히 말하면 그녀를 빼고는 믿을 만한 사람이 하나도 남아 있지 않았다. 아침에 깨어나 보면 소년은 그녀한테 착 달라붙어 있곤 했다. 그들은 크고 하얀 집으로 옮겨 갔다. 네이딘은 소년을 조라고 불렀다. 그것이 그의 이름은 아니었지만, 교사로서 살아오는 동안 그녀는 이름을 모르는 작은 소녀는 항상 제인이라고 불렀고 어린 소년은 늘 조라고 불렀다. 지나는 길에 들른 군인은 울고 웃으며 모든 중위를 저주했더랬다. 조는 뛰쳐나가 그 사람을 칼로 죽이고 싶어했다. 이젠 이번에 나타난 남자를 해치우고 싶어했다. 그녀는 조한테서 칼을 떼어 내기가 두려웠는데, 그것이 조의 부적이기 때문이었다. 칼을 떼어 내는 것은 소년이 네이딘을 적대시하게 하는 빌미가 될 수도 있었다. 조는 칼을 손에 꼭 붙든 채 잠을 잤고, 어느 날 밤 그녀가 칼을 빼내려고 시도했을 때, 정말로 영구히 떼어 낸다기보다는 떼어 내는 게 가능하기는 한 건지 한번 알아보려고 했을 때, 즉시 눈을 떠 버렸다. 몸은 전혀 움직이지 않은 채였다. 깊이 잠든 상태였다. 그러다 한순간, 중국인처럼 눈초리가 올라간 아이의 불안정한 녹청색 눈동자들이 은근히 포악한 시선으로 그녀를 노려보고 있었다. 조가 나지막이 으르렁대며 칼을 도로 끌어당겼다. 아이는 통 말을 하지 않았다.

지금 조는 칼을 들었다가, 내렸다가, 다시 들어 올리는 중이었다. 목구멍으로 나지막이 으르렁거리는 소리를 내면서, 방충망을 향해 칼을 찔러 대면서. 아마도 정말로 문 안으로 뛰쳐 들어가려고 열심히 노력하는 듯싶었다.

네이딘은 뒤로 다가서며 소리를 내지 않으려는 별다른 노력도 하지 않았는데, 조는 그녀가 오는 소리를 듣지 못했다. 자신만의 세계에 열중하고 있었다. 네이딘은 순식간에, 스스로도 의식하지 못한 상태에서 손으로 조의 손목을 치고 시계 반대 방향으로 난폭하게 비틀었다.

조가 컥컥대며 헐떡거리자 래리 언더우드는 자는 채로 약간 뒤척이며 몸을 반대쪽으로 뒤집더니 다시 조용해졌다. 칼이 그들 사이의 풀밭에 떨어졌으며, 톱니 모양의 칼날이 잘게 쪼개진 은색 달빛을 머금고 반짝였다. 그 빛은 마치 반짝반짝 빛나는 눈송이처럼 보였다.

성난 조가 비난과 불신의 눈으로 네이딘을 노려보았다. 네이딘도 완강한 태도로 마주 보았다. 그녀가 그들이 왔던 길을 가리켰다. 조는 심술궂게 고개를 내저었다. 그러고는 방충망과 그 너머 침낭 속에 있는 검은 덩어리를 가리켰다. 엄지손가락을 목으로 쭉 끌어당겨 목젖 있는 곳을 그어 버리는, 무시무시하게 적나라한 동작을 취했다. 그리고 나서 씩 웃었다. 네이딘은 전에 조가 씩 웃는 것을 한 번도 보지 못했는데, 그 웃음은 네이딘을 오싹하게 했다. 만약 반짝이는 하얀 이들이 뾰족하게 다듬어져 있었다면 더할 나위 없이 잔인해 보였을 것이다.

"안 돼. 그만두지 않으면 지금 당장 저 사람을 깨울 거야."

네이딘이 부드럽게 말했다.

조는 깜짝 놀란 듯 보였다. 재빨리 고개를 흔들었다.

"그럼 나랑 같이 돌아가자. 어서 가서 자야지."

조는 칼을 내려다보고 나서 다시 그녀를 올려다보았다. 적어도 당분간은 잔인함이 사라졌다. 아이는 곰 인형을 원하거나 아기 침대에서 함께 졸업해 나온 까칠까칠한 담요를 원하는, 그저 길 잃은 어린 소년일 뿐이었다. 네이딘은 이번이 조에게서 칼을 떼어 낼 수 있는 기회일지도 모른다고, "칼은 안 돼"라며 고개를 단호하게 흔들어야 하는 때일지도 모른다고 어렴풋이 깨달았다.

그랬다간 어떻게 될까? 소리를 지르려나? 조는 미치광이 군인이 시야에서 사라져 지나가 버린 뒤에 소리를 질러 댔다. 소리를 지르고 또 질렀다. 뜻을 알아들을 수 없는 소리를 엄청나게 크게. 네이딘은 한밤중에 침낭 속에 들어 있는 남자를 만나고 싶었던가? 그토록 요란한 고함 소리가 자신과 그 남자의 귓속에 울려 퍼지는 가운데?

"나랑 함께 돌아갈 거지?"

조가 고개를 끄덕거렸다.

"좋았어."

네이딘이 조용히 말했다. 조는 재빨리 몸을 숙여 칼을 집어 들었다.

둘은 함께 돌아갔고, 조는 안심하고 그녀 곁을 파고들며 잠시나마 불법 침입자를 잊었다. 두 팔로 그녀를 감싸고 잠이 들었다. 네이딘은 뱃속에서 오래되어 익숙한 통증을 느꼈는데, 운동으로 생긴 통증보다 상당히 더 깊고 널리 퍼지는 것이었다. 그것은 여자만의 통증이었고, 다스릴 방법은 아무것도 없었다. 그녀는 잠에 빠져 들었다.

네이딘은 이른 새벽 무렵에 깨어나(그녀는 손목시계를 차지 않았다.) 춥고 찌뿌드드하고 겁에 질린 상태에서, 조가 영악스럽게도 그녀가 잠들 때까지 기다렸다가 그 집으로 다시 살금살금 가서 잠자는 그 남자의 목을 베지나 않았을까 걱정스러웠다. 조의 두 팔은 그녀를 감싸고 있지 않았다. 그녀는 그 아이에게 책임감을 느꼈고, 비단 그 아이뿐만 아니라 세상을 향해 자신의 존재를 주장하지 못하는 어린애들한테 늘 책임감을 느껴 왔지만, 그럼에도 만일 조가 끔찍한 짓을 저질러 버렸다면 그 아이와 인연을 끊을 생각이었다. 너무도 많은 사람이 죽어 버린 판국에 살아남은 사람의 목숨을 빼앗는다는 것은 도저히 용납할 수 없는 죄악이었다. 그리고 그녀는 더 이상 누군가의 도움 없이 홀로 조와 함께 있을 수가 없었다. 조와 함께 있는 것은 신경질적인 사자와 한 우리에 있는 것과도 같았다. 사자와 마찬가지로, 조도 말을 할 수가 없었다.(또는 말할 생각이 없었다.) 그저 길 잃은 어린 소년의 목소리로 으르렁대기만 했다.

일어나 앉은 네이딘은 소년이 여전히 곁에 있는 것을 보았다. 잠에 빠진 조는 그녀한테서 조금 물러나 있었고, 그게 다였다. 태아처럼 몸을 둥글게 움츠리고, 입속에 엄지손가락을 넣고, 손으로 칼자루를 감싸고 있었다.

다시 잠이 쏟아지자 네이딘은 풀밭으로 가 오줌을 누고, 담요로 돌아왔다. 아침이 되어 깨어났을 때에는 자신이 정말로 밤중에 깨어났던 것인지 또는 그저 깨어나는 꿈을 꿨던 것인지 잘 알 수 없었다.

'만약 꿈을 꿨다면 틀림없이 좋은 꿈이었을 거야.' 래리는 꿈을 전혀 기억할 수 없었다. 자신의 옛 본성을 되찾은 기분이 들었고, 오늘은 좋은 날이 될 것 같았다. 그는 이날 바다를 볼 생각이었다. 그는 침낭을 말아 자전거 짐판에 묶고, 배낭을 가지러 돌아가다가 …… 걸음을 멈추었다.

시멘트 길이 현관 계단으로 이어져 있었고 길 양옆에 길게 자란 잔디는 강렬한 초록빛이었다. 길 오른편에 현관과 가까운 쪽으로 이슬 맺힌 풀들이 깔려 누웠다. 이슬이 증발하고 나면 풀은 다시 벌떡 일어설 터였는데, 지금은 발자국 모양이었다. 래리는 도시 남자였기에 산 사나이 같은 기질은 없었지만(제임스 페니모어 쿠퍼 같은 전원 작가보다는 헌터 톰슨 같은 도시 작가 쪽에 더 가까웠다.), 그 발자국 흔적을 눈으로 보고도 두 사람의 흔적이란 사실을 몰라보는 사람은 장님이 틀림없을 것이었다. 큰 발자국과 작은 발자국이 함께 나 있었다. 지난밤 언젠가 그들이 방충망으로 다가와서 자신을 들여다본 것이었다. 오싹한 느낌이 들었다. 몰래 왔다 간 것이 마음에 들지 않았고 공포가 되살아난 처음의 느낌은 더욱 그러했다.

'만일 조속히 모습을 드러내지 않는다면, 내가 먼저 찾아가서 얼굴을 붉히게 해 주겠어.' 그렇게 할 수 있다는 생각이 자신감을 되살려 주는 듯싶었다. 래리는 배낭을 챙기고 자전거 이동을 계속했다.

정오가 되자 웰스에 있는 1번 도로에 도달했다. 동전을 튕겨 올리자 뒷면이 나왔다. 래리는 1번 도로의 남쪽 방면으로 핸들을 꺾으며 동전이 흙먼지 속에서 아무렇게나 반짝거리도록 내버려 두었다. 20분 뒤 조가 그것을 발견하고 마치 최면술사의 수정 구슬이라도 되는 양 말똥말똥 쳐다보았다. 조가 동전을 입속에 넣자 네이딘이 뱉어 내도록 했다.

도로에서 3킬로미터 떨어진 곳에서 래리가 처음으로 본 그 거대한 푸른 동물은 이날 게으르고 느릿느릿했다. 그것은 뉴욕의 롱아일랜드 바깥쪽에 펼쳐진 대서양이나 태평양과는 완전히 달랐다. 먼 곳은 왠지 자신의 위치에 만족한 나머지 거의 온순해진 듯 보였다. 가까운 쪽 바닷물은 더 어두운 푸른색, 거의 코발트색이었고, 연달아 쇄도하는 큰 물결을 이루어 육지에 들이치며 바위들을 덥석 물었다. 달걀 흰자위만큼이나 하얗고 선명한 파도 거품이 허공으로 튀어 올랐고 그런 다음 산산이 흩어졌다. 파도가 해변에 다 대고 연방 으르렁대며 울부짖었다.

래리는 자전거를 세우고 바다를 향해 걸으며 말로 설명할 수 없는 흥분을 강하게 느꼈다. 그는 여기에, 바다가 점령한 이 장소까지 도달하고야 말았다. 이곳은 동쪽의 끝이었다. 육지의 끝이었다.

래리는 축축한 습지를 건너면서 습지 주변과 갈대밭에 고인 물을 통과하느라 신발이 질척거렸다. 진한 바닷물 냄새가 물씬 풍겼다. 물가로 뾰족하게 튀어나온 땅에 가까워질수록 땅의 얇은 거죽이 벗겨져 나가고 화강암의 벌거벗은 뼈가 돌출했다. 화강암, 메인 주의 마지막 진실. 푸른 하늘을 배경으로 깨끗한 하얀 색을 자랑하는 갈매기들이 떠올라 울부짖으며 통곡하고 있었다. 예전엔 한 곳에서 그토록 많은 새 떼를 본 적이 없었다. 하얗고 아름답지만 갈매기는 썩은 고기를 먹고 산다는 생각이 떠올랐다. 뒤따라온 생각은 거의 입에 담을 수조차 없는 것이었지만, 그것은 애써 떨쳐 내기도 전에 마음속에 한껏 자리를 잡아 버렸다. '아주 최근에 뜯어 먹은 고기들은 틀림없이 엄청 맛이 좋았겠구먼.'

래리는 다시 걷기 시작했다. 물보라 때문에 표면의 수많은 틈새가 늘 젖어 있을, 그러나 지금은 햇살에 마른 바위 위를 그의 신발이 저벅저벅 긁어 댔다. 갈라진 틈 속에는 따개비들이 자라고 있었고, 갈매기들이 안쪽의 부드러운 살코기를 파먹고 떨어뜨리고 가 버린 빈 조개껍데기들이 뼈가 폭발한 파편처럼 여기저기 흩어져 있었다.

잠시 후 래리는 드러난 돌출부 위에 섰다. 바닷바람이 온 힘을 다해 그를 후려쳐서 무성하게 자란 이마의 머릿결을 뒤로 날려 올렸다. 그는 바람 속으로, 푸른 동물의 거칠고도 순수한 소금냄새 속으로 얼굴을 들었다. 유리처럼 푸르스름한 녹색을 띠고 부서지는 파도들이 천천히 밀려 들었다. 바닥이 얕아질수록 파도의 경사는 더욱 더 가팔라져서, 처음에는 거품의 소용돌이에 휩싸이던 파도의 꼭대기가 지금은 그대로 부서져 내렸다. 그런 다음엔 시간이 시작된 이래로 쭉 그래 왔듯이 파도가 자살하듯 바위에 충돌하여 자기 몸을 부수고, 동시에 육지의 아주 작은 부분을 부수었다. 수천 년간 깎여 온 바위가 반쯤 잠긴 해협 안으로 바닷물이 깊숙이 밀치고 들어와 부딪치며 연속적으로 철썩 소리를 내뱉었다.

래리는 처음엔 왼쪽으로 시선을 돌렸다가 그다음엔 오른쪽으로 돌려 가며 양편에서 똑같은 광경이 벌어지는 것을 보았다. 볼 수 있는 한 멀리…… 부서지는 파도, 물결, 물보라, 그중에서도 숨을 멎게 할 만큼 끝도 없이 넘쳐 나는 색채의 홍수.

그는 육지의 끝에 있었다.

돌출된 땅 끝에 다리를 늘어뜨리고 앉아 조금은 압도당하는 기분을 느끼고 있었다. 30분 또는 그 이상 그 자리에 앉아 있었다. 바닷바람이 식욕을 자극하자 그는 점심거리를 찾아 배낭 속을 뒤졌다. 실컷 먹었다. 튀어 오른 물보라가 청바지를 검게 물들였다. 그는 자신이 깨끗이 씻겨진 것 같은 상쾌한 기분을 느꼈다.

래리는 다시 습지를 건너가며 여전히 혼자만의 생각에 심취해 있었다. 비명이 커져 가는 소리가 들렸지만 처음엔 갈매기 소리려니 했다. 심지어 하늘을 올려다보기까지 했던 그는 그것이 사람의 절규라는 것을 메스꺼운 공포의 충격과 함께 비로소 깨달았다. 돌격 함성.

그가 시선을 황급히 아래쪽으로 돌리자, 어린 소년이 그를 향해 길을 건너 달려오며 근육질 다리를 위아래로 활개 치는 것이 보였다. 소년은 한 손에 큰 식칼을 쥐고 있었다. 팬티 말고는 아무것도 입지 않았고 다리는 가시나무에 긁힌 상처들로 뒤덮여 있었다. 소년의 뒤로 고속도로 건너편에 있는 덤불과 쐐기풀 속에서 웬 여자가 걸어 나왔다. 그녀는 수척해 보였고 피로에 지쳐 눈 밑이 거무스름했다.

"조!"

그녀는 외치고 나서 그 외침 때문에 오히려 난처해지기라도 한 듯 뛰기 시작했다.

조는 결코 주저하지 않고 계속 다가왔으며, 그의 맨발이 습지의 얕은 수면 위를 철퍽철퍽 휘저었다. 얼굴 전체가 팽팽한 살인의 미소로 일그러졌다. 식칼이 머리 위로 높이 올라가 태양을 찔렀다.

'저 애가 나를 죽이러 오고 있어.' 래리는 그런 생각으로 완전히 넋이 나갔다. '저 아이…… 내가 쟤한테 무슨 짓이라도 했던가?'

"조!"

여자가 이번에는 날카롭고, 피곤에 지치고, 절망하는 목소리로 고함쳤다. 조는 거리를 좁히며 계속 달려왔다.

래리가 자신의 소총을 자전거에 두고 왔다는 사실을 깨닫는 순간, 절규하는 소년이 그를 덮쳤다.

소년이 길게 힘찬 곡선을 그리며 긴 식칼을 내리치자 래리의 전신이 마비에서 풀렸다. 그는 옆으로 비켜서며 아무 생각 없이 젖은 안전화를 신은 오른발을 들어 소년의 몸통 한가운데로 내질렀다. 그러고 나서 그가 느낀 감정은 동정심이었다. 그 꼬마는 아무것도 아니었다. 볼링 핀처럼 뒤로 넘어졌다. 꼬마는 매서워 보였지만 헤비급 몸집은 아니었다.

"조!"

부르짖은 네이딘이 습지에 튀어나온 땅에 발이 걸려 무릎을 꿇고 쓰러지자 하얀 블라우스에 갈색 진흙이 튀었다.

"해치지 마세요! 어린애일 뿐이에요! 제발, 해치지 마요!"

제44장 103

그녀는 일어서려고 몸부림쳤다.

조는 등을 땅에 댄 채로 벌러덩 넘어졌다. X자 모양으로 사지를 쫙 벌리는 바람에 두 팔이 V자 모양을 만들었고, 벌린 두 다리가 거꾸로 뒤집힌 두 번째 V자 모양을 만들었다. 래리가 한 걸음 앞으로 나와 조의 오른 손목을 짓밟으며 칼을 쥐고 있는 손을 꼼짝 못하게 진흙땅에 눌렀다.

"그 꼬챙이 놔라, 꼬마야."

소년이 씩씩거리며 칠면조처럼 툴툴거리고 골골거리는 소리를 냈다. 윗입술이 치아 위로 말려 올라갔다. 중국인 같은 두 눈이 래리의 눈을 쩨려보았다. 소년의 손목을 계속 발로 누르고 있는 것은 상처를 입었으나 여전히 사악한 뱀 위에 서 있는 것과 같았다. 래리는 소년이 손을 잡아 빼려고 기를 쓰는 것을 느낄 수 있었고, 그러다 피부나 살점이 뜯기든 심지어 뼈가 으스러지든 전혀 개의치 않는 것 같았다. 소년이 몸을 잡아 빼서 어정쩡하게 앉은 자세를 취하며 흠뻑 젖은 청바지 속에 있는 래리의 다리를 물려고 했다. 래리가 가는 손목을 더욱 세게 짓밟자 조가 고함을 질렀다. 고통이 아니라 저항의 표시로.

"그거 놓으라니까, 꼬마야."

조가 계속 몸부림을 쳤다.

팽팽한 접전은 조가 칼을 놓을 때까지 아니면 래리가 그 아이의 손목을 부러뜨릴 때까지 계속되었을 것이다. 진흙투성이가 된 네이딘이 숨 가쁜 상태로 지쳐 비틀거리면서 결국엔 제때 도착했기에 망정이지.

래리 쪽은 보지도 않고 그녀가 무릎을 꿇었다.

"그거 놔!"

네이딘이 조용히 그러나 몹시 단호하게 말했다. 얼굴은 땀범벅이었으나 차분한 표정이었다. 그녀가 일그러지고 뒤틀린 조의 얼굴 위로 겨우 몇 센티미터 떨어져 있는 칼을 잡았다. 조가 개처럼 그녀에게 덤벼들며 끊임없이 몸부림쳤다. 래리는 필사적으로 균형을 잡으려고 애썼다. 만약 지금 소년이 몸을 뺀다면, 소년은 아마 그 여자부터 치려고 들 것이었다.

"그거…… 어서…… 놓으라니까!"

네이딘의 말에 소년이 으르렁거렸다. 꽉 다문 이 사이로 침이 새 나왔다. 오른쪽 뺨엔 물음표 모양으로 진흙이 얼룩졌다.

"우리는 너를 놔두고 갈 거야, 조. 너를 놔두고 갈 거란 말이야. 나는 저 아저씨랑 함께 떠날 거야. 네가 착하게 굴지 않으면."

래리는 자신의 발밑에 깔린 팔이 더욱 팽팽하게 긴장하다가 누그러지는 것을 느꼈다. 하지만 소년은 비탄에 잠겨 비난하듯이, 나무라듯이 여자를 바라보고 있었다. 소년이 시선을 약간 돌려 래리를 보았을 때, 래리는 아이의 눈에서 뜨거운 질투를 읽을 수 있었다. 양동이로 퍼붓듯 땀이 쏟아졌지만 래리는 그 시선에서 한기를 느꼈다.

여자는 계속 차분히 말했다. 아무도 소년을 해치지 않을 거라고. 아무도 소년을 버려두고 가지 않을 거라고. 만일 칼을 놓는다면, 모두가 친구가 될 수 있다고.

래리는 차츰 신발 밑에 있는 손에서 힘이 빠지는 것을 감지했고, 마침내 완전히 풀렸다. 소년은 꼼짝 않고 누워 하늘을 뚫어지게 쳐다보았다. 단념해 버린 것이다. 래리는 조의 손목에서 발을 떼고 재빨리 허리를 굽혀 칼을 집어 들었다. 돌아서서 칼에서 물기를 턴 다음 돌출된 땅을 향해 내던졌다. 칼날이 빙글빙글 돌며 날카로운 햇살을 반사시켰다. 조의 기묘한 두 눈이 칼의 궤적을 따라가더니 한 차례 길게 비탄의 통곡을 터뜨렸다. 칼이 힘없이 덜거덕거리며 바위들 위를 튕겨 나가다가 바위 끄트머리 위로 펄쩍 날아갔다.

래리가 돌아서서 그들을 주시했다. 여자는 래리 부츠 밑창의 격자무늬가 깊숙이 박혀 버린 조의 오른쪽 팔뚝을 바라보며 화가 나서 열이 뻗치는 듯 얼굴이 빨개졌다. 그녀의 검은 눈이 팔뚝에 머물다 래리의 얼굴을 올려다보았다. 두 눈이 슬픔으로 가득했다.

래리는 방어적이고 이기적인 익숙한 말들이 떠오르는 걸 느꼈다. '그렇게 해야만 했어요. 내 잘못이 아니라고요. 이봐요 아가씨, 개가 나를 죽이려고 했다니깐.' 그런 변명이 떠오른 이유는 슬퍼하는 여자의 눈 속에서 비난의 표시가 읽혔기 때문이었다. '좋은 남자는 개뿔.'

하지만 결국 래리는 아무 말도 하지 않았다. 상황이 어떤지는 뻔했고, 그의 행동은 소년의 행동 탓에 어쩔 수 없이 취한 것이었다. 소년은 이제 쓸쓸히 무릎 위로 몸을 웅크려 붙이고 앉아 엄지손가락을 입 안에 넣고 있었는데, 래리는 정말 그 소년이 이 상황을 유발한 장본인이 맞는지 어리둥절했다. 그런데 이 상황의 시작은 더 나쁜 쪽으로 끝날 수도 있었다. 그들 중 하나가 칼에 베이거나 심지어는 살해당하는 쪽으로.

그래서 그는 아무 말도 하지 않았고, 여자의 연약한 시선을 마주하고 생각했다. '나는 변해 버린 것 같아. 어찌 된 영문일까. 얼마나 많이 변했는지는 모르겠어.' 그는 언젠가 배리 그리그가 로스앤젤레스 출신의 리듬 기타 연주자에 관해 들려주었던 얘기가 생각났다. 그 사내의 이름은 조리 베이커였고 늘 시간을 잘 지켜서, 연습에 불참하거나 오디션을 망치는 일이 단 한 번도 없었다. 눈길을 확 끌 만한 기타 연주자는 아니었기에 앵거스 영이나 에디 밴 헤일런 같은 쇼맨십을 자랑하진 않았지만, 연주 능력은 출중했다. 배리의 말로는 한때 조리 베이커는 스팍스라는 그룹, 모든 이들이 그해에 가장 성공할 가능성이 크다고 생각했던 그 그룹을 움직이는 중심축이었다고 한다. 그 그룹은 크리던스 밴드 초기와 비슷한 사운드를 자랑했다. 거칠고 밀도 높은 기타 로큰롤. 조리 베이커는 거의 모든 곡의 작곡과 보컬을 소화해 냈다. 그러다 자동차 사고가 나서 뼈가 부러져 병원에서 엄청나게 많은 약을 먹었다. 퇴원했을 땐 존 프린의 노래 가사처럼 머릿속엔 철판을, 등에는 약물 중독 원숭이를 달고 나온 신세였다. 베이커는 모르핀 진통제 데메롤에서 헤로인으로 중독의 정도가 심해졌다. 경찰에 두 번 체포당하기도 했다. 얼마 뒤엔 손가락을 덜덜 떠는 그저 그런 또 한 명의 길거리 마약쟁이가 되어 그레이하운드 버스 터미널에서 구걸하면서 거리를 서성거렸다. 그러다 어찌 된 영문인지 18개월에 걸쳐 깨끗해졌고, 계속 청결을 유지했다. 그에게서 많은 것이 사라졌다. 그는 이제 성공할 가능성과 상관없이 어느 밴드에서도 중심축이 아니었지만 늘 시간을 잘 지켰고 연습 시간에 불참하거나 오디션을 망치는 일이 단 한 번도 없었다. 말을 많이 하진 않았지만 왼팔에 있던 주사 자국의 고속도로도 없어졌다. 그리고 배리 그리그는 이렇게 말했다.

"베이커는 저 반대쪽으로 빠져나온 거야."

그게 전부였다. 어느 누구도 과거의 당신과 현재의 당신 사이에 무슨 변화가 있었는지 말할 수 없다. 어느 누구도 지옥 같던 그 우울하고 고독한 부분을 도표로 설명할 수 없다. 그런 변화를 보여주는 지도는 어디에도 없다. 그저…… 저 반대쪽으로 빠져나오는 것이다.

아니면 끝내 못 빠져나오거나.

'어쨌든 난 변해 버렸어. 나도 저 반대쪽으로 빠져나온 거야.'

래리가 어렴풋이 생각했다.

여자가 말했다.

"나는 네이딘 크로스예요. 이쪽은 조. 만나서 반가워요."

"래리 언더우드입니다."

그들은 악수를 하며 어색한 상황 탓에 둘 다 힘없이 웃었다.

"도로 쪽으로 되돌아가죠."

네이딘이 말했다.

그들은 나란히 출발했고, 몇 걸음 움직이고 나서 래리는 어깨 너머로 조를 돌아보았는데, 그 아이는 여전히 무릎 위로 몸을 웅크리고 앉아 엄지손가락을 빨면서 그들이 떠나는 것을 인식하지 못한 것 같았다.

"쟤는 따라올 거예요."

그녀가 조용히 말했다.

"정말로요?"

"틀림없이 정말로요."

고속도로의 자갈 갓길에 이르렀을 때 네이딘은 발이 걸려 휘청거렸고 래리가 그녀의 팔을 잡아 주었다. 그녀가 고마워하며 그를 쳐다보았다.
"우리 앉을까요?"
네이딘이 물었다.
"그러죠."
그래서 그들은 포장도로 위에 앉아 서로 얼굴을 마주했다. 조금 뒤 조가 일어나 그들을 향해 터벅터벅 걸어오면서, 자신의 맨발을 내려다보았다. 조는 그들에게서 조금 떨어져 앉았다. 래리가 조를 조심스럽게 바라보다가 네이딘 크로스한테 눈을 돌렸다.
"당신들이 나를 쫓아오던 그 두 사람이었군요."
"알고 있었어요? 그래요. 나도 당신이 눈치 챘을 거라고 생각했어요."
"얼마나 오래 전부터?"
"이제 이틀 됐네요. 우린 엡솜에 있던 그 큰 집에 머물고 있었어요."
래리의 당황한 표정을 보면서 네이딘이 말을 덧붙였다.
"개천 옆에 있던 거요. 당신은 돌담 옆에서 잠이 들었고."
래리가 끄덕거렸다.
"그리고 어젯밤엔 당신들 둘이서 내가 현관에서 잠자고 있는 동안 훔쳐보러 왔었죠. 어쩌면 내가 뿔이나 길고 빨간 꼬리를 달고 있는지 알아보러 온 건지도 모르겠군요."
"훔쳐본 건 조였어요."
네이딘이 조용히 말했다.
"난 저 애가 없어진 것을 알고 쫓아간 거라고요. 훔쳐본 걸 어떻게 알았어요?"

"이슬 맺힌 풀밭에다 흔적을 남겼던데요."

"아."

네이딘이 그를 쳐다보면서 자세히 관찰했다. 래리는 피하고 싶었지만, 시선을 아래로 떨어뜨리지는 않았다.

"저희 때문에 화나지 않으셨으면 좋겠어요. 방금 조가 당신을 살해하려고 했던 마당에 이런 말 하는 게 우스운 것 같지만, 조는 사리 분별 능력이 없어요."

"조가 저 애의 진짜 이름인가요?"

"아뇨, 그냥 제가 저 애를 부르는 이름이에요."

"저 애는 꼭 내셔널 지오그래픽의 다큐멘터리에 나오는 야만인 같은데요."

"예, 딱 그런 모습이죠. 어느 집 잔디밭에서 발견한 아이예요. 아마 저 아이네 집이었을 거예요. 집 명패엔 록웨이라고 돼 있었죠. 물린 상처 때문에 애가 많이 아팠답니다. 쥐한테 물렸을 거예요, 어쩌면. 저 애는 말을 하지 않아요. 으르렁거리고 툴툴거리죠. 오늘 아침까지만 해도 내가 단속할 수 있었어요. 그런데 내가…… 보다시피 내가 피곤해서, 그리고……."

네이딘이 어깨를 으쓱했다. 습지의 진흙이 일필휘지로 써 내린 한자 비슷한 모양으로 그녀의 블라우스 위에서 마르고 있었다.

"처음엔 옷을 입혀 봤죠. 팬티만 빼곤 죄다 벗어던지더라고요. 결국 난 지쳤고요. 작은 날벌레랑 모기가 얼쩡거리는데도 저 애는 아무렇지도 않은 것 같더라고요…… 나는 당신과 함께 갔으면 좋겠어요. 망설일 필요가 없다고 생각해요, 이런 상황에서는요."

래리는 자신과 동행하길 원했던 마지막 여자에 관하여 말해 준다면 그녀가 어떻게 생각할지 궁금했다. 그렇지만 지레 말을 꺼내진 않을 생각이었다. 그 에피소드는 깊숙이 묻어 버렸다. 설령 문제의 그 여자는 묻히지 않았다고 해도. 래리는 응접실 잡담 도중에 희생자 이름을 꺼내기 싫어하는 살인자만큼이나 리타 얘기를 하기가 싫었다.

"내가 어디로 가고 있는지 나도 몰라요. 뉴욕에서부터 먼 길을 돌아서 왔어요. 내가 생각하기에는요. 원래 계획은 해변에 있는 근사한 집을 찾아내서 10월쯤까지 그곳에 마냥 틀어박히려고 했죠. 그런데 멀리 가면 갈수록, 더욱더 다른 사람을 만나고 싶어지더라고요. 멀리 가면 갈수록, 더욱더 상황이 고통스러워지는 것 같았어요."

래리는 자신을 비참하게 표현하고 있었는데, 리타 얘기나 다크맨이 나오는 나쁜 꿈들을 언급하지 않은 상태에서 그 이상 더 멋지게 표현할 수는 없을 듯싶었다.

"난 오랫동안 겁에 질렸어요. 나 혼자뿐이었으니까요. 극심한 피해망상에 빠졌어요. 인디언들이 불쑥 내리 덮쳐서 내 머리 가죽을 벗길 거라는 둥."

래리가 조심스럽게 말했다.

"다른 말로 하면, 집을 찾아다니는 일을 관두고 사람들을 찾아다니기 시작한 거로군요."

"그래요, 어쩌면."

"당신이 우리를 찾아냈어요. 그게 시작이에요."

"나는 당신들이 나를 찾아냈다고 철석같이 믿는걸요. 그런데 네이딘 씨, 난 저 아이가 걱정돼요. 그 점에 대해선 솔직하게 밝혀야겠어요. 아까 그 칼은 사라졌지만, 세상엔 누가 집어 주기만 기다리는 칼들이 곳곳에 쫙 깔렸으니까요."

"그래요."

"내 말이 잔인하게 들리지 않았으면 좋겠는데……."

래리가 말꼬리를 흐리며 그녀가 대신 말해 주기를 바랐지만, 그녀는 아무 말 없이 그저 검은 눈동자로 래리를 바라보기만 했다.

"저 아이를 버리고 갈 의향이 있습니까?"

그 말이 나왔다. 돌덩이를 내뱉듯 나와 버렸다. 래리는 여전히 좋은 남자에 한참 못 미치는 소리만 하고 있었다. ……하지만 그게 옳은 일인가? 누구한테든 정당한 일인가? 그들 스스로 열 살짜리 정신병자를 짊어짐으로써 나쁜 상황을 더 나쁘게 만들어 놓는 것 말이다. 그는 자신의 말이 잔인하게 들릴 거라고 했는데, 따져 보니 정말 그랬다. 그러나 그들은 이제 잔인한 세상에 살고 있는 처지였다.

그러는 동안 바닷물 빛깔을 띤 조의 이상야릇한 두 눈이 래리를 뚫어지게 쳐다보았다.

"난 그럴 수 없어요."

네이딘이 차분하게 말했다.

"나도 위험은 이해하고, 그 위험이 제일 먼저 당신을 향하리란 것도 이해해요. 저 애는 질투하고 있어요. 나한테 자기보다 당신이 더 중요한 사람이 될까 봐 두려워하는 거예요. 어쩌면 아주 열심히 시도할지도 몰라요. 또다시 당신을 공격하려고…… 만일 당신이 저 애와 친구가 되지 못한다면 그러겠죠. 또는 하다못해 당

신이 저 애를 이해시켜서 나에 대한 당신의 의도가······.″
네이딘이 말끝을 흐리며, 얼버무렸다.
″그렇지만 만일 내가 저 애를 버리고 떠난다면, 그건 살인이나 다름없는 짓이에요. 그리고 난 그런 일의 공범자가 되지 않을 거고요. 너무나 많은 이들이 더 많은 살인을 하려다 죽어 갔어요.″
″만약 한밤중에 저 애가 내 목을 그어 버린다면, 당신은 '그런' 일의 공범자가 될 겁니다.″
네이딘이 고개를 숙였다.
래리는 겨우 그녀만이 들을 수 있을 정도로 아주 조용히 (그는 그들을 주시하고 있는 조가 그들이 말하는 내용을 이해하는지 어떤지 알지 못했다.) 말했다.
″만일 당신이 뒤쫓아오지 않았으면, 저 애는 아마도 어젯밤에 그 일을 해치웠을 겁니다. 뻔한 사실 아니에요?″
네이딘이 부드럽게 응답했다.
″그랬을 수도, 그러지 않았을 수도 있는 일이에요.″
래리가 소리 내어 웃었다.
″제 미래를 훈수하러 온 크리스마스 유령이신가요?″
그녀가 올려다보았다.
″당신과 동행하고 싶어요, 래리. 그치만 난 조를 버릴 순 없어요. 당신이 결정을 내려야 해요.″
″일을 어렵게 만드는군요.″
″요새는 사는 것 자체가 쉬운 일이 아니죠.″
래리는 그녀의 말을 생각해 보았다. 조는 도로의 부드러운 갓길에 앉아 바닷물 빛깔의 눈으로 그들을 지켜보았다. 그들 뒤편으로 진짜 바다가 쉴 새 없이 바위 덩어리에 부딪치며, 육지로 침투해서 만들어 낸 비밀의 해협 속으로 철썩거렸다.

"좋아요. 당신은 위험하리만큼 인정이 많은 것 같긴 하지만…… 당신 말대로 합시다."

"고마워요. 내가 그 애의 행동을 책임질게요."

"만일 그 애가 날 죽이기라도 한다면 당신의 그 말이 퍽 위로가 되겠군요."

"혹시라도 불상사가 생기면 남은 인생 동안 그 맹세가 내 마음을 떠나지 않을 거예요."

그렇게 말한 네이딘은 생명의 신성함을 주장했던 자신의 모든 말들이 그리 머지않은 미래에 총출동하여 자신을 조롱하게 될 사건이 터질 거라는 확신이 서늘한 바람처럼 엄습하자 몸을 덜덜 떨었다. 그녀는 마음속으로 생각했다. '안 해, 나는 살인 같은 건 안 할 거야. 그런 거 안 해. 그런 거 절대 안 해.'

그날 밤 그들은 웰스 공용 해변의 희고 부드러운 모래사장에서 야영했다. 래리가 마지막 밀물에 떠밀려 온 해초 뭉텅이 위에 커다랗게 불을 피웠고, 조는 래리와 네이딘의 반대편에 떨어져 앉아, 불길 속으로 작은 나뭇가지들을 던져 넣었다. 이따금 조는 불꽃 속에 좀 더 큰 나뭇가지를 밀어넣어 횃불을 만든 다음 모래밭으로 달려 나가서, 하나짜리 생일 양초처럼 횃불을 높이 들고 있었다. 그들은 모닥불이 밝히는 10미터 범위 안에서는 조의 모습을 볼 수 있었지만 그 너머에서는 오로지 힘찬 질주로 생겨난 바람

속에서 끌려 다니는 햇불만을 볼 수 있었다. 바닷바람이 살살 불어왔는데, 낮에 불던 바람보다 더 시원했다. 어렴풋이 래리는 어머니가 죽어 가던 모습을 발견한 날 오후에 내렸던, 슈퍼 독감이 전속력으로 달리는 화물 열차처럼 뉴욕을 후려치기 직전에 내렸던 비가 기억났다. 천둥 치던 폭풍우가 기억났고 아파트 안으로 미친 듯이 나부끼던 하얀 커튼이 기억났다. 약간 몸서리가 쳐졌다. 모닥불의 불길이 바람을 타고 소용돌이치더니 춤을 추며 별이 빛나는 까만 하늘로 올라갔다. 불꽃들이 더 높이 회오리치며 오르다 꺼졌다. 래리는 가을에 관해 생각했는데, 아직은 멀었지만 어머니가 바닥에 쓰러져 헛소리를 하던 것을 발견했던 6월의 그날만큼 까마득하게 여겨지진 않았다. 북쪽 저 멀리 해변을 따라 조의 햇불이 위아래로 출렁거렸다. 그 모습에 그는 외로움을 느꼈고 한기도 제법 느꼈다. 거대하고 적막한 어둠 속에 위태롭게 깜빡거리는 불빛 하나. 밀려드는 파도가 굽이치며 철썩거렸다.
"연주할 줄 알아요?"
네이딘의 음성에 놀란 래리는 약간 움찔하며 그들 옆 모래 위에 놓여 있는 기타 케이스를 바라보았다. 그들이 저녁거리를 구하러 부수고 들어갔던 커다란 집의 음악실 안 스타인웨이 피아노 옆에 기대어져 있던 것이었다. 래리는 그들이 이날 먹어 치운 것을 보충하기에 충분한 음식 깡통들로 배낭을 채웠고, 케이스 안에 무엇이 들어 있는지 살펴보지도 않고 충동적으로 기타를 들고 나왔다. 그런 커다란 집에서 나온 것이니, 아마도 좋은 것이겠지. 래리는 정신 나간 말리부 해변 파티 이래로 기타를 쳐 본 적이 없었고, 그 파티는 6주 전의 일이었다. 지금은 또 다른 인생을 살고 있었다.

"그럼요, 칠 줄 알죠."

래리는 자신이 연주하고 싶어 한다는 것을 깨달았는데, 그녀를 위해서가 아니라 가끔은 연주하는 것이 기분을 좋게 해 주고 마음을 진정시키기 때문이었다. 그리고 해변에 모닥불을 피우면 누군가는 기타를 연주하게 마련이었다. 이는 사실상 돌에 새겨진 진리와도 같았다.

"우리가 뭘 갖고 왔는지 확인해 봅시다."

래리가 말하며 잠금장치를 풀었다.

뭔가 좋은 것을 기대하긴 했지만, 케이스 속에 들어 있는 것은 기대 이상으로 좋은 깜짝 선물이었다. 열두 줄짜리 깁슨이었고, 아름다운 악기였으며, 게다가 주문 생산품인 듯했다. 래리는 기타를 정확하게 평가하는 전문가는 아니었다. 하지만 기타 코드 짚는 나무판에 새겨진 장식들이 진짜 고급 진주라는 것은 확실히 알 수 있었다. 모닥불에서 나온 불그스름한 오렌지색 불빛을 받아 온갖 빛깔을 펼쳐 보였기 때문이었다.

"아름답네요."

"정말 그렇네요."

기타를 가볍게 튕긴 래리는 코드를 잡지도 않았고 조율도 전혀 하지 않았지만 기타 소리가 맘에 들었다. 여섯 줄짜리 기타 소리보다 훨씬 풍부하고 낭랑했다. 하나로 어우러지는 소리, 그런데 억세다. 쇠줄 기타 특유의 장점이 바로 근사하게 억센 소리를 이끌어 내는 것이다. 블랙 다이아몬드 기타 줄이 감겨 있어서 조금은 감상적인 음색이긴 해도, 코드를 바꿀 때면 꾸밈없는, 살짝 거친 음색을 내보냈다. 징! 래리는 엷게 웃으며 배리 그리그가 말랑하고 납작한 기타 줄을 경멸하던 것을 기억했다. 그는 늘 그것을 '돈 지랄'이라고 불렀다. 착하고 정겨운 배리, 나중에 커서 스티븐 밀러 같은 기타리스트가 되길 원했는데.
"무엇 때문에 웃고 있어요?"
"옛날 생각이 나서요."
래리가 말하며 조금은 슬픔을 느꼈다.
그는 귀로 소리를 들으며 조율을 하고, 기타 줄을 제대로 맞추면서 계속 배리와 자니 맥콜과 웨인 스투키에 관해 생각했다. 조율을 끝마치자 네이딘이 그의 어깨를 가볍게 두드렸고 그는 고개를 들었다.
조가 모닥불 옆에 서서 다 타 버린 나뭇가지를 무심히 한 손에 들고 있었다. 기묘한 두 눈이 완전히 매료되어 래리를 주시하더니 입이 벌어졌다.
매우 조용히, 머릿속의 생각이라고 여겨질 정도로 아주 조용히, 네이딘이 말했다.
"음악은 매력을 지니고 있나니……."
래리가 기타로 연주하기 시작한 거친 멜로디는 그가 청소년 시절에 엘렉트라 포크 앨범에서 건져 낸 옛날 블루스곡이었다. 원래는 코어너 레이 앤드 글로버가 불렀던 곡으로 기억되었다. 래리는 멜로디가 제대로 흘러나온다 싶을 때 해변을 따라 멀리 울려 퍼지도록 기타 소리를 높이고 노래를 했는데…… 래리의 노래 실력은 늘 연주 실력보다 더 나은 편이었다.

아아 당신은 내가 오는 걸 알아 베이비

아주 먼 곳에서 왔다는 걸
나는 밤을 당장 낮으로 바꿔 놓겠어 그대여
왜냐면 나는 여기 있으니
내 집에서 아주 먼 곳에
하지만 당신은 내가 오는 소리를 들을 수 있어 베이비
내 검은 고양이 뼈를 두드리면

소년은 이제 히죽거리면서, 반가운 비밀을 발견한 사람처럼 놀라는 모습으로 미소 지었다. 래리가 보기에 소년은 아주아주 오랫동안 어깨뼈 사이 손이 닿지 못하는 곳의 가려움에 시달려 오다가 마침내 긁어 줄 곳을 정확히 알고 있는 누군가를 찾아낸 아이 같았다. 그는 오랜 기간 사용하지 않던 기억 저장소 안을 들쑤셔 2절 가사를 뒤졌고, 그것을 찾아냈다.

나는 여러 가지를 할 수 있어 그대여
다른 남자들은 못하는 것을
그들은 기쁨의 비밀 번호를 찾아낼 수 없어 베이비,
정복자의 뿌리를 활용할 수도 없어
그러나 나는 할 수 있어, 왜냐면 나는 내 집에서 아주 먼 곳에 있으니
그리고 당신은 내가 오는 소리를 들을 수 있어
내 검은 고양이 뼈를 세게 두드리면

래리는 소년이 활짝 열린 기쁨의 미소로 두 눈이 눈부시게 빛난

까닭에 특별히 멋있게 보인다는 걸 깨달았다. 어떤 소녀의 허벅지 근육이든 슬그머니 풀리게 할 수 있는 눈빛이었다. 래리는 간주 부분에서 내내 손가락을 헤맸지만, 그리 형편없지는 않았다. 손가락이 기타에서 그럴듯한 소리를 쥐어짜 냈다. 딱딱하고, 화려하고, 약간은 겉만 번지르르한 소리. 마치 싸구려 보석을, 장물인 양 길모퉁이에 판을 차리고 종이봉투에서 꺼내 파는 그런 싸구려 보석을 펼쳐 보이는 것 같았다. 그는 약간 으스대며 기타를 치더니 모든 걸 망치기 전에 서둘러 세 손가락으로 짚는 편하고 손쉬운 E 코드로 물러갔다. 철길에 관해 이야기하는 마지막 가사를 전부 기억할 순 없었기에 다시 1절 가사를 되풀이하다 끝냈다.

다시 침묵이 내려앉자 네이딘이 웃음을 터뜨리며 박수를 쳤다. 조는 나뭇가지를 내던지고 모래 위를 펄쩍펄쩍 뛰면서 기쁨의 환호성을 질렀다. 래리는 소년의 변화를 믿을 수가 없어서 너무 곧이곧대로 받아들이지는 말자고 스스로를 다잡았다. 그렇게 해야 실망에 대비할 수 있을 터였다.

"음악은 매력을 지니고 있나니 야만스러운 짐승마저도 진정시키더라."

래리는 그것이 그렇게 간단한 일인지 믿기지 않아 놀란 상태였다. 조가 그를 향해 손짓하고 있었고, 네이딘이 말했다.

"조는 당신이 다른 걸 더 연주해 주면 좋겠대요. 그래 주시겠어요? 정말 대단한 솜씨예요. 저까지 기분이 좋아졌어요. 아주 좋아요."

그래서 그는 조프 멀더의 「도시로 떠나며」와 자작곡 「샐리의 프레스노 블루스」를 연주했다. 「스프링힐 광산 대참사」와 아서 크루

덥의 「다 괜찮아, 엄마」도 연주했다. 이어서 초기 로큰롤 음악으로 넘어갔다. 「젖소 블루스」, 「짐 댄디」, 「20계단 록」(가능한 한 화음을 맞춰 부기우기 리듬을 치려고 했지만, 이때쯤엔 손가락이 느려지고 둔해지고 욱신거리고 있었다.), 그리고 맨 마지막엔 그가 항상 좋아했던 노래, 원래는 조디 레이놀즈가 불렀던 「끝없는 잠」으로 마무리.

"더 이상은 못 치겠다."

래리가 연주회 내내 꼼짝 않고 서 있었던 조에게 말했다.

"내 손가락을 보렴."

래리가 손가락을 내밀어 기타 줄이 깊게 팬 자국과 갈라진 손톱 자국을 보여 주었다.

소년이 두 손을 앞으로 뻗었다.

래리는 한순간 멈칫했지만, 내심 평정을 찾았다. 그는 기타 목을 앞으로 돌려 소년한테 건넸다.

"그걸 치려면 연습을 많이 해야 해."

그러나 곧이어 래리가 평생 들어 본 것 중 가장 놀라운 음악이 흘러나왔다. 소년은 거의 흠잡을 데 없이 「짐 댄디」를 치면서 노래를 부른다기보다는 가사를 우우 외쳐 댔다. 마치 혀가 입천장에 달라붙기라도 한 것 같았다. 동시에 소년이 평생 한 번도 기타를 쳐 본 적이 없다는 것도 너무나 분명했다. 아이는 소리가 적절히 울려 퍼지도록 기타 줄을 강하게 누르지 못했고 코드를 바꾸는 것도 적당히 대충대충이었다. 그렇게 해서 나온 소리는 먹먹하고 답답한 것이 마치 솜을 한가득 쑤셔 넣은 기타를 연주하는 것 같았지만, 한편으로는 래리가 연주했던 곡조 그대로 완벽히 복사한 연주었다.

연주를 끝내고 조는 자기 손가락을 신기한 듯 내려다보았는데, 마치 왜 자기 손가락이 래리가 연주했던 곡의 알맹이는 만들어 내면서 날카로운 소리는 만들어 낼 수 없는 것인지 알려고 애쓰는 것 같았다.

얼얼한 상태였던 래리는 마치 멀리서 들리는 소리인 듯 자신이 말하는 소리를 들었다.

"너는 기타 줄을 강하게 내리누르지 않았어. 그래서 그런 거야. 손가락 끝에 못이, 굳은살이 박이게 해야 해. 그리고 왼손 근육도 단련해야 하고."

그가 말하는 동안 조가 그를 열심히 쳐다봤지만, 래리는 소년이 정말로 이해하는 건지 아닌지 몰랐다. 그는 네이딘에게 고개를 돌렸다.

"이 아이가 기타를 칠 수 있다는 걸 알았어요?"

"아뇨. 나도 당신처럼 놀랐어요. 얘는 천재인가 봐요, 그렇죠?"

래리가 끄덕거렸다. 소년은 이어서 「다 괜찮아, 엄마」를 쭉 연주하면서 래리가 연주했던 방식의 거의 모든 느낌을 따왔다. 그러나 조의 손가락이 기타 줄의 진동을 발산하기는커녕 오히려 막아 버릴 때면 이따금 나무토막처럼 털썩 떨어지는 소리가 났다.

"내가 시범을 보여 줄게."

래리가 기타를 달라고 두 손을 내밀었다. 조의 눈이 즉시 불신의 감정으로 일그러졌다. 래리는 조가 바다 속으로 들어가 버린 그 칼을 떠올리는 거라고 생각했다. 소년은 뒤로 물러서며 기타를 꽉 붙들었다.

"그래 그래, 다 네 거다. 기타 레슨을 받고 싶거들랑 나를 찾아 와라."

소년은 함성을 내지르고 해변으로 달려가며 마치 산 제물을 바치듯 기타를 머리 위로 높이 치켜들었다.

"기타를 엉망으로 부셔 놓겠지."

"아니오. 내가 보기엔 그럴 것 같지 않는데요."

네이딘이 대꾸했다.

래리는 밤중의 어느 순간 깨어나 팔꿈치를 짚고 몸을 일으켰다. 네이딘은 불 꺼진 모닥불 옆 한쪽에서 담요 세 장으로 몸을 감싸 겨우 희미하게 여자의 몸매만 드러냈다. 래리의 맞은편에 조가 있었다. 아이도 역시 담요 여러 장을 덮고 있었지만, 머리가 불쑥 나와 있었다. 아이는 엄지 손가락을 입에 단단히 물고 있었다. 다리를 끌어당기고 그 사이에 열두 줄짜리 깁슨의 몸통을 끼고 있었다. 나머지 빈손이 기타의 목 주위를 느슨하게 감쌌다. 래리는 그 모습에 도취되어 아이를 가만히 쳐다보았다. 그는 소년의 칼을 빼앗아 던져 버렸다. 소년은 기타를 받아들였다. '훌륭해. 이 애가 기타를 갖고 있게 해야겠어. 기타로는 사람을 죽도록 찔러 댈 수 없을 테니까. 찌르기에는 상당히 둔탁한 도구지.' 래리는 다시 잠에 곯아떨어졌다.

다음 날 아침 래리가 깨어났을 때, 조는 바위에 앉아 기타를 무릎에 올려놓고 맨발을 흐르는 파도에 담근 채 「샐리의 프레스노 블루스」를 연주했다. 실력이 더 나아졌다. 네이딘이 20분 뒤에 깨어나서 소년을 보고 환하게 웃었다. 그 모습을 본 래리는 그녀가 사랑스러운 여자라고 느꼈으며, 척 베리가 부른 노래 한 구절이 떠올랐다. '네이딘, 내 여자는 바로 당신인가요?'
큰 소리로 래리가 말했다.
"아침 식사로 뭐가 나올지 구경해 봅시다."
그가 불을 피웠고 불 가까이 모여 앉은 세 사람은 몸에 밴 간밤의 한기를 떨어냈다. 그들은 네이딘이 우유 분말로 만든 오트밀을 먹고 깡통에 진하게 우려낸 차를 마셨으니, 영락없는 떠돌이 부랑자의 생활 방식이었다. 조는 깁슨을 무릎에 걸쳐 놓고 식사를 했다. 래리는 두 번이나 소년을 향해 웃음 지으면서 기타를 좋아하는 사람을 싫어할 수는 없노라고 생각하는 자신을 발견했다.

그들은 자전거로 1번 도로 남쪽 방면을 달렸다. 조는 도로 중앙의 하얀 경계선을 따라 곧장 달리며 이따금 1킬로미터 정도씩 앞서 나아갔다. 한번은 래리와 네이딘이 조를 따라잡고 보니 아이는 도로변을 따라 태평스럽게 자전거를 끌고 걸으면서 흥미로운 방식으로 블랙베리를 먹고 있었다. 열매 몇 개를 공중으로 던져 그것들이 제각각 떨어질 때마다 입으로 정확하게 받아먹는 것이었다. 1시간 후에 아이는 역사적인 독립 전쟁 기념비 위에 자리를 잡고 앉아 기타로 「짐 댄디」를 연주하고 있었다.
11시경 그들은 오군큇이라 불리는 마을 어귀에 있는 이상야릇한 도로 차단벽에 도달했다. 밝은 오렌지색을 띤 마을 쓰레기 트럭 세 대가 도로를 가로질러 놓여 양쪽 도로변 사이를 막고 있었다. 덤프트럭들 중 한 대의 뒤쪽에 큰대 자로 뻗어 있는 것은 한때는 살아 있는 사람이었지만 이제는 까마귀한테 뜯기고 남은 시체였다. 지난 열흘 동안 후끈한 열기가 계속되더니 효력이 나타났다. 시체의 옷이 덮여 있지 않은 부분에 구더기가 들끓고 있었다.
네이딘이 고개를 돌리며 물었다.
"조는 어딨죠?"
"모르겠는데요. 저 앞 어디쯤에 있겠죠."
"그 아이가 저것을 못 봤으면 좋으련만. 봤을 것 같아요?"
"아마도."
래리가 이제껏 생각해 온 것은 그들이 웰스를 떠나온 이래로 국토의 대동맥인 1번 도로에서 인적이 아주 끊겨 버렸다는 것이었다. 겨우 스무 대 남짓한 차들만 길을 따라 주저앉았을 뿐. 이제야 이유를 알 수 있었다. 사람들이 도로를 막아 버렸던 것이다. 아마 이 마을 저 멀리 반대쪽에는 수백 대, 어쩌면 수천 대의 차들이 꽁꽁 막혀 있을 것이다. 래리는 네이딘이 조를 어떻게 생각하는지 알았다. 소년이 이런 꼴을 당하지 않도록 하는 게 좋을 터였다.
"왜 사람들이 도로를 막았을까요? 왜 그랬을까요?"
네이딘이 물었다.
"그들은 틀림없이 자기네 마을을 격리시키려고 했겠죠. 마을 반대쪽에도 차단벽이 있을 것 같은데."
"저쪽에도 시체가 있어요?"
래리가 자전거를 세워 놓고 살펴보았다.

"세 구."

"알았어요. 그쪽은 쳐다보지 않을래요."

래리가 고개를 끄덕거렸다. 그들은 자전거를 타고 트럭들을 지나 계속 달렸다. 고속도로가 또다시 바다에 가까워져서 한결 시원했다. 여름 별장들이 줄지어 길고 난잡하게 한데 몰려 있었다. 사람들이 저런 건물에서 휴가를 보낸다고? 래리는 의아해 했다. 차라리 애들을 할렘에 가서 뉴욕 빈민가 소화전 물줄기 속에서 놀게 해 주지그래?

"별로 예쁘진 않네. 그렇죠?"

네이딘이 물었다. 이제 양편 어디를 봐도 조잡한 해변 휴양지의 진수라고 할 만한 것들이 그들을 둘러쌌다. 주유소, 조개구이 노점, 데어리 트리트 패스트푸드 식당, 자극적인 파스텔 색채로 단장한 모텔, 미니 골프장.

래리는 이것들을 보고 두 가지 괴로운 면을 마음속으로 떠올렸다. 마음 한구석은 그것들의 슬프고도 유난스러운 추악함과, 이 지역의 장엄하고 풍광 좋은 해안선을 스테이션왜건을 타고 온 가족들을 위한 하나의 긴 고속도로 유원지로 변모시켜 버린 이들의 추악한 사고방식을 향해 아우성쳤다. 그런데 더 예민하고 더 깊숙한 마음 한구석은 지나간 여름들 동안 이런 곳과 이 도로를 가득 메웠던 사람들에 관해 속삭였다. 챙 넓은 모자를 쓰고 풍만한 엉덩이에 꽉 끼는 반바지를 걸친 숙녀들. 빨강과 검정 줄무늬가 새겨진 럭비 셔츠를 입은 남자 대학생들. 여름 원피스와 가죽 끈 샌들을 걸친 소녀들. 얼굴에 아이스크림을 마구 묻힌 채 소리 지르는 어린아이들. 그들은 미국인들이었고, 그들이 떼로 몰려 있을 때면 그들 사이엔 음란하고 억제할 수 없는 일종의 로맨스가 생겨났다. 그런 사람들 떼거지가 아스펜 스키장 콘도에 있건 메인 주의 1번 도로를 따라 무미건조하고 난해한 그들만의 여름 의식을 치르건 간에 아무래도 상관없었다. 그런데 이제 미국인들이 모조리 사라졌다. 천둥 폭풍우로 부러져 버린 나뭇가지가 엄청나게 큰 데어리 트리트 식당 플라스틱 간판을 아이스크림 노점이 있는 주차장에 떨어뜨려 놓았고, 그 간판은 희끗한 고깔모자처럼 옆으로 엎어져 있었다. 미니 골프장 코스에 풀이 무성해지고 있었다. 포틀랜드와 포츠머스 사이의 이 고속도로 구간은 한때 100킬로미터에 걸쳐 늘어선 유원지였는데 이제는 태엽 장치가 모조리 멈춰 버린 유령의 집일 뿐이었다.

"별로 예쁘지 않군요. 그래요. 그런데 네이딘 양, 예전엔 저것이 우리 인간의 것이었어요. 예전엔 우리 인간의 것이었다고요. 비록 우리가 한 번도 여기 와 본 적이 없다고 해도 말이에요. 그런데 이제는 없어져 버렸죠."

"그렇지만 영원히는 아니에요."

그녀가 차분히 말하자 래리는 그녀를, 그녀의 맑고 눈부신 얼굴을 바라보았다. 흰머리가 가늘게 줄지어 난 멋진 머릿결을 뒤로 쓸어 넘긴 그녀의 이마가 램프처럼 빛났다.

"나는 종교를 믿는 사람은 아니지만, 만일 믿었다면 난 이미 벌어진 사태에 대해 신의 심판을 요청했을 거예요. 100년 후, 어쩌면 200년 후, 저것은 다시 우리 인간의 것이 되겠죠."

"저 트럭들은 200년 후에도 없어지지 않을 겁니다."

"그래요. 하지만 도로는 없어지겠죠. 트럭들은 들판이나 숲 한

가운데 서 있을 테고, 타이어가 있던 자리엔 송이풀과 참개난초가 자라나 있을 거예요. 그때는 사실상 트럭이 아니겠죠. 구시대의 유물일 거예요."
"나는 당신 생각이 틀렸다고 생각하는데요."
"뭐가 틀렸다는 거죠?"
"왜냐하면 우리는 다른 사람들을 찾고 있으니까요. 지금 우리가 왜 다른 사람들을 찾고 있다고 생각하죠?"
네이딘이 심란한 표정으로 그를 응시했다.
"글쎄요…… 그것이 옳은 행동이니까요. 사람한텐 다른 사람이 필요하게 마련이잖아요. 당신은 그렇게 느끼지 않았나요? 당신이 혼자였을 때?"
"맞아요. 사람은 누군가와 함께 있지 않으면 외로워서 미쳐 버리죠. 함께 있을 땐, 다 함께 미쳐 버리고요. 우리가 다 함께 뭉쳐 있으면, 몇 킬로미터나 줄지어 선 여름 별장들을 건설하고 토요일 밤에는 술집에서 서로 살인이나 하는 거죠."
말하고 난 래리가 웃음을 터뜨렸다. 웃음기라고는 전혀 없는 싸늘하고 비참한 웃음 소리였다. 소리는 오랫동안 황량한 허공을 맴돌았다.
"해답은 없어요. 알 속에 갇혀 버린 신세 같은 거죠. 서두릅시다. 조는 한참 앞서 가고 있을 거예요."
네이딘은 잠시 자전거에 발을 걸치고 서서 떠나가는 래리의 등에 심란한 시선을 보냈다. 그러고는 그를 쫓아 자전거를 움직였다. 그가 옳을 리 없었다. 그럴 리가 없었다. 만약 지금과 같은 너무나 극악무도한 사태에 그 어떤 대의명분도 없다고 하면, 도대체

의미 있는 일이란 게 있기는 한 걸까? 그들이 여태 살아서 발버둥 칠 이유도 없잖은가?

조는 그리 많이 앞서 있지 않았다. 그들은 어느 집 앞 차도에 주차된 파란 포드 승용차의 뒤범퍼에 앉아 있는 조와 우연히 맞닥뜨렸다. 그는 어딘가에서 발견한 누드 잡지를 보고 있었고, 래리는 소년이 발기해 있는 것을 불쾌하게 주시했다. 그는 네이딘을 힐끔거렸는데, 그녀는 다른 곳을 바라보고 있었다. 어쩌면 일부러 그러는 것일지도 몰랐다.
그들이 차도에 도착했을 때 래리가 물었다.
"이제 가야지?"
조는 잡지를 옆으로 치우긴 했지만 일어설 생각은 하지 않고 쉰 목소리로 질문하는 듯한 소리를 내며 허공을 가리켰다. 래리는 불쑥 위를 쳐다보면서, 소년이 비행기를 본 것이라고 잠시 생각했다. 그때 네이딘이 소리쳤다.
"하늘이 아니에요, 헛간이에요!"
그녀의 목소리는 흥분한 탓에 억세고 긴장되었다.
"헛간 위에! 정말 고맙다, 조! 하마터면 못 보고 지나칠 뻔했지 뭐니!"
그녀가 조에게 가서 팔로 껴안아 주었다. 래리가 헛간으로 시선을 돌리자 그곳의 빛바랜 판자 지붕 위에 쓰여진 흰 글씨들이 또렷하게 눈에 들어왔다.

버몬트 스토빙턴의 전염병 연구소로 떠나가다

그 밑에는 도로 방향들이 줄지어 적혀 있었다. 그리고 맨 아래 줄의 서명.

오군퀏을 떠나며 1990년 7월 2일
해럴드 에머리 로더
프랜시스 골드스미스

"예수님 맙소사, 누군지 마지막 줄을 쓸 때는 엉덩이가 바람 부는 허공에 붕 떠 있었을 게 틀림없어."
래리가 말했다.
"전염병 연구소!"
네이딘이 래리의 말을 묵살하며 말했다.
"내가 왜 그 생각을 못했지? 일요일자 신문 부록에서 그곳에 관한 기사를 읽은 지가 석 달도 채 안 됐는데! 저 사람들은 그곳으로 떠난 거예요!"
"만약 그들이 아직 살아 있다면요."
"아직 살아 있다면? 물론 살아 있죠. 전염병은 7월 2일엔 끝이 났어요. 게다가 저 헛간 지붕 위로 올라갈 수 있었다면, 병에 걸리지 않은 것이 확실해요."
"적어도 그들 중 한 명이 매우 팔팔했다는 건 확실하군요."
래리는 네이딘의 말에 동의하면서 섣불리 동요하지 않던 자신의 뱃속에서 흥분이 일어나는 것을 느꼈다.

"게다가 우리가 곧바로 버몬트로 향할 거라고 생각하는 것 같네요."

"스토빙턴은 9번 고속도로 북쪽의 아주 먼 곳에 있어요."

네이딘이 여전히 헛간을 올려다보며 멍하니 말했다.

"그렇기는 해도 저 사람들은 지금쯤 그곳에 있을 게 틀림없어요. 7월 2일은 오늘로부터 2주 전이었으니까."

네이딘의 눈이 빛났다.

"래리, 전염병 연구소에 다른 사람들도 있을까요? 있을지도 몰라요. 그렇게 생각되지 않아요? 그 사람들은 검역이라든가 방균복 같은 걸 다 알고 있잖아요? 치료법을 연구하는 중일 거예요, 안 그래요?"

"모르겠어요."

래리가 신중하게 말했다.

"틀림없이 그러고 있을 거라고요."

네이딘이 조급하고 조금은 거칠게 말했다. 래리는 그녀가 그토록 흥분하는 걸 본 적이 없었다. 심지어 조가 기타 연주를 흉내 내는 놀라운 재주를 선보였을 때에도 그 정도는 아니었다.

"장담컨대 해럴드와 프랜시스는 수십 명, 어쩌면 수백 명을 찾아냈을 거예요. 우리도 당장 떠나요. 가장 빠른 이동 경로가……"

"잠깐만 기다려요."

래리가 그녀의 어깨를 붙잡으며 말했다.

"무슨 말이에요, 기다리라니? 당신이 보기에는……"

"내가 보기에 저 이정표는 우리가 찾아오는 걸 2주 동안 기다려 주었고, 이왕 이렇게 된 거 좀 더 오래 기다릴 수도 있을 것 같아요. 그러니 그동안 점심이나 먹읍시다. 우리 기타 치는 광대, 친애하는 조가 선 채로 졸고 있네요."

그녀가 주위를 돌아보았다. 조는 또다시 누드 잡지를 보고 있었지만, 맥빠진 모습으로 잡지 위에 고개를 꾸벅꾸벅하며 눈을 끔뻑거리기 시작했다. 피곤한지 눈 밑이 거무스름했다.

"아이가 상처 감염에서 벗어난 지 얼마 안 됐다고 했잖아요. 또 당신들은 상당히 고단한 여행을 계속해 왔죠…… 파란 눈의 기타 연주자를 몰래 뒤쫓으면서 말이에요."

"당신 말이 옳아요. 난…… 그 생각을 한 번도 못했어요."

"지금 이 아이한테 필요한 건 좋은 식사와 편안한 낮잠입니다."

"물론이에요. 조, 미안하다. 내가 생각이 짧았어."

조가 잠에 겨워 무심결에 툴툴거리는 소리를 냈다.

래리는 그다음에 말해야 하는 내용 때문에 마음속에 남아 있던 공포 덩어리가 솟구치는 것을 느꼈지만, 그 말을 꼭 해야만 했다. 만약 그가 하지 않으면 네이딘이 생각할 기회를 잡자마자 먼저 말을 꺼낼 것이고…… 게다가 생각만큼 자기 자신이 많이 변했는지 그렇지 않은지 알아볼 때가 되었기 때문이었다.

"네이딘 양, 운전할 줄 알아요?"

"운전? 면허증이 있느냐는 뜻이에요? 그래요. 하지만 도로가 죄다 봉쇄되어 있으니 차는 그다지 실용적인 수단이 아니잖아요. 안 그래요? 내 말은……"

"자동차를 생각한 건 아니에요."

래리는 이렇게 말하고 나서 문득 리타가 불가사의한 검은 남자 (마음속에서 상징적으로 표현된 죽임일 거라고 래리는 짐작했다.)의 오토바이 뒷자리에 타고 있는 이미지를 눈 뒤에서 떠올렸으며, 검고 수척한 그 두 사람은 요한 계시록에 등장하는 으스스한 말 탄 기사들처럼 할리 오토바이 괴물에 올라앉아 래리를 깔아뭉갰다. 그 생각 탓에 입 안의 침이 마르고 관자놀이가 두근거렸지만, 말을 계속하는 동안 래리의 목소리는 차분했다. 목소리가 갈라지는 듯싶었지만, 네이딘은 눈치를 못 챈 것 같았다. 반면에 조는 선잠에서 깨어나 그를 올려다보았으며, 어떤 변화를 눈치 챈 것 같았다.

"오토바이 같은 걸 생각하고 있었어요. 수고를 덜 하고도 더 빨리 이동할 수 있고 어떠한…… 그러니까 도로에 어떠한 난장판이 막아서더라도 오토바이라면 끌고 빙 돌아갈 수도 있으니까요. 우리가 자전거를 끌고 저기 있는 마을 트럭들을 빙 돌아왔던 것처럼요."

네이딘의 눈 속에 흥분의 빛이 나타나고 있었다.

"맞아요, 할 수 있어요. 난 오토바이를 몰아 본 적이 한 번도 없지만, 어떻게 하는 건지는 당신이 가르쳐 주면 되니까요, 그렇죠?"

오토바이를 몰아 본 적이 한 번도 없다는 말에 래리의 두려움이 커졌다.

"그래요. 하지만 내가 가르칠 수 있는 건, 요령을 터득할 때까지는 천천히 운전해야 한다 정도가 전부일 거예요. 아주 천천히. 오토바이는, 아주 사소한 거라고 해도 인간의 실수를 용납하지 않아요. 또 당신이 고속도로에서 심한 사고를 당한다고 해도 의사한테 데려갈 수도 없고요."

"그러니까 오토바이를 타는 걸로 결정 난 거군요. 우리는……
래리, 우리랑 만나기 전에 오토바이를 타고 다녔어요? 그랬을 것
같아요. 뉴욕 시에서 여기로 그렇게나 쏜살같이 온 걸 보면."
"타다가 내버렸어요. 혼자 타고 다니려니 맘이 편치 않아서."
그가 차분하게 말했다.
"저런, 하지만 이젠 혼자가 아니랍니다."
네이딘이 흥에 겨워 말하고는 조한테 몸을 돌렸다.
"우린 버몬트로 갈 거야, 조! 다른 사람들을 만나러 갈 거라고!
근사하지 않니? 너무 굉장하지 않아?"
조는 하품을 했다.

네이딘은 너무 흥분해서 잠을 못 자겠다고 말했지만, 조가 잠자는 동안은 함께 누워 있을 터였다. 래리는 오군큇 마을 안으로 자전거를 달려 오토바이 대리점을 찾아보았다. 한 군데도 없었지만, 웰스에서 나오던 길에 오토바이 가게 하나를 본 것이 생각났다. 그는 돌아와서 조가 누드 잡지인 《갤러리》를 탐독하던 파란 포드 승용차의 그늘에서 두 사람 모두 잠든 것을 발견했다.
　래리는 그들한테서 조금 떨어져 누웠지만 잠을 이룰 수 없었다. 결국 그는 고속도로를 건넜고, 무릎 높이의 큰조아재비 풀 속을 뚫고 이정표가 칠해져 있던 헛간으로 갔다. 길에서 그의 발을 피하려고 수천 마리의 메뚜기들이 미친 듯이 튀어 다니자 래리는 생각했다. '나는 그들의 전염병이다. 나는 그들의 다크맨이다.'
　헛간의 널찍한 문짝 근처에서 래리는 텅 빈 펩시콜라 깡통 두

개와 샌드위치 한 조각을 발견했다. 한결 평탄한 시절이었다면 갈매기들이 오래전에 그 샌드위치 조각을 먹어 치웠겠지만, 시대가 바뀌었고 갈매기들은 의심할 바 없이 더 맛 좋은 음식에 길이 들었다. 그는 샌드위치 부스러기를, 그다음엔 깡통 하나를 발끝으로 건드렸다.

'이것들을 지금 당장 과학 수사 연구소로 보내, 브릭스 경사. 우리가 쫓는 살인범이 마침내 실수를 저지른 것 같구먼.'

'알았습니다, 언더우드 경위님. 런던 경시청에서 경위님을 파견하기로 결정한 날이 저 푸른 초원 위의 도망자한테는 제삿날이 었네요.'

'쑥스럽게 왜 이러나, 경사. 다 수사의 일부인데 뭐.'

래리는 헛간으로 들어갔다. 어둡고, 뜨겁고, 헛간 제비들이 부드럽게 날개를 퍼덕거리는 소리가 가득했다. 건초 냄새가 달콤했다. 가축우리는 텅 비어 있었다. 틀림없이 헛간 주인이 굶어 죽느니 차라리 슈퍼 독감에 죽든 살든 맘대로 하라고 동물들을 모조리 풀어 줬을 것이다.

'경사, 검시관이 나중에 조사할 수 있도록 저것에 표시를 해 두게.'

'그러겠습니다, 언더우드 경위님.'

바닥을 힐끔 내려다본 그는 과자 포장지 하나를 발견하고 집어 들었다. 한때는 속에 페이데이 초코바가 채워져 있던 포장지였다. 헛간에 이정표를 그렸던 사람은 아마도 배짱이 두둑했나 보다. 고상한 미식가는 전혀 아니었다. 누구든 페이데이 초콜릿 같은 맛대가리 없는 걸 즐기는 사람이라면 뜨거운 태양 아래 너무 오래 있어서 미쳐 버린 사람일 것이다.

다락으로 이어지는 계단이 대들보 하나에 못으로 고정되어 있었다. 벌써 땀으로 끈적거리면서, 자기가 왜 여기에 와 있는 건지도 모른 채 래리는 계단을 올라갔다. 다락 한가운데에는(그는 천천히 걸으면서 쥐가 나올까 봐 경계하고 있었다.) 더욱 평범하게 생긴 계단 한 줄이 지붕 꼭대기 탑으로 이어졌고, 이 계단들은 흰 페인트 방울로 얼룩져 있었다.

'우리가 또 하나의 증거와 마주쳤구먼. 나는 그렇게 믿네, 경사.'

'경위님, 저는 정말로 놀랐습니다. 경위님의 예리한 추리력을 능가할 수 있는 건 경위님의 출중하신 외모와 생식 기관의 엄청난 길이밖에 없는 거로군요.'

'쑥스럽게 왜 이러나, 경사.'

래리는 지붕 꼭대기 탑으로 올라갔다. 그곳은 더욱 뜨거워서 열기가 숫제 폭발적이었고, 만약 프랜시스와 해럴드가 글씨를 다 칠하고 나서 여기다 페인트를 두고 갔더라면, 헛간은 일주일 전에 덩실덩실 불에 타 버렸을 듯싶었다. 유리창은 먼지투성이였고 제럴드 포드가 대통령이었던 시절에 갓 쳐졌던 게 분명하지만 이제는 썩어 가는 거미줄들이 엉켜 있었다. 위로 열려 있는 유리창으로 몸을 빼 보니 몇 킬로미터나 멀리 펼쳐지는 숨 막힐 듯한 시골 풍경이 한눈에 들어왔다.

동쪽을 향하고 있는 곳이었는데, 상당히 높은 위치에서 도로변의 상점들을 보니 지상에서는 괴물처럼 너무나 추하게 여겨졌던 것들이 이제는 도로변에 약간 어수선하게 널린 잡동사니 정도로 하찮게 보였다. 고속도로 너머로 바다가 장대하게 펼쳐졌고, 항구의 북쪽 면에서 뻗어 나온 방파제 때문에 밀물이 두 쪽으로 갈라졌다. 육지는 한여름을 묘사한 유화 그림처럼 온통 녹색과 황금색이었고, 오후의 적막한 아지랑이에 둘러싸여 있었다. 소금과 바닷물 냄새가 밀려왔다. 지붕 경사면을 따라 내려다보니 해럴드가 칠해 놓은 이정표의 글씨들을 거꾸로 읽을 수 있었다.

그 지붕 위를, 땅 위에 높이 떠 있는 그곳을 기어 다닌다고 생각해 보니 래리는 뱃속이 메슥거렸다. 그런데 해럴드라는 남자는 여자 이름을 적어 놓으려고 정말로 두 다리를 빗물 홈통 위에 기대고 있었을 게 틀림없었다.

'왜 그는 고생을 사서 했을까. 경사. 내가 보기에 그것은 우리가 스스로 제기해야만 하는 여러 의문 중 하날세.'

'지당하신 말씀이십니다, 언더우드 경위님.'

래리는 계단을 다시 내려가면서 발밑을 조심하며 천천히 움직였다. 지금은 다리를 부러뜨릴 때가 아니었다. 헛간 바닥에 내려오니 무엇인가가 그의 눈길을 끌었다. 대들보에 새겨진 그 무엇인가는 놀랄 만큼 희고 선명해서, 헛간 나머지 전체의 낡고 먼지가 자욱한 어둠과 완전한 대조를 이루었다. 들보로 다가가서 새겨진 흔적을 자세히 들여다 본 래리는 자신과 리타가 북쪽으로 고된 여행을 하던 날 다른 인간은 그것을 새겨 놓았다는 사실에 한편으론 재미를, 다른 한편으론 감탄을 느끼면서 엄지손가락의 볼록 나온 부분으로 새겨진 흔적을 부드럽게 훑었다. 새겨진 글자들을 따라 다시 한 번 손톱을 문질렀다.

하트 속. 꿰뚫은 화살 하나.
'경사, 나는 그 녀석이 사랑에 빠졌던 게 틀림없다고 믿네.'
"잘해 봐, 해럴드."
래리가 말하며 헛간을 나왔다.

웰스에 있는 오토바이 가게는 혼다 대리점이었다. 한쪽에 늘어선 전시용 오토바이들 중 두 대가 없어진 것을 발견한 래리는 곰곰이 추정해 보았다. 두 번째 증거를 발견하고는 더욱 의기양양해졌다. 쓰레기통 근처의 구겨진 과자 포장지 하나. 페이데이 초코바. 마치 누군가가, 아마도 사랑에 번민하는 해럴드 로더가 그와 그의 연인이 가장 만족스러워할 만한 오토바이들을 고르면서 초코바를 먹어 치웠던 것 같았다. 해럴드는 포장지를 둥글게 뭉쳐서 휴지통을 향해 던졌을 것이다. 그리고 빗나갔던 것이다.
네이딘은 래리의 추론이 훌륭하다고 생각했지만 래리만큼 열광하지는 않았다. 그녀는 남은 오토바이들을 눈여겨보며 떠날 생각에 마음이 달아올랐다. 조는 전시장 현관 계단에 앉아 열두 줄짜리 깁슨 기타를 치며 흡족한 표정으로 웅얼거렸다.

"내 말 들어 봐요. 지금은 5시예요, 네이딘 양. 내일 아침까진 떠날 수 없어요."

"하지만 햇빛이 3시간이나 남아 있어요! 마냥 앉아서 빈둥거릴 순 없잖아요! 그 사람들을 놓칠지도 모른다고요!"

"만일 그들을 놓친다면, 할 수 없는 거죠. 해럴드 로더는 이미 한 차례 안내 표시를 남겨 놓았어요. 자신들이 거쳐 갈 도로를 상세히 적어 뒀죠. 만일 그 사람들이 계속 이동한다면, 또다시 그런 안내 표시를 남겨 놓을 겁니다."

"그렇지만……."

"당신이 걱정하는 줄은 나도 알아요."

래리가 말하며 두 손으로 네이딘의 양어깨를 붙들었다. 그는 예전의 조급증이 높아져 가는 것을 느끼고는 자제하려고 애썼다.

"하지만 당신은 오토바이를 타 본 적이 한 번도 없어요."

"그래도 자전거는 탈 줄 알아요. 그리고 클러치 사용법도 안다고 말했잖아요. 제발, 래리, 우리가 시간을 낭비하지 않으면 오늘 밤엔 뉴햄프셔에서 야영할 수 있을 테고, 내일 밤에는 그곳까지 절반 정도는 갈 수 있어요. 우린……."

"자전거랑은 다르다니까요, 제기랄!"

래리가 버럭 소리를 지르자 뒤쪽에서 기타 소리가 불협화음을 내며 멈추었다. 그는 어깨 너머로 두 사람을 돌아보는 조를 목격했다. 소년의 두 눈이 작아지며 순식간에 불신에 휩싸였다. '이런 젠장, 나란 놈은 정말이지 사람을 잘도 다루는구먼.' 래리는 이런 생각 때문에 더욱 화가 났다.

네이딘이 얌전히 말했다.

"당신 때문에 아파요."

그녀를 유심히 보던 래리는 그녀 어깨의 부드러운 살 속에 묻혀 있는 자기 손가락들을 발견했고, 분노가 어수룩한 부끄러움으로 무너져 내렸다.

"미안해요."

조는 여전히 래리를 바라보고 있었다. 래리는 소년한테서 얻어냈던 신뢰의 절반을 자신이 방금 날려 버렸다는 것을 인식했다. 어쩌면 절반 이상일지도. 네이딘이 뭐라고 말을 했다.

"뭐라고요?"

"자전거랑 뭐가 다른지 이야기해 달라고 했어요."

래리는 처음에 그녀한테 '그렇게나 잘 알면, 가서 타 봐. 머리가 뒤로 꺾어지면 세상이 얼마나 좋아 보이는지 한번 알아보란 말이야.' 하고 고함치려는 충동을 느꼈다. 그는 충동을 억제하며, 자기가 잃어버린 신뢰는 단지 소년의 것만이 아니라고 생각했다. 그는 자신의 자신에 대한 신뢰도 어느 정도 잃었다. 어쩌면 그는 저 반대쪽으로 빠져나왔는지도 모르지만, 예전의 어린애 같던 래리도 일부분 함께 빠져나와 정오의 태양 속에 쪼그라들더라도 완전히 없어지지는 않는 그림자처럼 그의 발꿈치에 붙어 다니고 있었다.

"오토바이는 더 무거워요. 만약 균형을 잃고 넘어지면, 자전거 운전할 때처럼 쉽사리 다시 균형을 잡을 수가 없단 말입니다. 이런 배기량 360시시짜리 오토바이 하나가 150킬로그램이나 나간다고요. 그 무거운 중량을 매우 잽싸게 조종하는 데 익숙해져야 하는데, 그러려면 어느 정도 시간이 걸려요. 수동 기어 차량에서는,

손으로 기어 장치를 조종하고 발로 엔진 출력을 조종하죠. 오토바이는 그 반대예요. 기어 장치는 발로 조종하고 엔진 출력은 손으로 조종하는데, 거기에 익숙해지려면 긴 시간이 걸린다는 거죠. 브레이크도 하나가 아니라 두 개예요. 오른발이 뒷바퀴에 브레이크를 걸고, 오른손이 앞바퀴에 브레이크를 걸어요. 만약 깜빡 잊고 손 브레이크만 사용했다간 운전대 위로 튕겨 날아가기 십상이라니까요. 게다가 당신의 동승자한테도 익숙해져야 하고요."

"조 말이에요? 난 쟤가 당신과 함께 탈 거라고 생각했는데!"

"내가 태울 수 있다면야 좋죠. 하지만 지금 당장은 저 아이가 나를 받아 줄 거란 생각이 들지 않아요. 당신이 보기엔 받아 줄 것 같아요?"

네이딘이 오래도록 근심스럽게 조를 바라보았다.

"아니오."

그녀가 한숨을 지었다.

"나랑 함께 타고 가는 것조차 거부할지도 몰라요. 오토바이 타는 걸 무서워할 수도 있으니까요."

"그땐 당신이 아이를 맡아야 할 거예요. 나는 당신네 둘 모두를 책임지는 거고. 둘이 오토바이에서 엎어지는 걸 보고 싶진 않아요."

"당신도 그런 적이 있었어요, 래리? 다른 사람과 동행한 적이 있나요?"

"그랬죠. 나도 엎어졌어요. 하지만 그땐 나랑 함께 있던 여자가 이미 죽은 다음이었어요."

"그 여자가 오토바이로 어디에 부딪히기라도 했어요?"

네이딘의 표정은 매우 차분했다.

"아뇨. 무슨 일이 있었느냐 하면, 70퍼센트의 사고와 30퍼센트의 자살이라고 할 수 있죠. 그 여자가 내게서 필요로 했던 게 무엇이건 간에…… 우정, 이해심, 도움, 뭔진 모르겠지만 그 여자는…… 필요한 만큼 얻지를 못했어요."

그는 이제 혼란스러워서 관자놀이가 뛰놀고, 목이 잠기고, 눈물이 핑 돌았다.

"그 여자 이름은 리타였어요. 리타 블레이크무어. 당신들 곁에서는 더 잘하고 싶어요. 뭐 그렇단 얘기예요. 당신과 조 곁에서는."

"래리, 왜 전엔 말하지 않았어요?"

"말하는 게 괴로우니까요."

그가 간단히 말했다.

"아주 많이 괴로우니까요."

그것은 진실이었으나, 완전한 진실은 아니었다. 그는 꿈을 꾸었다. 그는 네이딘도 나쁜 꿈을 꿨는지 궁금해하고 있었다. 어젯밤 그가 잠깐 잠에서 깨어났을 때, 그녀도 불안하게 몸을 뒤척이며 중얼거리고 있었다. 하지만 네이딘은 오늘 아무런 언급이 없었다. 그리고 조도. 조도 나쁜 꿈을 꿨을까? 글쎄, 그들의 사정은 알 수 없었지만, 런던 경시청의 대담무쌍한 언더우드 경위님께서는 꿈을 무서워하셨다…… 그리고 만일 네이딘이 오토바이에서 엎어진다면, 그 꿈들이 다시 돌아올지도 몰랐다.

"그럼 우리 내일 떠나요. 오늘 밤에 나한테 운전법을 가르쳐 주세요."

네이딘이 말했다.

우선은 래리가 고른 작은 오토바이 두 대에 기름을 가득 채우는 일이 문제였다. 오토바이 대리점에 주유 펌프가 있었지만 전기가 없으니 작동하지 않을 터였다. 그는 지하 저장 탱크를 덮고 있는 둥글넓적한 뚜껑 옆에서 초코바 포장지를 또 하나 발견했고, 그 뚜껑이 최근에 항상 재치 만점인 해럴드 로더가 들어 올렸던 것이라고 판단했다. 사랑에 애태우고 있건 아니건 간에, 페이데이 초코바 중독자건 아니건 간에, 래리는 해럴드에게 대단한 존경심을 품었다. 만나 보기도 전부터 좋아해 버릴 만큼. 그는 이미 머릿속에서 해럴드의 이미지를 구체화했다. 아마도 그 사람은 30대 중반, 어쩌면 농부, 키가 크고 볕에 그을렸고, 삐쩍 말랐고, 독서를 통해 해박한 지식을 쌓은 건 아니지만 너무나도 영리하다. 래리는 히죽거렸다. 한 번도 본 적 없는 누군가를 놓고 상상의 이미지를 만들어 내는 것은 바보 같은 장난이었다. 왜냐하면 미지의 인물들은 남이 상상하는 식으로 생겨 먹은 법이 절대 없었기 때문이다. 실처럼 가는 목소리를 지녔어도 몸무게가 130킬로그램이나 나가는 디스크자키가 있다는 건 누구나 알잖는가.

네이딘이 불을 지피지 않고 찬 음식으로 간단한 저녁을 차리는 동안, 래리는 혼다 대리점 주변을 배회했다. 그 와중에 커다란 강철 쓰레기통을 발견했다. 쇠지레 막대가 기대어져 있는 그 쓰레기통 맨 위에 고무관 한 줄이 둘둘 말려 있었다.

'내가 또다시 당신 흔적을 찾아냈어, 해럴드! 이것 좀 보라고,

브릭스 경사. 우리가 쫓는 남자는 떠날 준비를 하려고 지하 저장 탱크에서 기름을 빨아냈군. 그가 고무호스를 가져가지 않았다니 의외인걸.'

'아마도 그는 한 줄을 잘라 가져갔고 저것은 자르고 남은 것일 겁니다, 언더우드 경위님. 주제넘게 나서서 죄송합니다. 그렇지만 쓰레기통에 있는 걸 보아하니……'

'천만에, 경사, 자네 말이 옳아. 내 자네 진급을 상신하겠네.'

래리는 쇠지레와 고무호스를 저장 탱크 뚜껑 위에 도로 가져다 놓았다.

"조, 잠깐 이리 와서 나 좀 도와줄래?"

소년이 먹고 있던 치즈와 크래커에서 고개를 들고 래리를 미심쩍은 눈초리로 응시했다.

"가 봐, 어서. 괜찮아."

네이딘이 조용히 말했다.

조가 발을 약간 질질 끌며 다가왔다.

래리는 뚜껑의 가는 틈새로 쇠지레를 밀어 넣었다.

"네 몸으로 이 쇠막대를 눌러. 우리가 이 뚜껑을 들어 올릴 수 있을지 한번 알아보자꾸나."

한순간 그는 소년이 자신의 말을 이해 못하거나 이해하고 싶어 하지 않을 거라고 생각했다. 그러나 소년은 쇠지레의 맨 끝을 움켜잡고 밀어붙였다. 소년의 두 팔은 가늘었으나 앙상한 근육으로, 가난한 가정 출신의 노동자들이 지니고 있을 법한 그런 근육으로 둘러싸여 있었다. 뚜껑이 약간 비스듬해졌으나 래리가 그 밑에 손가락을 넣을 정도로 충분히 올라오진 않았다.

"쇠막대 위로 몸을 실어."

래리의 말에 포악스럽게 치켜뜬 두 눈으로 한동안 래리를 서늘하게 관찰하고 난 조가 쇠지레 위로 몸의 균형을 잡았다. 두 발이 지면에서 떨어졌기 때문에 조의 몸무게 전체가 지렛대에 실렸다.

뚜껑이 전보다 약간 더 위로 올라와 그런대로 틈이 생겼고, 래리는 뚜껑 밑으로 손가락을 꼼지락거릴 수 있었다. 손 잡을 곳을 찾아내려 애쓰는 동안 문득 소년이 아직도 자기를 싫어한다면, 이번이 그것을 드러낼 수 있는 절호의 기회라는 생각이 들었다. 만약 조가 쇠지레에서 몸을 빼면 뚜껑이 쿵 소리를 내며 아래로 떨어지고 래리는 엄지손가락 두 개를 뺀 나머지 손가락 전부를 잃을 참이었다. 네이딘도 이것을 깨달았다는 걸 래리는 알았다. 그녀는 오토바이 한 대를 주시하고 있다가 고개를 돌려 이쪽을 지켜보았고, 몸이 잔뜩 긴장하여 구부정한 자세였다. 그녀의 검은 눈동자가 한쪽 무릎을 꿇고 있는 래리한테서 쇠막대에 몸을 기울이며 래리를 지켜보고 있는 조에게로 향했다. 바닷물 빛깔이 나는 소년의 두 눈은 의미를 헤아리기 어려웠다. 그리고 래리는 여전히 손 잡을 곳을 찾을 수가 없었다.

"도와줄까요?"

평상시 차분하던 네이딘의 목소리가 아주 약간 올라가 있었다.

래리의 한쪽 눈을 깜빡여 눈에 흘러든 땀을 털어 냈다. 여전히 뜻대로 되지 않았다. 휘발유 냄새가 났다.

"우리 둘이서도 잘해 낼 수 있을 것 같은데요."

래리는 네이딘을 똑바로 쳐다보며 말했다.

잠시 후 그의 손가락이 뚜껑 밑면의 짧은 홈 속으로 미끄러져 들어갔다. 그 속으로 양쪽 어깨를 밀어붙이자 뚜껑판이 올라가더니 묵직한 철커덩 소리와 함께 아스팔트 위로 뒤집혀 넘어갔다. 네이딘의 안도하는 한숨 소리가 들렸고, 쇠지레가 포장도로에 떨어졌다. 래리는 땀이 밴 이마를 닦으며 소년을 돌아보았다.
"참 잘했다, 조. 만약 네가 저 물건을 미끄러뜨렸으면, 나는 지퍼를 이로 물어서 여닫느라 남은 인생을 허비했을 거야. 고맙다."
그는 아무런 응답도 기대하지 않았으나(조가 다시 오토바이를 살피러 걸어가면서 우연히 내는 이해 불가능한 울음소리 말고는), 조는 서툴고 힘겨운 목소리로 말했다.
"척마안에요."
래리가 황급히 네이딘한테 시선을 보내자, 그녀도 그를 응시하고 나서 조에게 시선을 돌렸다. 놀라워하는 동시에 기뻐하는 표정이었는데, 딱히 이유를 댈 순 없었지만 어쩐지 그녀는 이것을 이미 예상한 듯한 모습이었다. 래리가 전에도 보았던 표정이었지만, 정확하게 언제였다고 콕 집어 말할 수 있는 건 아니었다.
래리가 말했다.
"조, 너 방금 '천만에요' 라고 했니?"
조가 활기차게 고개를 끄덕였다.
"척마안에요. 척마안에요라고."
네이딘이 두 팔을 내밀고 웃어 보였다.
"잘했어, 조. 아주, 아주 잘했어."
조가 총총걸음으로 그녀한테 가서 잠시 안겼다. 그러고 나서 또다시 오토바이를 응시하며 혼자서 고함치고 낄낄거렸다.
"그 애도 말을 할 수 있군요."

네이딘이 래리의 말에 답했다.
"조가 벙어리가 아니라는 건 알고 있었어요. 하지만 언어 능력을 회복하게 되다니 정말 놀라운 일이네요. 이 아이한텐 우리 두 사람이 필요한 것 같아요. 우리 둘과 하나가 되는 것처럼요. 조는…… 음, 잘 모르겠어요."

래리는 그녀가 얼굴을 붉히는 것을 보았고 그 이유를 알 것 같았다. 그는 시멘트 바닥에 난 구멍 속으로 기다란 고무호스를 술술 집어넣으며, 자기가 하고 있는 행동이 상징적인(그리고 다소 노골적인) 무언의 몸짓으로 쉽사리 해석될 수도 있음을 불현듯 깨달았다. 그는 네이딘을 올려다보았다. 날카롭게. 그녀는 재빨리 돌아섰지만, 그녀가 얼마나 정신없이 래리의 행동을 지켜보고 있었는지, 그리고 뺨이 얼마나 또렷하게 빨개졌는지 래리는 보고 말았다.

래리는 가슴속에서 역겨운 두려움이 치밀어 올라 소리쳤다.
"아아 정말이지, 네이딘 양, 앞을 보라니까!"
네이딘은 손동작에 집중하느라 어디로 나아가고 있는지 주시하지 않은 채, 오토바이를 건들거리는 시속 10킬로미터의 속도로 소나무 쪽으로 곧장 몰아가고 있었다.
고개를 든 그녀가 깜짝 놀라 "앗!" 하는 소리를 냈다. 그러다 방향을 틀었지만, 핸들을 너무 급격하게 꺾는 바람에 오토바이에서 떨어지고 말았다. 혼다의 엔진이 꺼졌다.
네이딘에게 달려간 래리는 놀라서 심장이 목으로 튀어 오를 지경이었다.
"괜찮아요? 네이딘 양? 당신……"
그녀는 비틀비틀 몸을 일으키며 상처 난 두 손을 바라보았다.
"예, 난 괜찮아요. 참 멍청하기도 하지, 어디로 가고 있는지 보지도 않았으니. 내가 오토바이를 망가트렸나요?"
"염병할 오토바이는 신경 쓰지 마요. 손 좀 보여 줘 봐요."
네이딘이 두 손을 내밀자 래리는 바지 주머니에서 소독약 박틴이 든 플라스틱 병을 꺼내 상처 난 곳에다 뿌렸다.
"당신 떨고 있네요."
"그것도 역시 신경 쓰지 마요."
래리가 대답했다. 의도했던 것보다 더욱 거칠게!
"내 말 들어요. 어쩌면 우린 그저 자전거에만 충실한 편이 더 낫겠어요. 이건 위험해서……"
"숨 쉬는 것도 위험하긴 매한가지죠."
네이딘이 태연히 응답했다.
"내 생각에 조는 당신과 함께 타야 해요, 적어도 처음에는."
"걔는 별로……."
"조는 찬성할 것 같은데요? 당신도 마찬가지고."
네이딘이 래리의 얼굴을 들여다보며 말했다.
"뭐, 오늘 밤엔 그만 합시다. 너무 어두워서 앞이 안 보일 지경이니."
"한 번 더 해요. 전에 어디선가 '말이 사람을 팽개치면 곧바로 다시 올라타야 한다'는 글을 읽은 것 같은데요?"
조가 오토바이 헬멧에 담긴 블루베리 열매를 씹어 먹으며 한가

제44장 147

로이 걸어왔다. 아이는 대리점 뒤편에서 야생 블루베리 덤불을 발견하고 네이딘이 운전 교습을 받는 동안 열매를 따고 있었다.
"그런 것 같군요. 그렇지만 제발 자신이 어디로 가고 있는지 주시해 주겠어요?"
래리가 한풀 꺾여 말했다.
"예, 각하. 명심하겠습니다. 각하."
네이딘이 경례를 하고 나서 그를 향해 미소 지었다. 얼굴 전체가 환히 밝아지는 아름답고 여유로운 미소였다. 래리도 웃어 보였다. 그 밖에 취할 만한 행동이 아무것도 없었다. 네이딘의 미소에 조도 미소로 응답했다.
이번에 그녀는 공터를 두 바퀴 돌고 나서 도로로 나가더니, 너무 급격하게 휘청거려서 또다시 래리를 깜짝 놀라게 했다. 그러나 그녀는 래리가 시범을 보인 대로 한 발을 날쌔게 땅에 짚었고, 언덕을 올라가 시야에서 사라졌다. 그는 그녀가 신중하게 2단 기어로 변속하는 것을 보았고, 첫 번째 오르막길 너머로 내려가면서 3단 기어로 변속하는 소리를 들었다. 그리고 나자 오토바이 엔진 소리는 웅웅거리는 소음으로 희미해지다 사라져 버렸다. 래리는 황혼 속에 걱정스럽게 서서 이따금 얼쩡대는 모기를 아무 생각 없이 찰싹 때렸다.
다시금 한가로이 걸어오는 조의 입은 파랗게 물들어 있었다.
"척마안에요."
소년이 말하며 씩 웃었다. 래리는 답례로 억지 미소를 보냈다. 만약 네이딘이 곧 돌아오지 않으면, 래리는 찾으러 나갈 참이었다. 목이 부러진 채 도랑 속에 누워 있는 네이딘의 환상이 머릿속에서 암울하게 춤추었다.

래리가 다른 오토바이로 곧장 걸어가면서 조를 같이 태우고 갈까 말까 고민하고 있을 때 웅웅거리는 소음이 또다시 귀에 들려왔고, 혼다의 엔진 소리가 높아지면서 4단 기어 상태로 부드러워졌다. 그는 긴장을 풀었다…… 약간. 그는 네이딘이 저 물건을 타고 있는 한 자신이 결코 긴장을 완전히 늦추지 못하리란 것을 씁쓸하게 깨달았다.

다시 시야에 들어온 그녀는 오토바이 전조등을 켠 상태로 그의 옆으로 와서 멈추었다.

"굉장히 잘했죠, 그죠?"

그녀가 시동을 껐다.

"막 당신을 찾으러 가려던 중이었어요. 사고가 난 줄 알고."

"좀 그렇긴 했는데."

그녀는 래리가 굳어지는 모습을 보며 설명을 덧붙였다.

"저속으로 회전을 했는데 클러치 미는 걸 깜빡했지 뭐예요. 시동이 꺼졌죠."

"음. 오늘 밤 운전 연습은 이걸로 충분한 거죠?"

"예, 꼬리뼈가 아파요."

래리는 그날 밤 담요를 덮고 누워 조가 잠들면 네이딘이 찾아올 것인지 궁금해했다. 아니면 그가 그녀를 찾아가야 하는 것인지도. 그는 네이딘을 원했고, 저녁 무렵 고무호스로 했던 우스꽝스러운 작은 팬터마임을 바라보던 그녀의 모습으로 보건대 그녀도 그를 원하는 것이라고 생각했다. 마침내 래리는 잠에 빠져 들었다.
그는 옥수수밭에 있는 꿈을 꾸었고, 그곳에서 길을 잃었다. 하지만 음악이, 기타 소리가 들렸다. 조가 기타를 치고 있구나. 조를 찾아내면 안심이 될 것 같았다. 그래서 소리를 따라, 필요하면 옥수수의 열과 열 사이를 헤치고 나아가며, 마침내 황량한 평지로 빠져나왔다. 그곳에는 작은 집이, 실제로는 판잣집에 더 가까운 가옥 한 채가 있었다. 현관 마루가 녹슬고 낡은 자동차용 잭들로 떠받쳐져 있었다. 기타를 치는 건 조가 아니었다. 어떻게 그럴 수가 있겠는가? 조는 래리의 왼손을, 네이딘은 그의 오른손을 잡고 있었다. 그들은 래리 자신과 함께 있었다. 늙은 여자가 기타로 연주하는 재즈풍의 흑인 영가는 조를 웃음 짓게 했다. 늙은 여자는 흑인이었고, 현관에 앉아 있었고, 이제껏 살아오면서 만난 사람들 중 가장 나이 많은 여자임이 분명해 보였다. 그런데 그 늙은 여자에게는 그를 기분 좋게 해 주는 무언가가 있었다…… 아주 어릴 적에 어머니가 그를 와락 껴안으며 "여기 최고로 멋진 소년이 있네. 여기 앨리스 언더우드의 사상 최고로 멋진 소년이 있어." 하고 말해 줄 때 좋았던 것처럼 기분 좋게.
늙은 여자가 연주를 멈추고 그들을 올려다보았다.
"아아 이런, 나한테 치잉구가 생겼네. 내가 볼 수 있는 곳으로 걸어 나와 줘요. 눈구멍이 옛날 같지가 않아서 말이우."
그래서 그들은 셋이 손을 맞잡고 더 가까이 다가갔고, 조는 그들이 지나는 길에 있던 낡고 닳은 타이어를 묶어 만든 그네로 손을 뻗어 시계추처럼 천천히 움직이게 했다. 도넛 모양의 타이어 그림자가 잡초투성이 땅 위에서 이리저리 흔들거렸다. 그들은 작은 평지 속에, 옥수수 바다의 섬 안에 있었다. 북쪽으로 흙 길이 뻗어 나가 점 하나가 되었다.

"내가 가진 이 낡은 기타를 한번 쳐 보고 싶니?"

늙은 여자가 묻자 조는 기다렸다는 듯 앞으로 나가 그녀의 옹이 진 손에서 낡은 기타를 받아 들었다. 조는 그들이 옥수수밭 속에서 뒤따라 다녔던 선율을 연주하기 시작했는데, 늙은 여자의 연주보다 더 근사하고 더 빨랐다.

"아이에게 하나님의 축복을. 참 멋지게도 치는구나. 내게도 축복을. 난 너무 늙었어. 이젠 손가락을 저렇게 빨리 움직일 수가 없어요. 류머티즘에 걸려 버려서. 그래도 1902년에 카운티회관에서 연주를 했지. 나는 거기서 연주한 최초의 깜둥이였다오. 맨 처음이었어요."

누구냐고 네이딘이 물었다. 그들은 태양이 어둠에서 나와 한 시간째 꼼짝 않고 머물러 있을 법한, 또 조가 움직였던 그네의 그림자가 잡초투성이 마당을 가로질러 언제까지나 이리저리 여행하고 있을 법한 일종의 영원한 장소에 와 있었다. 래리는 여기서 영원히 머물 수 있기를 소망했다. 그와 그의 가족도. 여기는 좋은 곳이었다. 얼굴 없는 남자는 여기에선 그를, 또는 조를, 또는 네이딘을 결코 붙잡을 수가 없었다.

"마더 애버게일이 사람들이 나를 부르는 이름이랍니다. 난 동부 네브래스카에서 가장 나이 많은 여자예요, 내가 알기로는요. 그리고 난 지금도 비스킷을 직접 만들지요. 가능한 한 빨리 나를 보러 와요. 그 남자가 눈치 채기 전에 떠나야 하니까."

구름이 태양을 가렸다. 흔들리는 그네의 움직임이 줄어들더니 정지 상태가 되었다. 기타 줄을 쩌렁쩌렁 울리며 연주하던 조는 손을 멈추었고, 래리는 목덜미의 털이 곤두서는 것을 느꼈다. 늙은 여자는 눈치를 못 채는 듯싶었다.

"누가 눈치 채기 전에요?"

네이딘이 물었고, 래리는 그 질문이 제멋대로 튀어나와 그들을 해치기 전에 어서 질문을 철회하라고 그녀한테 말할 수 있기를, 고함칠 수 있기를 바랐다.

"저 검은 남자. 저 악마의 충실한 심복. 우리와 그 사이엔 로키 산맥이 놓여 있지요. 하나님께 감사할 노릇이에요. 그러나 그것이 그를 붙들어 두진 못할 거예요. 그래서 우리가 한데 뭉쳐야 해요. 콜로라도에서 말이에요. 하나님이 꿈속에서 내게 오셔서 그 장소를 보여 주셨답니다. 하지만 어쨌든 서둘러야 해요, 가능한 한 빨리. 그러니 당신들이 나를 찾아와요. 다른 사람들도 오고 있는 중이에요."

"아니오. 우리는 버몬트로 갈 거예요. 그뿐이에요. 오로지 버몬트까지만. 그저 짧은 여행만."

네이딘이 두려움에 휩싸인 차가운 목소리로 말했다.

"당신들의 여행은 우리 여행보다 더 길어질 거예요. 만일 당신들이 그 남자의 세력을 물리치지 않는다면."

래리의 꿈속에서 늙은 여자가 대답했다. 그녀는 몹시도 슬픈 표정으로 네이딘을 바라보고 있었다.

"그 남자는 당신이 이 세상에서 맞이하는 바깥양반이 될 수도 있어요, 아가씨. 그 사람은 자신의 몸에서 무엇인가를 만들어 내길 원한다고요. 그를 이용하는 대신 뿌리치고 나아가 보지그래요?"

"아니오! 우리는 버몬트로 갈 거예요, 버몬트로!"

늙은 여자가 네이딘을 측은하다는 듯 바라보았다.

"만일 당신이 바짝 조심하지 않는다면, 곧장 지옥에 갈 거예요, 이브의 딸이여. 그리고 일단 가보면 지옥이 냉혹하다는 걸 알 테고."

그 순간 꿈이 흩어졌고, 래리를 삼켰던 어둠은 산산이 금이 가며 갈라졌다. 그러나 그 어둠 속 무엇인가가 그를 은밀히 쫓아오고 있었다. 그것은 냉혹하고 무자비했으며, 조만간 래리는 그것의 히죽거리는 이빨을 볼 참이었다.

그러나 그 일이 벌어지기 전에 래리는 잠에서 깼다. 동이 트고 나서 30분 후였고, 세상은 태양이 좀 더 높이 뜨면 사그라져 버릴 짙고 하얀 땅안개 속에 묻혀 있었다. 오토바이 대리점은 나무 대신 콘크리트 블록으로 건조된 기묘한 배의 앞머리처럼 안개 속에서 불쑥 튀어나와 있었다.

누군가 래리의 옆에 있었고 그는 밤새 자신에게 맞붙어 잔 사람이 네이딘이 아니라 조라는 것을 알 수 있었다. 소년은 그의 곁에 누워, 엄지손가락을 입 안에 넣은 채 잠을 자며, 몸을 떨고 있었다. 마치 자신의 악몽한테 꽉 붙들린 듯이. 래리는 조가 꾸는 꿈이 자신의 꿈과 많이 다를지 어떨지 궁금했고…… 등을 대고 누워 1시간 뒤 동반자들이 깨어날 때까지 하얀 안개 속을 가만히 올려다보며 계속 그 생각을 하고 있었다.

제44장

아침 식사를 마치고 짐을 오토바이에 실을 때가 되자 여행하기에 충분할 만큼 안개가 걷혔다. 네이딘이 전에 말했던 대로, 조는 래리 뒤에 타고 가는 것을 꺼리는 기색이 전혀 없었다. 사실은 누가 요청하지 않았는데도 래리의 오토바이에 냉큼 올라탔다.
"천천히. 괜히 서두르다 사고 낼 필요는 없어요."
래리가 네 번째 말했다.
"좋아요. 나 정말로 흥분돼요. 꼭 모험 여행을 떠나는 기분!"
네이딘이 말하며 래리를 보고 웃었지만, 래리는 웃어 줄 수가 없었다. 리타 블레이크무어도 뉴욕을 떠나면서 이와 아주 흡사한 말을 했다. 죽기 이틀 전에 그런 말을 했던 것이다.

그들은 점심을 위해 엡솜에 들러 칼을 든 조가 잠에 곯아떨어진 래리를 지켜보았던 바로 그 나무 아래서 깡통에서 꺼낸 구운 햄을 먹고 오렌지 소다수를 마셨다. 래리는 오토바이를 타고 가는 것이 애초에 생각했던 것만큼 나쁘지 않다는 것을 실감하고는 안심했다. 가는 곳마다 그들은 꽤 유쾌한 시간을 만끽할 수 있었고, 마을을 통과해야 할 때에도 인도를 따라서 걷는 속도로 이동하면 그만이었다. 네이딘은 시야가 가려진 커브 길에서 극도로 속력을 늦추며 신중히 대처했고, 탁 트인 도로에서도 래리가 맞춰 놓은 안전 속도인 시속 50킬로미터보다 더 빨리 달리자고 채근하지 않았다. 래리는 날씨가 나쁘지만 않으면 19일까지는 스토빙턴에 도착할 수 있으리라 생각했다.
저녁 식사를 위해 콩코드 서쪽에서 멈추었을 때, 그곳에서 89번 주간 고속도로 북서쪽 방면으로 곧장 나가면 로더와 골드스미스의 종착지로 가는 시간을 절약할 수 있다고 네이딘이 말했다.
"꼼짝 못 하고 주저앉은 차들이 수없이 깔려 있을걸요."
래리가 미심쩍어하며 말했다.
"요리조리 피해 나갈 수 있어요. 필요하면 비상 차선도 이용할 수 있고요. 일어날 수 있는 최악의 상황은, 다시 고속도로 입구로 되돌아 나와서 지선 도로를 통해 빙 우회해야 하는 거겠죠."
그녀는 확신에 차서 말했다.
저녁 식사 후 2시간 동안 고속도로를 달려 본 그들은 북쪽으로 향하는 한쪽 차선에서 나머지 차선까지 봉쇄된 지점과 실제로 맞닥뜨렸다. 워너를 바로 넘어가니 승용차와 이동 트레일러가 연결된 차량이 V자형으로 구부러져 막아섰다. 죽은 지 수주일이 지난 운전자와 그의 아내가 엘렉트라 승용차 앞좌석에 곡물 포대처럼 드러누워 있었다.
세 사람은 함께 힘을 모아 승용차와 트레일러 사이에 걸린 연결 고리 위로 오토바이들을 끌어 올릴 수 있었다. 그러고 나니 몹시 피곤해서 더 달릴 수가 없었다. 그날 밤 래리는 그의 잠자리에서 3미터 떨어져 담요를 덮고 누운 네이딘한테로 다가갈까 말까 고민하지 않았다.(소년이 그들 중간에 꼈다.) 너무 피곤해서 아무것도 하지 못하고 곯아떨어졌다.

다음 날 오후, 그들은 옆으로 우회하여 돌아갈 수 없는 장애물을 만났다. 트레일러 트럭 한 대가 뒤집혀 있고 그 뒤로 예닐곱 대의 차량이 충돌해 버렸다. 다행스럽게도 엔필드 출구를 겨우 3킬로미터 지나온 곳이었다. 그들은 다시 돌아 나와 출구 진입로로 빠졌고, 그러고 나니 지치고 맥이 빠져 엔필드 마을 공원에 들러 20분간 휴식을 취했다.

"네이딘 양, 예전엔 무슨 일을 했어요?"

래리가 물었다. 그는 조가 마침내 말을 시작했을 때(그 소년은 자신이 활용하는 어휘집에 '래리, 네이딘, 곰아워'와 '화짱실 간다'를 추가했다.) 그녀의 눈에 나타났던 표정에 관해 생각해 오고 있었는데, 이제 그 표정에 근거하여 추측을 했다.

"선생님이었나요?"

그녀가 깜짝 놀라 바라보았다.

"그래요. 거 참 신통한 추측이네요."

"어린아이들을 대상으로?"

"맞아요. 1학년과 2학년 아이들."

그러고 보니 조를 뒤에 남겨 두고 떠나는 것을 네이딘이 절대 반대했던 이유가 이해가 되었다. 적어도 정신 연령상 그 소년은 일곱 살 수준으로 퇴행해 있었다.

"어떻게 알았죠?"

"오래전에 뉴욕 롱아일랜드 출신의 언어 치료사랑 데이트를 한 적이 있거든요. 뉴욕식 농담의 도입부처럼 들릴 거라는 건 알지만, 사실이에요. 그 여자는 오션 뷰 지역 교육청에서 일했어요. 저학년생을 대상으로. 언어 장애가 있는 아이들, 구개 파열, 언청이, 귀머거리 아이들. 그 여자가 그러더군요. 어린이들의 언어적 결함을 교정하는 일이란 올바른 소리를 낼 수 있는 다른 방법을 그 애들한테 열심히 보여 주는 것이라고. 애들한테 보여 주고, 말을 시키고. 애들한테 보여 주고, 말을 시키고. 아이의 머릿속에서 무엇인가 '아하, 그렇구나' 하는 소리를 낼 때까지 반복 또 반복하는 거예요. 그런데 아하 그렇구나가 어떻게 생기는지 설명하던 그 여자의 모습이, 조가 '천만에요.' 하고 말했을 때 당신이 내비친 모습하고 같았어요."

"내가 그랬어요?"

네이딘이 생각에 잠기며 엷게 웃었다.

"나는 아이들을 사랑해요. 간혹 마음에 상처를 입은 아이도 있지만, 그 또래 나이에서 되돌릴 수 없을 만큼 망가져 버린 아이는 하나도 없어요. 아이들은 오로지 착하기만 한 인간들이거든요."

"조금은 낭만적인 생각이군요, 안 그래요?"

그녀가 어깨를 으쓱했다.

"아이들은 착해요. 그리고 당신도 아이들과 함께 일하다 보면 낭만적으로 바뀔 거예요. 그리 나쁜 일은 아니죠. 그 언어 치료사 친구는 자신의 일에 행복해하지 않던가요?"

"맞아요. 그 일을 좋아했어요."

래리가 동의했다.

"네이딘은 결혼했어요? 예전에?"

그 말이 또다시 나왔다. 단순하고 어디에나 모습을 드러내는 그 단어. '예전'. 겨우 두 음절 단어에 불과했지만, 이젠 모든 의미를 내포하는 단어가 되었다.

"결혼? 아뇨. 한 번도 한 적 없어요."

그녀가 또다시 불안해 보였다.

"괴짜 노처녀 선생님이죠. 보기보다는 젊지만 내가 느끼는 것보다는 늙었어요. 서른일곱 살이거든요."

래리의 눈이 자신도 모르게 그녀의 머릿결로 향하자, 마치 그가 큰 소리로 말했기라도 한 듯 그녀가 고개를 끄덕였다.

"너무 이르죠. 우리 할머니는 마흔 살이 되셨을 때 머리가 완전히 셌다고 해요. 내 머리는 적어도 5년은 더 검정기가 남아 있을 것 같지만요."

그녀가 아무렇지도 않게 말했다.

"어디서 교편을 잡았어요?"

"피츠필드에 있는 작은 사립학교요. 아주 고급이었죠. 담쟁이 덩굴로 덮인 담장, 최신식 운동장 시설. 그깟 경제 불황 따위는 남의 얘기였어요. 애들 통학에는 선더버드 두 대, 메르세데스 벤츠 세 대, 링컨 두서너 대, 그리고 크라이슬러 임페리얼이 동원되었을 정도라고요."

"틀림없이 매우 좋은 선생님이었겠군요."

"그럼요, 나도 그렇게 생각해요."

그녀가 천진난만하게 말한 다음 웃음 지었다.

"이제 와선 별로 중요하지 않지만."

래리가 그녀의 몸에 팔을 둘렀다. 그녀의 몸이 약간 움찔하고는 굳어지는 것을 느낄 수 있었다. 손과 어깨가 따뜻했다.

"이러지 않았으면 좋겠어요."

네이딘이 불편한 기색을 드러냈다.

"내가 이러는 걸 바라지 않아요?"

"그래요. 원치 않아요."

래리는 팔을 도로 끌어 내리며 당혹스러워했다. 네이딘은 그를 너무나 원했으며, 그것은 진실이었다. 그는 잔잔하지만 또렷한 감정의 파도 속에서 흘러나오는 그녀의 욕망을 감지할 수 있었다. 이제 안색이 매우 붉어진 그녀는 상처 입은 거미 한 쌍처럼 무릎에서 서로 꼼지락거리고 있는 두 손을 필사적으로 내려다보고 있었다. 금방이라도 눈물이 쏟아질 것처럼 두 눈이 반짝거렸다.

"네이딘……"

(내 여자는 바로 당신인가요?)

네이딘은 고개를 들어 래리를 보았고, 그는 그녀가 눈물을 쏟을 뻔한 순간을 넘겼다는 것을 알았다. 그녀가 말을 꺼내려 했을 때 조가 한 손에 기타 케이스를 들고 한가로이 다가왔다. 둘은 죄지은 사람처럼 소년을 바라보았다. 마치 대화를 나누는 것 이상의 더 사적인 행위를 하다가 소년한테 들키기라도 한 듯.

"아가씨."

조가 스스럼없이 말했다.

"뭐?"

래리가 화들짝 놀라 뜻도 제대로 파악하지 못한 채 물었다.

"아가씨!"

조가 또다시 말했고, 엄지손가락을 휙 어깨 뒤로 젖혔다.

래리와 네이딘이 서로 마주 보았다.

갑자기 네 번째 사람의 목소리가 들렸고, 감정에 복받쳐 날카롭고 숨 넘어갈 듯한 그 목소리는 마치 하나님의 목소리처럼 둘을 깜짝 놀라게 했다.

"하늘이시여 감사합니다! 오 하늘이시여 감사합니다!"

목소리가 울부짖었다.

둘은 일어서서 그들을 향해 길거리를 뒤뚱뒤뚱 달려오고 있는 여자를 바라보았다. 그녀는 웃으면서 동시에 울고 있었다.

"당신들을 만나서 반가워요. 당신들을 만나서 정말 반가워요. 하늘이시여 감사합……"

그녀는 말을 잇지 못하고 휘청거렸고, 만일 현기증이 지나갈 때까지 래리가 떠받쳐 주지 않았다면 그대로 기절해 버렸을지도 몰랐다. 여자는 스물다섯 살쯤으로 보였다. 청바지와 무늬 없는 하얀 면 블라우스를 입고 있었다. 얼굴은 수척했으며, 파란 두 눈이 부자연스럽게 고정된 상태였다. 그 눈은 마치 이것이 환각은 아니라는 것을, 자기가 보는 세 사람이 정말로 이 자리에 있다는 것을 눈 뒤의 두뇌한테 납득시키려는 듯 래리를 뚫어지게 쳐다보았다.

"래리 언더우드라고 합니다. 저 숙녀 분은 네이딘 크로스 양. 저 소년은 조. 우리도 당신을 만나서 매우 반갑습니다."

여자는 잠시 아무 말 없이 계속 그를 쳐다보았고, 그러고 나서 천천히 그에게서 떨어져 네이딘을 향해 걸어갔다.

"난 정말 기뻐요. 당신들을 만나서 정말 기뻐요."

여자가 약간 비틀거렸다.

"오 하나님, 당신들 진짜 사람 맞아요?"

"그럼요."

네이딘이 말했다.

여자는 두 팔로 네이딘을 안고 흐느꼈다. 네이딘도 그녀를 안았다. 조는 길거리의 주저앉은 픽업트럭 옆에 서서 한 손에 기타 케이스를 들고, 다른 손의 엄지를 입속에 넣고 있었다. 마침내 조는 래리한테 가서 그를 올려다보았다. 래리가 소년의 손을 잡았다. 두 사람은 그 상태로 서서 진지하게 여자들을 지켜보았다. 그들은 그렇게 루시 스완을 만났다.

그들이 루시한테 자신들이 향하는 곳을 일러 주며 그곳에 적어도 두 사람이 있을 뿐만 아니라 더 많이 있을 수도 있다고 믿는 이유를 설명하자, 그녀는 간절히 그들과 함께 가고 싶어 했다. 래리는 엔필드 스포츠용품점에서 그녀가 쓸 만한 보통 크기의 배낭을 찾아냈고, 네이딘은 마을 외곽에 있는 그녀의 집에 같이 가서 짐 싸는 것을 도왔다. …… 갈아입을 겉옷 두 벌, 속옷 몇 벌, 여분의 신발 한 켤레, 비옷 한 벌. 그리고 고인이 된 그녀의 남편과 딸 사진들.
그날 밤 그들은 케치라는 마을에서 야영했다. 이제 주 경계선을 넘어 버몬트 주 안으로 들어와 있었다. 루시 스완은 그들이 듣기엔 다른 사람들과 별반 다를 게 없는 사연을 짧고 간단하게 말했다. 재난이 찾아와 들러붙었고, 충격을 받은 그녀는 정신 이상이 될 지경까지 이르렀다.
남편은 6월 25일에 병에 걸렸고 딸은 그 다음 날 걸렸다. 루시는 할 수 있는 한 열심히 그들을 간호하면서, 그녀가 사는 뉴잉글랜드 지역에서 다른 사람들과 그녀 자신이 살인 독감을 부르는 명칭이던 '헉헉 병'이 진정되기를 애써 기대했다. 27일이 되어 남편이 혼수상태에 빠졌을 때, 엔필드는 외부 세계와 완전히 단절되었다. 텔레비전 화면이 점으로 얼룩지고 이상해졌다. 사람들이 파리 목숨처럼 죽어 나갔다. 지난주 내내 주민들은 고속도로를 따라 늘어선 군부대의 비정상적인 움직임을 목격했지만, 뉴햄프셔 주 엔필드 같은 작은 마을 주민들한텐 아무 상관도 없는 일이었다. 6월 28일 이른 아침, 루시의 남편이 죽었다. 딸은 29일까지만 해도 한동안 좀 나아진 듯했으나 그날 저녁 느닷없이 최악의 상태로 돌변했다. 그러고는 11시경에 죽었다. 7월 3일이 되고 보니 루시와 빌 대즈라는 노인만 빼고 엔필드의 모든 사람이 죽었다. 빌도 병에 걸렸지만 그 병을 완전히 떨쳐 낸 것처럼 보였더랬다. 그러다 7월 4일 독립기념일 아침에, 루시는 번화가에서 다른 사람들과 마찬가지로 부어오르고 새까매져서 죽어 있는 빌을 발견했다.

"그래서 나는 가족을 묻었어요. 빌 아저씨도요."

그들이 탁탁 소리를 내며 타는 모닥불 주위에 둘러 앉아 있을 때 루시가 말했다.

"그렇게 하는 데 꼬박 하루가 걸렸지만, 나는 죽은 사람들이 편히 잠들게 해 놓았어요. 그리고 나서 콩코드에 가 보는 게 좋겠다고 생각했죠. 우리 어머니와 아버지가 사시는 곳이거든요. 그런데 전혀…… 근처에도 못 가고 말았어요."

루시가 애원하듯 그들을 바라보았다.

"그곳도 아주 엉망이 됐을까요? 우리 부모님은 아직 살아 계실까요?"

"아니오. 면역성은 어떤 식으로도 직접적으로 유전되지 않아요. 우리 어머니는……."

래리가 모닥불 속을 들여다보며 대답했다.

루시가 말했다.

"웨스랑 난, 우리는 결혼해야만 했어요. 고등학교를 졸업하던 해 여름이었지요. 1984년. 엄마랑 아빠는 내가 웨스와 결혼하는 걸 원치 않았답니다. 부모님은 내가 뱃속의 아기를 그냥 떼 버리길 원하셨죠. 그렇지만 난 그럴 수 없었어요. 엄마는 그런 결혼은 이혼으로 끝을 맺는다고 말했죠. 아빠는 웨스가 무능력한 사람이고 만날 무위도식할 거라고 했고요. 난 그저 이렇게만 말했어요. '그럴지도 몰라요. 하지만 어떻게 될지는 나중에 보면 알겠죠.' 나는 그저 일을 저질러 보고 싶었던 거예요. 이해가 되세요?"
"예."
네이딘은 루시 옆에 앉아서 깊은 연민을 느끼며 그녀를 보고 있었다.
"우리는 근사하고 아담한 가정을 꾸렸죠. 그런데 그만 이런 식으로 끝을 맺을 거라고는 전혀 생각도 못 해 봤어요."
루시가 흐느낌이 섞인 한숨을 내쉬며 말했다.
"정말 멋지게 자리를 잡았다고요. 우리 세 식구가요. 웨스가 마음을 다잡은 건 나보다는 마시의 공이 더 컸죠. 그이는 우리 아기를 중심으로 해가 진다고 생각했으니까요. 그 사람이 생각하기에……"
"이제 그만 해요. 모두 예전 일이잖아요."
네이딘이 말했다.
그 단어가 또 나왔다고 래리는 생각했다. 두 음절짜리 짧은 단어.
"그래요. 이젠 지나간 일이죠. 어찌 됐든 그럭저럭 잘 살아갈 수 있을 거라고 생각했어요. 그랬죠. 죄다 나쁘기만 한 그 꿈들을 꾸기 시작하기 전까지는 그렇게 생각했죠."

래리가 머리를 갑자기 쳐들었다.

"꿈이라고요?"

네이딘은 조를 보고 있었다. 조금 전에 소년은 모닥불 앞에서 꾸벅꾸벅 졸고 있었다. 이제는 눈을 번뜩이며 루시를 주시했다.

"나쁜 꿈들, 악몽들. 항상 똑같진 않아요. 대개는 한 남자가 나를 쫓아오는 내용인데, 그가 어떻게 생겼는지는 도무지 확실히 볼 수가 없어요. 온몸을 감싸고 있거든요. 망토 비슷한 것으로. 게다가 그 사람은 어둠과 좁은 골목 속에 머물러요."

루시가 말하며 몸을 떨었다.

"그런 꿈을 겪으니 잠드는 게 무서웠어요. 하지만 이젠…… 어쩌면 앞으로……"

"거어믄 남자!"

갑자기 조가 울부짖었는데, 너무도 격렬해서 그들 모두 움찔 놀랐다. 아이는 벌떡 일어나 벨라 루고시가 연기한 드라큘라를 본 뜬 인형처럼 두 팔을 앞으로 뻗고, 손가락을 야수의 발톱처럼 구부렸다.

"거믄 남자! 나쁜 꿈들! 쫓아온다! 나를 쫓아온다! 나를 무섭게 한다!"

그러고는 네이딘한테로 몸을 움츠리며 불신의 눈길로 어둠 속을 주시했다.

짧은 침묵이 그들 사이에 내려앉았다.

"미치겠구먼."

래리가 말했고, 그러고는 말을 멈추었다. 모두 그를 바라보고 있었다. 문득 어둠이 정말로 몹시 캄캄해진 듯싶었고, 루시는 또

다시 겁에 질려 보였다.
래리는 말을 계속하려 애썼다.
"루시, 이런 꿈 꿔 본 적 있습니까……? 그러니까, 네브래스카에 있는 어떤 장소가 나오는?"
"어느 날 밤엔가 늙은 흑인 여자가 나오는 꿈을 꿨어요. 그렇지만 오래 계속되진 않았어요. 그 노인네가 이런 말을 하더라고요. '당신이 나를 찾아와요.' 그러고 나면 나는 엔필드에 돌아와 있고 그…… 그 무시무시한 사내가 나를 쫓아오고 있었죠. 그런 다음에 잠에서 깼고요."
래리가 루시를 오래도록 바라보자 루시는 얼굴을 붉히며 시선을 아래로 떨어뜨렸다.
그가 조를 바라보았다.
"조, 너는 이런 게 나오는 꿈 꿔 본 적 있니……? 어, 옥수수밭이라든가, 늙은 할머니? 기타?"
조는 네이딘의 품 안에서 그저 래리를 쳐다보기만 했다.
"이 아이를 그냥 놔둬요. 당신 말 때문에 더 혼란스러워할 테니까."
그렇게 말하는 네이딘이야말로 혼란에 빠진 듯한 목소리로 말하고 있었다.
래리는 생각에 잠겼다.
"조, 집은 못 봤니? 자동차용 잭으로 떠받친 현관이 붙어 있는 작은 집은?"
그는 조의 눈이 번뜩이는 것을 보았다고 생각했다.
"그만 해요, 래리!"

"조, 그네는? 타이어로 만든 그넨데?"

조가 갑자기 네이딘의 품 안에서 꿈틀댔다. 엄지손가락을 입에서 떼어 냈다. 네이딘이 붙잡으려 했지만 아이는 손을 뿌리치고 나왔다.

그리고 의기양양하게 말했다.

"그네! 그네! 그네!"

조가 그들 주위를 돌며 처음엔 네이딘을, 그다음엔 래리를 가리켰다.

"아줌마! 아저씨! 더 많이!"

"더 많이?"

래리가 물었지만 조는 다시 침묵에 빠졌다.

루시 스완은 어안이 벙벙해진 듯 보였다.

"그 그네. 나도 기억해요."

루시가 말하며 래리를 바라보았다.

"왜 우린 모두 똑같은 꿈을 꾸고 있을까요? 누가 우리한테 광선을 쏘고 있기라도 한 걸까요?"

"모르겠어요."

래리가 네이딘을 바라보았다.

"당신도 그런 꿈 꾼 적 있어요?"

"나는 꿈 안 꿔요."

그녀가 날카롭게 말했고, 즉시 시선을 아래로 떨어뜨렸다. 래리는 생각했다. '거짓말하고 있군. 하지만 왜?'

"네이딘 양, 만일 당신이……"

"나는 꿈 안 꾼다고 말했잖아요!"

네이딘이 거의 병적으로 날카롭게 부르짖었다.
"날 좀 가만히 내버려 둘 순 없어요? 나를 꼭 그렇게 괴롭혀야 겠어요?"
그녀가 일어나서 모닥불 있는 곳을 떠났다. 거의 뛰다시피.
루시가 잠시 불안하게 지켜보다가 일어섰다.
"내가 뒤따라가 볼게요."
"그래요, 그게 좋겠어요. 조, 나랑 같이 있자. 오케이?"
"케이."
조가 말하며 기타 케이스를 열었다.

루시는 10분쯤 뒤에 네이딘과 함께 돌아왔다. 두 사람 모두 울고 있었지만 이제 사이가 좋아진 듯했다.
"미안해요. 내가 늘 정신이 혼란스러워서 그래요. 그게 이상한 방식으로 터져 나와요."
네이딘이 래리한테 말했다.
"다 괜찮아요."
꿈 이야기는 두 번 다시 나오지 않았다. 그들은 앉아서 조가 자신의 애창곡을 연달아 연주하는 것을 경청했다. 아이는 이제 정말로 실력이 매우 좋아지고 있었고, 고함치고 으르렁대는 와중에 노래 가사 일부가 흘러나오기도 했다.
마침내 그들은 잠을 잤으며, 래리가 한쪽 끝에, 네이딘이 반대쪽 끝에, 조와 루시가 중간에 꼈다.
래리는 처음에는 높은 장소에 올라선 검은 옷을 입은 남자가 나오는 꿈을 꾸었고, 그다음엔 현관에 앉아 있는 늙은 흑인 여자가 나오는 꿈을 꿨다. 다만 이번 꿈에서는 검은 남자가 옥수수밭 사이를 성큼성큼 걸어오며, 옥수수 줄기를 짓밟아 일그러트려 길을 쭉 내 가면서, 얼굴에 땜질하듯 억지로 갖다 붙인 섬뜩하고 강렬한 미소를 자랑하며, 그들을 향해 가까이 더 가까이 다가오고 있음을 알 수 있었다.

래리는 한밤중에 잠이 깨서 숨을 헐떡였고, 공포 때문에 가슴이 조여들었다. 다른 사람들은 돌덩이처럼 가만히 잠들었다. 아무튼 그 꿈 속에서 그는 알아내고 말았다. 검은 남자는 빈손으로 오고 있는 것이 아니었다. 옥수수밭을 성큼성큼 걸으며 제물을 운반하듯, 두 팔로 썩어 가는 리타 블레이크무어의 시체를, 이제는 뻣뻣하게 굳은 채 부어올라 다람쥐와 족제비한테 살점이 뜯겨 나간 그 시체를 받들고 있었다. 래리의 발치에 내던져진 무언의 비난이 그의 죄를 다른 사람들한테 소리 높여 외쳤고, 그는 좋은 남자가 아니라고, 무엇인가가 그한테서 버림받았다고, 그는 전혀 쓸모없는 사람이라고, 받기만 하는 사람이라고 조용히 선언했다.

래리는 또다시 잠들었고, 다음 날 아침 7시에 몸이 뻣뻣하고, 춥고, 배고프고, 용변이 마려운 상태로 깨어날 때까지 꿈을 꾸지 않고 잠을 잤다.

"오 하나님."

네이딘이 멍하니 말했다. 래리는 그녀의 표정에서 눈물이 날 정도로 진한 실망감을 발견했다. 얼굴은 창백했으며, 매력적인 두 눈은 흐려지고 활기가 없었다.

때는 7월 19일 7시 15분, 그림자가 길게 드리우고 있었다. 그들은 온종일 오토바이를 달렸으며, 몇 번 되지도 않았던 휴식 시간은 그나마 5분 동안만이었고, 랜돌프에서 가졌던 점심시간은 30분에 불과했다. 오토바이로 6시간을 달리고 나니 래리는 온몸이 얼얼하고 쑤시고 온갖 곳을 바늘로 찔러 대는 느낌이 들었지만 불평한 사람은 아무도 없었다.

이제 그들은 쇠 울타리 바깥쪽에 한데 모여 길게 늘어섰다. 그들의 아래쪽 뒤편으로 스토빙턴 마을이 있었는데, 스튜 레드먼이 이곳 시설에서 마지막 이틀을 보내는 동안 목격했던 마을의 모습과 별로 달라진 것이 없었다. 울타리 너머에, 한때는 잘 관리되었으나 이제는 지저분하게 무성해지고 오후의 천둥 폭우가 날려 보낸 나뭇가지와 나뭇잎들이 어지럽게 널려 있는 잔디밭 너머에 그 시설의 건물이 있었다. 지상 3층 높이였지만 지하에는 몇 층이 더 묻혀 있을 거라고 래리는 추측했다.

그곳은 황폐했고, 적막했고, 텅 비어 있었다.
잔디밭 한가운데 다음과 같은 표지판이 있었다.

스토빙턴 전염병 통제 연구소
이곳은 정부의 시설임!
방문객은 반드시 본관 접수대에 등록하시오

일행은 그 옆에 있는 두 번째 표지판을 바라보았다.

7번 도로에서 루틀랜드까지	이곳 사람들은 모두 죽었음
4번 도로에서 슈일러빌까지	우리는 서쪽으로 네브래스카까지 이동 중
29번 도로에서 87번 주간 고속도로까지	우리의 이동 경로를 따라오세요
	우리가 남긴 표시를 참고하세요
87번 주간 고속도로 남쪽에서 90번 주간 고속도로까지	해럴드 에머리 로더
90번 주간 고속도로에서 서쪽 방면으로	프랜시스 골드스미스
	스튜어트 레드먼
	글렌든 페커드 베이트먼
	1990년 7월 8일

"해럴드, 이 친구야. 내가 자네와 악수를 나누고 맥주 한잔 사 줄 수 있게 기다릴 순 없었나……? 아니면 페이데이 초코바라도 대접하게 말이야."

래리가 중얼거렸다.

"래리!"

루시가 날카롭게 부르짖었다.

네이딘이 기절해 버렸다.

제45장

7월 20일 아침 7시 20분에 현관으로 뒤뚱뒤뚱 걸어 나온 그녀는, 싱크대 창문 바깥쪽에 붙은 코카콜라 온도계가 섭씨 10도 이상을 가리키는 날엔 언제나 그랬듯이 커피와 토스트를 들고 나왔다. 때는 한여름이었으며, 그녀의 어머니가 아흔셋이라는 복 받은 나이로 숨을 거두었던 1955년부터 곰곰이 따져 봐도 마더 애버게일한테는 지금이 가장 멋진 여름이었다. 이제는 그것을 즐길 만한 사람들이 주변에 없다는 것이 너무도 아쉽다고 생각하면서 애버게일은 팔걸이 없는 흔들의자에 조심스럽게 앉았다. 그런데 그들이 여름을 제대로 즐길 줄이나 알았던가? 물론 일부 사람들은 그랬다. 사랑에 빠진 젊은 사람들이 그랬고, 겨울이라는 죽음의 마수가 뼈에다 무슨 짓을 하는지 너무도 똑똑히 기억했던 늙은 사람들도 그러했다. 이제 젊은 사람들과 늙은 사람들은 거의 사라졌고, 중간 세대의 사람들도 마찬가지였다. 하나님이 인류에게 가혹한 심판을 내리셨던 것이다.

어떤 사람들은 그토록 가혹한 심판에 대해 논쟁을 벌일지도 모르지만, 마더 애버게일은 그런 부류의 사람이 아니었다. 하나님께서는 한때 물로써 심판을 내리셨고, 언젠가 시간이 더 흐른 후에는 불로써 심판을 내리실 것이다. 그녀는 하나님을 평가할 만한 위치에 있지 않았다. 비록 그분이 당신께서 소유하시던 운명의 잔을 자신의 입술 앞에 놓아두는 것이 적합하다고 여기시지 않았으면 좋겠다고 바라기는 했지만. 그러나 심판의 본질에 관해서라면, 애버게일은 모세가 의문을 품었을 때 불타는 덤불 속에서 하나님이 모세한테 전하신 대답으로 만족해했다. 당신은 누구십니까? 모세가 물으니, 그 덤불에서는 한껏 우쭐하는 듯한 하나님의 음성이 튀어나온다. 나는 스스로 있는 자이니라. 다른 말로 풀이하자면 이런 것이다. 모세야, 여기 덤불 근처에서 그만 얼쩡거리고 네 포동포동한 엉덩이를 후딱 출발시키도록 하라.

애버게일은 숨 넘어갈 듯 웃음보를 터뜨리며 고개를 끄덕거렸고, 빵이 씹을 수 있을 만큼 부드러워질 때까지 토스트를 커피 잔의 널찍한 주둥이 속에 담갔다. 그녀가 마지막으로 남았던 치아에 부디 잘 가라고 작별 인사를 하고 나서 16년 세월이 흘렀다. 어머니의 자궁에서 나왔을 때도 이가 하나도 없었고, 자신의 무덤으로 들어갈 때도 이가 하나도 없을 터였다. 증손녀 몰리와 몰리의 남편은 그녀의 이가 다 빠지고 나서 딱 1년 후, 그러니까 아흔세 살이 되던 해의 어머니날에 틀니를 선물해 주었지만, 틀니가 잇몸을 아프게 한 까닭에 그녀는 몰리와 짐이 오고 있는 중이라는 걸 알 때만 그것을 꼈다. 그럴 때면 서랍에 넣어 둔 상자에서 틀니를 꺼내 깨끗이 씻어서 입 안에 끼워 넣었다. 그리고 만약 몰리와 짐이 오기 전까지 시간 여유가 있으면, 얼룩덜룩한 부엌 거울 앞에서 얼굴을 마구 찡그리며 커다랗고 하얀 틀니 사이로 으르렁거리다 포복절도하도록 폭소를 터뜨리곤 했다. 거울 속 그녀의 모습은 꼭 에버글레이즈 국립공원의 늙은 검정 악어처럼 보였다.

그녀는 늙고 연약했지만, 정신은 아주 정정했다. 애버게일 프리맨틀이 그녀의 이름이며, 1882년에 태어났고 출생증명서가 그 사실을 입증했다. 이승에서 세월을 보내는 동안 많은 것을 보아 왔지만 지난 몇 달간 벌어진 이상한 사건에 필적할 만한 일은 없었다. 전에는 그런 일이 결코 단 한 번도 없었지만, 이제 그녀의 세월은 그 사건의 일부가 되어 가고 있었으며 그녀는 그 사건을 몹시 미워했다. 그녀는 늙었다. 하나님이 그녀가 매일매일의 일상을 되풀이하는 걸 지켜보기가 지겨워진 나머지 하늘나라로 불러올리기로 결심하는 때가 오기 전까지는 휴식을 취하며 계절의 순환을 즐기고 싶었다. 그런데 무슨 일이 생긴 거냐고 하나님께 질문을 던진다면? 돌아오는 대답은 나는 스스로 있는 자이니라였고, 그것으로 대답은 끝이었다. 하나님의 아들이 운명의 잔을 내 입술에서 떼어 주시옵소서 하고 간청했을 때, 하나님은 결코 한 마디도 대답하지 않으셨다…… 그리고 그녀는 그런 사소한 것까지 부탁할 만큼 대단한 사람이 아니었으며, 그럴 방법도, 그럴 수단도 없었다. 그저 평범한 죄인이 그녀의 본모습이었다. 밤이 되어 바람이 불어와 옥수수밭 사이를 훑고 지날 때면 조그만 여자 아기가 1882년 초 어머니 다리 사이에서 모습을 드러낸 이후로 쭉 내려다보고 계셨던 하나님이 혼잣말을 하는 것 같은 생각이 들어 불현듯 두려워졌다. '참 좋았던 세월 동안 그녀를 돌보았지. 무수히 쌓여 온 그 모든 세월이 물거품이 돼 버리는 1990년에 그녀는 해야 할 임무가 있거든.'

이곳 헤밍포드홈에서 지낸 애버게일의 세월은 종국에 다다르고 있었고, 그녀가 임무를 행할 마지막 계절이 서부 지역, 로키 산맥 근처를 무대로 그녀 앞에 놓여 있었다. 하나님은 모세를 시켜 산을 오르게 했고 노아를 시켜 배를 만들게 하셨다. 하나님은 자신의 아들이 나무 십자가에 못 박힌 것을 지켜보셨다. 애비 프리맨틀이 얼굴 없는 남자를, 자신의 꿈을 활보했던 그 남자를 얼마나 지독하게 무서워하는지 하나님이 신경이나 쓰시겠는가?

애비는 그 남자를 전혀 보지 못했다. 그를 볼 필요도 없었다. 그는 정오에 옥수수밭 속을 지나는 그림자였고 차가운 공기 덩어리였으며, 전봇대 전화선에서 그녀를 굽어보는 까마귀였다. 온갖 소리로 외쳐 대는 그의 목소리는 그녀를 몹시도 겁에 질리게 했다. 나지막하게 속삭이는 목소리는 죽음의 전조를 알린다는 죽음 시계 딱정벌레가 계단 밑에서 내는 똑딱 소리였으며, 사랑하는 누군가가 이제 곧 숨을 거둘 것이라고 이야기했다. 요란하게 말하는 목소리는 서쪽에서 흘러온 구름 사이에서 아마겟돈이 소용돌이치는 듯 거침없이 울려 대는 오후의 천둥소리였다. 그리고 가끔은 아무 소리 없이 다만 옥수수밭을 외롭게 스쳐 가는 밤바람 소리만 났지만 그녀는 그가 그곳에 있으며, 그것이야말로 최악임을 알고 있을 터였다. 왜냐하면 그럴 때 얼굴 없는 남자는 하나님의 힘에 거의 근접한 듯 보이기 때문이었다. 그럴 때마다 이집트 상공을 조용히 날아다니며 문설주에 피가 발려 있지 않은 모든 집의 장남을 살해했던 성경 속의 검은 천사가 코앞에 와 있는 것만 같았다. 무엇보다 그 때문에 그녀는 겁에 질렸다. 그녀는 공포 속에서 또다시 어린아이가 되었으며, 다른 사람들이 그를 알고 그 때문에 벌벌 떠는 동안, 오직 자신만이 그의 소름 끼치는 힘에 관하여 분명한 미래의 모습을 전달받아 왔다는 것을 알았다.

"아아 슬프도다."

마더 애버게일은 마지막 남은 토스트 조각을 입 안에 쑥 집어넣었다. 의자를 앞뒤로 흔들며 커피를 마셨다. 이날은 눈부시게 화창한 날이었고, 신체의 어느 부위도 특별한 고통을 안겨 주지 않았으므로 자신이 누리고 있는 것에 대해 짧은 감사의 기도를 올렸다. 하나님은 위대하다. 하나님은 선하다. 아주 어린아이라도 그런 말을 배울 수 있었고, 그 말의 참뜻은 온 세상과 그 세상이 움켜쥔 모든 선과 악을 망라했다.

"하나님은 위대하다. 하나님은 선하다. 당신께 감사드립니다, 맑은 날씨에 대해서. 커피에 대해서. 어젯밤에 내보낸 쾌변에 대해서. 당신이 옳으셨습니다. 대추야자 열매가 효험이 있었네요. 하지만 하나님 맙소사, 정말이지 구역질 나는 맛이었어요. 제가 선택받은 자일런가요? 하나님은 위대하시니……."

커피가 거의 바닥났다. 그녀는 잔을 내려놓고 의자를 흔들며, 석탄 광맥으로 주름 진 살아 있는 기묘한 암벽 같은 얼굴을 태양을 향해 쳐들었다. 꾸벅 졸다가, 잠이 들었다. 이제는 거의 화장지처럼 근육 조직이 얇아진 그녀의 심장은 이제껏 지나온 39,630일 동안 매순간 그래 왔던 것처럼 계속해서 고동쳤다. 유아용 침대 속에 든 아기를 대하듯, 그녀가 정말로 숨을 쉬는 건지 확인하려면 가슴에 손을 얹어 봐야 할 정도였다.

그래도 얼굴에는 미소가 계속 머물러 있었다.

애버게일이 소녀였던 이후로 긴 세월 내내 세상사는 확실히 변해 버렸다. 프리맨틀 가족은 노예 해방을 맞아 네브래스카로 왔는데, 애버게일의 증손녀 몰리는 불쾌한 듯 냉소적으로 비웃으며 애버게일의 아버지가 가족이 정착할 집을 구입하는 데 썼던 돈(사우스캐롤라이나 주 루이스의 샘 프리맨틀이 남북 전쟁이 끝난 뒤 그녀의 아빠와 오빠들이 머물렀던 8년간의 품삯이라면서 아빠한테 지급했던 돈)이 '죄를 얼버무리려는 돈'이었다고 넌지시 말했다. 몰리가 그렇게 말했을 때 애버게일은 잠자코 침묵을 지켰지만(몰리와 짐과 다른 사람들은 나이가 어려서 진정으로 좋은 것과 진정으로 나쁜 것을 전혀 이해하지 못했다.) 마음속으로는 눈을 뒤룩거리며 혼잣말을 했다. '죄를 얼버무리려는 돈이라고? 글쎄, 그때 그 돈보다 더 깨끗한 돈이 있을까?'

그렇게 해서 프리맨틀 가족은 헤밍포드홈에 정착했고, 아빠와 엄마의 자녀 중 막내인 애비가 가족들만의 집에서, 바로 이 집에서 태어났다. 아버지는 깜둥이한테서 아무것도 사지 않으려는 사람들과 깜둥이한테 아무것도 팔지 않으려는 사람들을 이겨 냈다. 한 번에 하나씩 아주 작은 땅뙈기를 사서 '저 시꺼먼 개자식들이 콜럼버스가 발견한 신대륙을 뒤덮을까 봐' 걱정했던 사람들이 경계하지 않도록 했다. 그러고는 포크 카운티에서 윤작 농사법을 시도한 첫 번째 사람이 되었다. 화학 비료를 사용한 첫 번째 사람이 되었다. 그리고 1902년 3월에 개리 사이츠가 집에 찾아와서 존 프리맨틀이 투표로 농업 협동조합의 조합원에 선출되었다고 알려 주었다. 아버지는 네브래스카 주 전체에서 농협에 소속된 최초의 흑인이 되었다. 그해야말로 최고의 절정이었다.

자신의 인생을 되돌아보며 애버게일은 누구든 어느 한 해를 꼽아서 "그때가 최고였다."라고 말할 수 있겠다는 생각이 들었다. 누구한테든 모든 복이 한꺼번에 모여들어, 일이 잘 풀리고 승승장구하며 경이로움으로 가득한 시절이 있는 것 같았다. 나중에 가서야 왜 그렇게 인생이 잘 풀렸는지 기이하게 여길 일이었다. 그런 행운의 시절은 서늘한 식품 저장실 속에 각기 다른 열 가지 향긋한 식품들을 한꺼번에 집어넣은 것과도 같아서, 각각의 식품에 나머지 다른 식품의 향미가 약간씩은 배어 있었다. 버섯은 햄의 맛이 배었고 햄은 버섯의 맛이 배었다. 사슴 고기는 꿩고기의 아주 살짝 텁텁한 맛이 배었고 꿩고기는 미량의 오이맛이 극히 약간 배었다. 살다 살다 나중에 생각해 보면, 그 특별한 한 해 동안 한꺼번에 들이닥쳤던 일들이 좀 더 오래 펼쳐졌더라면 좋았을 텐데 하고 바랄지도 모른다. 또 어쩌면 행복으로 찬란한 일들 중 한 가지를 뽑아다가, 축복받은 좋은 일이 있었는지 또는 나쁜 일이 있었는지조차 기억이 가물가물해서 하나님이 창조하고 아담과 이브가 반쯤 망가뜨린 이 세상이 규정한 그저 당연한 순리대로 흘러갔다고 느껴지는 어느 3년 동안의 세월 한가운데에다 그 좋았던 일을 옮겨 놓으면 좋겠다고 바랄지도 모른다. 빨랫감을 밖에 내다 걸고, 방바닥을 박박 문지르고, 아기들을 돌보고, 해진 옷을 수선해 놓던 시절. 부활절과 7월 4일 독립기념일과 추수감사절과 크리스마스를 빼면 아주 평범하고 평탄한 시간의 흐름을 방해할 것이 아무 것도 없던 그 3년의 세월. 그러나 경이로운 일들이 실행되도록 하나님이 정해 놓은 방식에는 어떻게 손을 써 볼 도리가 전혀 없었기에, 아버지와 마찬가지로 애비 프리맨틀한테도 1902년은 최고의 절정이었다.

애비는 농협에 들어오라는 초청을 받은 일이 전례가 거의 없는 엄청난 일임을 이해한 사람은 가족 중에 아버지를 빼면 자기가 유일했다고 생각했다. 아버지는 네브래스카 주 최초의 검둥이 농협 조합원이 될 터였고, 미 합중국 내에서도 최초의 검둥이 농협 조합원일 가능성이 매우 컸다. 아버지는 자신과 가족이 검둥이의 조합 참여를 반대하는 사람들(그중에서 벤 콘베이가 제일 극성이었다.)에게서 노골적인 비아냥과 인종 차별적인 중상모략의 형태로 치를 희생에 대하여 아무런 환상도 갖지 않았다. 그러나 개리 사이츠가 생존의 기회보다 더한 것을 자신에게 제공하고 있다는 것도 알았다. 개리는 옥수수 경작지의 나머지 땅까지 가꿀 기회를 주려 한 것이다.

조합원이 되면, 좋은 씨앗을 사느라 겪었던 곤란이 해소될 것이었다. 매입할 사람을 찾느라 그의 농작물을 싣고 오마하까지 먼 길을 운반해 가야 할 필요성도 역시 해소될 터였다. 존 프리맨틀 같은 깜둥이들과 개리 사이츠 같은 깜둥이 애호가들에 관한 일이라면 미친 듯 날뛰는 벤 콘베이와 벌이고 있던 물 사용권 다툼까지 해소될 수도 있었다. 심지어 세무서 과세 담당자가 한도 끝도 없이 갈취하는 짓을 그만둔다는 뜻일 수도 있었다. 그래서 존 프리맨틀은 초청을 수락했고, 투표에서 조합원으로 선출되었고(게

다가 아주 넉넉한 찬성표로), 지저분하게 비꼬는 말들이 나돌았다. 이를테면 농협 회관 다락방에서 껌정 너구리가 잡혔다느니, 깜둥이 아기가 하늘나라로 올라갔는데 조그만 까만 날개를 달았으니 천사 대신 박쥐라고 불러야 한다느니 하는 식의 비아냥들이었다. 벤 콘베이는 한동안 사람들을 찾아다니면서 미스틱 타이 농협이 존 프리맨틀을 투표로 선출한 유일한 이유는 어린이 축제가 얼마 안 남았는데 아프리카 오랑우탄 원숭이를 연기할 깜둥이 한 명이 필요하기 때문이라고 말했다. 존 프리맨틀은 이런 말들을 못 들은 척했지만, 집에서는 성경 구절을 인용하여 말하곤 했다. "유순한 대답은 분노를 쉬게 하느니라."와 "성도들이여, 수확하려거든 반드시 먼저 씨를 뿌릴지어다." 그리고 그가 가장 좋아하는 구절을, 겸손이 아닌 불굴의 희망을 담아 말했다.

"온유한 자는 땅을 기업으로 받을 것임이오."

그리고 조금씩 조금씩 이웃들의 마음이 열리게 했다. 이웃들 전부가 그렇지는 않았으니, 벤 콘베이와 그 사람의 이복형제인 조지 같은 과격파들은 그렇지 않았고, 아널드 가족과 디콘 가족도 그렇지 않았지만, 나머지 다른 사람들은 모두 마음을 열었다. 1903년에 프리맨틀 가족은 개리 사이츠의 가족과 바로 이곳 현관에서, 너무도 새하얀 현관에서 저녁 식사를 함께했다.

그리고 1902년에 애버게일은 농협 회관에서 기타 연주를 했다. 백인들이 흑인 분장을 하고 나오는 악극이 아니라, 그해 연말에 열렸던 백인들의 재능을 뽐내는 쇼에서 기타 연주를 한 것이다. 어머니는 필사적으로 반대했다. 그것은 어머니가 어린 자식들 앞에서 남편의 생각에 반대 의사를 표출했던, 자신의 인생 중 몇 안 되는 순간의 하나였다.(다만 그때는 사내자식들이 거의 중년의 나이가 되었고 남편 존은 산봉우리에 쌓인 눈보다도 더 백발이 성성했다.)

어머니는 눈물을 흘리며 말했다.

"나는 어떻게 된 일인지 알 것 같아. 당신과 사이츠와 프랭크 페너라는 사람이 작당해서 일을 꾸몄지. 그 사람들한텐 좋은 일이겠지. 그런데 존 프리맨틀, 당신 머릿속엔 뭐가 든 거야? 그네들은 백인이란 말이야! 당신은 뒷마당에서 그치들과 함께 쭈그리고 앉아 농사짓는 일에 관해 대화를 나누지! 심지어 읍내로 나가서 함께 맥주 한잔 들이켤 수도 있어. 만일 네이트 잭슨이 자기 술집 안으로 당신을 들여보내 주기만 한다면 말이지. 그건 좋다고! 지난 몇 년 동안 내내 당신 처지가 어땠는지는 나도 알아. 너무 잘 알아. 마음속이 산불이 휩쓴 것처럼 고통스러울 게 분명할 때도 당신은 계속 얼굴에 웃음을 띠었다는 걸 나도 안단 말이야. 그렇지만 이건 차원이 달라! 이건 당신의 딸자식 일이야! 그 애가 예쁜 흰 드레스를 입고 무대에 섰는데 사람들이 비웃으면, 당신은 뭐라 말할 거야? 브릭 설리번이 흑인 악극에서 노래 부르려 했을 때 그랬던 것처럼 사람들이 그 애한테도 썩은 토마토를 던지면, 당신은 뭘 어떻게 할 거야? 그리고 그 애가 드레스 앞자락에 죄다 토마토 얼룩을 묻힌 채로 당신한테 와서 '왜죠, 아빠? 왜 사람들이 그런 짓을 한 거예요? 그리고 왜 아빠는 사람들이 그렇게 하도록 놔뒀어요?' 라고 물으면, 뭐라고 말해 줄 거야?"

"레베카, 내가 보기에 이 그 문제는 그 애와 데이비드한테 맡겨두는 게 나을 것 같아."

데이비드는 애버게일의 첫 남편이었다. 1902년에 애버게일 프리맨틀은 결혼을 하여 애버게일 트로츠가 되었다. 데이비드 트로츠는 발파라이소 쪽 출신의 흑인 농장 일꾼이었고, 애버게일의 사랑을 얻으려 거의 50킬로미터나 되는 먼 길을 달려왔다. 존 프리맨틀이 언젠가 레베카한테 말해 준 바로는 곰이 나타나 착한 데이비드를 꼼짝 못하게 붙잡는 통에 발에 땀 나도록 뛰어다녔던 일도 있었다고 한다. 애비의 첫 남편을 비웃으며 "저런 부부 사이에선 누가 휘어잡고 사는지 뻔하겠구먼." 하는 식으로 말하는 사람들이 많았다.

그러나 데이비드는 나약한 사람이 아니었으며, 그저 과묵하고 사려 깊을 뿐이었다. 그가 존과 레베카 프리맨틀 부부에게 "저는 애버게일이 옳다고 생각하는 것은 무엇이든 간에, 그러니까 그런 것은 어쨌든 이루어져야 한다고 생각합니다."라고 말했을 때, 애비는 그렇게 말해 준 남편한테 감사했고 어머니와 아버지한테 자기는 연주를 강행할 작정이라고 말했다.

그래서 1902년 12월 27일에, 그녀의 첫 결혼 생활이 벌써 3개월이나 지난 시점에서, 공연 사회자가 이름을 호명하자 깊은 침묵이 흐르는 가운데 그녀는 농협 회관 무대에 올라섰다. 그녀의 순서 바로 직전에 그레첸 틸리언스가 선정적인 프랑스 춤을 추며 발목과 속치마를 드러내서 남성 관객들이 소란스럽게 휘파람을 불고 환호성을 지르며 발을 동동 구른 참이었다.

무거운 침묵 속에 서서, 새로 장만한 흰 드레스를 입은 애비는 자신의 얼굴과 목이 얼마나 까맣게 보일지 알고 있었다. 심장이 가슴속에서 지독하게 요동치는 가운데 그녀는 이렇게 생각했다.

'가사를, 가사 한 마디 한 마디를 죄다 잊어버렸어. 무슨 일이 생겨도 울지 않겠다고, 울지 않겠다고 아빠한테 약속했어. 그렇지만 벤 콘베이가 저기 와 있는데 그가 깜둥이라고 크게 소리치면, 그러면 난 울어 버릴 것 같아. 아, 왜 내가 이 일을 자청했을까? 엄마가 옳았어. 내 분수에 안 맞는 자리에 올라와 버렸고 그것 때문에 대가를 치르겠지……'

회관은 그녀를 올려다보는 하얀 얼굴들로 가득했다. 모든 좌석이 만원이었고 사람들이 회관 뒤쪽에 두 줄로 서기까지 했다. 석유 등불들이 타올라 너울거렸다. 빨간 벨벳 커튼들이 황금색 끈에 묶여 드리워져 있었다.

그리고 애비는 생각했다. '나는 애버게일 프리맨틀 트로츠다. 나는 기타를 잘 치고 노래를 잘한다. 누구나 나한테 그렇게 말했기 때문에 실감하지 못했을 뿐이다.'

그리고 나서 꿈쩍도 하지 않는 침묵 속에 「낡은 고난의 십자가」를 부르기 시작하며, 손가락으로 멜로디를 튕겼다. 그런 다음 기타 줄을 좀 더 강렬한 멜로디로 튕기며 내보낸 곡이 「내가 얼마나 우리 예수를 사랑하는가」였고, 그다음으로 더 강렬하게 내보낸 곡은 「조지아의 전도 집회」였다. 이제 사람들은 저도 모르게 몸을 이리저리 흔들고 있었다. 어떤 사람들은 싱글벙글 웃으며 무릎을 두드리고 있었다.

애비는 남북 전쟁 노래들을 메들리로 불렀다. 「자니가 고향으로 행진해 올 때」, 「조지아 주를 지나는 행군」 그리고 「사마귀 콩」.(그 노래에선 더 많은 미소가 번졌다. 관객들은 대개 남북 전쟁에 참전했던 퇴역 군인들이라서 현역으로 복무하던 시절에 사마귀 모양

땅콩뿐만 아니라 더한 것도 먹어 본 경험이 있었다.) 「옛 주둔지에서 오늘 밤 야영을 하며」란 곡으로 연주를 마무리 지었는데, 마지막 기타 코드가 이제는 추억에 잠겨 슬퍼하는 침묵 속으로 흘러 나가자, 그녀는 생각했다. '토마토든 뭐든 던지고 싶으면 맘대로 해 보시지. 나는 온 힘을 다해 기타를 치고 노래를 불렀고, 정말로 훌륭히 해냈다고.'

마지막 코드가 침묵 속으로 흘러 나갔을 때, 황홀경에 빠진 듯한 순간이 오랫동안 지속되어 마치 좌석에 앉은 사람들과 회관 뒤쪽에 서 있던 사람들이 그동안 어디론가 멀리 가 버린 듯했으며, 너무 멀리 가 버려 돌아오는 길을 갑자기 찾아낼 수가 없는 듯했다. 그리고 나자 박수가 터져 나와 오래도록 끊기지 않는 물결을 이루어 그녀를 뒤흔들었다. 애비는 온통 얼굴을 붉히고 어찌할 바를 몰라 후끈거리면서도 오싹한 감정을 느꼈다. 하염없이 눈물을 흘리는 어머니가 보였고, 아버지가, 그리고 데이비드가 그녀를 향해 밝게 미소 짓는 것이 보였다.

그런 다음 애비는 무대를 떠나려고 했지만 "앙코르! 앙코르!"를 부르짖는 소리가 터져 나왔고, 그래서 웃음 지으며 「내 감자들을 파헤치네」를 연주했다. 그 노래는 아주 조금은 위험스러웠지만 만약 그레첸 틸리언스가 사람들 앞에서 발목을 내보일 수 있다면, 그렇다면 자신도 아주 조금은 외설적인 노래를 부를 수도 있겠다고 애비는 생각했다. 어쨌든 이미 결혼한 여자였으니까.

누군가 내 감자들을 파헤치고 있네
내 창고 속에 감자를 내팽개치더니,

이제 그 누군가는 가 버렸네
이제 내가 처한 근심 걱정을 보시라.

더욱 노골적인 가사가 여섯 구절 더 있었고 그녀는 모든 구절을 노래했으며, 각 구절의 마지막 줄이 끝날 때마다 격려의 함성이 더욱 거세졌다. 애버게일이 나중에 생각해 보니 만약 자신이 그날 밤 잘못한 것이 있다면 그 노래를 부른 것이었으니, 그야말로 사람들이 깜둥이가 부르겠거니 하고 기대할 만한 딱 그런 종류의 노래였기 때문이다.

연주를 끝마치자 또다시 우레 같은 박수갈채와 "앙코르!"를 외치는 소리가 힘차게 울려 퍼졌다. 애비는 무대에 다시 올랐고, 청중이 잠잠해지자 말했다.

"여러분, 모두 너무나 감사합니다. 딱 한 곡만 더 부를 수 있도록 부탁드린다 해도, 제가 주제넘게 굴고 있다고 여기지 않으셨으면 좋겠습니다. 특별히 익혀 두기는 했지만 여기서 부르리라곤 생각도 못한 노래예요. 그렇지만 정말로 제가 아는 가장 최고의 노래인데요, 왜냐하면 제가 세상에 태어나기도 전에 링컨 대통령과 이 나라가 저와 제 가족에게 해 주었던 일 때문입니다."

사람들은 이제 너무나 조용해져서 바싹 귀를 기울였다. 애비의 가족은 묵묵히 앉아 있었는데, 왼쪽 통로 근처에 모두 한데 모여 있는 모습이 하얀 손수건 위의 블랙베리 잼 얼룩 같았다.

애비가 거침없이 말을 계속했다.

"남북 전쟁의 와중에 벌어졌던 일 때문에 우리 가족은 이곳에 올 수 있었고, 지금의 훌륭한 이웃들과 함께 살아갈 수 있었습니다."

그리고 나서 기타를 치며 미국 국가를 노래했다. 모든 사람들이 자리에서 일어나 귀를 기울였으며, 일부는 또다시 손수건을 꺼내 들었고, 그녀가 노래를 끝마치자 사람들은 지붕이 들썩거릴 정도로 박수를 쳐 댔다.

그날은 애비의 인생에서 가장 뿌듯한 날이었다.

정오가 조금 지나서 애비는 잠이 깨어 움직이며 햇빛에 눈을 깜빡거렸고, 108세가 된 늙은 여자의 자태를 드러냈다. 그녀는 등을 대고 누워 잠을 자서 탈이 났고 그것은 더할 나위 없는 고통을 선사했다. 아마도 고통이 온종일 지속될 터였다.

"아아, 슬프도다."

조심스럽게 일어서면서 애비는 탄식했다. 삐걱거리는 난간을 조심스럽게 붙잡고 현관 계단을 내려가면서, 칼로 찌르는 듯 아픈 등과 따끔따끔하는 다리의 통증 때문에 주춤거렸다. 피가 예전처럼 돌지 않았다…… 예전 같을 이유가 있겠는가? 몇 번이고 거듭하여 그녀는 흔들의자에서 잠드는 것이 초래할 결과에 관하여 자기 자신한테 경고했다. 꾸벅꾸벅 졸면 옛날 일들이 다시 찾아오곤 했고 그 기억들은 굉장히 멋졌다. 정말로 그랬다. 텔레비전에 나오는 영상보다 더 멋져 보였다. 그러나 잠에서 깨어났을 땐 혹독한 대가를 치러야 했다. 단단히 조심해야 할 바를 자신한테 훈계할 수는 있었지만, 그녀는 난롯가에 퍼질러 누운 늙은 개와도 같았다. 햇볕 속에서 앉기만 하면 잠들어 버리고 말았고, 그뿐이었다. 그 문제에 관해서라면 더 할 말이 없었다.

 계단 맨 밑에 이르러 '자신의 다리를 앞서 가려는 자신의 마음과 보조를 맞추려고' 걸음을 멈추고 나니, 가래 덩어리가 끓어올라 땅에 뱉어 냈다. 등의 통증은 여전했지만 평상시처럼 기분이 괜찮아지자 그녀는 집을 천천히 돌아서 1931년에 손자 빅터가 집 뒤편에 만들어 놓았던 옥외 변소로 걸어갔다. 그 안에 들어가서는, 마치 바깥에 찌르레기 새 몇 마리 대신 사람들이 떼거리로 모여 있기라도 한 듯 변소 문을 꼭 닫고 문고리를 걸어 잠근 다음 쪼그려 앉았다. 잠시 후 소변을 보았고 만족스럽게 한숨을 쉬었다. 바로 여기에 어느 누구도 말해 주려 하지 않는(그저 못 들어 봤기 때문일까?) 늙어 간다는 것에 관한 또 한 가지 사실이 있었다. 소변을 봐야 할 때를 알기가 어려워진다는 것이다. 방광 속의 모든 감각을 잃어버린 듯했고, 만일 조심하지 않으면 무엇보다 먼저 옷을 갈아입어야 하는 곤란한 상황이 터졌다는 것을 깨닫곤 했다. 그런 노년기 증상이 자신을 더럽히게 놔둘 순 없었고, 그래서 애비는 하루에 예닐곱 번씩 여기로 나와 쪼그려 앉았으며, 밤에는 침대 옆에 간이 변기를 두었다. 몰리의 남편인 짐은 그녀의 행동이 소화전을 지나칠 때마다 경의를 표하려고 다리 하나를 쳐들지 않고는 못 배기는 개의 행동을 닮았다고 언젠가 그녀한테 말했고, 그 말에 눈물이 솟아나 뺨으로 줄줄 흘러내릴 때까지 그녀는 웃음보를 터뜨렸다. 몰리의 남편 짐은 시카고에서 광고 회사 간부로 일했고 상당히 재치 있는 사람이었다…… 과거에 그랬단 얘기다. 짐도 다른 사람들과 마찬가지로 세상을 떴을 것으로 짐작되었다. 몰리도 마찬가지였고. 그들은 이제 예수님과 함께 있었다.

작년쯤엔가, 몰리와 짐은 애비를 만나려고 일부러 찾아오는 유일한 사람들이었다. 나머지 사람들은 그녀가 살아 있다는 것을 잊은 듯싶었지만, 그런 것은 이해할 수 있었다. 그녀는 자기의 시대를 지나쳐서 살아왔다. 아직도 뼈다귀에 살점을 붙이고 있을 이유가 없는, 박물관(또는 묘지) 속에 있어야 제격인 공룡과도 같았다. 그녀를 보러 오고 싶어하지 않는 그들을 이해할 수는 있었지만, 그녀가 이해할 수 없는 것은 왜 그들이 찾아와서 '땅'을 보고 싶어하지 않는가였다. 많이 남아 있는 건 아니었다. 많진 않았다. 원래 있던 넓은 부동산에서 몇 헥타르 정도만 남았을 뿐. 그렇긴 해도 여전히 그들의 것이었다. 여전히 그들의 땅이었다. 그러나 흑인 가족들은 이제는 땅에 관해서는 별로 신경 쓰지 않는 듯했다. 사실, 그 땅을 정말로 부끄럽게 여기는 듯한 가족들도 있었다. 가족들은 도시에서 출세하려고 이 땅을 떠나갔고, 그들은 대개 짐처럼 정말로 번듯하게 성공을 이루었다…… 그러나 모든 흑인 가족들이 땅에서 얼굴을 돌려 버린 걸 생각하기만 하면 마음이 어찌나 아프던지!

몰리와 짐은 재작년에 그녀를 위해 양변기를 들여놓고 싶어 했으나 그녀가 거절하자 가슴 아파했다. 그녀는 그들이 이해할 수 있게 설명하려 했지만, 오로지 몰리가 할 수 있었던 말은, 계속 되풀이했던 말은 이것이었다.

"마더 애버게일 할머니, 할머니는 백여섯 살이시라고요. 머지 않아 날이 추워졌을 때 할머니가 저기 밖에 나가서 쭈그려 앉아 계실 걸 생각하면 제 마음이 어떻겠어요? 추위로 충격을 받으면 할머니 심장에 무리가 갈 수 있다는 걸 모르세요?"

"나를 원하실 때가 되면, 주님이 거두어 가시겠지."

애버게일이 뜨개질을 하면서 대답했고, 그래서 그들은 그녀가 뜨개질거리를 보고 있느라 자기들이 서로를 향해 눈알을 굴리는 모습을 당연히 볼 수 없겠거니 생각했다.

그냥 묵과할 수만은 없는 것들이 있는 법이다. 그것은 젊은 사람들이 알지 못하는 또 다른 사실인 듯했다. 그러니까 과거 1982년에, 그녀가 100살로 접어들었을 때, 캐시와 데이비드가 텔레비전 수상기를 주겠다고 나서기에 그 물건을 들여놓도록 놔뒀다. 텔레비전은 혼자 있을 때 시간을 보내기엔 매우 훌륭한 기계였다. 그러나 크리스토퍼와 수지가 찾아와서 수도를 놓아주고 싶다고 말했을 때에는 양변기를 놓아준다는 몰리와 짐의 친절한 제안을 사양했던 것과 똑같이 그들의 제안도 사양했다. 그들은 그녀의 우물이 얕아서 가뭄이 들었던 1988년 같은 여름이 또 들이닥치면 말라버릴 수도 있다고 주장했다. 그건 사실이었다. 하지만 애버게일은 무조건 안 된다고만 했다. 그들은 그녀의 머릿속이 뒤집혔다고, 당연하다고, 마룻바닥에 니스를 칠하는 것처럼 노망에 계속 덧칠을 하고 있다고 생각했지만 그녀는 자신의 정신이 예전과 거의 다를 바 없다고 믿었다.

애버게일은 변소 자리에서 몸을 일으킨 다음 구멍 속으로 석회가루를 뿌렸고, 몸을 또다시 햇볕 속으로 천천히 내밀었다. 그녀는 자신의 변소를 향긋하게 유지시켰지만, 제아무리 향긋하다 한들 변소란 원래가 축축하고 케케묵은 장소였다.

크리스와 수지가 집에 수도를 놓자고 제의했을 때 애버게일은 마치 하나님의 목소리가 귓속에서 속삭이는 것 같다고 느꼈고

…… 한참 뒤에 몰리와 짐이 옆면에 물 내리는 손잡이가 달린 양변기 왕좌를 제공하려 했을 때에도 하나님의 목소리가 들리는 듯했다. 하나님은 정말로 사람들한테 말씀을 내려 주신 적이 있었다. 그분은 노아한테 방주에 관해 이야기하시면서, 방주의 길이는 몇 큐빗이나 되어야 하고 얼마나 깊고 얼마나 넓어야 하는지 말씀하시지 않았던가? 말씀하셨다. 그래서 애버게일은 그분이 자신한테도 마찬가지로 말씀하셨던 것이라고 믿었다. 활활 타는 덤불이나 불기둥 속에서 나온 말씀은 아니었지만, 고요하고 나지막한 목소리로 이렇게 말씀하셨다. '애비야, 너는 수동 물 펌프가 필요할 것이니라. 애비야, 너는 전기의 편리함을 맘껏 즐기되, 네 기름 램프에 기름을 가득 채우고 램프 심지를 잘 정돈해 두어라. 너보다 앞서 네 어머니가 그랬듯이 서늘한 식품 저장실을 제대로 보존하여라. 그리고 젊은 애들이 네가 생각하기에 나의 뜻에 반하는 어떤 것을 말하더라도 절대 허용해선 안 된다는 것을 명심하여라, 애비야. 그들은 너의 친척이지만, 나는 너의 아버지니라.'

애비는 마당 한가운데 멈춰 서서 옥수수의 바다를 둘러보았는데, 밭은 오직 던칸과 콜럼버스를 향해 북쪽으로 난 흙 길에 의해서만 갈라져 있었다. 흙 길은 그녀의 집에서 5킬로미터 더 나가서 아스팔트 길이 되었다. 올해는 옥수수가 잘 여물 텐데 까마귀를 빼면 수확하러 올 사람이 아무도 없을 거라는 사실이 너무도 섭섭했다. 올 9월에는 크고 빨간 수확 기계들이 사람들의 헛간에 그냥 처박혀 있을 것을 생각하니 슬펐고, 옥수수 껍질을 서로서로 벗겨 주는 품앗이도, 시골 댄스파티도 전혀 없을 것을 생각하니 슬펐다. 지나온 108년 만에 처음으로 자신이 이곳 헤밍포드홈을 떠나

여름이 왁자지껄한 이교도의 가을에 자리를 넘겨 주는 변화의 시간을 지켜볼 것을 생각하니 슬펐다. 그녀는 이번 여름을 가장 사랑할 것이었으니, 자신의 마지막 여름이 될 것이기 때문이었다. 그녀는 그것을 분명히 느꼈다. 그녀는 이곳에서 안식을 취하지 못하고 서쪽으로 더 멀리, 낯선 지역에서 안식을 맞이할 것이었다. 그래서 가슴이 아팠다.

애비는 발을 끌며 타이어 그네로 걸어가 그것을 움직이기 시작했다. 오빠 루카스가 1922년에 여기다 매달아 놓았던 낡은 트랙터 타이어였다. 지금껏 밧줄은 수차례 바꿔 달았지만, 타이어는 한 번도 바꾸지 않았다. 이제 여러 군데에서 타이어의 속살이 드러나 보였고, 테두리 안쪽엔 젊은 세대의 엉덩이들이 올라앉았던 자리가 깊게 눌려 있었다. 타이어 아래는 오래전에 풀이 자라기를 포기해 버린 땅속으로 먼지투성이 긴 홈이 깊게 팼고, 밧줄이 묶인 큰 나뭇가지는 껍질이 닳아 없어져 하얀 뼈대를 드러냈다. 밧줄이 천천히 삐걱거리자 애버게일은 큰 소리로 말했다.

"부탁드리나이다. 내 주여. 내 주여. 제가 꼭 해야만 하는 일이 아니라면 거두어 주소서. 만일 당신께 재고의 여지가 있다면 제 입술에서 이 운명의 잔을 떼어 주십사고 매달리겠나이다. 저는 늙었고 두렵고 그저 저의 집이 있는 바로 이곳에 편히 눕기를 원하옵나이다. 하지만 만일 당신께서 저를 원하신다면 당장이라도 달려갈 준비가 돼 있나이다. 당신의 뜻대로 이루어지이다. 내 주여. 허나 애비는 한낱 지치고 굼뜨고 늙은 흑인 여자일 뿐이지요. 당신의 뜻대로 이루어지이다."

아무 소리도 없이 그저 나뭇가지에 밧줄이 삐걱거리는 소리와 옥수수밭에서 흘러나오는 까마귀 소리뿐. 아버지가 아주 오래전에 심어 놓았던 사과나무의 늙고 주름 진 나무껍질에다 늙고 주름 진 이마를 갖다 대며 애비는 비통하게 눈물을 흘렸다.

그날 밤 애비는 자신이 또다시 농협 회관 무대로 향하는 계단을 오르는 꿈을 꾸었다. 젊고 어여쁜 애버게일은 임신 3개월째였고, 하얀 드레스에 회색빛 에티오피아 보석으로 치장하고, 기타의 목 부분을 부여잡고 정적 속을 오르고 또 오르며 생각들이 물레방아로 떨어지는 물처럼 흘러갔어도, 오로지 단 하나의 생각을 붙들고 있었다. '나는 애버게일 프리맨틀 트로츠다. 그리고 나는 기타를 잘 치고 노래를 잘한다. 누구나 그렇게 말했기 때문에 실감하지 못했을 뿐이다.'

꿈속에서 그녀는 천천히 몸을 돌려 자신을 올려다보는 달덩이 같은 하얀 얼굴들을 마주하면서, 등불들과 어두워지고 약간 김이 서린 창문들에서 반사된 은은한 빛줄기와 황금색 끈이 달린 빨간 벨벳 꽃줄 장식들이 어우러져 몹시도 휘황찬란한 회관을 마주했다.

오직 한 가지 생각만 단단히 고수하며 「세월의 돌」을 연주하기 시작했다. 기타 소리와 함께 흘러나온 목소리는 안절부절못하고 움츠러든 것이 아니라, 연습했던 때와 똑같이 낭랑하고 은은하게 나와서 노란 등불의 분위기와 잘 어울렸다. '나는 저들의 마음을 사로잡을 테다. 하나님의 도움을 받아 저들을 내 편으로 만들고 말 테다. 오 나의 사람들이여, 만약 그대들이 목마르다면, 내가 바위에서 물을 이끌어 내지 않겠는가? 나는 저들의 마음을 사로잡을 것이다. 그리고 데이비드가 나를 자랑스럽게 여기도록, 엄마와 아빠도 나를 자랑스럽게 여기도록 할 것이며, 나 자신이 스스로 자랑스럽게 여기도록 할 것이며, 공기에서 음악을 이끌어 내고 바위에서 물을 이끌어 낼 것이며……'

그리고 그때가 바로 그녀가 처음으로 그를 본 순간이었다. 그는 맨 구석에, 모든 좌석들 뒤쪽에 서서 가슴 위로 팔짱을 끼고 있었다. 그는 양쪽 가슴 주머니에 각각 배지를 단 청재킷과 청바지 차림이었다. 닳아 빠진 뒷굽이 붙은 먼지투성이 까만 장화를, 어둡고 먼지가 날리는 길을 수없이 걸어온 듯 보이는 장화를 신고 있었다. 이마는 가스등처럼 하얬으며, 뺨은 지독한 핏빛으로 붉었고 눈은 파란 다이아몬드 조각처럼 빛을 내며 악마의 활력으로 번뜩이는 것이 마치 사탄의 꼬마 도깨비가 산타클로스 일을 떠맡은 모습 같았다. 격렬하게 비웃는 히죽거리는 미소를 짓느라 입술을 길게 끌어당겨 흡사 으르렁거리는 듯한 표정이었다. 이는 하얗고 날카롭고 말끔해서, 족제비의 이빨 같았다.

그가 두 손을 들어 올렸다. 두 손 모두 주먹으로 말려 들어가 사과나무에 묶인 매듭만큼이나 빈틈없이 탄탄했다. 히죽거리는 미소는 여전했고 지독하게 그리고 극도로 섬뜩했다. 핏방울이 양 주먹에서 떨어지기 시작했다.

애비의 마음속에서 노랫말이 말라 버렸다. 손가락은 기타 치는 법을 잊었다. 마지막으로 기타 줄을 긁는 불협화음이 나더니 침묵이 흘렀다.

'하나님! 하나님!'

애비가 부르짖었지만, 하나님은 고개를 돌려 버렸다.

벤 콘베이가 일어서고 있었고, 그의 얼굴은 벌게져서 이글거렸으며, 조그만 돼지 눈이 번쩍거렸다. 그가 소리쳤다.

"야 이 깜둥이 개년아! 저 깜둥이 개년이 우리 무대 위에서 뭘 하고 있는 거야? 저 깜둥이 개년은 공기에서 음악을 조금도 이끌어 내지 못했어! 저 깜둥이 개년은 바위에서 물을 조금도 이끌어 내지 못했다고!"

동의하여 맹렬히 호응하는 외침들. 앞쪽으로 쇄도하는 사람들. 애비는 자기 남편이 일어서서 무대로 올라오려 하는 것을 보았다. 누군가의 주먹이 남편의 입을 쳐서 뒤로 쓰러뜨렸다.

"저 더러운 너구리들을 회관 뒤로 끌어내!"

빌 아널드가 고함질렀고, 누군가가 레베카 프리맨틀을 벽으로 밀쳤다. 또 다른 누군가가, 겉모습으로 보아 쳇 디콘인 듯한 사람이 창문의 빨간 벨벳 커튼 하나로 레베카를 뒤덮고 나서 황금색 끈으로 묶었다. 그가 큰 소리로 외치고 있었다.

"여기 좀 보더라고! 옷 입은 너구리야! 옷 입은 너구리!"

다른 사람들이 쳇 디콘이 있는 곳으로 달려들었고, 그들 모두 벨벳 속에서 몸부림치는 여자를 주먹질하고 흠씬 두들기기 시작했다.

"엄마!"

애비가 소릴 질렀다.

무기력한 그녀의 손가락에서 기타가 무대 언저리로 떨어져 내려 나무판과 기타 줄이 분해되어 산산조각 났다.

그녀는 회관 뒤편에 있는 다크맨을 허둥지둥 찾아보았으나, 그는 엔진에 발동이 걸려 파죽지세로 움직이고 있었다. 이미 어디론가 가 버리고 없었다.

"엄마!"

애비가 또다시 소리 질렀고, 그러자 거친 손길들이 그녀를 무대에서 끌어 내렸으며, 그 손길들이 옷 속으로 들어와 그녀를 아무렇게나 만지고, 주물럭거리고, 그녀의 엉덩이를 움켜잡았다. 누군가가 그녀의 손을 거세게 끌어당기자 어깨에 붙은 팔이 억지로 딸려 나갔다. 그녀의 손에 무언가 단단하고 뜨거운 것이 와 닿았다. 벤 콘베이의 목소리가 귀에 들렸다.

"내 세월의 돌이 맘에 드냐, 이 깜둥이 걸레야?"

장내가 온통 소용돌이치고 있었다. 애비는 아버지가 어머니의 흐느적거리는 형체에 다가서려 몸부림치는 모습을 보았고, 유리병을 쥔 하얀 손 하나가 접이식 철제 의자의 등받이를 내리치는 것을 보았다. 와르르 부서지는 소리가 났고, 그러고 나서 모든 등불의 온화한 불빛 속에서 반짝거리던 들쭉날쭉한 병목이 아버지의 얼굴을 꿰뚫었다. 빤히 쳐다보는 아버지의 불룩한 두 눈이 포도알처럼 터지는 것이 보였다.

애비는 비명을 질렀고, 울부짖는 그녀의 힘이 실내를 갈가리 부서뜨려 어둠 속에 잠기게 한 듯싶었고, 그녀는 다시금 마더 애버게일로 돌아왔다. '백여덟 살이라니 너무 늙었어요, 내 주여, 너무 늙었다고요.(그러나 당신 뜻대로 이루어지도록 하소서.)' 그녀는 옥수수밭을, 땅속에 뿌리가 얕게 내렸으나 널리 퍼진 그 신비로운 옥수수밭을 걷고 있었으며, 달빛을 받아 은색으로 물들고 어둠에 묻혀 까맣게 물든 그 옥수수밭에서 길을 잃었다. 옥수수밭을 잔잔하게 스치는 여름밤의 바람 소리가 들렸고, 그녀의 기나긴 인생 내내 그랬던 대로 옥수수가 자라나는 완전한 생명의 냄새를 맡을 수 있었다.(그리고 그녀가 이제껏 수없이 많이 생각해 왔던 것이 있었으니 이것은 그녀의 모든 인생과 가장 밀접한 식물이었다. 옥수수 말이다. 그리고 옥수수 냄새는 인생 그 자체, 그녀 인생의 시작과 함께했던 냄새였으며, 오 그녀는 결혼하여 세 명의 남편을 땅에 묻었다. 데이비드 트로츠, 헨리 하데스티, 네이트 브룩스. 그녀는 세 남자와 잠자리를 같이한 것이었으니, 여자가 남자보다 앞서 자리에 누워 남자를 반갑게 맞이해야 하는 관습대로 그들을 반갑게 맞았고, 항상 간절히 쾌감을 열망했다. '오 하나님 맙소사 나는 내 남자와 섹스하는 것을 너무도 사랑해 그리고 그가 나를 흥분시킬 때 그가 나를 흥분시키는 느낌 그가 내 속에 집어넣는 느낌 나는 함께 섹스를 하는 그를 너무도 사랑해.' 그리고 절정의 순간에 이따금 그녀는 옥수수를, 뿌리가 깊이 내리진 않았지만 널리 퍼진 담백한 옥수수를 생각하곤 했으며, 정욕에 관해 생각한 다음에는 옥수수에 관해 생각하곤 했다. 그것이 다 끝나고 남편이 곁에 누울 때면 섹스 냄새가 방 안에 풍길 것이었으니, 남자가 그녀의 몸속에 쏘아 넣은 정액 냄새, 그의 움직임을 부드럽게 하려고 그녀가 만들어 낸 분비액 냄새, 그것은 껍질 벗긴 옥수수 냄새와도 같아서, 은은하고 달콤한 참 좋은 냄새였다.)

한데 지금은 흙과 여름과 자라나는 식물들이 어우러진 바로 이 익숙한 분위기가 무섭고 부끄러웠으니, 그 이유는 그녀가 혼자가 아니기 때문이었다. 그는 그녀와 함께 여기에 있었다. 오른쪽 또는 왼쪽으로 옥수수 두 줄 건너편, 바로 뒤에서 쫓아오거나 바로 앞에서 배회하고 있었다. 다크맨이 여기에 있었다. 그의 먼지투성이 장화가 흙덩이 속을 파고들어 흙을 덩어리째 걷어차 내면서, 바람에도 꺼지지 않는 등불처럼 밤에 히죽거리고 있었다.

그때 그가 말을 해서, 처음으로 큰 소리로 말을 해서, 그녀는 달빛을 받아 기울어진 그의 그림자가 키 크고 구부정하고 괴기스러운 모습으로 자신이 걷고 있던 옥수수 줄 속으로 드리워지는 것을 보았다. 그의 목소리는 10월 들어 늙어서 홀쭉해진 옥수수 줄기 사이로 신음하기 시작하는 밤바람 소리 같았으며, 늙어서 메마른 그 하얀 옥수수 줄기들이 자신들의 최후에 관해 이야기하듯 재잘거리는 바로 그 소리와도 같았다. 그것은 부드러운 목소리였다. 그것은 파멸의 목소리였다.

그 목소리가 말했다.

"나는 내 두 주먹 속에 너의 피를 움켜쥐었다, 늙은 마더야. 하나님한테 기도를 할 거면, 너의 집 계단을 오르는 내 발소리를 듣기 전에 너를 데려가 달라고 빌어라. 공기에서 음악을 이끌어 낸 것은 네가 아니었다. 바위에서 물을 이끌어 낸 것도 네가 아니었다. 그리고 너의 피는 내 두 주먹 속에 있다."

그러고 나서 그녀는 잠에서 깨어났다. 동이 트기 1시간 전이었다. 처음에는 침대에 오줌을 쌌다고 생각했지만, 그저 밤새 흘린 땀이 5월의 이슬처럼 흥건히 고인 것뿐이었다. 그녀의 가녀린 몸은 속수무책으로 덜덜 떨려 왔고, 모든 신체 기관이 간절히 안식을 염원했다.

'내 주여, 내 주여, 내 입술에서 이 운명의 잔을 떼어 주소서.'

그녀의 주는 응답하지 않았다. 그저 헐거워지고 덜커덕거려 새로 접착제를 발라야 할 창유리들을 가볍게 두드리는 이른 아침의 바람 소리만 들렸다. 마침내 애비는 일어나서 오래된 장작 난로에 불을 지피고 커피를 끓였다.

애비는 앞으로 며칠 동안 해야 할 일이 어마어마하게 많았다. 손님을 맞아야 했기 때문이다. 꿈을 꿨든 안 꿨든, 피곤하든 그렇지 않든, 그녀는 손님을 절대 소홀히 대접하는 사람이 아니었고 지금에 와서 소홀히 대접하는 사람이 되고픈 맘도 없었다. 하지만 매우 천천히 준비해야 할 것이었으니 그러지 않으면 여러 가지를 깜빡 잊고(그녀는 요새 아주 자주 깜빡 잊었다.) 여러 가지를 뒤죽박죽으로 만들다 결국엔 자기 꼬리만 계속 쫓아다니느라 볼 장 다 볼 것이었다.

맨 먼저 할 일은 애디 리처드슨의 닭장까지 가는 것이었는데 칠팔 킬로미터나 되는 먼 거리였다. 그녀는 혹시 주님이 독수리를 보내 7킬로미터 거리를 비행시켜 줄지, 또는 불의 전차를 탄 선지자 엘리야를 보내 태워 줄지 궁금해하는 자신의 모습을 발견했다.

"주님께 불경스러운 생각이야. 주님은 힘을 주시지, 택시를 불러 주시진 않는 법이야."

그녀는 무덤덤하게 혼자 중얼거렸다.

접시 몇 개를 닦고 나서 무거운 신발을 신고 지팡이를 들었다. 이제껏 지팡이를 사용한 적은 드물었지만, 오늘은 필요할 터였다. 7킬로미터를 갔다가 7킬로미터를 되돌아오는 것이니. 열여섯 살 같았으면 갈 땐 전력 질주, 올 땐 총총걸음을 칠 수 있었겠지만, 열여섯 살은 한참 옛날 일이었다.

오전 8시에 출발한 애비는 정오에는 리처드슨 농장에 당도하여 오후의 가장 더운 시간 내내 수면을 취할 수 있기를 바랐다. 늦은 오후에는 닭들을 잡아 조지고 나서 저물녘에 집에 돌아올 생각이었다. 날이 어두워지고 나서야 집에 도착할 것이므로, 전날 밤에 꿨던 꿈이 생각났으나, 그 남자는 아직 아주 먼 곳에 있었다. 애버게일의 손님들은 상당히 가까이 와 있었다.

그녀는 매우 느리게, 마음먹은 것보다도 훨씬 느리게 걸었는데, 8시 30분인데도 햇볕이 쨍쨍해서 기승을 부렸기 때문이었다. 땀은 많이 흘리지 않았지만(그녀의 뼈에는 땀을 쥐어짤 만큼 남아도는 살이 별로 없었다.) 구델스네 집 우편함에 도달했을 무렵엔 잠시 휴식을 취해야 했다. 구델스네 후추나무 그늘에 앉아 무화과 쿠키 몇 개를 먹었다. 독수리 한 마리도 택시 한 대도 눈에 띄지 않았다. 그녀는 그것 때문에 조금 끌끌 대며 웃다가, 일어나서 옷에 묻은 부스러기를 털고 계속 길을 걸었다. 없다, 택시는 없다. 주님은 스스로 돕는 자를 도우신다. 어쨌든 그녀는 자신의 모든 관절이 내는 소리를 느낄 수 있었다. 오늘 밤엔 관절들의 굉장한 연주회가 열릴 듯싶었다.
애비는 길을 갈수록 점점 더 지팡이 위로 몸을 구부렸는데, 양 손목에서 고통을 느끼기 시작하는데도 그랬다. 노란 생가죽 끈이 달린 투박한 단화로 흙먼지 속을 질질 끌며 걸었다. 햇볕이 내리쬐었고 시간이 지날수록 그림자는 점점 더 짧아져 갔다. 그녀는 20세기 들어 본 것보다 더 많은 야생 동물을 그날 오전에 보았다.

여우, 너구리, 호저, 담비. 까마귀는 어디에나 있었고 소리치고 울부짖으며 하늘을 맴돌았다. 만일 스튜 레드먼과 글렌 베이트먼이 슈퍼 독감이 어떤 동물들은 잡아가는 반면에 어떤 동물들은 그냥 놔두는 종잡을 수 없는 방식에 관해 토론하던 자리에(어쨌든 그들한테는 종잡을 수 없는 것으로 보였다.) 함께 있어서 이야기를 다 들었더라면, 그녀는 웃음보를 터뜨리고 말았을 것이다. 그 병은 사람한테 길든 동물들을 잡아가고 야생 동물들은 그냥 놔두었다. 그렇게 간단한 이치였다. 길든 동물 중 몇 종류는 목숨을 부지했지만, 일반적으로 그 전염병은 인간과 인간의 제일 좋은 친구들을 잡아가 버렸다. 개는 잡아갔으나 늑대는 놔두었는데, 늑대는 야생이고 개는 그렇지 않기 때문이었다.

빨갛게 달구어진 고통의 점화 플러그가 볼기짝 양쪽으로, 양 무릎 뒤쪽으로, 발목 안으로. 지팡이에 몸을 기대느라 힘을 준 양쪽 손목 안으로 깊숙이 꽂혔다. 그녀는 걸으면서 때로는 나지막하게, 때로는 요란스럽게, 그 둘 사이의 차이를 전혀 인식하지 못한 채 자신의 하나님께 이야기했다. 그러고는 또다시 자신의 과거에 대해 생각하기 시작했다. 1902년이 가장 최고의 해였다. '암 그렇고말고.' 그 후로 시간은 속도를 높여 크고 두툼한 달력 종이들이 좀처럼 멈추지 않고 계속 또 계속 펄럭펄럭 넘어갔다. 육신의 생애가 그토록 빠르게 흘러갔다…… 육신이 어떻게 그토록 피곤한 인생을 버텨 낼 수 있었을까?

애비는 데이비드 트로츠에게서 다섯 아이를 낳았다. 그들 중 하나인 메이벨은 옛집 뒷마당에서 사과 조각에 목이 막혀 죽었다. 빨래를 널던 애비가 돌아서니 아기가 등을 대고 누워 목을 할퀴며 얼굴이 시뻘게지는 것이 보였다. 결국 사과 덩어리를 빼내기는 했지만, 그때 이미 어린 메이벨은 움직이지 않는 싸늘한 몸이 돼 버렸으며, 그녀가 낳은 유일한 딸이었던 그 아이는 많은 자식들 중 불의의 죽음을 맞은 유일한 아이였다.

이제 그녀는 너글러네 담장 바로 안쪽에 있는 느릅나무의 그늘에 앉았고, 200미터 더 올라간 지점에서 흙 길이 아스팔트에 자리를 물려주는 곳을 볼 수 있었다. 프리맨틀 도로가 포크 카운티 도로로 바뀌는 지점이었다. 그날의 열기가 아스팔트 위로 아지랑이를 만들었고, 지평선의 풍경이 너울거려 꿈속의 물결처럼 빛났다. 뜨거운 날이면 눈길이 미치는 가장 끝머리에 항상 저런 너울거림이 보였지만, 누구든 실제로 따라잡지는 못했다. 어쨌든 적어도 그녀는 결코 따라잡아 본 적이 없었다.

데이비드는 1913년에 이번 질병과 별반 다를 바 없었던 유행성 독감 때문에 죽었다. 그 독감은 수많은 인명을 앗아 갔다. 1916년에 서른네 살이 된 그녀는 북쪽 휠러 카운티 출신의 흑인 농부 헨리 하데스티와 결혼했다. 그가 그녀의 마음을 사로잡았던 것이다. 헨리는 자식이 일곱이나 딸린 홀아비였는데 자식들은 둘만 빼고 모두 성장해서 독립해 나갔다. 애버게일보다 일곱 살이 많았다. 그녀한테 두 아들을 남겨 놓은 그는 1925년 늦여름에 트랙터가 뒤집히는 바람에 깔려 죽었다.

그로부터 1년 뒤 그녀는 네이트 브룩스와 결혼했는데 사람들은 말이 많았다. 아, 그렇다. 사람들은 말이 많다. 사람들은 어찌나 말하는 걸 끔찍이도 좋아하는지, 가끔씩은 사람들이 하는 일이라곤 그게 전부인 것처럼 여겨지기도 했다. 헨리 하데스티가 고용한 일꾼이었던 네이트는 애비에게 좋은 남편이 되어 주었다. 데이비드만큼 달콤하지는 않았다. 아마도. 그리고 분명히 헨리만큼 끈기 있지도 않았지만, 그녀가 그에게 말했던 바와 같이 매우 많은 것을 이루어 낸 좋은 남자였다. 게다가 여자가 나이 들어 값이 떨어지기 시작할 때에는 부부 관계에서 우위를 차지한다는 사실이 큰 위안이 된다.

그녀의 여섯 아들은 32명의 손녀 손자를 낳았다. 그녀가 알기론 32명의 손녀 손자가 91명의 증손자와 증손녀들을 낳았고, 슈퍼 독감이 닥쳤을 무렵에는 증손자와 증손녀들이 낳은 자식들도 3명이 나 있었다. 더 있었을 수도 있었다. 아기를 안 가지려고 요즘 여자애들이 먹는 그 피임약이란 것만 없었더라면. 게네들한테는 섹스라는 것이 뛰어들어가 놀 수 있는 또 하나의 놀이터에 불과한 듯싶었다. 애버게일은 그들이 현대적인 풍습에 젖어든 것이 유감스러웠지만, 절대 그 생각을 입 밖에 내지 않았다. 그들이 피임약을 복용하는 것이 죄를 짓는 것인지 아닌지 판단하는 것은 하나님께서 하시는 것이었지만(로마에 있는 늙은 대머리 방귀쟁이가 나설 일이 아니었다. 마더 애버게일은 평생 감리교인이었고, 호떡집에 불난 듯 호들갑스러운 저 천주교도들과 한 번도 교류하지 않았다는 것이 몹시 뿌듯했다.), 애버게일은 그들이 놓치고 있는 것이 무엇인지는 알았다. 음침한 골짜기 가장자리 위에 서 있을 때 찾아오는 환희, 자신의 남자와 자신의 하나님한테 자기 자신을 맡겼을 때, 당신의 뜻대로 이루어질 것이라고 말하고 당신의 뜻대로 이루었을 때 찾아오는 환희. 주님의 보살핌 속에서 얻는 섹스의 결정적 환희, 한 남자와 한 여자가 아담과 이브의 오래된 죄를 구원할 때 찾아오는 환희. 이제 그 오래된 죄는 순결한 어린 양의 피로써만 씻기고 정화될 뿐.

아, 슬프도다…….

그녀는 물을 한 잔 마시고 싶었고, 집에 돌아가 흔들의자에 몸을 묻고 싶었으며, 혼자 조용히 있고 싶었다. 그때 앞쪽 왼편에서 닭장 지붕이 햇빛에 반짝거리는 것이 보였다. 1킬로미터, 그 이상은 아니었다. 시간은 10시 15분이었고, 그녀는 늙은 여자치고는 그리 형편없이 꾸물대고만 있었던 것은 아니었다. 그녀는 실내에 몸을 눕히고 선선한 저녁때까지 잠을 잘 생각이었다. 그것은 죄가 아니었다. 그녀의 나이에는 아니었다. 그녀는 갓길을 따라 발을 질질 끌고 걸었으며, 무거운 신발은 이제 길가의 흙먼지에 뒤덮였다.

그녀에게는 자신의 장수를 축복해 줄 친척이 아주 많았는데, 그것은 소중한 것이었다. 린다와 그 애가 결혼했던 무능한 외판원처럼 전화 한 통 없는 친척도 더러 있었지만, 수천 명의 린다들과 집집이 압력솥을 팔러 다니는 수천 명의 무능한 외판원들의 무심함을 메우기에 충분할 만큼 몰리와 짐과 데이비드와 캐시 같은 좋은 친척들이 있었다. 그녀의 오빠들 중 마지막까지 남았던 루크는 1949년에 죽었다. 여든 몇 살의 나이로. 그리고 그녀의 자식들 중 마지막까지 남았던 새뮤얼은 1974년에 죽었다. 쉰네 살의 나이로. 그녀는 자신의 모든 자식들보다 더 오래 살았는데, 당연하다고 생각할 일은 아니었지만, 주님이 그녀를 위해 무언가 특별한 계획을 세워 둔 것 같았다.

1982년 그녀가 100살로 접어들었을 때, 오마하 신문에 그녀의 사진이 실렸고 그녀의 이야기를 취재하고자 텔레비전 방송국의 기자가 왔다.

"장수의 공을 어디에 돌리시겠습니까?"

그 젊은 남자는 짤막한, 거의 퉁명스럽다 할 만한 애비의 대답에 실망하는 눈치였다.

"하나님께."

사람들은 애버게일이 어떻게 밀랍을 먹었는지, 또는 돼지고기 튀김을 멀리했는지, 또는 잠잘 때 다리를 어떻게 하고 있는지 듣고 싶어했다. 그러나 그녀는 그런 것들을 전혀 하지도 않았는데, 그렇다면 거짓말이라도 해야 했단 말인가? 하나님이 생명을 주시는 법이고 그분이 원하는 때가 되면 그 생명을 거두어 가시는 법이다.

캐시와 데이비드가 텔레비전을 선사한 덕분에 그녀는 혼자 힘으로 뉴스를 시청할 수 있었고, 그녀가 '고령'이 된 것을 축하하며 그녀가 투표권을 행사한 오랜 세월 동안 공화당에 표를 찍어 왔다는 사실에 감사하는 레이건 대통령(그 사람 자신도 풋내기 젊은이는 아니었다.)의 편지를 받기도 했다. 글쎄, 그녀가 다른 누구한테 표를 찍어 줄 생각이나 했겠나? 루스벨트와 그의 일당은 죄다 공산주의자들이었는데. 그리고 그녀의 나이가 한 세기를 꽉 채웠을 때 헤밍포드홈 마을은 세금을 '영구히' 면제해 주었는데, 그 이유는 로널드 레이건이 축하해 주었던 바로 그 '고령' 때문이었다. 네브래스카 주에서 가장 나이 많은 주민이라는 것을 보증하는 문서도 받았다. 마치 그것이 어린아이들이 원하는 장래 희망의 표상이기라도 한 듯했다. 나머지 일들은 순전히 쓸데없는 짓이긴 했어도 세금 면제는 좋은 일이었다. 만약 사람들이 그렇게 세금을 처리해 주지 않았다면, 그녀는 자신이 여전히 소유하고 있던 얼마 안 되는 땅을 잃었을 것이다. 어쨌든 그 땅은 대부분 오래전에 넘어가 버린 처지였다. 프리맨틀 집안의 소유지와 농협 조합으로 얻은 힘은 모든 것이 마술 같았던 1902년에 최고조를 이루었고 그 후로 줄곧 쇠퇴했다. 결국 남은 건 1.5헥타르가 전부였다. 나머지는 여러 해에 걸쳐 세금으로 징수되거나 수년간 현금 마련을 위해 팔았다…… 게다가 거의 모든 땅을 자신의 아들들이 나서서 팔았으니, 그녀는 입 밖에 내는 것조차 부끄러울 지경이었다.

작년에는 미국 노인병 학회라고 자칭하는 뉴욕의 어느 단체에서 문서를 하나 받았다. 그 문서에는 그녀가 미국에서 여섯 번째로 나이가 많은 사람이고, 여성 고령자로는 세 번째라고 명시되어 있었다. 고령자 중에서 가장 나이가 많은 사람은 캘리포니아 주 산타로사에 사는 남자였다. 산타로사의 그 남자는 122살이었다. 애비는 짐한테 그 문서를 액자에 넣어 대통령한테서 받은 편지 옆에 걸어 놔 달라고 부탁했다. 짐은 여유를 못 내다가 올해 2월에서야 해 놓았다. 인제 와서 생각해 보니, 그때가 바로 그녀가 몰리와 짐을 본 마지막 순간이었다.

그녀는 리처드슨 농장에 도착했다. 거의 완전히 지쳐 버린 그녀는 한동안 헛간에 가장 가까운 울타리 기둥에 몸을 기대고 농가를 애타게 바라보았다. 농가 안은 시원할 것 같았다. 시원하고 편안할 것 같았다. 아주 오래도록 잠만 잘 수도 있겠다고 느꼈다. 하지만 그러기 전에 해야 할 일이 하나 더 있었다. 수많은 동물이, 말, 개 그리고 쥐들이 이번 질병으로 죽었기 때문에 닭들도 피해 동물에 포함되었는지 확인해야만 했다. 자신이 겨우 죽은 닭이나 발견하러 먼 길을 힘들게 찾아온 꼴이 되고 만다면 씁쓸한 웃음만 나올 것이었다.

헛간 옆에 딸린 닭장을 향해 발을 끌며 걷던 그녀는 닭들이 안에서 꼬꼬댁거리는 소리를 듣고 걸음을 멈추었다. 잠시 후 수탉 한 마리가 사납게 울어 댔다.

"좋았어. 거 잘됐구나, 그럼그럼."

그녀가 중얼거렸다.

돌아서던 그녀는 장작더미 옆에 널브러져 한 손을 얼굴 위로 쳐들고 있는 시체를 보았다. 애디의 처남 빌 리처드슨이었다. 그는 먹을 것을 찾아 혈안이 된 동물들한테 처참히 물어 뜯겼다.

"불쌍한 사람. 불쌍한, 불쌍한 사람. 날아다니는 천사들이 당신의 평안을 위해 노래할 거요, 빌 리처드슨."

그저 시원할 것 같아서 마음이 끌리는 농가 쪽으로 방향을 틀었다. 그저 앞마당만 건너는 것이었지만, 남은 거리가 몇 킬로미터나 되는 듯했다. 그녀는 자신이 그렇게 멀리 움직일 수 있을지 확신하지 못했다. 극도로 지쳤기 때문이었다.

"주님의 뜻대로 이루어지이다."

그녀는 걷기 시작했다.

애버게일이 무거운 단화를 벗자마자 누워서 잠에 빠져 들었던 손님용 침실의 유리창 안으로 햇빛이 비치고 있었다. 한참 동안 그녀는 빛이 왜 그리도 환한지 이해할 수 없었다. 래리 언더우드가 뉴햄프셔의 돌담 옆에서 잠을 깨던 느낌과 흡사했다.

그녀가 일어나 앉자, 몸 속의 긴장된 온 근육과 연약한 뼈가 절규했다.

"전능하신 하나님이시여, 오후에 잠자다가 그만 온밤을 꼬박 잠들어 버렸나이다!"

만일 그 말대로라면, 그녀는 정말로 피곤했던 게 틀림없었다. 이제 너무나 뻐근한 나머지 침대에서 빠져나와 욕실로 향하는 복도를 지나는 데 거의 10분이나 걸렸다. 발에 신발을 신느라 또 10분. 걷기가 고통스러웠지만, 그녀는 걸어야만 한다는 것을 알았다. 만약 그렇게 하지 않으면, 그 뻣뻣함이 쇳덩이처럼 굳어 버릴 터였다.

그녀는 흐느적거리면서 절뚝거리면서 닭장으로 건너갔고, 안으로 들어서며 폭발할 듯한 열기와 닭 냄새 그리고 피할 길 없는 썩은 냄새 때문에 주춤거렸다. 물 공급은 자동식이라서 중력 펌프에 의해 리처드슨의 지하 찬정(鑽井)에서 공급되었지만, 사료가 거의 고갈되고 닭장의 열기까지 더해져 많은 닭이 죽음으로 내몰렸다. 가장 연약한 녀석들은 오래전에 굶어 죽거나 다른 녀석들의 부리에 쪼여 죽은 채로, 배설물로 얼룩진 바닥 주변에 애처롭게 녹는 작은 눈 더미들처럼 어지럽게 널려 있었다.

살아남은 닭들은 대개 애버게일이 접근하기도 전에 날개를 요란하게 퍼덕거리며 도망갔지만, 암탉들은 그저 가만히 앉아서 천천히 발을 끌며 다가오는 그녀를 멍청한 눈으로 끔뻑거리며 보고 있었다. 그녀는 너무도 많은 질병이 닭들의 목숨을 앗아 가는지라 그 독감도 닭들을 죽이지 않았을까 걱정했지만 이 녀석들은 다 괜찮아 보였다. 주님께서 준비해 두셨던 것이다.

그녀는 가장 포동포동한 세 마리를 잡아 머리를 날개 밑으로 쑥 밀어 넣었다. 닭들은 즉시 잠들었다. 그것들을 자루에 담아 놓고 나니 몸이 너무 뼈근해서 자루를 도저히 들어 올릴 수 없다는 것을 깨달았다. 자루를 질질 끌고 가야 했다.

나머지 닭들은 늙은 여자가 떠나갈 때까지 그들의 높다란 은신처에서 조심스럽게 지켜보았고, 그리고 나서는 점점 줄어드는 사료를 사이에 두고 또다시 잔혹한 승강이를 벌였다.

오전 9시가 다 되었다. 애버게일은 생각할 시간을 가지려고 리처드슨 농장의 앞마당 오크 나무 주위를 둥글게 둘러싼 벤치에 앉았다. 그녀로서는 해질 무렵의 서늘함 속에서 집으로 돌아간다는 원래 생각이 여전히 최선인 듯싶었다. 하루를 그냥 흘려보내 버린 셈이었고, 손님들은 계속 오고 있는 중이었다. 그녀는 이날 오후를 닭들을 손질하고 휴식을 취하는 데 사용할 수 있었다.

근육들은 이미 뼈에 느슨하게 걸려 있었고, 가슴뼈 밑으로는 생소하긴 하나 상당히 기분 좋은 욱신거림이 느껴졌다. 그것의 정체가 무엇인지 깨닫는 데 시간이 좀 오래 걸렸는데…… 배가 고팠던 것이다! 이날 아침 그녀는 진짜로 배가 고팠다. 하나님께 영광을. 습관 외에 다른 이유로 음식을 먹어 본 지가 얼마나 오래 되었더라? 그녀는 보일러에 석탄을 쑤셔 넣는 기관차 인부와도 같았던 것이다. 이제는 절대 그런 신세가 아니었다. 이 세 마리 닭의 머리를 자를 때가 되면 애디가 식품 저장실에 남겨 둔 것을 볼 것이고, 신성한 주님의 배려 덕분에 자기가 발견한 것을 즐길 것이다. 애버게일은 스스로를 훈계했다. '잘 알았지? 주님은 최선의

방식을 알고 계신단 말이야. 신성한 믿음을 가지라고, 애버게일. 신성한 믿음을.'

끙끙대고 헐떡거리면서 그녀는 삼베 자루를 헛간과 장작 창고 사이에 서 있는 도끼질 받침대까지 끌고 갔다. 장작 창고 문 바로 안쪽에 빌리 리처드슨의 손도끼가 못에 걸려 있었고, 고무장갑이 도끼날 위에 가지런히 놓여 있었다. 그녀는 손도끼를 집어 들고 밖으로 나왔다.

"자, 주여."

먼지투성이 노란 작업화를 신은 애비가 삼베 자루 곁에 서서 구름 한 점 없는 한여름의 하늘을 올려다보았다.

"당신께선 제게 여기까지 걸을 수 있는 힘을 주셨고, 그래서 저는 당신께서 되돌아갈 힘도 주실 거라 믿나이다. 당신의 선지자 이사야는 남자든 여자든 만군의 주 하나님을 믿으면 독수리와 같은 날개를 가지고 날아오를 것이라고 말했나이다. 저는 독수리에 관해서는 아무것도 모릅니다. 내 주여. 그것이 먼 길을 내다볼 수 있는 대체로 성질이 고약한 새라는 사실만 알 뿐이지요. 이 자루 속에는 구이용 닭 세 마리가 있나이다. 그것들의 머리를 절단하면서 제 손까지 절단하고 싶지는 않습니다. 당신의 뜻대로 이루어지이다. 아멘."

그녀는 삼베 자루를 열고 속을 들여다보았다. 암탉 한 마리가 여전히 머리를 날개 속에 묻고 깊이 잠들어 있었다. 나머지 둘은 서로 몸이 짓눌린 채, 별다른 움직임이 없었다. 자루 속은 어두웠고 암탉들은 밤중이라고 생각했다. 암탉보다 더 멍청한 존재는 뉴욕 민주당원밖에 없었다.

애버게일은 닭 한 마리를 끄집어내 그것이 무슨 일이 벌어지고 있는지 알아채기 전에 받침대 위에 눕혔다. 손도끼를 세게 내리치자, 받침대의 나무 속에 맞물리면서 최후의 치명적인 쿵 소리를 낼 때마다 늘 그래 왔듯이 도낏날이 움찔거렸다. 머리통이 받침대 옆 흙먼지 속에 떨어졌다. 머리 없는 닭이 리처드슨 농장의 앞마당을 활보하며 피를 내뿜었고, 날개를 퍼덕거렸다. 잠시 후 닭은 자기가 죽었다는 것을 실감하고는 점잖게 드러누웠다. 암탉과 뉴욕 민주당원들. 내 주여, 내 주여.
이것으로 일은 다 끝났고, 일을 그르치거나 일하면서 몸을 다칠까 봐 심각하게 걱정했던 것은 기우로 끝났다. 하나님이 그녀의 기도를 들어주셨던 것이다. 세 마리 좋은 닭. 이제 할 일이라곤 그것들을 가지고 집으로 가는 것뿐이었다.
그녀는 닭들을 삼베 자루 속에 담고 나서, 빌리 리처드슨의 손도끼를 도로 걸어 놓았다. 그런 다음 먹을 만한 게 뭐가 있나 보려고 다시 농가 안으로 들어갔다.

애버게일은 이른 오후 동안 낮잠을 자며 손님들이 점점 더 가까이 오고 있는 꿈을 꾸었다. 그들은 요크의 바로 남쪽에서 낡은 픽업트럭을 타고 오는 중이었다. 여섯 명이었으며, 그중 한 명은 귀머거리에 벙어리인 청년이었다. 그래도 강력한 힘을 지닌 청년이었다. 그는 그녀가 대화를 나누어야 할 사람들 중 한 명이었다.
3시 30분경에 깨어나자, 약간 뻐근하긴 했어도 푹 쉬었기 때문에 원기가 회복된 듯한 기분이었다. 이어서 2시간 30분 동안 닭털을 뽑으며 관절염에 시달리는 손가락의 통증이 과도해지면 휴식을 취했다가 다시 일을 계속 했다. 그녀는 일하는 동안 찬송가를 불렀다. 「그 도시의 일곱 관문들(우리 주 할렐루야)」, 「믿고 따르라」 그리고 특히 좋아하는 곡 「정원에서」.

마지막 닭을 다 손질했을 때에는 손가락 하나하나가 편두통을 앓는 듯 욱신거렸고, 오후의 햇살은 황혼의 전조가 도래했음을 의미하는 차분한 황금빛 색조를 띄기 시작했다. 7월 하순이어서 날이 또다시 짧아지고 있었다.

에버게일은 실내에 들어가 또 한 번 음식을 섭취했다. 빵은 퀴퀴한 냄새가 났지만 곰팡이가 핀 것은 아니었다. 애디 리처드슨의 부엌 안에서 곰팡이가 감히 푸르뎅뎅한 얼굴을 내보이는 일은 없을 것 같았다. 그리고 부드러운 땅콩버터가 반쯤 남은 유리병을 찾아냈다. 땅콩버터 샌드위치를 먹고 나서 또 하나 만들어 나중에 배고플 경우를 대비하여 옷 주머니 속에 넣어 두었다.

6시 40분이 되었다. 그녀는 다시 밖으로 나와 삼베 자루를 챙기고 조심스럽게 현관 계단을 내려왔다. 뽑아낸 닭털을 다른 자루 속에다 깔끔하게 담아 놓았지만, 닭털 일부가 빠져나와 물 부족으로 건조해진 리처드슨 농장의 울타리에서 이리저리 날렸다.

애버게일이 무겁게 한숨 쉬며 말했다.

"저는 떠나갑니다, 주여. 집을 향해 말입니다. 천천히 갈 거니까, 한밤중이 되기 전에 도착할 수 있을 것으로 생각하진 않지만, 성경 말씀에 이르기를 밤에 찾아드는 공포를 두려워하지 말고 낮에 날아드는 화살을 두려워하지 말라 했습니다. 저는 제가 아는 대로 온 힘을 다해 당신의 의지를 행하는 길에 있습니다. 저와 함께 걸어 주시길 부탁드리옵나이다. 예수님의 이름으로, 아멘."
 도로의 아스팔트가 끊겨 흙 길로 바뀌는 지점에 도달했을 때쯤 엔 날이 완전히 캄캄해졌다. 어느 축축한 곳에서 귀뚜라미들이 노래하고 개구리들이 울어 댔다. 어쩌면 칼 구델의 소 물 먹이는 연못에서 그랬을 것이다. 달이 뜨고 있었으며, 하늘의 길을 따라 높이 치솟을 때까지 커다란 붉은 달은 핏빛으로 물들어 있었다.
 그녀는 휴식을 취하려고 앉아서 땅콩버터 샌드위치를 절반쯤 먹었다.(그리고 그 끈적거리는 맛을 개운하게 하려고 근사한 검정 건포도 젤리를 준비할 법도 했지만, 애디는 저장 식품들을 지하실에 보관했고 그곳엔 계단이 너무 많았다.) 삼베 자루는 곁에 있었다. 그녀는 또다시 몸이 쑤셨고 체력이 앞으로 계속 걸어야 하는 4킬로미터의 거리와 함께 깡그리 사라져 버린 듯싶었다…… 그러나 이상하게도 들뜬 기분이었다. 어두워진 다음에 밖에 나와 본 것이, 별들이 수놓아진 하늘 아래 나와 본 것이 얼마나 오랜만이었던가? 별들은 여전히 매우 환히 빛났고, 운이 좋다면 소원을 빌 별똥별을 볼 수 있을지도 몰랐다. 온화한 밤, 별들, 지평선 위로 붉은 연인의 얼굴을 살짝 내민 여름 달 덕분에 다시금 소녀 시절이 기억났다. 신비로움의 가장자리에 발을 걸치고 선 것처럼 기묘한 감정의 일탈, 열정, 아주 유쾌한 연약함이 공존하던 시절. 아, 그녀도 소녀였던 적이 있었다. 그것을 믿으려 하지 않던 사람들도 있었다. 거대한 세쿼이아 고목도 새파란 새싹이었을 때가 있다는 것을 믿지 못하는 것이나 매한가지였다. 그러나 그녀는 소녀였던 때가 있었고, 그 시절엔 밤을 무서워하는 유아기의 공포는 조금 희미해졌지만 모든 것이 조용하고 자신의 영원불변할 영혼의 목소리를 들을 수 있는 밤이면 성인의 공포가 찾아왔는데, 그 공포는 아직은 먼 장래에 대한 것이었다. 밤은 향기로운 퍼즐이어서, 별이 흩뿌려진 하늘을 올려다보고 황홀한 향내를 몰고 오는 산들바람 소리를 귀 기울여 듣는 짧은 시간 동안에 우주의 심장 박동을 가까이서 느낄 수 있었다. 사랑과 인생의 우주를 말이다. 자신이 영원히 젊을 것만 같았고 그런 기분은……

'너의 피는 내 두 주먹 속에 있다.'

갑자기 무엇인가가 자루를 날쌔게 잡아당기는 것이 느껴져 심장이 철렁했다.

"이봐!"

애버게일은 목이 쉬고 깜짝 놀란 늙은 여자의 목소리를 날카롭게 내질렀다. 그녀가 자루를 다시 자기 쪽으로 잡아당기자 자루 밑바닥이 조금 찢어졌다.

나지막하게 으르렁거리는 소리가 났다. 자갈이 깔린 갓길과 옥수수밭 사이의 도로 주변에 커다란 갈색 족제비 한 마리가 웅크리고 있었다. 그녀를 향해 눈을 굴리며 달빛의 붉은 광택을 번뜩거렸다. 또 한 마리가 합세했다. 그리고 또 한 마리. 그리고 또 한 마리.

길 건너편을 바라보고 애버게일은 그곳에 족제비들이 늘어섰으며, 그것들의 비열한 눈에 위협이 깃든 것을 알 수 있었다. 족제비들은 자루 속에 든 닭고기 냄새를 맡고 있었다. 어쩌다 그토록 많은 족제비가 소리도 없이 주위에 모여들었을까? 솟구치는 공포와 함께 이상하다는 생각이 들었다. 그녀는 예전에 족제비한테 물린 적이 있었다. 굴러 들어간 빨간 고무공을 잡으려고 '대궐 같은 우리 집'의 현관 마루 밑으로 손을 집어넣었는데, 입 안 가득 삐죽한 바늘 같은 것이 돋은 무엇인가가 그녀의 팔뚝을 물고 늘어졌다. 실제적인 아픔보다는 예상치 못했던 그것의 흉포성과 단조로운 일상의 질서로부터 극렬하고 치명적으로 돌출된 감정의 폭발 때문에 그녀는 날카로운 비명을 질렀다. 팔을 끌어당기자, 그녀의 피를 부드러운 갈색 모피 위에 방울방울 묻힌 족제비가 팔에 매달린 채 뱀의 몸뚱이처럼 허공에서 이리저리 몸부림쳤다. 비명을 지르고 팔을 흔들었지만, 족제비는 그녀를 놔주지 않았다. 그녀의 신체 일부라도 돼 버린 것 같았다.

오빠 마크와 매튜가 마당에 있었다. 아버지는 현관에서 우편 주문 안내서를 보고 있었다. 그들이 달려와서 얼마 안 있으면 헛간이 들어설 공터에서 뛰어놀던 열두 살밖에 안 된 애버게일의 모습을 보고는 모두 몸이 굳어 버렸다. 갈색 족제비는 발붙일 곳을 찾아 뒷발로 허공을 파헤치며 긴 머플러처럼 그녀의 팔에 매달린 상태였다. 소나기가 쏟아지듯 피가 후두두 하고 그녀의 옷, 다리 그리고 신발에 떨어져 내렸다.

제일 먼저 몸을 움직인 사람은 아버지였다. 존 프리맨틀이 나무 패는 받침 옆에서 장작개비를 집어 들고 고함쳤다.

"가만히 서 있어, 애비!"

그녀가 아기였을 때부터 줄곧 절대적인 명령의 목소리였던 아버지의 목소리는 다른 것은 씨도 안 먹힐 것 같은 그 순간에 공황에 빠진 그녀의 중얼거리는 소리와 소음을 뚫고 들어왔다. 그녀가 가만히 서 있자, 장작개비가 휘파람 소리를 내며 내려왔고 심하게 흔들거리는 아픔이 그녀의 어깨까지 쏜살같이 올라갔으며(그녀는 팔이 부러진 게 확실하다고 생각했다.), 그리고 나자 그토록 심한 아픔과 놀라움을 초래했던(무시무시한 열기에 휩싸인 짧은 순간 그 두 가지 느낌은 완벽하게 서로 통했다.) 그 갈색 물체는 땅바닥에 놓여 있었고, 털가죽은 그녀의 피로 줄줄이 엉켜 있었다. 그 순간 미가가 허공으로 곧장 뛰어올랐다가 그것 위로 떨어져 내리며 두 발로 짓밟았다. 그리고 딱딱한 사탕을 이로 깨물었을 때 머릿속에 울리는 소리처럼 무시무시하고 치명적인 으스러지는 소리가 났는데, 그 동물은 그 전까지는 죽은 게 아니었더라도 그때는 죽은 게 확실했다. 애버게일은 기절하지는 않았지만 흐느껴 울면서 발작적으로 비명을 질러 댔다.

그때야 장남 리처드가 달려왔다. 얼굴은 창백했고 겁에 질려 있었다. 그와 아버지는 서로 냉엄하고 공포에 질린 시선을 교환했다.

"내 평생 저런 백해무익한 짓을 하는 족제비는 처음 봤다."
존 프리맨틀이 말하며 흐느끼는 딸아이의 어깨를 감쌌다.
"네 어머니가 사람들과 함께 콩밭에 나가 있어 참 다행이다."
"어쩌면 그것이 공……."
리처드가 말을 꺼냈다.
"네 입이 호들갑을 떠는구나."
리처드가 말을 더 못하게 아버지가 끼어들었다. 아버지의 목소리에는 냉정과 분노와 두려움이 한꺼번에 뭉쳐 있었다. 리처드는 입으로 무척이나 호들갑을 떨었던 모양이었다. 아이가 입을 어찌나 빠르고 강하게 닫았던지, 애비는 실제로 그 입이 딱 하고 닫히는 소리까지 들었다. 그러자 아버지가 말했다.

"펌프장으로 가자꾸나. 애버게일. 우리 예쁜이, 엉망이 된 것을 씻어 내자꾸나."

아버지가 리처드더러 큰 소리로 떠들지 못하게 했던 내용이 무엇이었는지를 마크 오빠가 애비한테 말해 준 때는 1년이 지난 뒤였다. 족제비가 그런 행동을 할 정도면 공수병에 걸린 게 거의 확실한 것 같았고, 그렇다면 그녀는 처절한 고문을 제외하고 인간이 알고 있는 가장 끔찍한 일 중 한 가지를 당해 죽을 거라는 것이었다. 그러나 그 족제비는 공수병에 걸린 것이 아니었다. 상처는 깨끗이 나았다. 그렇기는 해도 애비는 그날부터 오늘날까지 그 동물을 무서워했는데, 어떤 사람들이 쥐와 거미를 무서워하는 것과 크게 다를 바 없었다. '전염병이 개 대신에 그런 녀석들을 잡아갔더라면 좋았을걸!' 하지만 그렇지가 않았고, 그녀는……

'너의 피는 내 두 주먹 속에 있다.'

놈들 중 하나가 앞으로 뛰어들어 삼베 자루의 거칠거칠한 언저리를 찢었다.

"야!"

그녀가 족제비한테 소리 질렀다. 족제비는 재빨리 물러나 히죽거리는 듯했으며, 자루의 실 한 올이 녀석의 턱에 매달려 있었다.

그가 보낸 것이었다. 다크맨이.

극심한 공포가 그녀를 집어삼켰다. 이제는 수백 마리로 불어났으며, 회색 족제비, 갈색 족제비, 검은 족제비 모두 닭고기 냄새를 맡고 있었다. 그것들이 길 양편에 늘어서서 냄새 맡은 고기를 쟁탈하려는 일념으로 서로 몸싸움을 벌였다.

'고기를 녀석들한테 줘야 해. 무조건 줘 버려. 안 줬다가는 녀

석들이 고기를 얻으려고 나를 갈가리 잡아 찢을 거야. 무조건 주자.'

마음속에 깔린 어둠 속에서 그녀는 히죽거리는 다크맨의 미소를 볼 수 있었으며, 그의 두 주먹이 뻗어 나와 거기에서 피가 뚝뚝 떨어지는 것도 볼 수 있었다.

또 한 번 잡아당겨지는 자루. 다시 또 한 번.

도로 외곽에 있던 족제비들이 이제 그녀를 향해 우르르 몰려오면서, 몸을 낮추고 배를 땅에 깔았다. 그것들의 작고 야만적인 두 눈이 달빛 속에서 얼음송곳처럼 번뜩였다.

'그러나 누구든 나를 믿는 자들은, 보라, 영생을 얻으리로다…… 내가 내 증표를 그에게 주었나니 아무것도 그를 건드리지 못할 것이로다…… 그는 나의 사람이다, 주께서 가라사대……'

가만히 선 그녀는 여전히 겁에 질렸지만, 이제 무엇을 해야 하는지 확신이 생겼다.

"저리 가! 그래, 닭고기다. 하지만 내 손님을 위한 것이야! 너희 모두 썩 꺼져!"

그녀가 부르짖었다.

족제비들이 뒤로 물러났다. 그것들의 조그만 눈이 불안감으로 가득 찬 듯싶었다. 그리고 별안간 족제비들이 바람에 날리는 연기처럼 사라졌다. '기적이로다.' 그녀는 생각했고, 주를 향한 환희와 찬양이 마음에 벅차올랐다. 그때 갑자기 싸늘한 기운이 느껴졌다.

어딘가에서, 서쪽 멀리서, 지평선에서 보이지도 않는 로키 산맥 너머로부터 하나의 눈동자가 느껴졌다. 번쩍거리던 눈동자가 갑자기 활짝 열려 시선을 그녀에게 향하고 탐색하고 있었다. 마치

큰 소리로 말하는 것처럼 똑똑히 그의 말이 들렸다. '거기 누구냐? 너냐, 늙은 여자?'
"그는 내가 여기 있는 것을 아나이다."
그녀는 어둠 속에서 속삭였다.
"오 저를 도와주소서, 주여. 이제 저를 도우소서, 우리 모두를 도우소서."
삼베 자루를 끌며, 애비는 또다시 집을 향해 걷기 시작했다.

그들은 이틀 뒤인 7월 24일에 모습을 나타냈다. 애버게일은 애초 생각만큼 많이 준비해 놓지는 못했다. 또다시 몸이 뻐근하고 앓아누울 정도가 되어 겨우 겨우 지팡이의 도움을 받아야만 한 곳에서 다른 곳으로 절뚝거리며 걸을 수 있었기에, 우물에서 펌프로 물을 퍼올리리가 거의 불가능했다. 닭을 죽이고 족제비들을 물리치고 난 다음 날, 그녀는 기진맥진해서 오후에 아주 오랜 시간 동안 잠에 빠져 들었다. 로키 산맥 한가운데, 로키 산맥 분수령의 서쪽으로 난 어느 높고 추운 산길에 있는 꿈을 꾸었다. 6번 고속도로가 암벽들 사이로 뻗어 나가며 굽이쳤고, 암벽 틈새에는 오전 11시 45분에서 오후 12시 50분 정도까지만 빼고는 온종일 그늘이 졌다. 그녀의 꿈속에서는 햇빛이 아니라 달도 없는 칠흑 같은 어둠이 있었다. 어디선가 늑대들이 울부짖고 있었다. 그리고 갑자기 꽉 찬 어둠 속에서 눈동자가 열리며, 한쪽에서 건너편으로 무시무시하게 눈알을 굴렸고 그러는 동안 소나무들과 파란 가문비나무들 사이로 바람이 쓸쓸히 지나갔다. 그 사람이었고, 그녀를 찾고 있었다.

애버게일은 길고 무거운 낮잠에서 깨어나며 처음에 자리에 드러누웠을 때보다 더 편치 않은 기분을 느꼈고, 또다시 그녀를 놓아 달라고, 아니면 그녀가 가도록 예정된 방향이라도 바꿔 달라고 하나님께 기도했다.

'북쪽, 남쪽, 또는 동쪽으로 바꿔 주소서, 주여. 그러면 저는 당신을 찬미하며 헤밍포드홈을 떠나겠나이다. 그렇지만 서쪽은 안 됩니다. 다크맨을 향하는 것은 안 됩니다. 로키 산맥은 그와 우리 사이를 확실히 갈라놓을 수 없을 것입니다. 안데스 산맥조차도 충분하지 않을 겁니다.'

그러나 그것은 중요치가 않았다. 조만간 자신이 충분히 강력해졌음을 자각하면 그는 자신에게 맞설 사람들을 찾으러 올 것이다. 만약 올해가 아니라면, 내년일 것이다. 개들은 사라졌다. 전염병에 희생되어. 그러나 늑대들은 높은 산악 지역에 그대로 남아, 사탄의 자손을 섬길 준비를 했다.

그리고 그를 섬기려는 것은 단지 늑대들뿐만이 아니었다.

마침내 손님들이 도착하던 그날 오전, 애버게일은 7시에 일을 시작하여 난로가 뜨거워지고 나무통이 다 찰 때까지 한 번에 두 개씩 땔감을 끌어다 날랐다. 하나님은 몇 주 만에 처음으로 서늘하고 구름 낀 날로 그녀에게 호의를 베풀었다. 해 질 녘이 되면 비가 내릴지도 몰랐다. 어쨌거나 1958년에 깨진 바 있는 그녀의 엉덩이는 그렇게 말했다.

애버게일은 우선 파이를 구우며 식품 저장실 선반에서 가져온 깡통 식품들과 정원에서 나온 신선한 대황과 딸기를 사용했다. 딸기는 잘 여물었다. 주여 감사합니다. 그녀는 딸기가 헛되이 쓰이지 않을 거라는 것이 좋았다. 단지 요리를 하는 행위만으로 기분이 더욱 좋아졌는데, 요리는 생활이기 때문이었다. 블루베리 파이 하나, 딸기 대황 파이 둘, 사과 파이 하나. 그것들의 냄새가 아침 부엌에 가득했다. 그녀는 평생 해 왔던 대로 그것들을 식히려고 부엌 창문턱에 올려놓았다.

그녀는 정성을 다해 최고의 반죽을 만들었다. 비록 신선한 계란이 없어 힘들긴 했지만. 닭장 속에서 계란을 얻을 기회가 있었다. 다른 사람을 탓할 것도 없이 그녀 자신의 실수로 얻지 못했던 것이다. 계란이 있건 없건 간에, 이른 오후가 되자 울퉁불퉁한 바닥과 빛바랜 리놀륨이 있는 작은 부엌은 닭고기 굽는 냄새로 가득했다. 실내가 매우 뜨거워졌기 때문에 그녀는 절룩거리며 현관으로 나와, 모서리가 접힌 신앙 잡지 《다락방》 마지막 호로 얼굴에 부채질을 하며 오늘의 말씀을 읽었다.

닭 요리는 더할 나위 없이 아주 연하고 근사하게 만들어졌다. 손님들 중 한 명이 밖에 나가 옥수수를 스무 개 정도 따 오면 그녀가 버터와 설탕을 발라 삶을 것이고, 그들은 훌륭한 야외 식사를 즐길 것이다.

닭 요리를 키친타월 위에 놔두고 나서 애버게일은 기타를 들고 뒤쪽 현관에 나가 자리에 앉아 치기 시작했다. 좋아하는 찬송가를 부르며 높게 떨리는 그녀의 목소리가 고요한 대기 속으로 흘러나갔다.

시련과 유혹에 부딪힌 우리,
오직 걱정 근심을 짊어지는가?
결코 용기를 잃어선 안 되나니
그 무거운 짐을 주님께 기도로 가져가세.

자기 귀에는 너무나 멋지게 들려서(비록 자기 기타가 조율이 잘돼 있다고 확신할 만큼 귀가 좋진 않았지만) 그녀는 찬송가를 또 한 곡 연주했다. 그리고 또 한 곡, 그리고 또 한 곡.
「우리는 시온 산으로 행진하네」를 한창 연주하고 있을 때 북쪽에서 카운티 도로를 내려오는 엔진 소리가 들렸다. 애버게일이 고개를 쳐들고 귀를 기울이는 동안 노래는 중단되었지만 그녀의 손가락들은 무심코 기타 줄을 계속 튕겼다. '오고 있구나. 그래요 주님, 그들은 자신들의 길을 아주 훌륭히 찾아냈어요.' 이제 트럭이 아스팔트를 벗어나 그녀의 앞마당에서 끝나는 흙 길로 접어들자 차가 내뿜는 흙먼지 구름이 보였다. 그녀는 굉장히 반가워 흥분을 참을 수 없었으며, 자신의 심신이 최상의 상태인 것이 기뻤다. 아직 햇빛이 비치지 않았는데도 무릎 사이에 기타를 놓고 손으로 눈 위를 가렸다.
이제 엔진 소리는 더욱 요란했고, 곧이어 옥수수밭이 칼 구델의 가축 물 먹이는 웅덩이로 꺾이는 지점에서……
그랬다, 그녀는 볼 수 있었다. 천천히 움직이는 낡은 시보레 농장 트럭. 운전석이 꽉 찼다. 보아하니 안에 네 사람이 밀집해 있고 (먼 거리를 보는 그녀의 시력은 아무 이상이 없었다. 108세였어도.), 화물칸에는 일어서서 트럭 지붕 너머로 내다보고 있는 세 사람이 더 있었다. 마른 편인 금발 남자와 빨간 머리 소녀가 보였고, 그 가운데는…… 바로 그 사람이었다. 이제 막 어른이 되는 것을 배운 한 청년. 검은 머리, 가녀린 얼굴, 넓은 이마. 청년은 현관에 앉아 있는 애버게일을 보고 열광적으로 손을 흔들기 시작했다. 조금 있다가 금발 남자도 따라 했다. 빨간 머리 소녀는 그냥 바라보기만 했다. 마더 애버게일은 손을 들어 흔들어 주었다.
"저들을 여기까지 데려다 주신 하나님을 찬양하나이다."
그녀가 쉰 목소리로 중얼거렸다. 따뜻한 눈물이 뺨으로 흘러내렸다.
"내 주여, 당신의 은혜에 감사하나이다."
덜그럭 덜그럭 덜컹대며 픽업트럭이 마당으로 들어섰다. 운전대의 남자는 파란 벨벳 끈을 두른 밀짚모자를 썼고 큰 깃털 하나가 끈에 꽂혀 있었다.
"이이이이야호!"
그가 소리치며 손을 흔들었다.
"안녕하십니까, 마더! 닉이 할머니께서 여기 계실 것 같다고 했는데 정말로 여기에 계시는군요! 이이이이야호!"
그가 경적을 울렸다. 차 안에 그와 함께 앉아 있는 사람은 50대 남자, 같은 또래의 여자 그리고 빨간 코르덴 잠바를 입은 어린 소녀였다. 어린 소녀가 수줍게 한 손을 흔들었다. 다른 손의 엄지를 입에 단단히 물고 있었다.
안대를 한 검은 머리 청년 닉이 트럭이 멈추기도 전에 화물칸 옆으로 뛰어내렸다. 그는 몸의 균형을 잡고 나서 그녀를 향해 천천히 걸었다. 엄숙한 얼굴이었지만, 눈은 기쁨으로 빛났다. 현관 계단에서 멈춘 다음 감탄하듯 주위를 둘러보았다…… 마당을, 집을, 타이어 그네가 달린 늙은 나무를. 무엇보다도 그녀를.
"안녕, 닉. 만나서 반가워요. 그대에게 하나님의 가호가 있기를."
마더 애버게일이 말했다.
닉이 웃음 지으며, 눈물을 흘렸다. 계단을 올라와 그녀의 두 손을 잡았다. 그녀가 그를 향해 주름 진 뺨을 돌리자 그가 부드럽게 키스했다. 그의 뒤에서 트럭이 멈추었고 사람들 모두 밖으로 나왔다. 운전했던 남자가 빨간 잠바를 입은 소녀를 안고 있었는데 소녀는 오른쪽 다리에 깁스를 했다. 소녀가 팔로 볕에 그을린 운전자의 목을 굳게 감쌌다. 그의 옆에 50대 여자가 섰고, 그녀 옆에 빨간 머리 소녀와 턱수염 난 금발 소년이 섰다. '아니, 소년은 아닌걸. 정신박약아로군.' 마더 애버게일이 생각했다. 맨 마지막에 운전석에 타고 있던 나머지 남자가 섰다. 그는 뿔테 안경의 렌즈를 닦고 있었다.
닉이 그녀를 다급하게 바라보자 그녀가 끄덕거렸다.
"당신은 아주 제대로 해냈어요. 주께서 당신을 인도하셨고 마더 애버게일이 여러분의 허기를 채워 줄 겁니다. 여러분 모두 이곳에 오신 걸 환영합니다."
그녀가 말을 이어 가며 목소리를 높였다.
"우린 오래 머물 수는 없지만, 이동하기 전에 휴식을 취하고, 빵을 함께 나눠 먹고, 서로 친목을 다질 것입니다."
어린 소녀가 운전자의 팔에 안전하게 안겨 재잘거렸다.
"할머니가 세상에서 제일 나이 많은 여자예요?"

"쉿, 지나!"

50대 여자가 말했다. 그러나 마더 애버게일은 그저 한 손을 엉덩이에 올려놓고 웃음을 터뜨렸다.

"어쩜 그럴 게다, 꼬마야. 어쩜 그럴 거야."

애버게일은 그들에게 사과나무 건너편에 빨간 체크무늬 식탁보를 펴도록 했고, 일행 중 여성인 올리비아와 준이 야외 점심을 차리는 동안 남자들은 옥수수를 따러 나갔다. 옥수수 삶는 것은 금방이었고, 진짜 버터는 없어도 올레오 마가린과 소금은 많았다. 식사 중에 대화는 거의 없었다. 주로 우적우적 씹는 소리와 기쁨에 겨워 내는 작은 신음뿐. 사람들이 식사에 열중하는 모습을 보니 애버게일은 마음이 흡족했는데, 이 사람들은 그녀가 준비한 식사를 배불리 먹고 있었다. 그래서 리처드슨 농장에 갔던 그녀의 여정과 족제비들과 벌였던 분투가 무척 보람 있었던 것으로 생각되었다. 정확히 말하면 그들은 배가 고프지 않았지만, 깡통에 든 음식만 먹으면서 근 한 달을 보낸 사람이라면 방금 특별히 요리한 신선한 음식에 강한 허기를 느끼기 마련이었다. 그녀 자신은 닭고기 세 조각, 옥수수알 그리고 딸기 대황 파이의 조그만 조각 하나를 먹어 치웠다. 그것을 다 해치우자 배가 매트리스의 겉 천만큼이나 빵빵하게 불러 왔다.

사람들이 실내에 자리를 잡고 커피가 준비되었을 때, 운전을 했던 랠프 브렌트너라는 이름의 유쾌하고 순한 얼굴을 한 남자가 애버게일에게 말했다.

"정말 끝내 주는 식사였습니다, 할머님. 과거에 이토록 훌륭하고 만족스러운 식사를 한 적이 있었는지 기억도 안 나네요. 감사의 말씀을 드립니다."

나머지 사람들이 동의하는 뜻으로 웅성거렸다. 닉은 웃음 지으며 고개를 끄덕거렸다. 여자 아이가 말했다.

"나 할머니 아줌마한테 가서 앉아도 돼요?"

"그러기엔 넌 너무 무거운 것 같구나, 이쁜아."

나이 많은 여자인 올리비아 워커가 말했다.

"무슨 소리. 저 어린애를 잠깐 무릎에 앉힐 힘조차 없는 날이 오면 그건 사람들이 나한테 수의를 입히는 날이 될 거요. 이리 오너라, 지나."

랠프가 소녀를 들어다 애버게일의 무릎에 앉혔다.

"애가 너무 무겁거든, 제게 말씀만 하세요."

그가 지나의 얼굴을 모자 끈에 달린 깃털로 간질였다. 소녀가 두 손을 내저으며 키득거렸다.

"간지럽게 하지 마요, 랠프 아저씨! 자꾸 나 간지럽게 하지 마요!"

"걱정 마라. 오랫동안 간질이기도 힘드니까."

랠프가 부드럽게 말하고 다시 자리에 앉았다. 애버게일이 아이에게 물었다.

"네 다리는 어쩌다 그런 거니, 지나?"

"헛간에서 떨어졌을 때 다리가 부러졌어요. 딕 아저씨가 고쳐 줬어요. 랠프 아저씨가 그러는데 딕 아저씨가 내 생명을 구했대요."

지나가 말하며 뿔테 안경을 쓴 남자한테 키스를 불어 날리자, 그는 약간 얼굴을 붉히며 기침을 하고는 웃음 지었다.

닉, 톰 컬런 그리고 랠프는 캔자스 주를 절반쯤 건너다 우연히 딕 엘리스를 만났는데, 그는 등에 배낭을 메고 한 손엔 여행용 지팡이를 든 채로 길가를 따라 걷는 중이었다. 그는 수의사였다. 그 다음 날 린즈보그라는 작은 마을을 지나면서 점심을 먹으려고 멈춘 그들은 마을 남쪽에서 흘러나오는 희미한 울음소리를 들었다. 만약 바람이 반대 방향으로 불었더라면 울음소리를 전혀 듣지 못했을 것이다.

"하나님의 은총이로다."

애비가 흐뭇해하며 어린 소녀의 머리를 쓰다듬었다.

지나는 혼자서 3주 동안 버텨 오던 중이었다. 아이는 이틀 전에 삼촌네 헛간의 위층 건초 다락에서 놀다가 썩은 바닥이 무너지는 바람에 그만 10미터 아래의 건초 더미로 떨어졌다. 건초 때문에 추락은 면했지만, 옆으로 구르는 바람에 다리가 부러졌다. 처음에 딕 엘리스는 소녀의 생존 가능성에 대해 비관적이었다. 그는 국소 마취를 해서 아이의 다리를 맞추었다. 몸무게가 너무 많이 줄었고 전체적인 신체 상태가 너무 부실해서 전신 마취를 하면 죽을까 봐 염려했던 것이다.(이 대화의 핵심 단어들은 지나 맥콘이 마더 애버게일의 옷 단추를 가지고 무심하게 장난치는 동안 한 마디 한 마디씩 흘러나왔다.)

지나는 모두를 깜짝 놀라게 할 만큼 빠른 속도로 회복했다. 아이는 랠프와 그의 멋진 모자에 금세 애착을 나타냈다. 엘리스는 나지막하게 수줍은 목소리로 지나는 무엇보다 외로움을 견디기가 가장 어려웠을 것이라고 말했다.

"물론 그랬겠죠. 만약 당신들이 이 아이를 지나쳤더라면, 무척 안타까워했겠지요."

애버게일이 말했다.

지나가 하품을 했다. 눈이 커다래지고 흐릿해졌다.

"이젠 제가 애를 맡을게요."

올리비아 워커가 말했다.

"아이를 복도 끝에 있는 작은 방으로 데려가세요. 이 아이랑 같이 자도 되겠네요. 그러고 싶다면요. 이 아이는…… 이름이 뭐라 그러셨더라, 아가씨? 내 그만 깜박해 버렸네."

"준 브링크마이어요."

빨간 머리가 말했다.

"어디 보자, 너는 나랑 같이 자면 되겠다, 준. 네가 싫어하지만 않으면. 침대가 2인용으로는 좀 작단다. 넉넉하게 크다고 해도 나 같은 늙은 나무토막이랑 같이 자고 싶어하지만 않겠지만 말이야. 마침 선반에 치워 둔 매트리스가 있는데 벌레들이 차지하지 않았다면 네가 쓰기에 딱 좋을 게야. 내 생각엔 커다란 남자들 중 한 분이 너를 위해 그것을 내려다 주실 것 같은데."

"그럼요."

랠프가 말했다.

올리비아가 이미 잠에 빠진 지나를 침대로 데려갔다. 지난 여러 해 동안 그랬던 것보다 훨씬 더 북적거리는 부엌에 이제는 어둑한 그늘이 드리우고 있었다. 끙끙거리며 마더 애버게일이 자리에서 일어나 기름 램프 세 개에 불을 켜 하나는 탁자에, 하나는 요리용

풍로 위에(무쇠로 만들어진 블랙우드 풍로는 이제 식어 가면서 혼자서 만족스럽게 틱틱 소리를 내고 있었다.) 그리고 하나는 현관 창문턱에 두었다. 어둠이 뒤로 밀려났다.

"어쩌면 옛날 방식이 최고인 것 같아요."

딕이 불쑥 말하자 모든 사람들이 쳐다보았다. 그가 또다시 얼굴을 붉히며 기침했는데, 애버게일은 그저 싱글싱글 웃기만 했다.

딕이 약간 변명하듯 말을 계속했다.

"내 말뜻은 조금 전 식사가 오랜만에 처음으로 맛본 가정 요리라는 거예요…… 그러니까 6월 30일 이후로 처음이네. 그럴 거예요. 그날 전기가 나갔어요. 저는 혼자서 요리를 했죠. 제가 만든 건 가정 요리라고 부를 만한 게 아니었어요. 아내는, 이젠…… 정말 훌륭한 요리사였는데. 아내는……."

딕이 멍하니 말끝을 흐렸다.

올리비아가 다시 돌아와서 말했다.

"금세 잠들었네요. 어린 것이 피곤했을 테니 어련하겠어요?"

"할머니는 빵을 직접 구워 드시나요?"

딕이 마더 애버게일한테 물었다.

"물론 그러죠. 항상 그래 왔죠. 이스트를 넣어 만든 빵은 아니에요. 죄다 없어져서. 그래도 만드는 방법이 있어요."

"저는 빵이 너무 먹고 싶어요. 헬렌은…… 제 아내는…… 일주일에 두 번 빵을 만들었어요. 요즘 들어 부쩍 그 빵이 먹고 싶네요. 저한테 빵 세 조각과 딸기 잼이 주어진다면 행복하게 죽을 수 있을 거란 생각이 들어요."

딕이 천진하게 말했다. 톰이 불쑥 말했다.

"톰 컬런은 피곤해요. 디근, 아, 리을, 그것을 합쳐 읽으면 피곤하다가 돼요."

그는 뼈가 으스러지도록 하품을 했다.

"창고 오두막 안에다 잠자리를 마련하면 돼요. 곰팡내가 좀 나긴 해도 습기는 없지요."

잠시 동안 그들은 끊임없이 부슬부슬 내리는 빗소리에 귀를 기울였는데, 거의 1시간 동안 비가 내리는 중이었다. 혼자였다면 무척 쓸쓸한 소리였을 것이었다. 사람들 속에 있으니 유쾌하고 비밀스러운 소리였고, 빗소리가 그들을 한데 모이게 했다. 아연 철판 홈통에서 콸콸 소리 내며 흘러내린 빗물이 애비가 집 바깥에 그대로 놔둔 빗물 저장통 안으로 풍덩 풍덩 떨어졌다. 천둥이 저 멀리 아이오와 주 너머에서 웅얼거렸다.

"여러분은 야영 도구를 갖고 있겠지요?"

"별의별 게 다 있답니다. 저희 잠자리는 걱정 마세요. 자, 갑시다, 톰."

랠프가 말하며 일어섰다.

"랠프, 당신과 닉이 잠깐만 더 여기 있어 줬으면 좋겠어요."

애버게일이 말했다. 닉은 지금까지의 대화 내내 탁자에, 그녀가 앉은 흔들의자에서 멀리 떨어진 자리에 앉아 있었다. 그녀는 곰곰이 생각에 잠겼다. '말을 못하는 사람이니 방을 가득 채운 일행들 속에 모습이 가려져, 시야에서 완전히 사라졌을 법도 한데.' 그러나 닉의 어떤 점이 그런 일이 벌어지는 것을 막아 주었다. 그는 가만히 앉아 실내를 떠돌아다니는 대화의 흐름을 완벽하게 따라잡았으며, 무슨 말이 나오든지 간에 얼굴에 반응을 보였다. 그 얼굴은 솔직하고 총명했지만, 아주 젊은 얼굴치고는 걱정 근심이 가득했다. 대화가 이어지는 동안 몇 번씩이나 그녀는 사람들이 닉을 바라보는 것을 목격했다. 남자든 여자든 마치 닉에게 발언을 허락 받기라도 하려는 것처럼. 그들도 역시 그를 매우 의식했던 것이다. 그리고 몇 번씩이나 그녀는 닉이 불안한 표정으로, 창밖의 어둠을 내다보는 것을 목격한 바 있었다.

"매트리스를 내려 주실래요?"

준이 부드럽게 물었다.

"닉하고 내가 내려 줄게."

랠프가 말하며 일어섰다.

"난 혼자서 저 뒤의 오두막 안에 들어가기 싫은데. 어쿠, 안돼!"

"내가 같이 가 줄게, 이 사람아. 콜맨 램프를 켜 놓고 잠자리를 만들자고."

딕이 톰에게 말하며 일어났다.

"다시 한 번 감사드립니다, 할머님. 이 모든 게 어찌나 좋은지 말로 다 표현 못할 정도예요."

다른 사람들도 감사 인사를 따라 했다. 닉과 랠프는 매트리스를 내렸는데, 벌레가 끼지 않은 것으로 드러났다. 톰과 딕(어중이떠중이를 뜻하는 '톰, 딕, 해리'라는 표현대로라면 이제 해리만 있으면 되겠다고 애버게일이 생각했다.)은 오두막으로 갔으며, 그곳에서 콜맨 램프가 곧 불을 밝혔다. 오래지 않아 닉, 랠프 그리고 마더 애버게일이 부엌에 덩그러니 남았다.

"담배 피워도 괜찮겠습니까, 할머님?"

랠프가 물었다.

"바닥에 담뱃재를 털지 않는다면야 상관없지. 당신 바로 뒤의 찬장 속에 재떨이가 있어요."

랠프가 일어나 재떨이를 가지러 갔고, 애비는 닉을 바라보았다. 그는 다갈색 셔츠와 청바지에 빛바랜 무명 조끼를 입고 있었다. 그에게는 특별한 면이 있어서 그녀로 하여금 예전부터 알고 지냈던 것처럼 느끼게 한다거나, 알고 지내도록 예정되어 있었던 것처럼 느끼게 했다. 그를 바라보면서 그녀는 깨달음과 성취감을 절절히 느꼈다. 마치 이 순간이 필연적인 운명이기라도 한 듯이. 자신의 인생 한쪽 끝에 아버지 존 프리맨틀이, 장신이고 흑인이고 위풍당당했던 아버지가 있었던 것처럼, 자신의 인생 다른 한쪽 끝엔 이 남자가 있는 것 같았다. 젊은 백인 농아의 근심 가득한 얼굴이 찬란하고 의미심장한 외눈으로 그녀를 바라보고 있었다.

창밖을 내다본 애버게일은 오두막 창문에서 떠다니며 앞마당 일부를 밝혀 주는 콜맨 건전지 램프의 광채를 보았다. 저 오두막에서 아직도 암소 냄새가 날지 궁금했다. 거의 3년 동안이나 그곳에 가 본 적이 없었다. 가 볼 필요가 없었다. 그녀의 마지막 암소 데이지는 1975년에 팔려 나갔지만, 1987년에도 오두막에서는 여전히 암소 냄새가 났다. 어쩌면 이날까지도 그랬을 것이다. 아무 상관 없었다. 더 고약한 냄새가 판치는 시절이었으니.

"할머님?"

그녀가 돌아보았다. 랠프가 닉 옆에 앉아 메모지 한 장을 손에 쥐고 램프 불빛 속에서 실눈을 뜨고 읽고 있었다. 닉은 무릎 위로 메모장과 볼펜을 잡고 있었다. 여전히 그녀를 열심히 바라보고 있었다.
"닉이 그러는데……."
랠프가 당혹스러워하며 목청을 가다듬었다.
"계속 말해 봐요."
"닉이 적어 놓은 걸 보니 할머님의 입술 모양을 읽어 내기가 어렵대요. 이유는……."
"이유를 알 것 같구먼. 머뭇거릴 필요 없어요."
그녀가 일어나 발을 끌며 장식장으로 갔다. 장식장 위 두 번째 선반에 플라스틱 병이 있었고, 그 속에는 의학용 전시물처럼 흐릿한 액체 안에 틀니 두 줄이 떠 있었다.
그녀는 그것들을 끄집어내 물에 담가 세척했다.
"주 하나님이시여, 이게 뭔 고생이랍니까."
마더 애버게일은 애처롭게 말하고 나서 틀니를 입 안에 쑥 집어넣었다.
"대화를 시작합시다. 당신들 두 사람이 지도자인 셈인데, 우리가 정리해야 할 일이 몇 가지 있어요."
"저기, 저는 아니에요, 할머님. 전 겨우 전업 공장 노동자에 부업 농부일 뿐이었어요. 살아오면서 의견을 모으는 일보다는 줄기차게 손에 못이 박이는 일만 해 왔는걸요. 닉이에요, 저는 닉을 책임자로 생각합니다."
"그런가요?"
애비가 닉을 바라보며 물었다.
닉이 잠시 글을 적었고 랠프가 그것을 소리 내어 읽었다. 낭독은 그가 계속 해야 할 일이었다.

"이쪽으로 오자고 한 것은 제 생각이었습니다, 맞습니다. 그러나 책임자가 되는 일이라면 저는 모르겠어요."

"우리는 여기에서 남쪽으로 대략 150킬로미터 지점에서 준과 올리비아를 만났죠. 그저께였던가, 맞지, 닉?"

랠프가 말하자 닉이 고개를 끄덕거렸다.

"우린 그때 이쪽으로 오던 도중이었어요, 마더. 그 여자들도 역시 북쪽을 향했고요. 딕도 마찬가지였죠. 우린 모두 함께 일행이 되었답니다."

"그 밖에 다른 사람들을 본 적 있나요?"

"아뇨. 그렇지만 저는 다른 사람들이 숨어서 저희를 지켜보고 있다고 생각해 왔어요. 랠프 아저씨도 마찬가지고요. 그들은 무서웠나 봅니다, 제 생각엔. 아직도 그 사태의 충격에 시달리고 있는 거겠죠."

닉이 적었다.

그녀가 끄덕거렸다.

"딕 씨가 그러는데 그분이 우리와 합류하기 전날, 남쪽 어딘가에서 오토바이 소리를 들었대요. 그러니 다른 사람들이 주위에 있는 거지요. 상당히 큰 집단이 한데 모여 있는 것을 보고 무서웠나 봅니다."

"당신들은 왜 여기로 왔죠?"

주름살 그물에 둘러싸인 그녀의 눈이 닉을 날카롭게 주시했다.

닉이 적었다.

"저는 할머님이 나오는 꿈을 꿔 왔어요. 딕 엘리스 씨도 한 번 꿨다고 말하더군요. 그리고 어린 소녀 지나는 저희가 여기 도착하기 오래전부터 '할머니 아줌마'라고 부르고 있었답니다. 그 애는 할머님이 사는 곳을 설명했어요. 타이어 그네가 있는 곳이라고."
"그 어린아이에게 축복을."
마더 애버게일이 넋을 잃고 말했다. 그러곤 랠프를 바라보았다.
"당신은요?"
"한두 번 꿨습니다, 할머님."
랠프가 말하며 입술을 적셨다.
"제 꿈에 나왔던 것은 대개 그…… 그 다른 사내였어요."
"다른 사내?"
닉이 뭔가를 적었다. 그러곤 적어 놓은 글에 동그라미를 쳤다. 그는 종이를 그녀한테 직접 건넸다. 그녀의 눈은 안경이라든가 작년에 헤밍포드 상점에서 얻은 조명 달린 돋보기가 없으면 빽빽한 글씨를 읽는 게 별로 신통치 않았지만, 이 글씨는 읽을 수 있었다. 커다랗게 적혀 있었다. 하나님이 벨사살의 궁전 벽에 새겨 놓았던 글씨처럼. 동그라미가 쳐진 그 글씨를 그냥 바라보기만 했는데도 싸늘한 오한이 느껴졌다. 그녀는 배를 깔고 도로를 가로질러 우글거리면서 바늘처럼 날카로운 살인자의 이빨로 삼베 자루를 홱 잡아당기던 족제비들을 떠올렸다. 빨간 외눈이 열리더니 어둠 속에서 모습을 드러내고, 자세히 살펴보고 탐색하고 있었으니, 이제 그것의 목표는 그저 늙은 여자 한 명이 아니라 남자들과 여자들 …… 그리고 어린 소녀 한 명으로 이루어진 일행 전체였다.
동그라미가 쳐진 단어가 보였다.
'다크맨.'

"나는 말씀을 들었어요."

그녀는 종이를 접었다가 폈다가, 그런 다음 또다시 접으면서 말하며 한동안 관절염의 통증을 개의치 않았다.

"우리가 서쪽으로 가야 한다는 말씀. 꿈속에서 주 하나님의 말씀을 들었답니다. 듣고 싶지는 않았어요. 나는 늙은 여자고, 내가 원하는 것은 그저 이 조그만 땅뙈기에서 죽는 거니까. 이 땅은 112년 동안 우리 집안의 사유 부동산이었지만, 모세가 이스라엘의 자손들을 이끌고 가나안 땅으로 건너가도록 예정되지 않았던 것처럼 나도 이곳에서 죽도록 예정되지 않았던 거예요."

애버게일이 말을 멈추었다. 두 남자는 램프 불빛 속에서 그녀를 진지하게 주시했고, 바깥에선 천천히 비가 끊임없이 계속 내렸다. 더 이상 천둥은 치지 않았다. 그녀는 생각했다. '주여, 이놈의 틀니가 제 입을 아프게 하나이다. 빼내고 푹 잤으면 좋겠나이다.'

"나는 이 전염병이 퍼지기 2년 전부터 꿈을 꾸기 시작했답니다. 늘 꿈을 꿔 왔고 이따금 내 꿈이 현실로 나타나기도 했지요. 예언은 하나님의 선물이고 누구나 조금씩은 지닌 것이에요. 내 할머니는 꿈을 하나님의 빛나는 램프라고, 가끔은 그냥 광채라고도 부르시곤 했어요. 꿈속에서 나는 서쪽으로 가는 나 자신을 보았어요. 처음엔 그저 소수의 사람들과 함께, 그다음엔 좀 더 많이, 그다음엔 더욱더 많이. 서쪽, 항상 서쪽으로만, 로키 산맥이 보일 때까지. 그렇게 해서 우리의 여행단이 이뤄졌죠. 200명 또는 그 이상. 그리고 표시도 있어요…… 아니, 하나님의 계시가 아니라 평범한 도로 표지판 말이에요. 그것들은 모두 이런 식으로 알려 주지요. '콜로라도 주 볼더까지 980킬로미터' 또는 '볼더 방면은 이쪽'."

그녀가 말을 멈추었다.

"꿈들, 그 꿈들이 나는 무서웠어요. 어느 누구한테도 내가 그런 꿈을 꾸고 있다고 절대 말하지 않을 정도로 무서웠어요. 하나님께서 회오리바람 속에서 말을 거셨을 때 헤브루의 족장 욥이 느꼈을 게 분명한 기분을 나도 느꼈다고요. 심지어 난 그것들이 그저 꿈일 뿐이라고 아무렇지도 않은 척하려 했으니, 헤브루의 예언자 요나가 그러했듯이 나도 하나님으로부터 도망치는 어리석은 늙은 여자에 불과했죠. 한데 요나를 삼켰던 큰 물고기가 우리도 완전히 삼켜 버렸던 거예요, 당신들도 알다시피 말이죠! 그리고 만약 하나님이 애비한테 '너는 말씀을 전하라' 하고 말씀하시면, 그럼 애비는 말씀을 전해야만 하는 것입니다. 그리고 난 항상 누군가가, 특별한 누군가가 나를 찾아올 것 같은 기분을 느꼈어요. 지금까지 말한 이야기가 내가 때가 이르렀다는 것을 깨닫고 처신한 내력이랍니다."

그녀가 닉을 바라보았다. 그는 탁자 앞에 앉아 랠프 브렌트너의 담배 연기 속에서 선량한 눈빛으로 진지하게 그녀를 지켜보았다.

"당신을 보았을 때 난 알아보았답니다. 바로 당신이에요, 닉. 하나님께서 그분의 손가락을 당신의 심장에 짚으셨다고요. 그런데 그분은 손가락이 하나가 아니라 더 많지요. 저 멀리에 다른 사람들이 있답니다. 아직 오고 있는 중이지요. 아아 하나님, 그분은 그들한테도 역시 손가락을 짚으셨답니다. 난 하나님의 꿈을 꿔요. 그분이 지금도 애타게 우리를 찾고 계시는 꿈. 그리고 하나님은 나의 병약한 정신을 용서하십니다. 내가 마음속으로 그분의 부르심을 저주하는데도요."

애버게일은 눈물을 흘리다 일어나서 물을 한 잔 마시러 그리고 소변을 보러 갔다. 눈물은 나약하고 지쳐 가는 그녀의 인간적인 면이었다.

애버게일이 돌아와서 보니 닉이 글을 쓰고 있었다. 다 쓰고 나서 메모장에서 종이를 뜯어 랠프한테 건넸다.

"저는 하나님 부분에 관해서는 모르겠습니다. 하지만 무엇인가가 여기서 일어나고 있다는 것은 압니다. 우리가 만난 사람들은 모두 북쪽으로 움직이고 있었습니다. 마치 할머님께서 저희의 해결책을 지니기라도 한 듯이. 누구든 다른 사람들 꿈을 꾼 적 있으세요? 딕 씨? 준이나 올리비아 아줌마? 어쩌면 어린 소녀?"

"이번에 함께 사람들이 나오는 꿈은 아니었어요. 말이 별로 없는 남자. 어린애와 같이 있는 여자. 자기 기타를 갖고 내게로 찾아오는 당신 또래의 남자. 그리고 당신, 닉."

"할머님께서는 콜로라도 주 볼더로 가는 것이 옳은 일이라고 생각하세요?"

"우리가 행하도록 예정돼 있는 일이랍니다."

닉이 잠시 동안 메모장에다 막연히 낙서를 하다가 글을 적었다.

"다크맨에 대해서는 얼마나 많이 아세요? 그가 누구인지 아시나요?"

"그가 누구인지는 몰라도 무엇을 하려는지는 알아요. 그는 이 세상에 남은 가장 완전한 악입니다. 나머지 나쁜 자들은 조그만 악이지요. 절도범들과 섹스광들과 주먹 쓰기 좋아하는 사람들. 그런데 그가 그들을 불러 모을 것입니다. 이미 시작했어요. 그는 우리보다도 훨씬 더 빠르게 사람들을 한데 모으는 중이지요. 행동을 개시할 채비를 갖출 때까지, 더욱 많이 모을 것으로 생각되는군요. 그런데 그는 자기처럼 그저 사악한 사람들만을 끌어 모으는 게 아닙니다. 연약한 사람들…… 외로운 사람들…… 그리고 마음속에서 하나님을 떠나보낸 사람들까지도."

"어쩌면 그는 실제로 존재하는 게 아닐지도 몰라요. 어쩌면 그는 단지……."

닉이 적다가 펜 꼭지를 물어뜯으며 생각에 잠겼다. 그러나 마침내 글을 덧붙였다.

"……우리 모두에게 있는 두려움이나 악한 요소일지도 모릅니다. 어쩌면 우리는 우리가 행할까 봐 두려워하는 것들에 관해 꿈을 꾸는 것일지도 모르겠어요."

랠프는 그것을 소리 내 읽으면서 얼굴을 찌푸렸지만, 애비는 닉이 의미하는 바를 즉시 파악했다. 그것은 지난 20여 년간 그 땅을 밟았던 새로 온 설교자들의 말과 별로 다를 바 없었다. 실제로는 사탄은 존재하지 않는다. 그것이 그 사람들의 신조였다. 악은 있다. 그리고 그것은 아마도 원죄에서 생겨났겠지만, 우리 모두의 내면에 있는 것이고 그것을 밖으로 떨쳐 내기란 껍질을 깨지 않고 계란 알맹이를 밖으로 빼내는 것만큼이나 불가능한 일이다. 새로 온 설교자들이 인식하는 방식에 따르면, 사탄은 조각 그림 맞추기 퍼즐 같은 것이었다. 그리고 지구 상의 모든 남자, 여자, 어린이들이 각자의 작은 조각을 덧붙이면 전체가 완성되는 것이다. 그렇다. 그들의 말은 하나같이 멋지고 현대적인 인상을 풍겼다. 다만 곤란한 문제는 그것이 진실은 아니라는 것이었다. 그리고 만약 닉이 계속 그렇게 생각하게 놔둔다면, 다크맨이 저녁 식사거리로 그를 먹어 치울 것이었다.

"당신은 내가 나오는 꿈을 꿨지요. 그런데 내가 실제로는 존재하지 않나요?"

닉이 고개를 저었다.

"나도 당신 꿈을 꿨죠. 그런데 당신이 실제로는 존재하지 않나요? 아아 하나님, 당신은 무릎 위에 종이 메모장을 올려놓고 바로 거기에 앉아 있잖아요. 닉, 그 의문의 남자, 그 사람도 당신처럼 실제로 존재해요."

그렇다. 그는 실재했다. 그녀는 족제비들을 떠올렸다. 그리고 어둠 속에서 열리는 빨간 눈동자도. 다시 소리 내어 말하는 그녀의 목소리는 쉰 듯했다.

"그는 사탄이 아닙니다. 하지만 그와 사탄은 서로를 알고, 옛날부터 함께 모여 회의를 해 왔지요. 성경은 대홍수가 진정된 후에 노아와 그의 가족한테 무슨 일이 벌어졌는지 이야기하지 않아요. 하지만 나는 만일 그 소수의 사람들 사이에서 영혼 때문에(그들의 영혼, 그들의 육체, 그들의 사고방식 때문에) 지독한 난투가 벌어졌다 해도 놀라지 않을 것입니다. 그리고 그것이 우리한테 주어진 일이라 해도 놀라지 않을 것입니다. 그는 지금 로키 산맥 서쪽에 있습니다. 조만간 그는 동쪽으로 올 겁니다. 어쩌면 올해는 아니겠죠, 아닐 거예요. 하지만 준비를 끝내면 움직일 겁니다. 그리고 그곳이 그와 맞설 우리의 터전이지요."

닉은 혼란스러운지 머리를 흔들고 있었다.

"그래요. 당신도 곧 알 거예요. 앞으로 고통스러운 날들이 다가온답니다. 죽음과 공포, 배신과 눈물. 우리가 모두 다 살아남아 그것이 어떻게 끝을 맺는지 보게 되진 않을 거예요."

마더 애버게일이 조용히 말했다.

"영 맘에 안 드는구먼."

랠프가 중얼거렸다.

"할머님과 닉이 말하는 그 사내가 없다 쳐도 상황은 충분히 가혹하지 않나요? 우린 이미 많은 문제를 안고 있잖아요? 의사라든가 전기라든가 뭐 아무것도 없는 판국이에요. 왜 우리가 이 염병할 참가상을 강제로 떠맡아야 하는 겁니까?"

"나는 모릅니다. 그것이 하나님의 방식이에요. 그분은 애비 프리맨틀 같은 사람들한테 설명을 늘어놓지 않으신다우."

"만약 이것이 그분의 방식이라면, 글쎄요, 저는 그분이 이만 은퇴하시고 누군가 더 젊은 양반한테 일을 인계하셨으면 좋겠어요."

랠프가 말했다.

'만약 다크맨이 서쪽에 있다면, 우린 짐을 챙겨서 동쪽으로 움직여야 할지도 모르죠.'

닉이 적었다.

애버게일은 느릿느릿 고개를 저었다.

"닉, 모든 것은 주님의 뜻을 따르는 거예요. 그 검은 남자 역시도 그분의 뜻을 따른다는 생각이 안 드나요? 그 사람도 따르는 거예요. 아무리 주님의 의도가 불가사의하다고 해도 말이죠. 그 검은 남자는 당신이 어디로 도망가든지 뒤쫓아올 겁니다. 왜냐하면 그는 하나님의 의도대로 따르는 것이고, 하나님은 당신이 그와 담판 짓길 바라시니까. 만군의 주 하나님의 의지에서 도망쳐 봐야 아무 소용이 없답니다. 그런 걸 시도하는 남자나 여자는 그저 짐

승의 뱃속에서 종말을 맞이할 뿐이에요."

닉이 짧게 적었다. 랠프는 그 메모를 자세히 살피고 코를 문질렀고, 읽지 말아야겠다고 생각했다. 이분처럼 늙은 부인들은 닉이 방금 적어 놓은 것과 같은 말을 이해해 주지 않았다. 그녀는 그것을 하나님에 대한 모독이라 부를 것 같았고, 그 집에 있는 모든 사람들이 잠에서 깰 정도로 큰 소리로 고함칠 것도 같았다.

"닉이 뭐라 그러는데요?"

"닉이 그러는데······"

랠프가 목을 가다듬었다. 모자 끈에 꽂힌 깃털이 가볍게 흔들거렸다.

"닉이 그러는데 자기는 하나님을 안 믿는데요."

메시지를 전달한 랠프는 비참하게 자기 신발을 내려다보았고 폭발이 일어나기를 기다렸다.

그러나 그녀는 그저 큭큭거리며 웃더니 일어나서 닉한테로 걸어갔다. 그의 손을 잡고 토닥거렸다.

"닉, 당신한테 하나님의 가호가 있기를. 그런데 당신의 말은 아무래도 상관없어요. 그분은 당신을 믿으시니까."

그들은 그 다음 날도 애비 프리맨틀의 처소에 머물렀다. 그날은 노아의 방주가 상륙한 아라라트 산에서 홍수 물이 내려가 버린 것처럼 슈퍼 독감이 물러가 버린 이래로 그들 누구나 기억할 만한 가장 멋진 날이었다. 비는 이른 아침 어느 틈엔가 멈추었고, 9시에는 하늘이 태양과 흩어진 구름으로 채색된 쾌적한 중서부 지방의

천장 벽화로 변했다. 흩뿌려진 에메랄드들처럼 옥수수가 사방에서 반짝반짝 빛났다. 지난 몇 주간 그랬던 것보다 더 시원한 날이었다.

톰 컬런은 아침 내내 옥수수 줄 사이를 이리저리 뛰어다니며, 두 팔을 쭉 뻗어 까마귀 무리를 몰아내느라 바빴다. 지나 맥콘은 타이어 그네 옆 땅에 흡족한 표정으로 앉아 애버게일이 침실 벽장 속 트렁크 밑바닥에서 찾아낸 엄청난 양의 종이 인형들을 갖고 놀았다. 바로 조금 전까지 지나와 톰은 톰이 오클라호마 주 메이의 싸구려 잡화점에서 갖고 온 피셔프라이스 장난감 차고에서 승용차와 트럭으로 즐거운 놀이를 했다. 톰은 지나가 하자는 대로 흔쾌히 놀아 주었다.

수의사 딕 엘리스는 마더 애버게일한테 수줍게 다가와서 부근에 돼지를 키우는 사람이 있었냐고 물었다.

"어디 보자, 스토너 가족이 늘 돼지를 쳤지."

그녀는 현관의 흔들의자에 앉아 기타 줄을 튕기며 지나가 깁스한 다리를 뻣뻣하게 앞에 내놓은 채 마당에서 노는 모습을 지켜보고 있었다.

"그 돼지들이 몇 마리라도 살아 있을까요?"

"가 봐야 아는 거지요. 살아 있을지도 몰라요. 우리를 부수고 나가 난리법석을 떨어 놨을지도 모르고."

그녀의 눈이 번뜩였다.

"또 나는 어젯밤에 돼지 갈비 꿈을 꾼 남자를 아는지도 모르고요."

"그러실 수도 있겠네요."

딕이 말했다.

"돼지 잡아 본 적 있우?"

"아뇨, 할머님. 벌레 몇 마리 찌그러트린 적은 있는데, 돼지는 한 번도 못 잡아 봤어요. 항상 비폭력적이었다고나 할까요."

그가 이젠 거리낌 없이 히죽거렸다.

"당신하고 랠프가 말이우, 여자한테 지시를 받아 가면서 일할 수 있을 것 같으우?"

"그럴 수 있고말고요."

20분 뒤 그들 셋이 출발했다. 애버게일은 두 남자 사이에 끼어 시보레 앞좌석에 타고 지팡이를 무릎 사이에 위풍당당하게 세워 놓았다. 스토너 농장에 간 그들은 뒤쪽 축사에서 한 살 난 돼지 두 마리를 발견했는데, 건강하고 원기 왕성한 녀석들이었다. 사료가 바닥나고 나서 녀석들은 더 힘이 약하고 더 운이 나쁜 축사 동료를 식사로 먹어 치웠을 듯싶었다.

랠프는 헛간에서 렉 스토너의 쇠사슬 도르래를 설치했고 딕은 애버게일의 지휘 아래 마침내 한 살배기들 중 한 마리의 뒷다리에 밧줄을 단단히 묶을 수 있었다. 돼지는 꾸왝꾸왝 소리를 지르고 뒹굴면서 헛간으로 끌려가 쇠사슬 도르래에 거꾸로 매달렸다.

랠프가 1미터 길이의 고기 써는 칼을 농가에서 가지고 나왔다. '저건 부엌칼이 아니구먼. 완전히 군인들이 쓰는 총검이야, 하나님 맙소사.' 애비는 생각했다.

"있잖아요, 제가 잘할 수 있을지 모르겠어요."

랠프가 말했다.

"저런, 그럼 녀석을 여기 이 몸한테 맡겨요."

애버게일이 손을 내밀었다. 랩프는 미심쩍어하며 딕을 바라보았다. 딕이 어깨를 으쓱했다. 랩프가 칼을 건넸다.

"주여, 당신의 자애로우심 덕분에 저희가 이제 받으려 하는 선물에 대해 감사 드리나이다. 저희에게 영양분을 공급할 이 돼지에게 주님의 은총을 내려 주소서, 아멘. 물러서 있어요, 젊은 양반들. 녀석이 속에 든 걸 쏟아 낼 테니까."

애버게일이 숙련된 동작으로 칼을 단 한 번 휘둘러 돼지 목을 땄다. 아무리 나이 많은 사람일지라도 절대 잊지 못할 광경이었다. 그러고는 최대한 신속하게 뒤로 물러났다.

"솥단지 밑에 불은 잘 피워 놨겠죠? 저기 앞마당에 불이 이글이글 뜨겁게 타고 있는 거죠?"

그녀가 딕한테 물었다.

"예, 할머니."

딕이 시선을 돼지한테서 떼지 못한 채 공손하게 말했다.

"솔은 잘 챙겼고요?"

랩프가 뻣뻣하고 억센 노란 털이 달린 커다란 청소 솔 두 개를 들어 보였다.

"자, 그러면 녀석을 끌어다가 솥 안에 집어넣어요. 잠깐 삶은 다음에 그 솔로 박박 문지를 거예요. 그러고 나면 여러분은 바나나 껍질 벗기듯 친애하는 돼지님의 껍질을 벗겨 낼 수 있는 것입니다."

두 남자 모두 그 광경을 예상하고는 속이 메스꺼운 기색을 내비쳤다.

"씩씩하게 해치웁시다. 옷 입은 돼지를 먹을 수는 없잖아요. 우선 옷을 벗겨야지."

랠프와 딕이 서로 쳐다보며 침을 꿀꺽 삼켰고, 돼지를 쇠사슬 도르래에서 내리기 시작했다. 그들은 그날 오후 3시가 되어서야 일을 마친 다음 트럭에 돼지고기를 싣고서 4시에 애버게일의 집으로 돌아왔다. 저녁 식사로 신선한 돼지 갈비 요리가 나왔다. 남자들은 다들 별로 입에 대지 않았지만, 애버게일은 혼자서 갈비를 두 대나 먹어 치우며, 바삭바삭하게 구워진 비곗살을 틀니 사이로 쩝쩝 소리를 내 가면서 맛있게 즐겼다. 직접 자신의 눈으로 지켜보기까지 했으니 더할 나위 없이 신선한 고기였다.

9시가 지난 시간이었다. 지나는 잠들었고 톰 컬런은 현관에 있는 마더 애버게일의 흔들의자에서 꾸벅꾸벅 졸고 있었다. 소리 없는 번개가 저 멀리 서쪽 하늘에서 깜빡거렸다. 나머지 어른들은 산책하러 나간 닉만 빼고 모두 부엌에 모였다. 그 청년이 무엇과 씨름하고 있는지 알았던 애버게일의 마음은 그에게 가 있었다.

"저기, 할머님께선 진짜로 백여덟 살은 아니시죠, 그죠?"

랠프가 돼지 도살 원정을 떠났던 그날 아침에 그녀가 말했던 것을 기억하며 물었다.

"거기 꼼짝 말고 기다려요. 당신한테 보여 줄 게 있으니까, 아저씨."

애버게일이 침실로 들어가 액자에 장식된 레이건 대통령의 편지를 장롱 맨 꼭대기 서랍에서 꺼냈다. 그것을 랠프한테 갖고 와서 그의 무릎에 올려놓았다.

"그걸 읽어 봐요, 젊은이."

그녀가 자랑스럽게 말했다.

"······당신의 100번째 생일을 맞아······ 미 합중국에서 100세 이상 장수하는 것으로 확인된 72명 중 한 분이시고······ 미 합중국에서 다섯 번째로 고령인 정식 공화당원이시며······ 대통령 로널드 레이건이 인사드리며 축하드립니다. 1982년 1월 14일."

랠프는 휘둥그레진 눈으로 그녀를 올려다보았다.

"우와, 좆나게 놀라운······"

그가 말을 멈추고 얼굴을 붉히며 당황했다.

"죄송합니다, 할머님."

"할머니는 틀림없이 그동안 별의별 일을 다 보셨겠어요!"

올리비아가 감탄을 금치 못했다.

"내가 저번 달부터 본 것에 비하면 아무것도 아니라우. 내가 앞으로 볼 것에 비하더라도."

그녀가 한숨지었다.

문이 열리며 닉이 안으로 들어왔다. 마치 그들 모두 시간을 죽이며 그를 기다렸기라도 한 듯 대화가 끊어졌다. 애버게일은 닉의 얼굴에서 그가 결정을 내렸음을 알아볼 수 있었고, 그 결정이 무엇인지 알 것 같았다. 닉은 톰 옆에 서서 현관에서 적어 놓았던 메모를 그녀에게 건넸다. 그녀가 팔을 뻗어 그 메모를 적당히 거리를 두어 쥐고 읽어 보았다.

'내일 볼더를 향해 출발하는 게 좋겠습니다.'

애버게일은 메모에서 닉의 얼굴로 시선을 옮긴 다음 천천히 고개를 끄덕였다. 그녀는 메모를 준 브링크마이어한테 전했고 준은

올리비아한테 전했다.

"나도 그렇게 생각해요. 당신처럼 나도 가고 싶지 않지만, 그러는 게 낫겠다고 생각해요. 어떻게 결단을 내리게 됐나요?"

애버게일이 물었다.

닉은 화가 난 듯 어깨를 으쓱하며 그녀를 가리켰다.

"그럼 그렇게 결정 난 걸로 합시다. 내 신념은 주님 안에 있답니다."

닉은 생각했다. '나도 그랬으면 좋으련만.'

다음 날 7월 26일 아침, 간단한 협의 끝에 딕과 랠프는 랠프의 트럭으로 콜럼버스를 향해 출발하기로 했다.

"나는 저 트럭을 버리고 와야 한다는 게 너무 싫어. 하지만 닉, 그게 자네 뜻이라면, 그대로 따를게."

랠프가 말했다. 닉이 적었다.

'되도록 빨리 돌아오세요.'

랠프가 짧은 웃음소리를 내며 마당 주위를 둘러보았다. 준과 올리비아가 커다란 물통 한쪽에 빨래판을 걸쳐 놓고 옷을 빨고 있었다. 옥수수밭에 있던 톰이 까마귀들을 쫓아 버렸다. 그것은 그가 끝없이 즐거움을 만끽하는 듯한 일거리였다. 지나는 톰의 코기 미니카들과 장난감 차고를 갖고 놀았다. 늙은 할머니는 흔들의자에 앉아 꾸벅꾸벅 졸면서 코를 골았다.

"자네는 너무 성급히 사자 입속에 머리를 집어넣은 건지도 몰라, 니키."

닉이 적었다.

'우리가 갈 만한 더 좋은 곳이 있기나 한가요?'

"그 말이 맞기는 해. 무턱대고 떠돌아다니는 건 좋지 않지. 헤매고 다녀 봤자 허무한 기분만 들 텐데. 사람은 장래를 생각하고 행동해야 옳은 법인데, 자네도 그것을 염두에 둔 거지?"

닉이 끄덕거렸다.

"좋았어."

랠프가 닉의 어깨를 가볍게 치고 돌아섰다.

"딕, 차 타고 갈 준비는 됐죠?"

톰 컬런이 옥수수밭에서 달려 나왔는데, 옥수수수염이 셔츠와 바지와 긴 금발 머리에 달라붙어 있었다.

"나도 갈래! 톰 컬런도 차 타고 가고 싶다! 어쿠, 그래!"

"그럼 같이 가세. 이런, 자네 꼴 좀 봐. 머리 꼭대기부터 발끝까지, 앞부터 등 뒤까지 옥수수 수염 천지네. 그런데도 여태껏 까마귀 한 마리 못 잡았단 말이야! 내가 좀 털어 줘야겠네."

멍하니 히죽거리면서 톰은 랠프가 셔츠와 바지를 털도록 놔두었다. 닉이 곰곰이 생각하기에 톰한테는 지난 2주간이 어쩌면 그의 인생에서 가장 행복한 순간일 것 같았다. 그는 그를 받아들이고 그를 원하는 사람들과 함께 있었다. 왜 그들이 그를 내치지 않았냐고? 지능이 떨어지는지는 몰라도 그는 이 새로운 세상에서 아주 희귀한 존재, 곧 살아 있는 인간이었으므로.

"이따 봐, 니키."

랠프가 말하며 시보레의 운전석에 올라탔다.

"이따 봐, 니키."

톰 컬런이 따라했다. 여전히 히죽거리면서.

닉은 트럭이 시야에서 멀어지는 것을 지켜본 다음, 오두막 안으로 들어가 낡은 나무 상자와 페인트 통을 찾아냈다. 나무 상자의 한 면을 뜯어내 울타리의 긴 말뚝 하나에다 못 박았다. 그 표지판과 페인트를 마당으로 가져가 신중하게 페인트칠을 하는 동안 지나가 흥미로운 표정으로 그의 어깨 너머로 쳐다보았다.

"뭐라고 쓴 거예요?"

"이렇게 쓴 거야. '우리는 콜로라도 주 볼더로 갔습니다. 교통 체증을 피해 지선 도로를 따라 이동하고 있습니다. 민간용 주파수 14채널.'"

올리비아가 닉의 메모를 읽어 주었다.

"그게 무슨 뜻인데요?"

준이 다가서며 물었다. 그녀가 지나를 들어 올려 두 사람이 함께 지켜보는 동안 닉은 표지판을 흙 길이 마더 애버게일의 개인 도로에 접하는 지점의 땅에 조심스럽게 박았다. 말뚝 아래 1미터 정도를 땅속에 묻었다. 이제 큰 바람만 아니면 넘어지진 않을 것이었다. 물론 이쪽 세상에는 큰 바람이 있었다. 닉은 자기와 톰을 거의 날려 버릴 뻔했던 바람과 그들이 지하실 안에서 겪었던 공포를 떠올렸다.

그는 메모를 적어 준한테 건넸다.

'딕과 랠프가 콜럼버스에서 가져올 물건 중 하나가 민간용 주파수 무선 통신기예요. 누군가는 항상 14번 채널을 확인해야 할 겁니다.'

"오, 현명한 생각이네요."

올리비아가 말했다. 닉이 자신의 이마를 근엄하게 두드리고 나서 미소 지었다.

두 여자는 빨래를 널러 돌아갔다. 지나는 한쪽 다리로 콩콩 뛰어 장난감 차들한테 돌아갔다. 닉은 마당을 가로질러 걸어가 현관 계단을 올랐고, 졸고 있는 늙은 할머니 곁에 앉았다. 옥수수밭을 쭉 훑어보면서 그들이 앞으로 어떻게 될 것인지 궁금해했다.

"그게 자네 뜻이라면, 닉, 그대로 따를게."

그들은 닉을 지도자로 탈바꿈시켰다. 그들은 그렇게 해 버렸지만 닉은 왜 그런 건지 이해할 수조차 없었다. 귀머거리에 벙어리한테서 나온 명령을 따르기란 흔한 일이 아니었다. 불유쾌한 농담 같은 것이었다. 딕이 그들의 지도자가 되었어야 했다. 닉의 위치는 왼쪽에서 세 번째 서 있는, 대사 한 줄 없는 말단 기수일 뿐, 그의 어머니나 겨우 얼굴을 알아보는 자리였다. 그런데 그들이 정말 아무 데도 갈 데가 없어 트럭으로 도로에서 어슬렁거리던 랠프 브렌트너를 만났던 시점부터, 무언가를 말하고 나서는 마치 허락을 받으려는 듯 재빨리 닉을 힐끗 쳐다보는 일이 시작되었다. 벌써부터 과거를 그리워하는 마음이 안개처럼 톰과 책임에 대한 부담감이 생겨나기 전으로, 소요 마을과 메이 마을에서 보낸 며칠 동안으로 뻗어 가기 시작했다. 자신이 얼마나 외로웠는지, 지속적인 나쁜 꿈들이 자신이 미쳐 가는 중임을 의미하는 것일까 봐 얼마나 무서웠던지는 쉽게 잊었다. 그러나 둘러보아도 보이는 건 기수, 왼쪽에서 세 번째, 이 소름 끼치는 연극 속의 아주 작은 단역배우인 자기 자신밖에 없다는 기분이 어땠는지는 쉽게 기억했다.

"당신을 봤을 때 나는 알아봤답니다. 바로 당신이에요, 닉. 하나님께서 당신 심장에 손가락을 짚으셨다고요…….”
 '아니야, 나는 인정 못해. 나는 하나님도 인정 못해, 그 문제에 관해서라면. 늙은 할머니야 자기 하나님을 맹신하게 놔두자.' 할머니들한테 하나님이란 관장약과 립튼 홍차 봉지만큼이나 필수품이었다. 그는 다른 사람들보다 한발 앞서 가며 한 번에 한 가지 일에만 집중할 작정이었다. '사람들을 볼더로 데려가자. 그러고 나서 다음에 무슨 일이 생길지 알아보자.' 늙은 할머니는 다크맨이 실제로 존재하는 사람이라고, 그냥 심리적인 상징물은 아니라고 말했고, 그는 그것 역시 믿고 싶지 않았지만…… 마음속으로는 믿었다. 마음속으로는 그녀가 말한 것을 모두 믿었고, 그래서 무서웠다. 그는 사람들의 지도자가 되고 싶지 않았다.
 "바로 당신이에요, 닉."
 누군가의 손이 어깨를 꽉 쥐자 그는 놀라서 움찔거리며 돌아다보았다. 만일 그녀가 졸고 있는 중이었다면, 더 이상은 아니었다. 그녀는 팔걸이 없는 흔들의자에서 닉을 내려다보며 웃고 있었다.
 "나는 그냥 여기 앉아서 대공황 시절을 생각하고 있었어요. 우리 아빠가 한때는 이 땅 주변 수 킬로미터를 전부 다 소유했다는 걸 아시려나? 진짜라오. 흑인 남자한테는 대단한 재산이었지. 그리고 나는 1902년에 농협 회관에서 기타를 연주하고 노래를 불렀다오. 오래전 일이에요, 닉. 아주, 아주 오래전."
 닉이 끄덕거렸다.
 "그때가 좋은 시절이었어요, 닉. 어쨌든 그 시절 대부분이 좋았지. 그런데 아무것도 계속 유지되진 않았던 것 같아. 오로지 주님의 사랑만 빼고는. 우리 아빠가 죽었고, 땅은 아들들한테 상속되어 쪼개졌지. 내 첫 남편한테도 일부가 왔는데 25헥타르였어요. 많은 것은 아니었지. 이 집도 25헥타르 속에 서 있는 거지, 그런 거예요. 지금은 1.5헥타르가 25헥타르 중 남아 있는 전부고요. 아, 이젠 내가 그 땅 전부의 소유권을 또다시 주장할 수 있을 것 같은데, 그런다고 예전과 같아지진 않겠지요."

닉이 애버게일의 앙상한 손을 토닥거리자 그녀가 한숨을 깊게 쉬었다.

"오빠들은 사이좋게 일한 적이 없어요. 거의 만날 말다툼을 벌였답니다. 카인과 아벨 꼴이 난 거지! 죄다 부리는 사람이 되려고만 했지 아무도 일꾼이 되려 하질 않았던 거예요! 1931년에 은행이 저당권 행사를 통보하고 말았지요. 그러자 오빠들이 한데 뭉쳤지만, 그땐 이미 너무 늦어 버렸고. 1945년에 내 25헥타르와 16헥타르, 어쩌면 18헥타르만 빼고 모든 땅이 날아가 버렸는데, 현재는 구델 가족의 소유라오."

그녀가 옷 주머니에서 손수건을 더듬더듬 찾아내 천천히 그리고 생각에 잠겨 눈가를 닦았다.

"결국엔 덜렁 나 혼자만 남았지. 돈도 뭣도 아무것도 없는 상태로. 그리고 매년 세금 징수 시기가 돌아오면 사람들은 세금을 거둔다면서 땅을 조금씩 떼어 갔고, 나는 더 이상은 내 소유가 아닌 그 땅을 바라보러 여기로 나와서는 지금처럼 신세 한탄을 하며 울었다오. 세금조로 매년 조금씩 그런 식으로 빼앗겼지. 여기서 한 덩어리 슥삭, 저기서 한 덩어리 슥삭. 남은 땅을 임대 놓았지만, 그래 봤자 사람들이 가증스러운 세금으로 집행해 가는 금액에는 결코 미치질 못했어요. 그러다 내가 100살이 되었을 때 영원히 세금을 면제해 주더군요. 그래요, 바로 여기 이 조그만 부스러기만 남기고 모든 것을 빼앗아 가 버린 다음에야 그들은 그 짓을 관뒀어요. 그네들로서는 대단히 선심 쓴 거겠지, 그렇지요?"

닉은 그녀의 손을 가볍게 쥐고 그녀를 바라보았다.

"오, 닉. 나는 마음속으로 주님에 대한 증오심을 감춰 왔답니다. 그분을 사랑하는 모든 남자나 여자는, 그분을 증오하는 것이 기도 해요. 왜냐하면 그분은 가혹한 하나님, 시샘하는 하나님, 그것이 그분의 모습, 본질이기 때문이고, 이 세상에서 그분은 고통을 수반한 임무를 내려 주시기 십상인 반면에 악한 일을 하는 사람들은 고급 캐딜락을 타고 맘껏 달리기 때문이에요. 그분을 섬기는 기쁨조차도 고통스러운 기쁨이지요. 나는 그분의 의지대로 따르지요. 그러나 나의 인간적인 부분은 마음속으로 그분을 저주해 왔어요. 주께서 내게 말씀하십니다. '애비야, 먼 장래에 네가 해야 할 일이 있다. 그러므로 나는 네가 오래도록 살아 있게 놔둘 것이니라. 네 살점이 뼈를 못 견뎌 할 때까지. 너로 하여금 너의 모든 자식들이 너보다 앞서 죽는 것을 보게 할 것이며 계속해서 대지를 걷도록 할 것이니라. 네가 네 아버지의 땅이 조금씩 조금씩 약탈당하는 것을 보게 할 것이니라. 그리고 결국에 가서 네가 받는 보상은 네가 가장 사랑하는 모든 것들에서 떨어져 낯선 이들과 함께 떠나는 것이 될 것이고 너는 임무를 미처 완수하지 못한 채 낯선 땅에서 숨을 거둘 것이니라. 그것이 나의 의지다, 애비야.' 그분이 말씀하시면 내가 말하지요. '예, 주님. 당신의 뜻대로 이루어지이다.' 그리고 마음속으로 나는 그분을 저주하고 묻습니다. '왜, 왜, 왜?' 그래서 얻은 유일한 대답은 이거예요. '내가 세상을 만들었을 때 너는 어디에 있었느뇨?"

이제 그녀의 눈물이 고통스러운 홍수를 이루어 뺨으로 흘러내리며 옷을 적셨는데, 닉은 죽은 나뭇가지만큼이나 메마르고 야윈 이토록 늙은 여자한테서 그렇게 많은 눈물이 나올 수 있다는 사실에 놀라움을 금치 못했다.

"나를 계속 도와줘요, 닉. 나는 오로지 옳은 일만 하고 싶어요."

닉이 그녀의 두 손을 굳게 잡았다. 그들 뒤에서 지나가 키득거리며 장난감 차 하나를 태양을 향해 하늘 높이 치켜들어 빛에 반짝거리게 했다.

딕과 랠프가 정오에 돌아왔는데, 딕은 새 닷지 밴의 운전석에 있었고 랠프는 앞에 장애물을 밀어내는 판이 있고 뒤엔 기중기와 갈고리가 매달린 빨간 견인 트럭을 운전하고 있었다. 톰이 뒤 칸에 서서 당당하게 손을 흔들었다. 그들은 현관 옆에 정차했고 딕이 밴에서 내렸다.

"저기 견인차 안에 엄청 멋진 무선 통신기가 있어. 40채널짜리야. 내 생각엔 랠프가 그 통신기와 사랑에 빠진 것 같던데."

딕이 닉한테 말했다.

닉이 씩 웃었다. 여자들이 모여들어 트럭을 바라보고 있었다. 애버게일의 눈길이 무선 통신 장치를 보여 주려고 랠프가 준을 견인차로 안내하는 모습을 주목하며 감탄했다. 저 여인네는 훌륭한 엉덩이 두 짝을 지녔으니, 그것들 사이로 멋진 현관문이 있을 터였다. 그녀는 자기가 원하는 만큼 많은 아기를 순풍 순풍 낳을 수가 있을 터였다.

"우리 언제 떠나는 거지?"

랠프가 물었다. 닉이 재빨리 갈겨썼다.

'식사를 마치고 나서 곧. 무전기를 시험해 봤어요?'

"해 보고말고. 오는 길에 계속 해 봤는걸. 응답이 없어서 무섭기까지 하더군. 잡음 감소 버튼이 달려 있긴 한데, 그다지 잘 작동하는 것 같진 않아. 그렇지만 말이야, 내 맹세코 무슨 소리를 분명히 듣긴 들었어. 그게 통신 응답이건 아니건 간에. 멀리 떨어진 곳의 소리였어. 사람 목소리는 아예 아닌지도 몰라. 그런데 사실대로 말하면, 닉키, 소리가 별로 맘에 안 들었어. 그 꿈처럼 말이야."

랠프가 말을 마치자 그들 사이에 침묵이 흘렀다.

올리비아가 침묵을 깨며 말했다.

"저기요. 내가 요리를 준비할게요. 이틀 동안 줄곧 돼지고기만 나와서 거북해하는 사람이 없었으면 좋겠는데."

아무도 거북해하지 않았다. 그들은 1시에 야영 장비와 애버게일의 흔들의자와 기타를 밴에 싣고 떠났다. 견인차는 도로를 막고 있는 건 무엇이든지 치워 버리려고 앞장 서서 힘차게 나아갔다. 애버게일은 차들이 30번 도로의 서쪽 방면으로 움직이는 동안 밴의 맨 앞자리에 앉았다. 그녀는 울지 않았다. 그녀의 지팡이가 다리 사이에 놓여 있었다. 우는 것은 이미 끝냈다. 그녀는 주의 의지 한가운데에 보내졌고 그분의 뜻대로 이루어질 것이었다. 주의 의지대로 이루어질 것이었다. 그러나 밤의 검은 심장부에서 열리던 빨간 눈동자가 생각나서 애버게일은 두려웠다.

제46장

7월 27일 늦은 저녁이었다. 스튜 일행은 여름 폭풍 때문에 반쯤 뭉개진 표지판에 컨클 행사장이라고 쓰여 있는 곳에서 야영을 했다. 오하이오 주 컨클이라는 도시는 그들 남쪽에 있었다. 도시에서 일종의 화재가 일어나면서 컨클의 거의 전부가 사라졌다. 스튜는 아마도 번개 때문에 발생한 화재였을 거라고 했다. 물론 해럴드는 이 말에 이의를 제기했다. 요즘 들어 해럴드 로더는 스튜 레드먼이 소방차가 빨간색이라고 말하면 요새 소방차는 대개가 녹색임을 입증하는 여러 사실과 수치를 들이댈 법한 분위기였다.

프래니는 한숨을 쉬며 자리에 누웠다. 잠들 수가 없었다. 꿈꾸기가 무서웠다.

그녀 왼편에 오토바이 다섯 대가 발 받침대로 고정되어 갸우뚱 기운 채 한 줄로 서 있었고 크롬 도금된 배기통과 부속품들을 따라 달빛이 번쩍거렸다. 마치 오토바이 폭주족인 '지옥의 천사들'

패거리가 그날 밤 퍼질러 잘 곳으로 이 특이한 장소를 골라잡은 것 같았다. 진짜 폭주족 천사들이라면 혼다나 야마하 같은 귀염둥이 오토바이를 타고 다니진 않을 거라고 그녀는 생각했다. 폭주족은 '돼지' 오토바이를 타고 다녔다…… 아니면 단지 텔레비전에서 보았던 옛날 아메리칸 인터내셔널 픽처스의 오토바이 영웅담에서 얻은 편견일 뿐이던가?「광란의 천사들」.「악마의 천사들」.「지옥의 천사들이 나가신다」. 그런 오토바이 영화들은 그녀가 고등학생이던 시절에 자동차 전용 극장에서 대단한 인기를 구가했는데, 웰스 자동차 전용 극장, 샌포드 자동차 전용 극장, 사우스포틀랜드 트윈 극장 등 돈만 내면 아무 데나 고를 수 있었다. 이젠 한물갔다. 모든 자동차 전용 극장이 한물갔다. 지옥의 천사들과 정겨운 아메리칸 인터내셔널 영화들은 말할 것도 없고.

'일기장에 적어 두렴, 프래니.' 그녀는 마음속으로 생각했다. 몸을 반대쪽으로 뒤척거렸다. '오늘 밤은 안 돼.' 오늘 밤엔 잠을 잘 것이었다. 꿈을 꾸든 안 꾸든 간에.

프래니가 누워 있는 곳에서 스무 발자국 떨어진 지점에 다른 사람들이 있었는데, 그들은 피터 폰다와 낸시 시나트라만 빼고 영화 속 모든 이들이 동참했던 흥청망청 맥주 파티를 끝낸 지옥의 천사들처럼 각자의 야영 침낭 속에서 곯아떨어졌다. 해럴드, 스튜, 글렌 베이트먼, 마크 브래독, 페리온 매카시. 오늘 밤엔 소미넥스 수면제를 먹고 잠들려고……

그들이 복용한 것은 소미넥스가 아니라 진정제인 베로날 반 알씩이었다. 꿈이 몹시도 나빠져서 그들 모두 마음에 동요가 일어나고 견디기 힘들어지기 시작했을 때 스튜가 내놓은 생각이었다. 그는 다른 사람들한테 그 생각을 언급하기 전에 해럴드를 따로 불러 이야기했는데 왜냐하면 해럴드는 일단 치켜세워 줘야 의견을 진지하게 물어볼 수 있기 때문이었고, 또한 해럴드가 이것저것 아는 것이 많기 때문이었다. 잘한 일이었지만, 다소 으스스한 기분이 들기도 했다. 마치 그들이 저급한 신과 함께 여행하고 있기라도 하듯. 어느 정도는 지식이 풍부하지만, 감정적으로는 불안정해서 언제든지 산산조각 나기 쉬운 그런 신과 함께 하는 여행 말이다. 일행이 마크와 페리온을 만났던 알바니에서 두 번째 총을 입수한 해럴드는 이제 현대판 서부의 무법자 자니 링고인 양 쌍권총을 엉덩이 아랫부분에 열십자 모양으로 엇갈려 차고 있었다. 프래니는 해럴드한테 불편한 기분을 느꼈고, 해럴드 또한 그녀를 섬뜩하게 하기 시작했다. 혹시 해럴드가 어느 날 밤 완전히 홱 돌아 버려서 쌍권총을 난사하는 일이 생기진 않을까 염려되기도 했다. 그녀는 이따금 자신이 뒷마당에 있던 해럴드를 찾아간 날을 떠올린다는 것을 깨달았다. 그날 그는 감정 방어벽이 모두 무너져서 수영복만 입고 잔디를 깎으면서 울고 있었다.

프래니는 스튜가 어떻게 그한테 의견을 물었을지 잘 알고 있었다. 매우 조용히, 거의 음모를 꾸미기는 태도였을 것이다. 해럴드, 이 꿈이 골칫거리야. 나한테 아이디어가 하나 있는데, 그걸 어떻게 실행할지는 정확히 모르겠어…… 자극성이 적은 진정제여야 하는데…… 그런데 복용량을 딱 알맞게 맞춰야 하거든. 너무 많이 먹었다가 혹시라도 부작용이 생기면 아무도 못 깨어날 테니까. 네 생각은 어때?

해럴드는 일단 어떤 약국에서든 구하기 쉬운 베로날 한 알을 모두가 먹어 보고 나서, 만약 그것이 꿈을 꾸지 않도록 막아 준다면 복용량을 4분의 3알로 줄이고, 그래도 효험이 있으면 복용량을 반 알로 줄이자고 제안했다. 스튜는 은밀하게 글렌한테 가서 찬성 의견을 얻었고, 실험을 했다. 4분의 1알에서 꿈이 슬그머니 다시 기어들기 시작하는 바람에 1회 복용량을 반 알로 정했다.

적어도 다른 사람들한테는 그랬다.

프래니는 매일 밤 자신의 약을 받아 들었지만, 매번 손바닥에 감추었다. 베로날이 태아한테 해를 끼칠 것인지 아닌지 몰랐지만 무턱대고 저질러 보고 싶진 않았다. 아스피린조차 염색체 사슬을 깨뜨릴 수 있다는 말이 있잖은가. 그래서 꿈을 묵묵히 견뎌 냈다. 묵묵히 견뎌 냈다는 표현이 적절했다. 한 가지 꿈이 현저히 두드러졌다. 만일 나머지 꿈들이 제각각이더라도, 얼마 안 있어 이 하나의 꿈으로 섞여 들어갈 것 같았다. 프래니는 자신의 오군큇 집에 있었고, 다크맨이 쫓아 오고 있었다. 어슴푸레한 복도를 이리저리 오갔다. 대형 괘종시계가 메마른 시대 속에서 사시사철 끊임없이 똑딱거리는 어머니의 응접실 안에도 들어가 보았고…… 그녀는 잘 알았다. 만약 시체를 운반해야 하는 상황만 아니었더라면 그 남자한테서 도망칠 수 있었다. 침대 시트로 감싼 아버지의 시체. 만약 자신이 떨어뜨리기라도 하면 다크맨이 시체에다 무슨 짓이든 할 것이었다. 지독하리만큼 불경스러운 짓을 저지를 것이었다. 그래서 그녀는 그 남자가 점점 가깝게 접근하고 있는 것을 알면서도 마구 뛰었고, 마침내 그의 손이 그녀의 어깨 위로 떨어질 것만 같았다. 그의 뜨겁고 역겨운 손이. 그녀는 뼈가 흐물흐물해져 기운이 빠질 것이고, 수의에 덮인 아버지의 시신이 두 팔에서 주르륵 미끄러져 빠져나갈 것이며, 결국 돌아다보고 이렇게 말하려 들 것이다. '아빠를 가져. 무슨 짓이든 해. 난 상관 안 해. 제발 나를 더 쫓아오지만 말아 줘.'

그리고 나서 그 남자가 나타났다. 모자 달린 수도사의 덧옷 같은 검은 의복을 걸쳤고, 커다랗고 행복한 미소만 빼고는 얼굴 생김새가 전혀 보이지 않았다. 한 손에는 뒤틀리고 찌그러진 옷걸이를 쥐었다. 이때에는 공포가 글러브 낀 주먹처럼 마구 후려치는 바람에 그녀는 잠에서 벗어나려고 몸부림치며, 피부가 땀으로 끈적거리며, 심장이 방망이질해서, 결코 다시는 잠들고 싶지 않았다.

왜냐하면 그 남자가 원한 것은 죽은 아버지의 시체가 아니었기 때문이다. 그가 원하는 것은 그녀의 자궁 속에 든 살아 있는 태아였다.

프래니는 또다시 몸을 뒤척였다. 만일 빨리 잠들지 못한다면 정말로 일기장을 꺼내 일기를 쓸 작정이었다. 그녀는 7월 5일 이래로 일기를 꾸준히 쓰고 있었다. 일기를 쓰는 것은 어느 정도는 아기를 위한 일이었다. 이는 신념에서 비롯된 행동이었다. 아기가 계속 살아남을 것이라는 신념. 그녀가 어떤 상황에 부닥쳤는지 나중에 아기가 알기를 원했다. 어떻게 해서 전염병이 오군퀏이라는 곳까지 들어왔고, 어떻게 해서 그녀와 해럴드가 탈출했으며, 그런 다음 어떻게 되었는가. 그 아이가 여러 일이 어떻게 진행되었는지 알기를 원했다.

달빛은 글을 적을 수 있을 만큼 밝았고, 일기장 두 쪽 또는 세 쪽 정도면 항상 졸음이 쏟아졌다. 자신의 문학적 재능에 너무 황홀해하진 말자고 프래니는 다짐했다. 그래도 우선은 잠이 찾아오도록 한 번 더 상당한 시간을 기다려 주어야 할 듯싶었다.

눈을 감았다.

그리고 부단히 해럴드에 관해 생각했다.

만일 마크와 페리온이 이미 서로에게 헌신하는 사이가 아니었더라면 그들 두 사람이 와서 상황이 진정되었을지도 몰랐다. 페리온은 서른세 살이어서 마크보다 11년 연상이었지만, 지금 같은 세상에서 그런 것은 별로 중요치 않았다. 그들은 서로를 발견했고, 서로를 찾아 헤매던 중이었으며, 그리고 일심동체가 되어 만족했다. 페리온은 자신들이 아기를 가지려 노력 중이라고 프래니한테 털어놓은 적이 있었다.

"피임약만 복용하고 몸 속에 피임 링을 시술하지 않았던 걸 하나님께 감사할 노릇이지. 세상이 이렇게 되어 버렸는데 무슨 수로 몸에 박힌 링을 빼낼 수 있겠어?"

페리가 말했다.

프래니는 페리온한테 임신 중인 자신의 아기에 관하여 거의 말할 뻔했지만(그녀는 이제 임신 기간의 3분의 1을 넘어섰다.) 무언가가 주저하게 했다. 임신 사실을 털어놓는 것이 나쁜 상황을 더 나쁘게 악화시킬까 두려웠다.

그래서 이제 그들의 무리는 네 명이 아니라 여섯 명이 되었지만(글렌은 오토바이 운전을 한사코 거절하고 항상 스튜나 해럴드의 뒷자리에 동승했다.), 여자가 한 명 더 추가되었다고 해서 상황이 바

꺼지는 않았다.

'너는 어떠니, 프래니? 너는 무엇을 원해?'

그녀가 생각하기에 만약 자신이 이런 세상에서 생존해야만 한다면, 몸 안의 생체 시계가 여섯 달 후에 울리도록 맞춰져 있는 상태에서 그래야만 한다면, 스튜 레드먼 같은 누군가가 자신의 남자가 되기를 바랐다. 아니, 같은 누군가는 아니다. 그녀는 바로 그를 원했다. 그게 속마음이었다. 적나라하게 말하면.

문명이 사라지면서 인간 사회의 엔진으로부터 모든 크롬 도금과 겉치장들이 함께 벗겨져 버렸다. 글렌 베이트먼은 종종 이런 주제를 늘어놓았고, 그 때문에 항상 해럴드가 지나칠 만큼 즐거워하는 듯싶었다.

만일 프래니 자신이 적나라하게 고백하려 작정했다면, 남김없이 적나라해지는 것이 좋을 거라 생각하며 내린 결론은, 여성 해방 운동이 과학 기술 사회의 부산물 이상도 이하도 아니라는 것이었다. 여성들은 신체적 특성을 배려받았다. 그들은 더 작았다. 그들은 더 약해지기 쉬웠다. 남자는 임신할 수 없지만 여자는 가능했다. 네 살짜리 아이들도 다 아는 상식이다. 그리고 임신한 여자는 외부의 공격을 받기 쉬운 인간이다. 문명은 남성 여성 모두가 밑에 설 수 있는 평안의 우산을 제공해 왔다. 해방. 그 한 단어가 모든 것을 대변해 주었다. 사려 깊고 자비로운 보호 체계를 갖춘 문명이 생겨나기 전에는, 여성들은 노예였다. '구차스러운 말을 늘어놓지는 말자. 노예가 바로 우리의 신분이었어.' 프랜은 생각했다. 그러고 나서 사악한 시대는 끝이 났다. 그리고 여성 인권 잡지인《미즈 매거진》의 사무실에 반드시 걸려 있을 법한, 심지어 십자수로 짜서 장식되어 있을 것 같은 여성 신조는 이런 식이었다. '고맙다 남자들아, 철도를 깔아 줘서. 고맙다 남자들아, 자동차를 발명해 주고 원래부터 이 땅에 살았기 때문에 아메리카에서 좀 더 오랫동안 버티는 게 좋다고 생각했을 빨간 인디언들을 죽여 줘서. 고맙다 남자들아, 병원과 경찰서와 학교를 만들어 줘서. 이제 나는 투표권을 행사하고 싶어, 간절히. 그리고 나 자신의 인생행로를 결정하고 나 자신의 운명을 만들어 나갈 권리를 갖고 싶어. 한때 나는 노예였지만, 이제는 지나간 일이야. 노예 신세였던 나의 시대는 반드시 끝장나야만 해. 나더러 노예가 되라는 것은 자그만 돛단배를 타고 대서양을 건너라는 것과 다를 바 없어. 조그만 돛단배보다는 제트기가 더 안전하고 더 빠르고, 노예 신세보다는 자유가 더 이치에 맞는 것이잖아. 나는 나는 것이 두렵지 않아. 고맙다, 남자들아.'

더 할 말이 있겠는가? 아무것도 없다. 완고한 인간들이야 브래지어를 불태우는 여성 운동에 불평할 것이고, 보수주의자들이야 사소한 지적 게임을 펼칠 테지만, 진실은 그저 미소 지을 뿐이다. 이젠 모든 것이 변해 버렸다. 몇 주일 동안에 변해 버린 것이다. 얼마나 긴 시간이 흘렀는지만 확실히 말할 수 있을 뿐이었다. 그런데 한밤에 이곳에 누워 있으면서, 프래니는 자신이 남자를 원한다는 것을 깨달았다. 오 맙소사, 프랜은 지독히도 남자가 필요했다.

그것은 전적으로 자신과 자신의 아기를 보호하고 자기 이익을 (더불어 자식의 이익까지도) 생각하는 차원의 문제는 아니었다. 스튜가 그녀의 마음을 끌었다. 제스 라이더와 헤어진 처지였는데도.

스튜는 차분하고 유능했으며, 무엇보다 그녀의 아버지가 '5킬로그램짜리 포대 속에 든 10킬로그램짜리 소똥'이라 불러 댈 법한 인간이 아니었다.

더군다나 스튜도 그녀한테 마음이 끌렸다. 프래니는 그 사실을 매우 완벽하게 알았으며, 7월 4일에 인적 없는 그 식당에서 함께했던 첫 번째 점심 이래로 죽 알고 있었다. 잠깐, 아주 잠깐 그들의 눈길이 마주쳐 뜨거워지는 순간이 찾아왔던 것이다. 전기 장치의 모든 바늘이 과부하 쪽으로 빙그르르 돌아갈 때 전력이 마구 증가하는 것처럼. 스튜도 역시 어떤 상황이었는지 알았을 것이다. 하지만 그는 프래니가 시간을 갖고 결단을 내리기를 기다리고 있었다. 그녀는 처음에 해럴드와 함께 있었으므로 해럴드의 노비였다. 구린내 나는 마초스러운 생각이었지만 그녀는 이 세상이 또다시, 적어도 한동안은 구린내 나는 마초스러운 세상이 될 것 같아 두려웠다.

그저 다른 사람이 있었더라면. 해럴드를 위해 다른 사람이 있었더라면 좋으련만 그렇지 않았고, 프랜은 자신이 오래도록 마냥 기다릴 수만은 없어 두려웠다. 해럴드가 서투른 방식으로 그녀한테 사랑을 호소하려고, 변경할 수 없는 막강한 그의 소유권을 주장하려고 시도했던 날이 생각났다. 언제 적 일이었더라? 2주일 전? 더 오래된 듯싶었다. 이제는 모든 과거가 훨씬 오래된 듯싶었다. 그 기억은 마치 뜨끈한 보노모 상표의 터키풍 초코바처럼 뽑혀 나왔다. 해럴드를 어찌해야 할지에 대한 걱정과(그리고 만일 자신이 정말로 스튜어트한테 가 버리면 해럴드가 어떻게 나올지에 대한 두려움과) 꿈에 대한 공포 사이에서 결코 잠들지 못할 것 같았다.

그렇게 생각하면서 프랜은 서서히 의식이 멀어져 갔다.

프래니가 깨어났을 때 날은 여전히 어두웠다. 누군가 그녀를 흔들고 있었다.
그녀는 나지막이 투덜거렸다. 잠은 편안했고 일주일 만에 처음으로 꿈도 꾸지 않았던 것이다. 그러다 마지못해 잠을 떨쳐 내면서, 분명히 아침이 되었을 거라고, 그리고 길을 떠날 때가 되었을 거라고 생각했다. 그런데 왜 사람들이 어두컴컴한 지금 길을 떠나려 하는 걸까? 일어나 앉으니 심지어 달이 떠 있는 것까지 보였다.
그녀를 흔들어 깨운 것은 해럴드였고, 해럴드는 겁을 집어먹은 듯 보였다.
"해럴드? 뭐가 잘못됐어?"
스튜 역시 일어나 있었다. 글렌 베이트먼도. 페리온은 작은 모닥불을 피웠던 곳의 건너편에서 무릎을 꿇고 있었다.
"마크 씨 때문이에요. 그 사람이 아파요."
해럴드가 말했다.
"아파?"
그때 낮은 신음이 모닥불 잿더미 건너편에서 들려왔는데, 무릎을 꿇고 있는 페리온 곁에 두 남자가 서 있었다. 프래니는 마음속에서 극도의 공포가 검은 기둥처럼 솟구치는 것을 느꼈다. 그들은 병을 앓는 것이 가장 두려웠다.
"그거…… 독감은 아니지, 그치?"

왜냐하면 만일 마크가 캡틴 트립스라는 병에 뒤늦게 걸린 것이라면, 그들 중 누구든 그런 신세가 될 수 있다는 뜻이었기 때문이다. 어쩌면 그 세균이 아직도 어슬렁거리고 있는 것이리라. 어쩌면 돌연변이까지 일으켰는지도 모른다. '너를 더 효과적으로 먹어 치우기 위해서란다, 내 사랑아.'

"아니, 독감은 아니에요. 독감 같은 건 전혀 아니에요. 프랜 누나, 오늘 밤에 깡통에 든 굴을 조금이라도 먹었어요? 아니면 우리가 점심을 먹으려고 멈췄을 때는요?"

프래니는 생각해 보려 애썼지만 정신이 여전히 잠에 취해 흐릿했다.

"그래, 두 번 다 조금씩 먹었어. 굴 맛은 좋았는데. 난 굴을 너무 좋아해. 식중독이니? 그런 거야?"

"그냥 물어보는 거예요. 아무도 무슨 일인지 모르거든요. 주치의가 있는 것도 아니니까. 누나 몸 상태는 어때요? 괜찮아요?"

"좋아, 많이 졸리네."

그러나 졸린 것은 아니었다. 이제는 아니었다. 끙끙거리는 소리가 또 한 번 야영장 건너편에서 떠올랐다. 마치 마크가 자기는 아픈데 당신은 멀쩡하냐고 비난이라도 하듯.

"글렌 교수님은 맹장염일 수도 있다고 하던데요."

"뭐?"

해럴드는 그저 맥없이 미소 지으며 고개를 끄덕였다.

프래니는 일어서서 다른 사람들이 모여 있는 곳으로 건너갔다. 해럴드가 불행한 그림자처럼 그녀를 쫓아갔다.

"그이를 도와야 해요."

페리온은 마치 전에도 여러 차례 그 말을 해 본 것처럼 기계적으로 이야기했다. 그녀의 가혹한 시선이 그들 한 명 한 명에게 차례로 옮겨 갔는데, 두 눈이 프래니로 하여금 또 한 번 비난을 느끼게끔 하는 공포와 무기력으로 가득 차 있었다. 프래니는 이기적이게도 임신 중인 자신의 아기에게로 생각이 향하자 그 생각을 떨쳐 버리려 애썼다. 부적절하건 아니건 간에, 그 생각은 물러나지 않을 태세였다. '그에게서 떨어져.' 마음 한구석에서 날카롭게 소리 질렀다. '지금 당장 그에게서 떨어지란 말이야. 전염병에 걸렸을지도 모르잖아.' 그녀는 글렌을 바라보았는데, 그는 콜맨 램프의 차분한 불빛 속에서 창백하고 늙어 보였다.

"해럴드가 그러는데 맹장염같다면서요?"

"잘 모르겠어."

글렌이 혼란스럽고 겁에 질린 듯한 어조로 말했다.

"확실히 그런 증상들을 보였어. 열이 있고, 배가 단단하고 부풀었고, 만지면 통증이……"

"그이를 도와야 해요."

페리온이 다시 말하며 눈물을 왈칵 터뜨렸다.

글렌이 마크의 배를 손으로 건드리자 반쯤 감긴 채 생기가 없던 눈이 활짝 열렸다. 그가 비명을 질렀다. 마치 뜨거운 난로에 손을 올려놓기라도 한 듯 글렌이 황급히 손을 치웠고, 도무지 공황 상태를 감출 길 없는 눈으로 스튜를 보다가 해럴드를 바라보더니 다시 스튜한테로 시선을 돌렸다.

"두 신사 분께서는 무슨 의견을 내놓으실 텐가?"

해럴드가 목구멍에 꿈틀꿈틀 경련을 일으키며 서 있었다. 마치 무언가가 목구멍 속에 박혀 숨이 막힌다는 듯이. 그러다 마침내 불쑥 말을 꺼냈다.

"아스피린을 줘 보죠."

젖은 눈으로 마크를 응시하고 있던 페리온이 고개를 돌려 해럴드를 바라보았다.

"아스피린?"

화가 나서 경악을 금치 못하는 어조였다.

"아스피린이라고?"

이번에는 날카롭게 쏘아붙였다.

"그렇게 우쭐거리더니 박학다식 나부랭이를 총동원해서 내놓은 최선의 해결책이 고작 그거니? 아스피린?"

해럴드는 두 손을 주머니 속에 쑤셔 넣고 비참한 표정으로 페리온을 바라보며 질책을 받아들였다.

스튜가 조용히 말했다.

"그렇지만 해럴드가 옳아요, 페리온. 지금 당장은 아스피린이 최선책이니까. 지금 몇 시지?"

"당신들은 뭘 어떻게 해야 할지 아무것도 모르잖아! 당당히 인정하지그래?"

그녀가 그들을 향해 날카롭게 소리 질렀다.

"3시 15분이에요."

프래니가 말했다.

"그이가 죽으면 어떡해요?"

페리온이 흑갈색 머릿결을 쓸어 올리자 울어서 퉁퉁 부은 얼굴이 드러났다.

"그 사람들 탓하지 마, 페리온."

마크가 굼뜨고 지친 목소리로 말했다. 모두들 깜짝 놀랐다.

"그분들이 할 수 있는 조치를 취할 거야. 계속 이렇게 아프다간 아무래도 죽을 것 같아. 나한테 아스피린 좀 줘요. 뭐든지 간에."

"내가 갖다 줄게요."

해럴드가 말하며 자리를 뜨고 싶어했다.

"내 배낭 안에 좀 있어요. 고효능 엑세드린 진통제."

마치 사람들의 동의를 바라듯 그가 덧붙였다. 그러고는 약을 가지러 허둥지둥 달아나다시피 했다.

"그이를 도와야 해요."

페리온이 자신의 오래된 인용구를 되풀이했다.

스튜가 글렌과 프래니를 한쪽으로 끌고 가서 낮은 소리로 그들한테 물었다.

"이 상황에서 뭘 해야 하는지 생각나는 거 없어요? 나는 하나도 없어요. 그 말밖에 못 하겠네요. 페리온은 해럴드한테 화를 냈지만, 아스피린 아이디어는 내가 가진 어떤 아이디어보다도 두 배는 더 훌륭했다고요."

"정신이 반쯤 나간 상태라서 그런 거죠 뭐."

프랜의 말에 글렌이 한숨지었다.

"어쩌면 그저 장이 안 좋은 것일 수도 있어. 식사가 몹시 부실했잖소. 어쩌면 시원하게 변을 보고 나면 깨끗이 나을지도 모르지."

프래니가 고개를 저었다.

"제 생각은 달라요. 만일 장에 고장이 난 거라면 저렇게 열이

펄펄 오르진 않았을 테죠. 배가 그런 식으로 부어오르지도 않았을 테고요."

마크의 배는 밤새 속에서 종양이 부어오른 듯 보일 정도였다. 그것을 생각하니 프래니는 기분이 메스꺼워졌다. 자신이 그토록 지독한 두려움을 느낀 적이 또 있었는지 기억할 수 없었다.(꿈을 꿀 때를 제외한다면.) 해럴드가 뭐라고 말했더라? 주치의가 있는 것도 아니잖아요. 그것은 너무나 공감이 가는 말이었다. 무서우리만큼 너무나 공감이 갔다. 맙소사, 공감은 순식간에 그녀한테 몰려들면서 그녀의 주위를 온통 산산조각 내고 있었다. 그들은 무서우리만큼 너무나 외톨이였다. 그들은 무서우리만큼 너무나 멀리까지 외줄을 타고 나와 있었고, 누군가 밑에다 안전그물을 설치하는 것을 깜빡해 버렸다. 그녀는 글렌의 긴장한 얼굴에서 스튜의 얼굴로 시선을 옮겼다. 두 남자 모두 깊이 걱정하는 듯 보였으나, 두 사람 모두 해답을 내놓지는 못했다.

그들 뒤에서 마크가 또다시 비명을 질렀고, 그의 아픔을 느끼기라도 하는 듯 페리온이 뒤따라 울부짖었다. 어느 정도는 아픔을 느꼈을 거라고 프래니는 생각했다.

"이제 어쩌면 좋죠?"

프래니가 힘없이 물었다.

그녀는 아기를 생각하고 있었고, 계속 또 계속해서 마음속에 울려 퍼지는 의문이 있었다. 만일 제왕절개수술이 필요하면 어쩌지? 만일 제왕절개수술이 필요하면 어쩌지? 만일……

뒤편에서 마크가 무시무시한 예언자처럼 또다시 비명을 질러 댔고, 프래니는 마크가 미워졌다.

그들은 전율하는 어둠 속에서 서로를 바라보았다.

프랜 골드스미스의 일기장에서

1990년 7월 6일

얼마간의 설득 끝에 베이트먼 씨는 우리와 동행하는 것에 찬성했어. 그분이 말하길 자신의 강의 내용("나는 강의 내용이 얼마나 단순 유치한지 아무도 못 알아채도록 일부러 큰 글씨로 적어 놓지." 하고 그분이 말했어.) 일체와 이상 행동 사회학과 농촌 사회학은 물론이거니와, 사회학 1과 사회학 2로 학생들을 죽도록 괴롭힌 따분한 20년에서 벗어나고 나니 이번 기회를 거부할 수 없겠다 싶어 결심이 섰대.
스튜 씨는 무슨 기회를 말하는 건지 알고 싶어했어.
"저로서는 뻔한 말이라고 생각할 수밖에 없군요."
해럴드가 자신의 '밉살스러운 찌질이' 버릇대로 입을 열었지.(이따금은 해럴드도 공손해졌지만 개망나니가 되기도 했는데 오늘 밤 걔는 후자의 모습에 가까웠어.)
"베이트먼 씨는……"
"글렌이라고 불러 줄 수 없겠니."
그분이 매우 조용히 말했어. 하지만 해럴드로 하여금 노려보게 하는 어조였고, 사회적으로 심각한 질병을 앓고 있기 때문에 해럴드를 꾸짖었다는 생각이 들 정도였어.
"글렌 교수님은 사회학자로서, 사회의 형성을 직접 연구할 기회를 포착한 것이라고 저는 믿습니다. 교수님은 현실이 얼마나 이론과 맞아떨어지는지 알아보길 원하시는 거죠."

글쎄, 긴 이야기를 짧게 줄이면 글렌(이제부턴 나도 이렇게 부를 테야. 그래야 좋아하니까.) 교수님도 그 말에 대체로 수긍했지만 몇 마디를 덧붙였지.

"나도 역시 이제껏 연구해 놓은 이론들을 적잖이 가지고 있고, 그것들이 입증될지 반박당할지 밝혀지길 원한다네. 나는 슈퍼 독감의 잿더미에서 일어선 인간이 코에 뼈다귀를 꽂은 얼굴로 여자 머리끄덩이를 잡아끌고 가는 나일 강 원시인처럼 될 거라고는 믿지 않아. 그것이 내 이론들 중 하나지."

"왜냐하면 모든 것이 주위에 널브러진 채 또다시 누군가의 손에 들리기를 기다리고 있으니까."

스튜 씨가 말했어. 그 사람 특유의 조용함으로. 그 사람이 말할 때 너무도 험상궂게 보여서 좀 놀랐어. 해럴드조차 의외라는 듯 쳐다보더군.

하지만 교수님은 그저 고개를 끄덕였어.

"맞는 말일세. 말하자면 과학 기술 사회는 경기장에서 퇴장하고 말았지만, 농구공을 죄다 뒤에 남겨 놓았단 말이지. 경기를 기억하는 누군가가 찾아와 사람들한테 또다시 가르치겠지. 상당히 간단명료한 표현이구먼, 그렇지? 이건 나중에 기록해 두어야겠어."

(하지만 내가 기록해 버렸네. 그저 그분이 잊어버릴 때에 대비해서야. 누가 눈치 채기나 할까? 오직 그림자 인간만이 알겠지, 히히.)

그런 다음에 해럴드가 말했어.

"교수님께선 마치 모든 것이 다시 시작될 거라고 믿으시는 것 같네요. 군사 경쟁, 환경오염, 기타 등등. 그것은 교수님 이론들 가운데 한 가지입니까? 아니면 첫 번째 이론에서 도출된 결론인가요?"

"정확히 그런 건 아니라네."

글렌 교수님이 말을 시작했지만, 진도를 나가기도 전에 해럴드가 뽐내고 싶었던 잡소리를 들고 나오며 불쑥 끼어들더라. 그 말을 하나하나 일일이 적어 놓을 수는 없어. 해럴드는 흥분하면 말이 빨라지거든. 그래도 걔가 어떤 식으로 결론을 냈는지 정리하자면, 일반 대중을 무척 낮게 평가하는 애 치고는 대중이 '그렇게까지' 멍청하게 처신할 거라고는 생각하지 않았어. 이번 시대에는 일정한 법칙들이 만들어질 거라더군. 인간은 핵분열과 탄하불소(아마도 이 단어는 철자를 잘못 쓴 거 같아, 오 저런.) 분무기, 뭐 그런 유의 악질 재료를 가지고 빈둥거리려 하지는 않을 것이라고. 그가 말했던 한 가지는 똑똑히 기억해. 왜냐하면 매우 생생한 이미지였으니까.

"왜냐하면 말이죠, 고르디우스 왕의 비비 꼬인 매듭이 우리를 위해 잘려 나간 마당에 우리가 달려들어서 다시 원래대로 묶어 놓을 이유가 없으니까요."

그 아이가 단지 논쟁을 망치고만 있다는 것을 깨달을 수 있었지. 해럴드를 좋아하기 어렵게 만드는 요소들 중 하나는 자기가 얼마나 많이 아는지 너무나 지나치게 자랑하려 든다는 거야.(아는 게 많다는 건 분명해. 그 점을 부인할 순 없어. 해럴드는 어마어마하게 명석해.) 그런데 교수님이 한 말은 이것뿐이었어.

"시간이 지나면 다 알겠지, 안 그런가?"

대화는 약 1시간 전에 완전히 끝을 맺었어. 지금 난 위층 침실에 있는데 내 옆에는 코작이 바닥에 엎드려 있어. 착한 개야! 모든 것이 괜스레 포근해서 우리 집을 떠올리게 하지만, 집 생각을 너무 많이 하지는 않으려고 노력하는 중이야. 생각하다 보면 눈물이 나니까. 몹시 위험하게 들릴 게 뻔한 소리란 건 알지만, 난 침대를 따뜻하게 데워 놓는 걸 도와줄 누군가가 곁에 있었으면 하고 간절히 소망해. 심지어 마음속으로 후보자까지 점찍어 두고 있어.

네 마음에서 그런 생각 떨쳐 버려, 프래니!

결국 우린 내일 스토빙턴을 향해 떠날 예정이고 나는 스튜 씨가 그걸 별로 좋아하지 않는다는 걸 알아. 그 사람은 그곳을 겁내. 나는 스튜 씨가 '아주' 좋아. 해럴드도 그 사람을 점점 더 좋아하기를 바라. 해럴드는 뭐든 하나같이 힘들게 만들고 있는데, 천성을 어찌할 수는 없겠지.

글렌 교수님은 코작을 뒤에 남겨 두고 떠나기로 결정했어. 그분은 그렇게 해야 하는 것을 미안하게 여겨. 코작이 홀로 남아 먹이를 찾는 데 아무 어려움이 없을 것 같기는 해도 말이야. 옆에 사이드카가 달린 오토바이를 구할 수 없으니 개를 배려할 여지가 없어. 그리고 구했다 쳐도 불쌍한 코작이 겁을 집어먹어 밖으로 뛰어내릴지도 모르는 일이고, 다치거나 자살하는 꼴이 되겠지.

어쨌든 우리는 내일 떠날 거야.

기억해 둘 것들: 텍사스 레인저스(야구팀)에는 놀란 라이언이라는 투수가 있었는데 수많은 무안타 경기와 유명한 강속구로 이름을 떨쳤대. 무안타 경기 달성은 매우 훌륭한 것이야. 웃음 효과

를 삽입한 텔레비전 코미디 프로그램들이 있었어. 웃음 효과란 웃기는 장면마다 사람 웃음소리를 녹음한 테이프를 트는 것인데, 시청자들이 시청하면서 더 즐겁게 볼 수 있도록 하는 데 도움이 될 거라 생각됐지. 너는 슈퍼마켓에서 냉동 케이크와 파이를 구해다가 그냥 녹여서 먹어 치우는 데 도사였어. 개인적으로 제일 좋아하는 건 사라 리 딸기 치즈 케이크였는데.

1990년 7월 7일

글을 길게 쓸 수가 없어. 하루 내내 오토바이를 탔거든. 궁둥이가 햄버거 고기처럼 마구 다져진 것 같은 기분인 데다가 등에는 돌덩이가 박힌 것 같은 기분이야. 어젯밤 또 그 나쁜 꿈을 꾸었어. 해럴드도 역시 그 사람에 관한 꿈을 줄곧 꿔 왔고 그 때문에 끔찍이도 당혹스러워 하는데, 그 이유는 어떻게 우리 둘 다 본질적으로 똑같은 꿈을 꿀 수가 있는 것인지 개로서는 설명하기가 불가능하기 때문이지.

스튜 씨는 자기가 지금도 네브래스카와 그곳에 있는 늙은 흑인 여자의 꿈을 꾼대. 그 할머니는 그가 언제든지 찾아와서 자기를 만나야 한다고 줄곧 이야기한대. 스튜 씨는 그 할머니가 홀랜드 홈이나 홈타운이나 그 비슷한 이름의 마을에 거주한다고 생각해. 자신이 그곳을 찾아낼 수 있을 것 같더군. 해럴드는 스튜 씨한테 코웃음을 치면서 꿈이란 것이 왜 사람이 깨어 있을 땐 감히 생각하지 않았던 요소들에 관한 프로이트 심리학적인 징후인지에 대하여 장광설을 떠벌였어. 내가 보기에 스튜 씨는 화난 것 같았어.

그런데 화를 참더라. 나는 그들 사이의 나쁜 감정이 밖으로 터져 나올까 봐 너무 걱정이 돼. '이렇게 안 좋은 모습이 아니면 좋으련만!'

어쨌든 스튜 씨가 말했어.

"그럼 너와 프래니는 어떻게 똑같은 꿈을 꾸는 거야?"

해럴드는 우연의 일치 어쩌구 중얼거리다 그냥 휑하니 사라져 버렸어.

스튜 씨는 스토빙턴 다음에 네브래스카 주에 갔으면 좋겠다고 글렌 교수님과 나한테 말했어. 그러자 교수님이 어깨를 으쓱거리며 말했지.

"안 될 게 뭐 있나? 어차피 우린 어딘가로 가야만 하잖아."

해럴드는 당연히 총론에 입각하여 반대하려 들겠지. 빌어먹을 해럴드 자식, 좀 어른스럽게 굴어 봐!

기억해 둘 것들: 1980년대 초에 석유 파동이 일어났던 것은 미국인 모두가 뭔가를 운전하고 다니면서 기름 비축량을 거의 다 써 버렸고 아랍 인들이 우리 약점을 쥐고 흔들었기 때문이었지. 아랍 인들은 돈이 너무 많아서 그야말로 그 돈을 다 쓰지도 못할 정도였어. '더 후'라고 불리는 로큰롤 밴드가 있었는데 그들은 이따금 자기네 기타와 앰프를 때려 부수면서 라이브 공연을 끝마치곤 했지. 이런 걸 두고 재산이나 지위 등을 과시하려는 '과시적 소비'라고 불렀어.

1990년 7월 8일

시간도 늦었고 피곤하지만 눈꺼풀이 완전히 우지끈 닫히기 전에 가능한 한 많은 얘기를 풀어 놔야겠어. 해럴드는 1시간쯤 전에 이정표를 다 만들어서 (굳이 말하자면 너무나 뽐내는 눈치였어.) 스토빙턴 시설의 정문 잔디밭에 갖다 놓았지. 스튜 씨는 이정표 세우는 것을 도왔고 해럴드의 모든 상스러운 비아냥에도 침묵을 지켰어.

나는 실망할 경우에 대비하려고 스스로 노력해 왔어. 스튜 씨가 거짓말을 한다고는 결코 믿지 않았고, 해럴드가 그 사람을 거짓말쟁이로 여긴 것도 정말이지 생각조차 못했어. 그래서 스토빙턴의 모든 사람이 죽었다고 이미 확신하고 있었지만, 그것은 혼란스러운 경험이었고 나는 엉엉 울어 버렸어. 도저히 어쩔 수가 없었어.

그러나 혼란에 빠진 사람이 나뿐인 것은 아니었어. 스튜 씨는 그 장소를 보더니 거의 시체처럼 하얗게 질렸어. 짧은 소매 셔츠를 입은 그 사람의 두 팔에 온통 위아래로 소름이 돋아나는 것이 보였단 말이야. 그 사람의 눈은 평상시엔 파란색이었지만 이때에는 슬레이트 석판 색깔로 흐려졌어. 우중충한 날의 바다 색깔처럼.

그 사람이 삼 층을 가리키며 말했어.

"저기가 내 방이었어."

해럴드가 그 사람을 향해 고개를 돌렸어. 자신만의 독특한 해럴드 로더릭 건방 떨기 비평 중 한 대목을 읊어 댈 준비 중임을 알 수 있었는데, 그 순간에는 스튜 씨의 얼굴을 보더니 입을 다물더군. 내 생각엔 그것이 그에게는 매우 현명한 행동이었던 것 같아, 정말로.

잠시 후에 해럴드가 말했어.
"자, 안으로 들어가서 둘러보자고요."
"그래서 뭘 어쩌자는 건데?"
스튜 씨가 대꾸했는데, 거의 신경질적으로 들리긴 했지만 어쨌든 감정을 꾹 억누르고 있는 것 같았어. 놀라웠어. 지금까지 그 사람은 대개 얼음물처럼 냉철했기에 더욱 놀라웠어. 그 사람의 성질을 건드려 온 해럴드의 노력이 작은 성공을 거두는 걸 목격하게 되다니.
"스튜어트······."
글렌 교수님이 말을 꺼냈지만, 스튜 씨가 가로막았어.
"무엇을 위해서냐? 너는 저기가 죽음의 장소인 줄 모르니? 관악대도 없고, 군인들도 없고, 아무것도 없어. 내 말 믿어. 만약 그들이 여기 있었으면 지금쯤엔 우리 주위에 넘쳐 났을 거야. 우리는 좆같은 실험용 기니피그 새끼들처럼 저기 하얀 방으로 올려 보내졌을 거라고."
그러고는 그 사람이 나를 쳐다보고 말해.
"미안, 프랜. 그런 식으로 말하려던 건 아니었어. 내가 심란해서 그런 것 같아."
"흐음, 난 안에 들어가 볼 거예요. 누구 나랑 같이 갈 사람?"
해럴드가 말했어. 그러나 해럴드가 '대담하고 과감하게' 보이려 애쓰고 있었음에도 사실은 그 자신조차 겁에 질렸다는 것을 난 알 수 있었어.
글렌 교수님이 동행하겠다고 했고, 스튜 씨가 말했어.
"프랜도 들어가 봐. 한번 구경해 보라고. 직접 확인해 봐."

나는 그 사람과 함께 바깥에 머물겠다고 말하고 싶었어. 그 사람이 너무 불안정해 보였으니까.(그리고 나 역시도 정말로 안에 들어가고 싶지 않았으니까 말이지.) 하지만 그랬다간 해럴드와 더 골치 아픈 관계만 만들어 낼 것이기에 알았다고 했지.

설혹 우리가, 글랜 교수님과 내가 스튜 씨의 이야기에 정말로 어떠한 의심을 품었다 해도, 문을 여는 순간 바로 떨쳐 버렸을 거야. 냄새가 났으니까. 우리가 줄곧 여행해 왔던 꽤 많은 마을 어디서건 흘러나왔던 것과 똑같은 냄새를 맡을 수가 있었어. 썩은 토마토 같은 냄새. 오 하나님, 나는 또다시 엉엉 울고 말았는데, 금방 죽은 게 아니라 죽은 지 한참 지난 사람들이 풍기는 악취가 틀림없는

　잠깐만
　(나중에 계속)

에그머니나, 방금 오늘 들어 두 번째로 화끈한 울음을 터뜨리고 말았지 뭐야. 우리의 여주인공, 가련한 프랜 골드스미스한테는 무슨 일이 생길지 종잡을 수 없다니까. 못을 씹어서 카펫 납작못으로 뱉어 내는 인간이잖아, 하하하, 옛말이 틀린 게 없다니까. 에휴, 오늘 밤엔 더 눈물 보이지 말자. 약속이야.

어쨌든 우리는 건물 안으로 들어갔어. 아마도 병적인 호기심 때문이겠지. 다른 사람들 속내는 모르겠지만, 난 스튜 씨가 포로로 붙잡혀 있던 방을 보고 싶어하는 쪽이었다고. 어쨌든 간에 그저 냄새만 난 것은 아니었어. 바깥에서 안으로 들어와 보니 얼마나 끝내 주던지. 수많은 화강암과 대리석과 정말로 환상적인 실내 장

식. 꼭대기 두 개 층은 더 후텁지근했지만, 그 아래는 냄새와……
그리고 서늘한 기운…… 마치 무덤 같았어. 우웩.

그곳은 또한 으스스했어, 흉가처럼. 우리 세 사람은 양처럼 모두 함께 몰려다녔고, 난 내가 총을 소지한 것이 다행이라고 생각했어. 비록 겨우 22구경이긴 해도. 발걸음 소리가 연방 우리한테로 다시 메아리쳐 돌아와서, 마치 살금살금 걸으며 뒤를 쫓아오는 누군가가 있는 것만 같았어. 나는 또다시 그 꿈, 검고 긴 덧옷을 입은 남자가 출현하는 그 꿈을 생각하기 시작했지. 스튜 씨가 우리랑 함께 들어오고 싶어하지 않았던 게 전혀 이상하지 않았어.

우리는 주위를 헤매다 마침내 엘리베이터 승강장을 지나 이 층으로 올라갔어. 거기엔 아무것도 없이 그저 사무실 천지더군…… 시체 몇 구하고. 삼 층은 병원처럼 꾸며졌지만, 모든 방이 공기 밀폐식 출입문(해럴드와 글렌 교수님 모두 그게 뭔지 말해 주었지.)과 특수 감시 창문을 갖추었더라고. 그곳엔 시체가 많았어. 방에도 복도에도. 여성의 시체는 극히 적었고. 마지막 순간에 그들이 대피하려고 애를 썼는지 궁금한걸? 우리가 전혀 모르고 넘어갈 일들이 너무도 많아. 어차피 그런 데 신경 쓸 이유도 없었지만.

어쨌든 엘리베이터 중심부가 있던 중앙 통로에서 이어져 내려간 복도 끝에서 우리는 공기 밀폐식 출입문이 열려 있는 방을 발견했어. 그 안에 죽은 남자가 한 명 있었는데, 환자는 아니었고(환자들은 모두 하얀 환자복을 입고 있었지.) 독감으로 죽은 건 분명 아니었어. 피가 말라붙은 커다란 연못 속에 누워 있었는데 사망 당시 방을 기어서 빠져나가려고 기를 썼던 것처럼 보였어. 부서진 의자가 하나 있고 물건들이 죄다 어질러졌더라고. 마치 싸움이라도 벌어졌던 것처럼.

글렌 교수님이 한참 동안 주위를 둘러보고 나서 말했어.

"이 방에 관해 스튜한테 뭔가 더 말할 게 있다고는 생각지 않아. 그 친구는 분명 여기서 죽음의 위기에 아주 가까이 있었어."

나는 큰대 자로 뻗어 버린 그 시체를 보고 어느 때보다 더한 전율을 느꼈지.

"무슨 말씀이시죠?" 그 아이 목소리가 마이크 장치를 통해 나오듯이 쩌렁쩌렁 울리지 않은 극히 드문 순간들 중 하나였지. "내가 보기에 저 신사는 스튜어트를 살해하려고 이 안으로 들어왔어. 그리고 스튜는 어찌어찌해서 그 사람을 물리쳤고."

"그런데 왜죠? 만약 스튜 씨가 병에 면역이 되었던 거라면 왜 스튜 씨를 죽이려 들었을까요? 도통 이치에 안 맞잖아요!"

내가 글렌 교수님에게 물었지.

나를 바라보는 교수님의 두 눈이 겁에 질려 있었어. 눈이 아예 거의 죽은 듯 보이더라고, 고등어 눈깔처럼.

"그건 중요치 않아, 프랜. 이치 따위는 이 장소랑 별 상관이 없었던 거야. 눈에 보이는 면면만 봐도 말이지. 비밀을 완전히 은폐시킬 수 있다고 믿는 일정한 심리적 상태가 존재하는 법이거든. 그들은 어떤 종교 집단의 신도들이 예수의 신격을 믿는 것과 같은 성심과 맹목으로 은폐 가능성을 믿지. 왜냐하면 어떤 사람들은 이미 발생한 손실이 무시 못할 정도로 중대하게 커진 후에도 은폐를 지속시킬 필요성이 있다고 믿으니까. 그런 사실에 비추어 보면 전염병이 학살 행위에 종지부를 찍기 전까지 놈들이 애틀랜타와 샌프란시스코와 토피카 바이러스 연구소에서 얼마나 많은 면역자를 살해했을지 궁금하구먼. 이 개자식 말인가? 이놈은 잘 죽었어. 그저 스튜가 딱할 따름이지. 그 친구는 아마도 이 사내가 나오는 악몽에 시달리며 남은 인생을 보낼 테니."

그러고는 글렌 베이트먼 교수님이 무슨 짓을 했는지 알아? 몹시도 형편없는 그림만 그리는 그 점잖은 분이? 걸어가서 죽은 남자의 얼굴을 발길로 걷어찼어. 해럴드가 끙끙대듯 숨 죽인 소리를 냈지. 마치 자기가 걷어차이기라도 한 듯. 그때 교수님이 다시 한번 발을 뒤로 끌어당겼어.

"그만 하세요!"

해럴드가 외쳤지만 교수님은 아까와 똑같이 죽은 남자를 또 걷어찼어. 그러고 나서 몸을 돌리고 손등으로 입을 닦는데, 적어도 그분의 눈에 서렸던 끔찍한 죽은 생선 모습은 사라지고 없더라.

"자, 가세들. 여기서 벗어나자고. 스튜가 옳았어. 여기는 죽음의 공간이야."

그래서 우리는 밖으로 나왔고, 스튜 씨는 시설 주변을 둘러싼 높은 담장의 철문에 등을 기대고 앉아 있었어. 나는 원했던 거야 …… 아, 솔직히 털어놔, 프래니. 네 일기장한테도 못할 말이라면 어느 누구한테 할 수 있겠어? 나는 그 사람에게 달려가고 싶었고 그 사람에게 키스하고 싶었고 우리가 모두 그 사람을 믿지 않았던 것이 부끄러웠다고 말해 주고 싶었어. 그리고 그 사람은 하마터면 그 사내가 자기를 죽일 뻔했던 일을 거의 말하지 않고 숨겼는데, 그에 반해 우리는 모두 전염병이 퍼졌을 때 얼마나 힘든 시간을 겪었는지 계속 신나게 떠들어 대서 부끄러웠다고.

일기장아, 나는 그와 사랑에 빠질 것 같아. 세상에서 가장 깨지기 쉬운 애정 관계에 빠지고 말았다는 생각이 들어. 그저 빌어먹을 나의 애정운을 해럴드가 날려 버리지만 않으면 좋으련만!

어쨌든(항상 어쨌든이라는 추가 언급이 생겨나는 법이지. 이젠 손가락이 얼얼하다 못해 떨어져 나갈 것 같은데도) 그때가 처음으로 스튜 씨가 네브래스카에 가고 싶다고, 자신이 꿨던 꿈을 확인해 보고 싶다고 우리한테 말한 순간이었어. 그 사람은 얼굴에 완강하고도 다소 난처한 표정을 지은 것이, 마치 해럴드한테서 짐짓 선심 쓰는 듯한 헛소리를 좀 더 들어야 할 것이라고 예상한 것 같았어. 하지만 해럴드는 우리의 스토빙턴 시설 '관광'에서 너무 기운을 뺏긴 나머지 최소한의 저항밖에 표현할 수가 없었어. 게다가 글렌 교수님이 신중한 말투로 자신도 전날 밤에 그 늙은 부인에 관한 꿈을 꾸었다고 밝히자 그 최소한의 저항마저 중단되고 말았지.

"당연하게 들릴 테지만, 어쩌면 스튜가 우리한테 자신의 꿈에 대해 말했기 때문일 가능성도 있지. 하지만 그러기에는 놀랄 만큼 비슷했어."

그분은 얼굴이 불그스름해져서 말했어.

해럴드는 꿈이 당연히 비슷할 수밖에 없다고 했지만, 스튜 씨가 이렇게 말했지.

"잠깐만 해럴드. 나한테 아이디어가 하나 있어."

그 사람의 아이디어는 우리가 각자 종이 한 장씩을 놓고 지난주에 꿨던 꿈들 중 기억할 수 있는 것을 모조리 다음 내용을 비교해 보자는 것이었어. 상당히 과학적인 방법이니 해럴드도 투덜댈 수가 없었지.

글쎄, 내가 꿨던 유일한 꿈은 이미 앞에 적어 놨으니 여기다 되풀이하지는 않겠어. 그 꿈에서 우리 아버지에 관한 부분은 밝혔지만 아기에 관한 부분과 나쁜 사내가 늘 소지한 옷걸이에 관한 부분은 생략한 채로 종이에 적어 냈다는 것만 말해 둘게.

각자의 종이를 비교한 결과는 꽤 놀라웠지.

해럴드와 스튜 씨와 나는 내가 '다크맨'이라고 이름 붙인 그 사내의 꿈을 모두 꿨지 뭐야. 스튜 씨와 나는 똑같이 모두 그 사람을 수도사의 길고 헐거운 덧옷을 입어 이목구비가 보이지 않는 남자라고 구체적으로 설명했고 말이야. 그의 얼굴이 항상 어둠에 가려 있다고도 했어. 해럴드는 그 사내가 항상 어두운 출입문 안에 서서 '창녀촌 포주처럼' 자기를 손짓으로 부른다고 썼어. 이따금 그저 그 사내의 발과 눈의 광채만이 보였대. 그걸 '족제비 눈을 닮았다'고 표현했어.

늙은 할머니에 관한 스튜 씨와 글렌 교수님의 꿈은 매우 비슷했어. 유사한 점이 너무 많아서 일일이 열거하기가 힘들 정도야.(이 문장은 내 손가락이 마비되고 말 거라는 뜻을 담은 나만의 '문학적인' 표현이라네.) 어쨌든 두 사람 모두 그 할머니가 네브래스카 주 포크 카운티 지역에 있다는 사실에 동의해. 비록 그들이 실제 마을 이름에 대해 의견을 일치시킬 순 없었지만서도. 스튜 씨는 홀링포드홈이라 부르고, 글렌 교수님은 헤밍웨이홈이라고 부르더군. 둘 다 비슷하긴 해. 두 사람 다 그곳을 찾아낼 수 있을 거라 느끼는 듯싶었어.(잘 들어라 일기장아. 내 생각엔 '헤밍포드홈'이 딱이야.)

교수님이 말했지.

"정말이지 신통한 일이로군. 우리 모두가 진짜 심리 체험을 공유하고 있는 것 같아."

물론 해럴드는 구시렁거렸지만, 생각할 것이 무수히 많이 생겨 버린 듯한 눈치였어. 걔는 오로지 '우리는 어디로든 가야만 한다'는 원칙을 이어 가는 것에만 동의할 듯싶더라고. 우린 내일 아침에 떠날 거야. 나는 두렵고, 흥분되고, 스토빙턴을 떠난다는 사실에 대체로 행복을 느껴. 이곳은 죽음의 공간이니까. 언제가 되었든 나는 다크맨을 제치고 그 늙은 할머니를 맞이할 거야.

기억해 둘 것들: '숨 좀 돌려라'는 우왕좌왕하지 말라는 뜻이야. '끝내 준다'와 '화끈하다'는 멋진 것을 가리키는 표현이고. '진땀 뚝'은 걱정하지 말라는 뜻이야. '부비부비 흔들다'는 재미를 본다는 말이고, 수많은 사람들이 '개 같은 일이 벌어진다'는 글이 적힌 티셔츠를 입고 다니더니만 정말로 그런 일이 터져 버렸네…… 게다가 사태는 현재 진행형이야. '내가 기름칠 좀 했지'는 모든 일이 다 잘될 것임을 뜻하는 최신 유행 표현이었어.(난 그걸 올해 처음 들었어.) '찔러 넣기'는 옛날 영국식 표현인데, 슈퍼 독감이 휩쓸기 전 네가 살던 곳에서 쓰이던 '뇌물' 또는 '만약을 대비한 보험'이란 표현을 이제 막 대신하던 중이었지. "네 옆구리에 찔러 넣을게."라고 말하면 매우 쿨했단 말이야. 시시하다고? 그렇지만 그런 게 인생이었어.

12시가 막 지났을 때였다.

페리온은 마크 곁에서 지쳐 잠들었다. 마크는 2시간 전에 사람들이 조심스럽게 그늘로 옮겨 놓은 상태였다. 그는 의식이 오락가락했는데, 의식이 없을 때가 사람들의 마음이 더 편한 때였다. 그는 밤새도록 통증을 꾹 참아 왔지만, 날이 밝고 나서는 결국 통증에 굴복했고 의식이 깨어 있을 땐 그의 비명에 일행들은 피가 얼어붙었다. 그들은 별 수 없이 서로 쳐다보기만 할 뿐이었다. 아무도 점심을 먹으려 하지 않았다.

"마크의 맹장이 문제야. 그 사실엔 의심의 여지가 없어."

글렌이 말했다.

"어쩌면 시도는 해 봐야…… 그러니까, 마크 씨를 수술하는 거 말이에요."

해럴드가 글렌을 바라보았다.

"제 생각에 교수님은 그다지……"

글렌이 단호하게 말했다.

"수술했다간 마크를 죽이고 말걸. 너도 그걸 알잖아, 해럴드. 우리한텐 불가능한 일이지만 행여 출혈 과다로 사망케 하는 일 없이 마크의 몸을 절개할 수 있다손 쳐도, 우린 맹장과 췌장도 구별 못할 거야. 몸속 장기에 이름표가 붙어 있는 것도 아니잖아, 안 그런가?"

"시도하지 않으면 우리가 마크 씨를 죽이는 꼴이잖아요."

"너 해 보고 싶은 거냐?"

글렌이 톡 쏘아붙였다.

"난 이따금 네가 놀랍구나, 해럴드."

"교수님도 지금 상황에선 별 도움이 안 되는 것 같은데요."

해럴드가 얼굴을 붉히며 말했다.

"안 돼. 그만 진정들 해요. 싸워 봤자 여러분한테 무슨 이득이 있겠어요? 어쨌든 잭나이프로 마크의 몸을 절개하자는 의견을 실행에 옮기지 않으면, 문제는 해결되지 않아요."

"스튜 씨!"

프래니가 숨이 넘어갈 듯 소리를 질렀다.

"왜요?"

스튜가 어깨를 으쓱했다.

"가장 가까운 병원은 마우미 마을에 있을 거예요. 하지만 마크를 그곳까지 데려갈 수가 없어요. 고속도로까지도 못 갈 것 같은데."

"자네 말이 옳아, 당연해."

글렌이 중얼거리며 한 손으로 까칠까칠한 자신의 뺨을 쓰다듬었다.

"해럴드, 내 사과하마. 내가 너무 경황이 없어서 그랬다. 나는 이런 유의 일이 생길 가능성이 있다는 걸, 아니 언젠가는 꼭 생길 것이라는 걸 알고 있었단다. 하지만 난 그것을 오로지 학문적인 관점에서만 인식했던 것 같구나. 옛날 서재에 틀어박혀 앉아 뜬구름 잡는 일과는 완전히 차원이 다른 일인데도 말이다."

해럴드는 불쾌한 낯빛으로 혼잣말을 중얼거리고 주머니에 두 손을 깊이 찔러 넣은 채 휑하니 사라졌다. 너무 크게 자란 열 살짜리 아이가 골이 난 모습처럼 보였다.

"왜 마크를 옮길 수 없다는 거죠?"

프랜이 필사적으로 물었다. 스튜와 글렌을 번갈아 보면서.

"왜냐하면 지금쯤 맹장이 무척 많이 부어올랐을 게 틀림없기 때문이오. 만약 그게 터지면, 열 사람을 죽일 수 있을 정도의 맹독이 체내로 쏟아지고 마는 거지."

글렌이 말하자 스튜가 끄덕거렸다.

"복막염이란 거죠."

프래니의 머리가 어지러워졌다. 맹장염? 그건 요즘 시대엔 아무것도 아니었다. 아무것도. 그러니까 때때로, 만약 담석증 같은 병으로 병원에 입원하면 병원 사람들은 환자의 몸을 절개하는 동시에 총론에 따라 맹장을 삭삭 제거했다. 프래니의 초등학교 친구 중 모두가 비기라고 불렀던 찰리 비거스라는 소년이 5학년 2학기에 맹장을 없애 버렸던 것이 기억났다. 그 아이는 병원에 겨우 이삼일 동안만 있었다. 맹장을 제거하는 것은 그저 아무것도 아니었다. 의학적으로 말하면.

아기를 낳는 것이 아무것도 아닌 것과 똑같은 이치였다. 의학적으로 말하면.

"그치만 그냥 내버려 두면 아차피 맹장이 터지지 않겠어요?"

스튜와 글렌은 거북한 표정으로 마주볼 뿐 아무 말도 하지 않았다.

"해럴드 말마따나 정말 형편없네요!"

프랜이 거칠게 폭발했다.

"뭐든 해야죠. 잭나이프를 쓰는 일이라고 해도! 뭐라도 해야죠!"

"왜 하필 우리인가? 왜 아가씨는 못하지? 우린 의학 서적 한 권도 갖고 있질 않아, 젠장할!"

글렌이 화가 나서 물었다.

"그렇지만 두 분이…… 마크가…… 이런 식으로 놔둘 순 없잖아요! 맹장을 제거하는 일 따위 아무것도 아닌데!"
"글쎄, 어쩌면 예전엔 그랬겠지만, 지금은 분명히 대단한 일이 돼 버렸구먼."
글렌이 말했다. 그 순간 프랜은 울음을 터뜨리고 휘청휘청 걸어가 버렸다.

프래니는 3시경에 돌아와 자신의 행동을 부끄러워하며 사과하려고 마음먹었다. 그러나 글렌도 스튜도 야영장에 없었다. 해럴드가 쓰러진 나무의 둥치에 풀이 죽어 앉아 있었다. 페리온은 마크 옆에 책상다리를 하고 앉아 수건으로 얼굴을 닦아 주고 있었다. 그녀는 창백해 보였으나 차분했다.
"프래니 누나!"
해럴드가 고개를 쳐들고 눈에 띄게 밝아지며 말했다.
"안녕, 해럴드."
프래니는 페리온을 향해 계속 걸었다.
"마크는 어때요?"
"자고 있어."
페리온은 그렇게 말했지만, 그는 자는 게 아니었다. 프랜조차도 알아차릴 수 있었다. 그는 의식이 없었다.
"다른 사람들은 어디 갔어요? 아세요?"
그녀한테 대답한 사람은 해럴드였다. 그가 뒤로 다가오자 프랜은 그가 그녀의 머리를 매만지든가 한 손을 그녀 어깨 위에 올려

놓고 싶어한다는 것을 느낄 수 있었다. 그녀는 그러지 않았으면 싶었다. 이 무렵 해럴드는 줄곧 프랜을 몹시 불편하게 했던 것이다.

"그분들은 컨클에 갔어요. 진료실을 찾으러."

"책을 좀 구할 수 있을까 하고 갔대. 그리고…… 도구도 조금."

페리가 말하고 나서 침을 삼켰는데, 다른 사람한테 들릴 정도로 커다란 꿀꺽 소리가 목에서 울려 나왔다. 그녀는 마크의 얼굴을 계속 식혀 주면서 가끔 수건을 수통 속에 담갔다가 꺼내 짜냈다.

해럴드가 안절부절못하며 말했다.

"우린 정말로 미안해하고 있어요. 아무짝에도 쓸모없는 소리로 들리진 않았으면 좋겠는데요, 정말로 미안해하고 있어요."

페리가 고개를 쳐들고 해럴드한테 애써 상냥한 미소를 지었다.

"나도 알아. 고마워. 이건 누구의 잘못도 아냐. 하나님이 존재하지 않는다면, 그러려니 해야지. 만약 하나님이 존재한다면, 그렇다면 이건 그의 잘못이야. 내 그를 만나면 작정하고 가랑이를 걷어차 버리겠어."

페리는 말상 비슷한 얼굴과 농사꾼의 우람한 몸통을 하고 있었다. 사람을 볼 때 별로 행운을 타고나지 못한 생김새보다는 가장 멋진 생김새를 먼저 주목했던 프랜은(한 예로 해럴드는 남자 애 치고는 손이 예쁘게 생겼다.) 페리의 머릿결에 흐르는 적갈색 색조가 현란할 지경이며, 짙은 쪽빛 눈동자는 멋지고 지성적이라는 사실을 알아차렸다. 페리 말로는 그녀는 뉴욕 대학에서 인류학을 가르쳤고, 또 여성 인권과 에이즈 환자의 동등한 법적 대우에 관한 여러

가지 정치적 활동을 해 왔다. 결혼은 한 번도 한 적 없다고 했다. 언젠가 한번은 프래니한테 마크야말로 자기가 이제껏 기대했던 어떤 남자보다도 훨씬 멋진 남자라고 했다. 그녀가 알고 지냈던 다른 남자들은 그녀를 무시하거나 아니면 다른 여자들과 함께 뭉뚱그려 '돼지'나 '호박'으로 취급하기 일쑤였다. 만약 세상이 정상이었다면 마크도 그녀를 완전히 무시해 왔던 집단에 속했을지도 모르겠다고 그녀는 인정했지만, 둘의 운명은 그렇게 되지 않았다. 그들은 페리온이 부모와 함께 여름을 지내고 있던 올버니에서 6월의 마지막 날에 서로 만났고, 얼마간 대화를 나눈 뒤 부패하는 시체들 속에서 잠복 중인 온갖 세균들이 슈퍼 독감이 미처 하지 못한 짓을 그들에게 하기 전에 도시를 빠져나가기로 결정했다.

그래서 그들은 떠났고, 다음 날 밤 사랑하는 연인이 되었다. 진정한 매력보다는 절박한 외로움에 더 이끌려서.(이것은 여자들끼리의 대화였기에 프래니는 일기장에도 이런 사실을 적어 놓지 않았다.) 그는 더할 나위 없이 좋았다고, 힘든 세상에서 근사한 남자를 발견해 낸 보통 여자의 부드럽고도 조금은 놀란 듯한 태도로 페리는 프랜한테 말했다. 페리는 마크를 사랑하기 시작했다. 그를 사랑하기 시작한 날로부터 날마다 조금씩 더.

그런데 이제 이 지경이라니.

"우습다. 스튜 씨와 해럴드만 빼곤 다들 대학 출신이야. 그리고 세월이 정상적으로 흘렀으면 너도 분명히 대학 물을 먹었을 테지, 해럴드."

"예, 그랬겠죠."

페리는 마크한테 고개를 돌리고 다시금 그의 이마를 닦기 시작했다. 부드럽게, 사랑을 담아서. 프래니는 집안의 가족 성경 책에 있던 컬러 삽화가 떠올랐는데, 세 여인이 매장 준비를 위해 예수의 시신을 매만지는 그림이었다. 그녀들은 시신에 기름과 향료를 바르는 중이었다.

"프래니는 영문학을 공부하는 중이었고, 글렌 씨는 사회학 교수였고, 마크는 미국사 박사 과정을 밟고 있었고, 해럴드, 너도 역시 영문학을 배웠을 테지. 작가가 되기를 원하니까. 우리는 둘러앉아서 멋진 자유 토론을 벌일 수도 있었어. 사실 벌써 했잖아, 안 그래?"

"맞아요."

해럴드가 동의했다. 평상시에는 쩌렁쩌렁했던 목소리가 너무 낮아 잘 들리지도 않을 정도였다.

"대학 교양 과목 시간은 사고하는 법을 가르치는 것이라더군. 그걸 어딘가에서 읽었어. 대학에서 배우는 구체적 지식은 부차적인 거래. 대학에서 해야 할 가장 중요한 공부는 건설적인 방향으로 사고를 귀납하고 추론하는 방식이라더군."

"그거 좋은데요. 난 그런 게 좋아요."

해럴드가 말했다. 이제 그의 손이 정말로 프랜의 어깨 위에 떨어졌다. 프랜은 그 손을 떨쳐 내진 않았지만, 그것의 존재를 떨떠름하게 의식했다.

"하지만 그게 다 무슨 소용이야."

페리가 사납게 말하자 깜짝 놀란 해럴드는 프랜의 어깨에서 손을 뗐다. 프랜은 즉시 기분이 한결 가벼워졌다.

"무슨 소용이냐니요?"

그가 다소 소심하게 물었다.

"마크가 죽어 가고 있잖아!"

페리가 말했다. 큰 소리는 아니지만 성난 소리로, 주체할 수 없는 어조로.

"마크는 죽어 가고 있는데 그 이유라는 게 우리가 기숙사와 대학가의 싸구려 아파트 거실 안에서 서로 지랄하는 법을 배우느라 시간을 모조리 허비하고 있었기 때문이란 말이지. 아, 나는 뉴기니의 미디 부족들에 관해 너희한테 얘기해 줄 수 있어. 그리고 해럴드는 19세기 후반 영국 시인들의 문학적 기교를 설명할 수도 있겠지. 하지만 마크한테 그런 게 죄다 무슨 소용이야?"

"만약 우리 중에 의과 대학 출신이 있었다면……"

프랜이 주저하며 말을 꺼냈다.

"그래, 만약에 있었다면. 하지만 없잖아. 우리한텐 자동차 정비사도 없고, 축산 대학에 진학해서 수의사가 소나 말을 다루는 광경을 구경이라도 해 본 사람조차 없잖아."

그들을 바라보는 그녀의 쪽빛 눈은 이제 더욱 색깔이 짙어졌다.

"당신들을 좋아하는 마음만큼이나, 지금 당장 당신들 전부를 솜씨 좋은 기술자 한 명이랑 교환하고 싶다는 마음도 커. 모두가 마크한테 손대는 걸 너무 두려워해. 자기들이 손을 안 대면 어떻게 될지 잘 알면서도 말이야. 나도 똑같은 사람이지. 나 자신도 예외가 아니라고."

"적어도 두……"

프랜은 말을 멈췄다. '적어도 두 사람은 뭔가 했어요.'라고 말하려던 참이었는데 그 말이 부적절할 수도 있겠다고 판단했다. 해럴드가 여전히 이곳에 남아 있는 상황에서는.

"적어도 스튜 씨와 글렌 교수님은 뭔가 했어요. 그건 다행이잖아요, 안 그래요?"

페리가 한숨지었다.

"맞아. 그건 다행스러워. 그렇지만 하기로 한 건 스튜 씨의 결정이었어, 안 그래? 우리 중에서 유일하게 뭔가 해 보기로 결심했던 그 사람이 무슨 일을 시도하든지 간에, 둘러서서 마냥 손 놓고 있는 것보다는 나을 테지."

그녀가 프래니를 바라보았다.

"그 사람이 전에 무슨 일을 했는지 프랜한테 말해 준 적 있어?"

"공장에서 일했대요."

프랜이 재빠르게 말했다. 이런 정보를 어쩜 그리도 신속하게 입 밖에 낼 수 있는 것인지 불쾌해하며 눈살을 찌푸리는 해럴드의 모습을 그녀는 눈치 채지 못했다.

"전자계산기에 회로 넣는 일을 했대요. 내 생각엔 컴퓨터 기술자였다고 말해도 무방할 것 같아요."

해럴드가 콧방귀를 뀌고 씁쓸하게 웃었다.

"스튜 씨는 우리 중에서 당면한 문제를 분석하는 법을 이해하는 유일한 사람이야."

페리가 말을 이었다.

"그와 베이트먼 씨가 하는 일이 마크를 죽게 할 거야. 난 그럴 거라 거의 확신해. 하지만 마크로서는 꼭 길거리에서 차에 치인 개라도 되는 양…… 그저 멀뚱멀뚱 쳐다보는 가운데 죽어 가는 것보다는, 누군가가 낫게 해 주려고 애를 쓰는 가운데 죽음을 당하는 것이 더 나은 일이야."

해럴드도 프랜도 그 말에 마땅한 대답을 찾을 수가 없었다. 그저 페리온의 뒤에 우두커니 서서 마크의 창백하고 조용한 얼굴을 지켜보았다. 잠시 후 해럴드가 또 프랜의 어깨에 땀투성이 손을 올려놓았다. 그 때문에 그녀는 비명을 지를 것만 같은 기분이었다.

스튜와 글렌은 3시 45분에 돌아왔다. 오토바이를 타고 갔다 온 것이다. 오토바이 뒤에 묶인 것은 진료 기구들이 들어 있는 까만 왕진 가방과 커다란 검은 책 몇 권이었다.

"우리가 해 볼게요."

스튜가 한 말은 오로지 그것뿐이었다.

페리온이 고개를 들어 바라보았다. 창백하고 긴장한 얼굴이었지만 목소리는 침착했다.

"그래 주시겠어요? 부탁합니다. 우리 두 사람 모두 당신이 해 주길 원해요."

"스튜 씨?"

페리온이 말했다.

때는 4시 10분이었다. 스튜는 나무 아래 펼쳐 놓은 고무 시트에 무릎을 꿇고 있었다. 얼굴에서 땀이 강물처럼 넘쳐흐르고 있었다. 환히 빛나는 두 눈이 무언가에 홀린 듯, 극도로 흥분한 듯 보였다.

그의 앞에서 책을 펼치고 있는 프래니는 스튜가 그녀를 향해 눈을 들고 끄덕거릴 때마다 2색 컬러 삽화들을 앞뒤로 넘기는 중이었다. 그의 옆에선 안색이 끔찍하게 창백한 글렌 베이트먼이 미세한 흰 실 뭉치를 손에 쥐고 있었다. 그들 사이로 스테인리스스틸 기구들이 담긴 통이 열려 있었다. 통은 피로 범벅되어 있었다.

"여깄어!"

스튜가 부르짖었다. 그의 음성이 갑자기 높아지고 격해지고 의기양양해졌다. 두 눈이 두 개의 점으로 가늘어졌다.

"그 조그만 녀석이 여기에 있어! 여기! 바로 여기야!"

"스튜 씨?"

페리온이 말했다.

"프랜, 나한테 다른 삽화를 보여 줘! 빨리! 빨리!"

"끄집어낼 수 있겠어? 맙소사, 이 동부 텍사스 양반아, 정말로 할 수 있을 것 같아?"

해럴드는 사라져 버렸다. 그는 일찌감치 한 손으로 입을 틀어막으며 일행 곁을 떠났다. 지난 15분 동안 그는 줄곧 일행한테 등을 돌린 채 동쪽의 작은 나무숲 속에 서 있었다. 이제 해럴드는 되돌아왔고, 커다란 둥근 얼굴이 기대에 부풀어 있었다.

"모르겠어요. 그렇지만 내가 성공할지도 모르죠. 어쩌면 성공할지도."

스튜가 말하며 프랜이 보여 주는 삽화를 뚫어지게 보았다. 그의 팔은 진홍색 파티 장갑을 낀 것처럼 팔꿈치까지 피에 덮여 있었다.

"스튜 씨?"

페리온이 말했다.

"혼자서 위아래로 길게 나와 있어요."

스튜가 속삭였다. 눈이 환상적으로 반짝거렸다.

"맹장이야. 외떨어져 있는 작은 덩어리야. 이것은…… 내 이마 좀 닦아 줘, 프래니. 맙소사, 좆나 돼지같이 땀을 흘리고 있어…… 고마워…… 젠장, 꼭 필요한 일이라고 해도 마크의 순대를 잘라 내고 싶진 않는데…… 이건 빌어먹을 창자잖아…… 그렇지만 제기랄, 해야만 해. 나는 해야만 해."

"스튜 씨?"

페리온이 말했다.

"가위 좀 줘 봐요, 교수님. 아니 그거 말고. 작은 걸로."

"스튜 씨."

스튜가 마침내 페리를 쳐다보았다.

"그렇게 애쓸 필요 없어요."

그녀의 목소리는 차분하고 조용했다.

"마크는 죽었어요."

스튜가 그녀를 쳐다보았고, 가늘어졌던 두 눈이 천천히 커졌다. 그녀가 고개를 끄덕였다.

"2분 전쯤에. 그렇지만 감사해요. 노력해 줘서 고마워요."

스튜는 한동안 그녀를 바라보았다.

"정말이에요?"

마침내 그가 속삭이며 말했다.

페리가 또다시 끄덕였다. 눈물이 그녀의 얼굴 위로 조용히 쏟아지고 있었다.

스튜는 눈물 젖은 그녀의 얼굴에서 고개를 돌리며 손에 쥐고 있던 작은 수술칼을 떨어뜨렸고, 극도의 절망감을 드러내며 두 눈을 양손으로 덮었다. 글렌은 벌써 일어서서 어깨를 구부정하게 움츠리고 걸어가 버렸고 뒤도 돌아보지 않았다. 한 대 얻어맞기라도 한 사람 같았다.

프래니가 두 팔로 스튜를 감싸고 꼭 껴안았다.

"그런 거로군."

스튜가 말했다. 계속 그 말을 반복하며, 프래니를 섬뜩하게 하는 느리고 단조로운 어조로 말했다.

"그런 거로군. 다 끝났어. 그런 거로군. 그런 거로군."

"스튜 씨는 최선을 다했어요."

프래니가 그를 더욱 힘껏 껴안았다. 마치 그가 날아가 버리기라도 할 것처럼.

"그런 거로군."

스튜가 또 말했다. 마지막으로 맥없이.

프래니가 그를 껴안았다. 지난 3주 반 동안 내내 생각했음에도, 그녀의 '깨지기 쉬운 애정 관계'에도, 그녀는 그동안 속마음을 표현하는 행동을 조금도 하지 않았다. 자신의 감정을 드러내지 않으려고 고통스러울 만큼 조심해 왔다. 해럴드가 함께 있는 상황은 몹시도 위험한 일촉즉발의 순간이었던 것이다. 그리고 그녀는 이 시점에서조차 스튜에 관해 느꼈던 진실한 감정을 드러내지 않고 있었다. 정말로 드러내지 않았다. 그녀가 그에게 해 주는 것은 연인의 포옹이 아니었다. 단순히 한 명의 생존자가 다른 생존자를 껴안는 식의 포옹이었다. 스튜는 이것을 이해한 것 같았다. 그의 두 손이 그녀의 어깨로 올라와 굳세게 안으며, 그녀의 다갈색 셔츠에 피로 물든 손자국을 남기며, 그녀를 어느 불행한 범죄의 공범자 같은 모습으로 변모시켰다. 어디선가 어치가 귀에 거슬리게 울부짖었고 더 가까운 곳에선 페리온이 슬피 울기 시작했다.

생존자들이 서로 주고받는 포옹과 연인들 간의 포옹의 차이점을 알지 못했던 해럴드 로더는 의혹과 공포가 드리운 시선으로 프래니와 스튜를 뚫어지게 응시했다. 한참 후에 그는 미친 듯이 날뛰며 덤불숲으로 돌진해 들어갔고 저녁 식사 시간이 한참 지날 때까지 돌아오지 않았다.

프래니는 다음 날 아침 일찍 잠에서 깼다. 누군가 그녀를 흔들고 있었다. '눈을 뜨면 글렌 교수나 해럴드가 보이겠지.' 졸린 상태에서 생각했다. '우린 또 그런 일을 겪겠지. 그리고 우리가 올바르게 완수할 때까지 끊임없이 그런 일을 겪을 거야. 과거의 역사로부터 교훈을 배우지 못하는 사람들은……'

그러나 흔든 사람은 스튜였다. 벌써 여명이 밝았다. 슬그머니 배회하는 새벽이 엷은 무명천 속에 덮인 찬란한 황금 같은 이른 안개에 감싸였다. 다른 사람들은 웅크려 자고 있었다.

"무슨 일이에요? 뭐 잘못됐어요?"

프래니가 일어나 앉으며 물었다.

"나 또 꿈을 꾸고 있었어. 그 늙은 할머니가 아니라, 그…… 그 다른 사람. 다크맨. 난 겁이 무척 났어. 그래서 난……"

"진정해요. 원래 하려던 말을 하세요, 제발."

그녀가 말하자 스튜의 얼굴 표정이 섬뜩해졌다.

"페리온 말이야. 베로날. 그 여자가 몰래 글렌 교수의 배낭에서 베로날을 꺼내 먹었어."

그녀가 숨 넘어가는 소리를 냈다.

"오 이런. 그 여자가 죽었어, 프래니. 오 젠장, 이런 불상사가 생기다니."

스튜가 더듬거리며 말했다.

프래니도 말을 하려고 애썼지만 그럴 수 없다는 것을 깨달았다.

"나머지 두 사람도 깨워야겠어."

스튜가 멍한 채로 말하며 자기 뺨을 문질렀는데, 수염으로 까칠까칠했다. 프랜은 어제 그를 껴안았을 때 그녀의 뺨에 와 닿던 그의 뺨의 감촉이 어땠는지 아직 기억했다. 그가 혼란스러운 모습으로 그녀에게 다시 얼굴을 돌렸다.

"언제쯤 이 불행한 사태가 끝이 날까?"

프랜이 나지막이 말했다.

"난 이 상황이 정말로 끝이 날 거라고는 생각 안 해요."

이른 새벽에 그들의 시선이 굳게 맞닿았다.

프랜 골드스미스의 일기장에서

1990년 7월 12일

우리는 오늘 밤 뉴욕 길더랜드의 바로 서쪽에서 야영하고 있는데, 마침내 빅 하이웨이, 그러니까 80/90번 도로까지 당도한 거야.

어제 오후에 마크와 페리온(참 예쁜 이름이란 생각이 들지 않아? 나는 그랬는데.)을 만났던 흥분은 다소 진정되었지. 그 사람들은 우리와 동행하기로 했어…… 사실, 우리가 말을 꺼내기도 전에 그들이 먼저 제의한 거야.

해럴드가 선뜻 동행을 권했을 것 같은 생각은 안 들어. 일기장아, 너도 그가 어떤지 잘 알잖니. 그리고 반자동 소총(두 자루)을 포함해서 그 사람들이 지닌 모든 무기들을 가지고 좀 트집을 잡았어.(글렌 교수님도 마찬가지였던 것 같다.) 하지만 대체로 해럴드는 그저 영양가 없는 잡소리를 실컷 늘어놓아야 했지 뭐니…… 자신의 존재감을 피력해야만 하니까, 너도 알다시피.

나는 '해럴드의 심리'를 가지고 일기장의 면면을 가득 채워 왔던 것 같아. 그런데도 일기장 네가 아직 그를 잘 모른다면, 앞으로도 결코 알 수 없을 거야. 허세와 거드름을 피우는 해럴드의 주장 밑바닥에는 매우 불안정한 어린애의 모습이 있어. 걔는 상황이 깡그리 변해 버렸다는 것을 진심으로 믿지 못하는 거야. 해럴드는 부분적으로, 내 생각에는 거의 전적으로 그럴 것 같은데, 고교 시절 자신을 괴롭혔던 애들이 화창한 날 무덤에서 모조리 튀어나올 거라고 생각하는 것 같아. 그래서 전에 에이미가 나한테 고자질했던 대로 그들이 또다시 종이를 씹어 뱉거나 '딸딸이 로더'라고 놀려 대기 시작할 거라고 계속 믿고 있는 게 분명해. 이따금 나는 만약 우리가 오군큇에서 서로 인연이 닿지 않았더라면 걔한테(그리고 어쩌면 나한테도) 더 좋았을 거란 생각을 해. 나는 걔의 예전 인생의 일부분이고, 옛날 옛적에 걔의 누나랑 제일 친했던 친구였으며, 기타 등등의 사연이 많아. 해럴드와 함께한 나의 기이한 관계를 요약하면 바로 이런 거야. 이상하게 들릴지도 모르지만 현재 내가 느끼는 바를 밝히자면, 친구로 삼을 사람을 고르라면 난 아마도 에이미 대신 '해럴드'를 택했을 거야. 에이미는 대체로 근사한 차와 스위티 상표 옷으로 치장한 남자 애들한테 정신을 못 차리는 아이였고(죽은 사람에 관해 지저분한 말을 하다니, 하나님 저를 용서하시길. 하지만 사실인 걸 어떡해.), 오군퀏 마을의 진정한 내숭쟁이였으며, 오로지 도시에만 틀어박혀 사는 사람만이 지닐 수 있는 속물의 모습이었다고. 해럴드는 그 자신만의 기이한 방식으로 쿨한 사람이야. 그가 자신의 모든 정신적 에너지를 병신처럼 굴어 대는 데 집중하지 않을 땐 쿨하단 말이야. 그러나 잘 알다시피 해럴드는 누가 자신을 쿨하다고 생각할 수도 있다는 것을 결코 믿을 수가 없었던 거지. 그의 어떤 부분은 고지식한 사람이 되는 데 '엄청난' 투자를 해. 그러니까 자신의 모든 문제점을 별로 멋없는 이 신세계 속으로까지 고스란히 짊어지고 가야 할 숙명을 자초한 거지. 그것들을 자기가 즐겨 먹는 페이데이 초코바와 함께 배낭 속에 잘 꾸려 놓는 편이 좋으련만.

오 해럴드, 아이고, 난 하나도 모르겠다.

기억해 둘 것들: 질레트 면도기 광고의 앵무새. "제발 진열 상품을 쥐어짜지 마세요." 광고 속 걸어 다니는 쿨에이드 음료수 통이 이렇게 말하곤 했지. "오오오 예에에에!" "오비 탐폰...... 여자 산부인과 의사가 만들었습니다." 컨버스 올스타 운동화. 영화 「살아 있는 시체들의 밤」. 오싹오싹! 영화 속 마지막 인물이 마음을 후벼 판다. 오늘은 여기까지.

1990년 7월 14일

오늘 점심 때 우리는 아마도 필요 이상으로 오래 머물면서, 꿈에 관해 아주 길고 아주 엄숙한 대화를 나누었던 것 같아. 그런데 지금은 뉴욕 바타비아의 바로 북쪽에 있어.

어제 해럴드는 베로날을 비축해 놓고 매우 적은 양을 복용하여 개 말대로라면 '꿈의 주기를 붕괴시킬 수 있는지' 알아보자고 매우 수줍게(그로서는) 제안했어. 나도 그 제안에 찬성했으니 아무도 의심하진 않을 테지만, 나는 나한테 할당된 약을 그냥 몰래 감춰 두기로 계획을 세워 두었어. 그 약이 내 뱃속의 고독한 방랑자한테 무슨 영향을 끼칠지 모르기 때문이야.(난 아기가 혼자이길 바라. 쌍둥이를 감당할 수 있을지 확신이 안 서거든.)

베로날 안건이 채택된 것과 관련해 마크가 이런 말을 했어.

"여러분도 알다시피 이런 일은 너무 많이 고민하면 안 돼요. 다음번엔 모두들 자신이 모세나 요셉이라고, 하나님한테서 전화를 받고 있는 거라고 생각하게 될 테니까."

스튜 씨가 말했어.

"그 다크맨이 천국에서 전화를 하는 건 아니지. 만약 장거리 시외 전화라면, 내 생각엔 아주 더 낮은 어떤 장소에서 걸려 오고 있는 것 같은데."

"그 말은 능구렁이 같은 악마가 우리를 뒤쫓는다는 스튜식 표현이죠."

프래니께서 나불대셨지.

"그리고 다른 어떤 것 못지 않게 훌륭한 설명이기도 하다오."

글렌 교수님이 말하더군. 우린 모두 그분을 바라보았어.
"어디 보자."
그분이 약간 방어적인 태도로 말을 이어 나갔어. 내 느낌엔 그랬어.
"신학적 관점에서 보면, 우리는 마치 천국과 지옥 사이에 벌어지는 줄다리기 싸움의 밧줄 매듭 같은 신세요, 안 그렇소? 만약 슈퍼 독감의 공격에서 살아남은 예수회 신도들이 있다면, 아예 제 정신을 못 가눌 지경이겠지."
그 말에 머리가 떨어져 나갈 만큼 마크가 웃었어. 난 정말이지 그런 행동을 이해 할 수 없었지만 그냥 입을 다물고 있었지.
해럴드가 끼어들었어.
"흠, 내 생각엔 모든 게 다 터무니없어요. 여러분은 미처 깨닫기도 전에 예언가 에드거 케이시와 그 사람이 주장했던 영혼의 윤회를 떠받들고 말겠군요."
걔가 케이시를 케이스로 발음하기에 고쳐 줬더니(그건 캔자스 시티의 머리글자(K.C.)처럼 발음해야 해.), 정말이지 무시무시한 해럴드표 우거지상을 내게 선사하더군. 걔는 자신의 작은 흠을 지적 당할 때 감사를 표하는 타입의 남자가 아니란다, 일기장아!
"언제든 명백히 과학적으로 설명할 수 없는 일이 생긴다면, 정말로 꼭 들어맞고 내적 논리도 충실한 유일한 설명은 바로 신학적인 설명이라오. 그것이 바로 심령학과 종교가 항상 손을 맞잡고 보조를 맞춰온 이유지. 현대에선 믿음으로 심신을 치유해 주는 단계에까지 이르렀잖아요."
해럴드가 투덜거렸지만 교수님은 어쨌든 말을 이어갔지.

"나는 본능적으로 모든 사람에게 심령적인 면이 있다고 생각하는데…… 그런 면은 우리가 거의 전혀 눈치 채지 못할 만큼 아주 뿌리 깊은 우리의 일부분이오. 그런 재능은 아마도 주로 예방적인 기능을 할 것이고 그래서 눈에 띠지 않는 법이지."

"왜요?"

내가 물었어.

"소극적인 요소이기 때문이야, 프랜. 여러분 중에 누구 기차와 비행기 사고를 다룬 제임스 D. L. 스톤턴의 1958년 연구에 관해 읽어 본 적 있나요? 사회학 저널에 최초로 출판되었지만, 타블로이드판 신문들이 종종 들춰내곤 하던데."

우린 모두 고개를 저었지.

"읽었으면 좋았을 텐데. 제임스 스톤턴은 20년 전의 내 학생들이 '정말 뛰어난 두뇌'라고 불렀을 법한 사람이었다오. 일종의 취미로 초자연적 현상을 연구했던 온화한 성품의 임상 사회학자였지. 그는 직접 연구하려는 전공 분야로 파고들기 이전에 취미와 전공을 결합한 주제들에 관해 다수의 글을 저술했어요."

해럴드는 콧방귀를 뀌었지만 스튜 씨와 마크는 씩 웃고 있었지. 유감스럽게도 나도 웃고 말았어.

"그럼 비행기와 기차에 관해 이야기해 주세요."

페리 양이 말했어.

"흐음, 스톤턴은 1925년 이후로 일어난 50건도 넘는 비행기 사고와 1900년 이후로 일어난 200건도 넘는 기차 사고의 통계 자료를 구했다오. 그래서 모든 자료를 컴퓨터에 입력했지. 기본적으로 그는 세 가지 요인을 상호 연관시킨 거요. 사고를 당한 수송 수단의 승객, 그 사고의 사망자, 그리고 수송 수단의 최대 수용 인원."

"그 사람이 뭘 증명하려고 애썼는지 통 모르겠네요."

스튜 씨가 말했어.

"그걸 알려면, 그가 컴퓨터에 두 번째 숫자들을 입력했다는 걸 이해해야 해요. 이번엔 사고를 당하지 않은 똑같은 수량의 비행기 및 기차와 관련된 숫자 정보였지."

마크가 끄덕거렸어.

"표준 집단과 실험 집단이군요. 그건 충분히 합리적인데요."

"그가 발견한 사실은 상당히 단순했지만, 거기에 함축된 의미는 다리를 휘청거리게 할 정도였다오. 잠재적인 통계 사실을 파악하려고 16가지 항법표 사이를 휘청거리고 다녀야 한다니 체면 구기는 일이야."

"어떤 사실이었는데요?"

내가 물었어.

"수용 인원을 꽉 채운 비행기와 기차는 사고를 당하는 경우가 드물다."

"와 좆나 엉터리야!"

해럴드가 고래고래 고함쳤지 뭐야.

"전혀 그렇지가 않다네."

글렌 교수님이 차분히 말했어.

"그것이 스톤턴의 이론이었고, 컴퓨터가 이를 뒷받침해 주었어. 비행기와 기차 사고의 여러 사례에서 운송 수단은 탑승 인원을 보면 정원의 61퍼센트를 싣고 움직이고 있단 말이지. 사고가 나지 않은 여러 사례에선 정원의 76퍼센트를 싣고 움직이고 있었고. 수많은 컴퓨터 실험을 통해 15퍼센트의 차이가 도출된 것이고, 그 정도의 포괄적인 편차는 '의미심장'한 것이오, 여러분. 통계적으로 말해 3퍼센트 편차만 하더라도 진지하게 생각해 보아야 할 수준이라는 점을 생각하면 스톤턴의 말이 옳아요. 그건 텍사스 주 땅덩어리 크기만큼의 오차인 거지요. 스톤턴의 결론은 이거요. 사람들은 어떤 비행기와 기차가 사고를 낼 것인지 '안다'.…… 사람들은 무의식적으로 미래를 예측하고 있다, 이 말이지.

여러분의 샌디 아주머니는 61번 항공편이 시카고에서 샌디에이고를 향해 이륙하기 직전에 심한 복통을 앓아요. 그리고 그 비행기가 네바다 사막에 추락하고 나면 모든 이들이 말하지. '오 샐리 아주머니, 배앓이가 정말 하나님의 은총이었네요.' 그러나 제임스 스톤턴이 진실을 발견할 때까진, 어느 누구도 깨닫지 못했던 거요. 배앓이나…… 두통에 시달린 사람이 사실은 '30명'이나 있었다는 사실을…… 또는 무언가 정상적인 진행에서 벗어난 일이 벌어지려 한다고 몸이 머리한테 알려 주려고 할 때 다리 사이로 전해지는 아주 희한한 느낌의 정체를 말이오."

"난 도통 믿을 수가 없어요."

해럴드가 머리를 다소 애처롭게 흔들며 말하더군.

"글쎄, 그리고 말이지, 내가 스톤턴의 글을 처음으로 다 읽고 나서 약 일주일 뒤에 마제스틱 항공사 소속 제트기가 로건 공항에 추락했소. 그 사고로 탑승객 전원이 사망했지. 그런데 상황이 좀 진정된 다음에 난 로건에 있는 마제스틱 사무소에 전화를 걸었어요. 관계자한테 《맨체스터 유니언 리더》의 기자라고 말했소. 살짝 선의의 거짓말을 한 거지 뭐. 난 항공기 사고들을 모은 해설 기사를 준비 중이라면서 혹시 사고 난 그 항공편 티켓을 사 놓고 정작 공항에 나오지 않았던 승객 숫자가 얼마나 되는지 알려 줄 수 있느냐고 물었지요. 전화받던 남자가 놀란 눈치더군. 왜냐하면 항공사 직원들도 그 점에 관해 이야기를 하고 있었더랬으니까. 그 숫자는 16이었소. 16명의 탑승 포기자들. 그에게 덴버에서 보스턴까지 가는 747 항공편의 평균 탑승 포기자 수가 얼마냐고 물었더니 3명이라고 대답했다오."

"3명."

페리온 양이 몹시 놀라는 어조로 말했지.

"그렇다니까요. 그런데 그 사내는 더한 얘기를 하더군. 그가 말하길 사고 난 그 항공편에선 15명이 예약 취소를 하기도 했는데, 평균 예약 취소자는 8명이 보통이라는 거요. 그러니 비록 그 사고 후에 신문 머리기사는 '로건 공항 추락 사고로 94명 사망'이라고 부르짖었지만, '로건 공항 재난 속에서 31명이 죽음을 피하다'라고 했어도 별 무리가 없었을 테지."

흐음······ 그러고 나서 심령 현상에 관해 더 많은 말이 오갔는데, 본래의 토론 주제였던 우리의 꿈과 그 꿈들이 하늘에 있는 위대한 정의로운 분한테서 내려온 것이냐 아니냐에 관한 내용과는 몹시 동떨어진 방향으로 흘러가 버렸어. 마침내 튀어나온 한 마디 (이것은 해럴드가 극도의 혐오감에 휩싸여 자리를 뜨고 난 다음에 나왔지.)는 스튜 씨가 글렌 교수님에게 한 질문이었어.

"만일 우리 모두에게 그런 심령 능력이 있다면, 그렇다면 사랑하는 사람이 갑작스럽게 죽거나 토네이도 회오리바람에 우리 집이 홀라당 날아가 버리거나 하는 식의 불행한 일이 언제쯤 벌어질지는 왜 모르는 거죠?"

"정확히 그런 유의 불행을 예측하는 사례들도 있다네. 그러나 그런 예측들이 평범한 것과는 거리가 멀다는 점을…… 또는 컴퓨터의 도움을 받아 증명하기가 쉬운 것은 아니라는 점을 인정해야겠지. 그것은 흥미로운 특징이야. 내 이론에 따르면……"

(일기장아, 그분은 항상 별의별 이론을 다 갖고 있지 않니?)

"……그것은 진화와 관련이 있다네. 스튜 자네도 알다시피 한때 인간은, 또는 인간의 선조는 온몸에 꼬리와 털이 달렸고, 현생 인류보다 더 날카로운 감각을 지녔지. 지금 우리는 왜 그런 것들을 지니고 있지 못할까? 빨리 대답해 보시게, 스튜! 이건 자네가 이번 수업의 우등생으로 졸업장을 받는 영예를 누릴 기회라고."

"그러니까, 사람들이 이제는 운전할 때 운전 고글과 운전복을 착용하지 않는 것과 똑같은 이유랄까요. 때때로 사람은 어떤 것을 앞질러 버리잖아요. 그것이 더 필요치 않은 단계에 도달하는 식으로."

"정확하네. 그리고 실용적인 면에서 아무 쓸모도 없는 심령 감각을 소유하는 것에 어떤 의미가 있을까? 자네가 사무실에서 일하는 중인데 자네 부인이 시장 갔다 돌아오는 길에 자동차 충돌 사고로 사망해 버렸다는 것을 불현듯 스스로 안다고 해서 자네한테 도대체 무슨 소용이 있으려나? 누군가 전화를 걸어서 소식을 알려 줄 텐데 말이지. 그렇잖은가? 그러한 감각은 오래전에 쇠퇴해 버렸을 거야. 만약 우리가 정말로 그런 감각을 소유한 적이 있었다면. 꼬리와 털가죽의 경우처럼 사라져 버린 건지도 모르고 말이야."

그분은 말을 계속했어.

"이 꿈들이 흥미로운 이유는 마치 미래에 일어날 어떤 투쟁을 예언하는 것 같기 때문이오. 우리는 한 지도자…… 그리고 그에 맞서는 적대자의 희미한 모습들을 전달받고 있는 듯하단 말이지. 괜찮다면 우리의 적으로 가정해 봅시다. 만약 그런 경우라면, 우리가 탑승하기로 예정된 비행기를 바라보는 것과 비슷할지도 모르지…… 그 결과 배앓이를 하는 거고. 어쩌면 우리가 자신의 미래를 확정시키도록 도와주는 수단을 얻는지도 몰라요. 일종의 4차원적 자유의지라고나 할까. 사고가 일어나기에 앞서 선택할 기회 말이오."

"하지만 우리는 꿈이 무엇을 의미하는지 모르잖아요."

내가 말했어.

"모르지, 몰라. 그러나 알 수 있을지도 모르지. 심령 능력의 작은 꿈틀거림이 우리가 하나님의 부름을 받은 증거인지는 모르겠소. 눈으로 직접 하나님의 존재를 확인할 수 있다고 믿지는 않아도 그런 기적을 기꺼이 받아들이는 사람은 무수히 많고, 나도 그런 사람 중 한 명이오. 그런데 꿈의 영향으로 우리가 두려움에 빠진다 쳐도, 나는 이 꿈들이 일종의 건설적인 힘이라고 굳게 믿고 있소. 베로날 약을 해결책으로 삼는 것에 관해서도 곰곰이 생각 중이오. 진정제를 복용하는 것은 배앓이를 진정시키려 펩토비스몰 소화제를 꿀꺽 삼키는 것과 아주 흡사해요. 그리고 나선 사정이 어쨌거나 비행기에 올라타는 거지."

기억해 둘 것들: 경제 불황, 석유 파동, 1갤런의 휘발유로 고속도로를 100킬로미터나 달릴 수 있는 표준형 포드 그라울러 자동

차. 굉장히 놀라운 차였지. 여기까지다. 그만 쓰자. 글 쓰는 양을 줄이지 않으면 이 일기는 내 뱃속의 고독한 방랑자가 세상에 도착하기도 전에(유감스럽게도 서부 영화처럼 실버라는 이름의 백마를 타고 오진 않겠지만) 대하소설 『바람과 함께 사라지다』만큼이나 길어질 거야. 아 맞다, 한 가지 더 기억해 둘 것. 예언가 에드거 케이시. 그를 잊을 수가 없어. 추측건대 그는 자신의 꿈속에서 미래를 보았을 거야.

1990년 7월 16일

딱 두 가지 메모만. 모두 꿈(이틀 전 기록 참조)과 관련된 것이야. 첫째, 글렌 베이트먼 교수님이 지난 이틀간 매우 수척하고 말이 없었는데, 오늘 밤 그분이 베로날을 엄청 많이 복용하는 것을 목격했어. 내 눈치론 그분이 지난 두 차례의 약 복용을 건너뛰었고 그 결과 매우 나쁜 꿈에 시달렸던 것 같아. 걱정스러워. 그 일에 관해 그분에게 말을 꺼낼 방법을 알았으면 좋으련만, 생각나는 게 없어.

둘째, 나 자신의 꿈들. 토론을 마치고 나서 어젯밤 전까진 아무 꿈도 꾸지 않았어. 아기처럼 곤히 잠들었고 하나도 기억나는 게 없었다고. 어젯밤 처음으로 그 늙은 할머니 꿈을 꿨어. 이미 일기에 적어 놓았던 것 이외에 더 추가할 말은 없어. 다만 할머니가 근사하고 온화한 기운을 발산하는 듯 보였단 말은 해 둬야겠어. 해럴드가 빈정대는데도 스튜 씨가 왜 그리도 네브래스카에 가겠다고 고집을 부렸는지 이해할 수 있겠단 생각이 들어. 오늘 아침 난 완벽하게 상쾌한 기분으로 잠에서 깨어나면서 만약 우리가 그 늙은 할머니, 마더 애버게일을 제대로 찾아갈 수 있다면, 만사 오케이일 거란 생각을 했어. 그분이 정말로 그곳에 계시기면 좋겠어.(그런데 말이지, 난 그 마을 이름이 헤밍포드홈이라고 굳게 확신해.)

　기억해 둘 것: 마더 애버게일!

제47장

그 일이 터진 것은 그야말로 순식간이었다. 7월 30일 10시 15분 경이었고, 스튜 일행은 겨우 한 시간쯤 도로를 달리던 중이었다. 전날 밤에 세찬 소나기가 몰아쳐서 도로가 여전히 미끄러웠기 때문에 이동 속도가 느렸다. 전날 아침 스튜가 처음엔 프래니를, 그 다음엔 해럴드와 글렌을 깨워 페리온의 자살 소식을 전한 이후로 네 사람 사이엔 별 대화가 없었다. 스튜는 자신의 잘못이라고 스스로를 질책하고 있었으며, 프랜은 천둥 폭우에 잘못을 물을 수 없는 것처럼 자기 잘못이 아닌 일로 자책하는 그를 가엾게 여겼다.
프래니는 스튜에게 그렇게 말해 주고 싶은 마음이 굴뚝같았다. 어느 정도는 그가 제멋대로 착각한 것에 대해 잔소리를 들을 필요가 있기 때문이었고 또 한편으로는 그를 사랑하기 때문이었다. 후자는 이제 그녀 자신한테 더 감출 수 없는 사실이었다. 그녀는 페리온의 죽음이 그의 잘못이 아님을 이해시킬 수 있으리라 생각했지만…… 그랬다간 자신의 진실한 감정의 실체를 그에게 노출해 버리고 말 터였다. 그녀는 스튜가 확실히 알아볼 수 있도록 마음을 소맷자락에 핀으로 꽂아 놓아야겠단 생각을 했다. 불행하게도 해럴드도 역시 그것을 알아보겠지. 그래서 그 아이디어는 탈락시켰다. 그저 당분간만. 그녀는 해럴드가 있건 없건 간에 머지않아 그런 대담한 행동을 해야 할 것으로 생각했다. 자신은 그저 아주 오랫동안 그 아이를 보호하고 있었을 뿐이었다. 그렇다면 그 아이도 진실을 알아야만 할 것이다…… 수긍하든지 못하든지 간에. 그녀는 해럴드가 수긍하지 않는 쪽을 선택할까 봐 두려웠다. 그런 결정은 무시무시한 상황으로 이어질 수 있었다. 어쨌거나 그들은 수많은 총기들을 지니고 있었으니까.

프랜이 이런 생각들에 골몰하고 있을 때 일행은 커브 길을 돌았고, 도로 한가운데에 커다란 거주용 트레일러 한 대가 뒤집혀 길 양쪽을 가로질러 막고 있는 것을 보았다. 트레일러의 골이 진 분홍 셔터가 어젯밤 내린 비로 아직도 번쩍거렸다. 이것만으로도 놀랄 일이었지만, 더 놀라운 것이 있었다. 모두 스테이션왜건 형태인 승용차 세 대와 커다란 견인 트럭 한 대가 길가에 쭉 서 있었다. 그 주위엔 사람들도 있었는데, 못해도 열두 명 정도는 되었다.

프랜은 너무 놀라 급히 브레이크를 걸었다. 타고 있던 혼다 오토바이가 젖은 도로 위를 미끄러진 바람에, 서둘러 몸을 바로잡지 않았다면 길바닥에 내동댕이쳐질 뻔했다. 그러자 일행 네 사람이 모두 멈춰 도로를 가로질러 일렬로 늘어섰고, 그토록 많은 사람이 아직도 살아 있는 광경을 보고는 눈을 끔뻑거리며 아주 넋을 잃은 듯했다.

"오케이, 다들 내리시오."

한 남자가 말했다. 키가 컸고 엷은 갈색 턱수염을 기른 데다가 검은 선글라스를 꼈다. 프랜은 잠시 시간 여행을 해서 과거로 돌아가 메인 주 고속도로에서 과속을 했다고 주 경찰관한테 끌려 가는 광경을 머리에 떠올렸다.

'그다음엔 운전 면허증을 보자고 할 테지.' 프랜은 생각했다. 그러나 이 사람은 과속 운전자들을 덮쳐 위반 딱지를 떼는 고독한 주 경찰관이 아니었다. 남자가 넷 있었는데, 그중 셋은 엷은 갈색 턱수염 사내 뒤의 짧은 차단선 안쪽에 서 있었다. 나머지는 모두 여자였다. 적어도 여덟 명. 그들은 창백했고 겁먹은 듯 보였으며, 주차된 스테이션왜건 주변에 작은 무리를 이루고 서 있었다.

엷은 갈색 턱수염은 권총을 소지하고 있었다. 뒤쪽 남자들은 모두 소총을 들었다. 그들 중 둘은 너저분한 군복을 걸치고 있었다.

"내리라고, 씨발아."

턱수염이 말했고, 뒤편 남자들 중 하나가 소총의 약실에 실탄을 장전했다. 안개 낀 아침 공기를 뚫고 요란하고 통렬하게 위압적인 소리가 났다.

글렌과 해럴드는 당황하고 걱정스러운 표정이었다. 딱 그 정도, 그 이상은 아니었다. '저 사람들은 손쉬운 먹잇감이야.' 프래니는 솟아오르는 공포를 느끼며 생각했다. 그녀는 아직 상황을 완전히 파악하지는 못했지만, 이곳의 돌아가는 방식은 죄다 잘못된 것투성이임을 직감했다. '남자 넷, 여자 여덟.' 화들짝 놀란 어조로 그녀의 뇌가 말했고 그러고는 되풀이했다. '남자 넷! 여자 여덟!'

"해럴드."

스튜가 조용한 목소리로 말했다. 그의 눈에 무언가가 떠올랐다. 어떤 깨달음.

"해럴드, 가만히 있으면 안 돼……."

그러고 나서 모든 일이 벌어졌다.

스튜의 소총은 등 뒤에 걸쳐져 있었다. 그가 한쪽 어깨를 낮춰 멜빵이 팔로 미끄러지게 하자 소총이 그의 손안에 들어왔다.

"허튼 수작 하지 마!"

턱수염이 화가 나서 외쳤다.

"가비! 버지! 로니! 놈들을 처치해! 여자는 빼고!"

해럴드가 자신의 쌍권총을 움켜쥐었다. 처음엔 권총들이 아직도 총집 속에 들어 있다는 것을 깜빡한 채였다.

글렌 베이트먼은 놀라서 여전히 말문을 잃은 상태로 해럴드 뒤에 앉아 있었다.

"해럴드!"

스튜가 다시 고함쳤다.

프래니는 자신의 소총을 풀기 시작했다. 주변 공기가 별안간 결코 헤쳐 나갈 수 없을 듯한 투명 물엿 덩어리로 가득 채워진 느낌이었다. 그녀는 십중팔구 여기서 죽을 수도 있음을 깨달았다.

여자들 중 한 명이 날카롭게 외쳤다.

"지금이야!"

계속 소총을 가지고 아등바등하던 와중에도 프래니의 시선이 이 소녀한테로 옮겨 갔다. 진짜 소녀는 아니었다. 적어도 스물다섯 살은 돼 보였다. 옅은 금발이 덥수룩한 헬멧처럼 늘어진 것이 마치 최근에 전정가위로 머리칼을 쳐낸 것 같았다.

여자들 전부가 움직이지는 않았다. 몇몇은 두려움 때문에 꼼짝없이 굳어 버린 듯했다. 그러나 금발 소녀와 나머지 세 명은 행동을 개시했다.

이 모든 일이 7초 동안에 벌어졌다.

턱수염은 스튜를 향해 권총을 겨누고 있었다. 젊은 금발 여자가 "지금이야!"라고 외치자 총신이 그녀 쪽으로 살짝 흔들렸다. 수맥 찾는 막대기가 물을 감지한 것처럼. 총이 발사되면서 쇳조각이 판지를 꿰뚫는 것 같은 요란한 소음이 났다. 스튜가 오토바이에서 떨어졌고 프래니는 그의 이름을 외쳤다.

그러자 스튜가 양쪽 팔꿈치로 몸을 일으키면서(팔꿈치가 도로에 부딪히는 바람에 전부 까졌고, 혼다는 그의 한쪽 다리 위에 쓰러져 있었다.) 총을 쏘았다. 턱수염 사내는 앙코르 공연 후에 무대를 나가는 버라이어티 쇼의 춤꾼처럼 뒷걸음질쳤다. 그가 입은 낡은 체크무늬 셔츠가 터져 올라 너풀거렸다. 그의 자동 권총이 하늘을 향해 치켜 올랐고 쇳조각이 판지를 꿰뚫는 소리가 네 번 더 터져 나왔다. 그가 뒤로 벌렁 쓰러졌다.

턱수염 뒤에 있던 세 남자 중 둘이 금발 여자의 외침이 들린 쪽으로 몸을 틀었다. 한 명이 손에 들고 있던 구식 12게이지 레밍턴 산탄총의 양쪽 방아쇠를 당겼다. 개머리판을 어디에도 받치고 있지 않았기 때문에(개머리판은 오른쪽 엉덩이 바깥쪽에 있었다.), 작은 방에 내리친 천둥 같은 소리를 내며 발사된 총이 손가락 살갗을 찢고 두 손을 빠져나가 뒤쪽으로 튀어 날았다. 총은 도로 위에 떨어지며 덜그럭거렸다. 금발 여자의 고함에도 꼼짝하지 않았던 여자들 중 한 명의 얼굴이 믿을 수 없을 만큼 맹렬한 핏줄기 속에

녹아내렸고. 한동안 프래니는 피가 포장도로 위로 비 오듯 쏟아지는 소리를 실제로 들을 수 있었다. 갑작스럽게 퍼붓는 소나기 소리 같았다. 그 여자가 쓰고 있는 피의 가면 속에서 무사한 한쪽 눈이 드러났다. 넋이 나가 아무것도 모르는 사람의 눈이었다. 여자는 곧 앞으로 고꾸라져 도로 위로 엎어졌다. 그녀 뒤의 컨트리 스콰이어 스테이션왜건이 산탄 총알로 벌집이 되었다. 유리창 하나가 우윳빛으로 무수히 갈라지며 와장창 무너졌다.

금발 소녀가 자신을 향해 몸을 돌린 두 번째 남자를 꽉 붙들었다. 남자가 잡았던 소총이 그들의 몸 사이로 발사되었다. 여자 애들 중 하나가 주인 잃은 산탄총을 주우러 허겁지겁 달려 나왔다.

여자들한테 몸을 돌리지 않았던 세 번째 남자가 프랜을 향해 총을 쏘기 시작했다. 오토바이에 걸터앉은 프랜은 두 손에 소총을 들고 그를 향해 멍청하게 눈을 끔뻑거렸다. 이탈리아 인처럼 보이는 그는 피부가 누르스름했다. 프래니는 왼쪽 관자놀이 옆을 씽 스치는 총알을 느꼈다.

해럴드가 마침내 자신의 쌍권총 중 하나를 빼냈다. 그것을 치켜들고 누르스름한 남자한테 발사했다. 거리는 열다섯 걸음 정도였다. 총알이 빗나갔다. 남자의 머리 바로 왼쪽에 있던 분홍색 트레일러의 겉면에 총알 구멍이 생겼다. 그 남자가 해럴드를 바라보며 말했다.

"내가 죽여 주마. 이 개놈의 짜식아."

"그러지 마!"

해럴드가 소리 질렀다. 그는 권총을 버리고 빈 손 두 짝을 활짝 내보었다.

남자가 해럴드한테 세 방을 쐈다. 세 방 모두 빗나갔다. 세 번째 총알은 하마터면 상처를 입힐 뻔했다. 총알이 해럴드의 야마하 오토바이 배기통을 터뜨려서 해럴드와 글렌은 오토바이에서 굴러떨어졌다.

이제 20초가 흘렀다. 해럴드와 스튜는 납작 엎드렸다. 글렌은 도로 위에 책상다리를 하고 앉아 마치 자신이 어디에 있는지, 또 무슨 일이 일어나는 중인지 잘 모르겠다는 듯 계속 주위를 두리번거렸다. 프래니는 누르스름한 남자가 해럴드나 스튜를 맞히기 전에 그 남자를 쏘려고 필사적으로 애썼지만 총은 발사되지 않을 터였고, 방아쇠조차 당겨지지 않을 터였다. 왜냐하면 엄지손가락으로 잠금장치를 푸는 것을 깜빡했기 때문에. 금발 여자는 계속 두 번째 남자와 몸싸움을 벌였고, 땅에 떨어진 산탄총을 주우러 나갔던 여자는 이제 그것을 차지하려는 두 번째 여자와 싸우고 있었다.

분명한 이탈리아 말로 욕지거리를 내뱉으며 누르스름한 남자가 또다시 해럴드를 겨냥했지만 때마침 스튜가 총을 쏘자 남자는 이마가 움푹 꺼진 채 감자 포대처럼 고꾸라졌다.

곧이어 또 한 명의 여자가 산탄총을 둘러싼 난투에 끼어들었다. 총을 손에서 놓쳤던 사내가 그 여자를 옆으로 떨쳐 내려 했다. 여자는 그의 다리 사이로 손을 뻗더니 청바지 가랑이를 움켜잡고 힘껏 쥐어짰다. 프랜은 그 여자의 힘줄이 팔뚝에서 팔꿈치까지 온통 불룩 튀어나온 것을 보았다. 사내가 비명을 질렀다. 그 사내는 산탄총에 흥미를 잃고 말았다. 자신의 소중한 신체 부위를 부여잡고는 허리를 구부리고 비틀비틀 걸어갔다.

해럴드는 자기가 떨어뜨렸던 권총이 놓여 있는 도로까지 기어가 그것을 움켜잡았다. 권총을 들어 올려 소중한 신체 부위를 붙잡고 있던 남자를 향해 발사했다. 세 번 쏘았지만 매번 빗나갔다.
'「우리에게 내일은 없다」 같아.' 프래니는 생각했다. '맙소사, 사방 천지가 피투성이야!'
덥수룩한 금발 머리 여자가 두 번째 남자의 소총을 빼앗으려던 몸싸움에서 지고 말았다. 그가 총을 홱 끌어당기고 그녀를 걷어찼는데, 아마도 배를 노렸던 모양이지만 두꺼운 장화 한 짝이 여자의 허벅지에 걸렸다. 여자는 재빨리 뒷걸음질치며 균형을 잡으려 두 팔을 허우적거렸고, 젖은 땅을 철퍽거리다 엉덩방아를 찧었다.
'저 여자를 쏘겠어.' 프래니는 그렇게 생각했지만, 두 번째 남자는 뒤로 돌아 자세를 취하는 술 취한 군인처럼 빙그르르 돌면서 아직도 컨트리 스콰이어 웨건에 기대 움찔거리고 있던 세 여자 쪽으로 재빨리 총을 쏘기 시작했다.
"이야아아! 개년들아!"
놈이 소리쳤다.
"이야아아! 개년들아!"
여자들 중 한 명이 쓰러져 스테이션왜건과 뒤집힌 트레일러 사이의 포장도로 위에서 칼 맞은 생선처럼 팔딱거리기 시작했다. 나머지 두 여자는 도망갔다. 스튜가 총을 쏜 녀석을 노리고 쐈지만 빗나가 버렸다. 놈은 도망가는 여자들 중 미처 멀리 가지 못한 한 명한테 총을 쏘았다. 그녀가 두 손을 하늘 높이 쳐들고 쓰러졌다. 차 옆으로 돌아서 뛰어간 다른 여자는 살아남아 분홍색 트레일러 뒤편으로 도망갔다.

떨어뜨린 산탄총을 되찾는 데 실패한 세 번째 사내는 여태 비틀거리며 가랑이를 부여잡고 있었다. 한 여자가 사내를 향해 산탄총을 겨누고 양쪽 방아쇠를 당기며, 천둥소리가 나올 것 같은 예감에 눈을 질끈 감고 입을 일그러뜨렸다. 천둥은 치지 않았다. 산탄총은 비어 있었다. 여자는 총을 거꾸로 돌려 총신을 움켜잡고 사납게 원을 그리며 개머리판을 아래로 후려쳤다. 머리를 맞히지는 못했지만, 목과 오른쪽 어깨가 만나는 부위를 후려쳤다. 사내가 무릎을 꿇었다. 그는 기어 다니기 시작했다. '켄트 주립대학'이라고 적힌 푸른 니트 셔츠와 누더기 청바지를 입고 있던 여자가 그의 뒤를 쫓아다니며 산탄총으로 몽둥이질했다. 기어 다니던 사내는 곧 몸에서 피가 강물처럼 흘러내렸고, 켄트 주립대 니트 셔츠는 계속 두들겨 팼다.

"이야아아아, 개년들아!"

두 번째 남자가 날카롭게 소리치며 넋을 잃고 중얼대던 중년 여자를 쏘았다. 총구와 여자 사이의 거리는 기껏해야 1미터였다. 여자가 손을 뻗치면 새끼손가락으로 총신 구멍을 틀어막을 수도 있을 정도로 가까웠다. 그러나 맞히지 못했다. 다시 한 번 방아쇠를 당겼으나, 이번엔 총알이 떨어져 헛발이었다.

해럴드는 이제 양손에 권총을 쥐고 있었다. 그가 예전에 영화에서 봤던 경찰의 모습 그대로였다. 그는 방아쇠를 당겼고 총알이 두 번째 남자의 팔꿈치를 으깼다. 두 번째 남자가 소총을 떨어뜨리고 펄쩍펄쩍 지랄 춤을 추며 목청 높여 깩깩 소리를 질렀다. 프래니한테는 그의 비명이 만화에 나오는 로저 래빗이 "제에에발!"이라고 말하는 거랑 약간 비슷하게 들렸다.

"내가 저 녀석을 잡았어!"

해럴드가 잔뜩 도취해서 부르짖었다.

"놈을 잡았어! 우와, 내가 놈을 잡았어!"

프래니는 마침내 자신의 소총에 잠금장치가 걸려 있는 것을 기억해 냈다. 그녀가 엄지손가락을 튕겨 잠금장치를 풀자마자 스튜가 또다시 총을 쏘았다. 두 번째 남자가 엎어졌고, 이젠 팔꿈치 대신 배를 꼭 붙들고 있었다. 그가 연방 비명을 토해 냈다.

"맙소사, 맙소사."

글렌이 가녀린 목소리로 말했다. 그는 두 손에 얼굴을 묻고 눈물을 흘리기 시작했다.

해럴드가 또 권총을 발사했다. 두 번째 남자의 몸이 튀어 올랐다. 마침내 비명이 멈추었다.

켄트 주립대 니트 셔츠의 여자가 산탄총 개머리판을 또다시 내리쳤는데, 이번 타격은 기어가는 남자의 머리로 곧장 향했다. 홈런왕 짐 라이스가 높이 들어오는 세찬 강속구를 힘껏 맞받아치는 것 같은 소리가 났다. 산탄총의 호두나무 개머리판과 남자의 머리통이 둘 다 박살 났다.

잠시 동안 침묵이 흘렀다. 한순간 새 한 마리가 큰 소리로 울었다. 휫휫…… 휫휫…… 휫휫.

그러자 니트 셔츠를 입은 아가씨가 세 번째 남자의 시체 위에 올라서서 죽을 때까지 프랜 골드스미스의 머릿속을 떠나지 않을 야만적인 승리의 절규를 목이 터져라 길게 내질렀다.

금발 아가씨는 오하이오 주 제니아 출신의 데이나 저겐스였다. 켄트 주립대 니트 셔츠의 아가씨는 수전 스턴이었다. 산탄총 남자의 가랑이를 쥐어짰던 세 번째 소녀는 패티 크로거였다. 나머지 두 여자는 좀 더 나이가 많았다. 데이나의 말로는 셜리 해밋이 최연장자였다. 나머지 한 여자의 이름은 그들도 몰랐는데, 30대 중반으로 보였다. 앨, 가비, 버지, 로니가 이틀 전 아치볼드 마을에서 그녀를 잡았을 때부터 줄곧 정신적 충격에 빠져 헛소리를 해대는 상태였다.

이제 아홉 명이 된 일행은 고속도로를 벗어나 컬럼비아의 바로 서쪽 어디쯤 있는 농가에서 야영을 하고 인디애나 주 경계선을 넘었다. 모두 충격에서 헤어나지 못한 상태였는데, 며칠 뒤 프랜은 고속도로의 뒤집힌 분홍색 트레일러에서 농가까지 벌판을 가로질러 걷던 그들의 모습을 누가 보았더라면 지역 정신 병원이 실시하는 야외 견학처럼 보였으리라 생각했다. 허벅지 높이까지 오는 데다 지난밤에 내린 비로 아직도 젖어 있는 풀 때문에 그들의 바지가 이내 푹 젖고 말았다. 여전히 강한 습기의 영향을 받은 날개를 허공에서 흐느적거리던 하얀 나비들이 그들을 향해 달려들었다가 주춤주춤 동그라미와 8 자 모양을 그리며 멀어져 갔다. 태양이 구름을 박차고 나오려 몸부림쳤으나 여태 뜻을 이루지 못했다. 찬란한 햇빛 얼룩이 지평선마다 한결같이 뻗쳐 있던 흰 구름 덮개를 은은하게 비추었다. 하지만 구름 덮개가 있건 없건 간에 날은 이미 뜨거워져 습도를 끌어내리고 있었고, 대기는 공중을 맴도는 까마귀 떼와 녀석들의 귀에 거슬리는 불길한 울음소리로 가득 찼다. '이제는 사람보다 까마귀 숫자가 더 많구나.' 프랜이 멍하니 생각했다. '만약 조심하지 않으면, 숨이 끊어지자마자 녀석들이 우리를 쪼아 먹을 거야. 까만 새들의 복수. 까마귀가 육식을 했던가?' 육식이 맞을 거라는 생각에 몹시 무서웠다.

이러한 엉뚱한 생각이 부단하게 오가는 밑바닥으로 은밀하게, 엷어지고 있는 구름 덮개 뒤편의 태양처럼(그러나 1990년 7월 30일, 이날의 끔찍스럽고 눅눅한 아침에 존재했던 태양만큼이나 강력한 힘으로), 프랜의 마음속에서 총싸움 장면이 계속 또 계속 펼쳐졌다. 산탄총 회오리를 맞고 붕괴되는 여자의 얼굴. 엎어지는 스튜. 그가 죽었다고 확신할 당시의 적나라한 공포. "이야아아, 개년들아!" 하고 부르짖더니 해럴드가 한 방 쏘자 로저 래빗 같은 소리를 내던 남자. 턱수염 남자의 권총이 뿜어 댄 쇳조각이 판지를 꿰뚫는 소리. 여전히 뜨뜻한 적의 뇌가 쪼개진 두개골에서 새 나오는 가운데 그 시체 위에 올라선 수전 스턴이 내뱉던 야만적인 승리의 포효.

글렌이 프랜 옆에서 걷고 있었다. 갸름하고 다소 냉소적이던 그의 얼굴이 이제는 몹시 동요되었으며, 그의 희끗한 머리칼이 나비 떼를 흉내 내듯 머리 주변에서 가냘프게 흩날렸다. 그가 그녀의 손을 잡고, 연방 우악스럽게 토닥거렸다.

"그것 때문에 영향을 받아선 안 돼. 그러한 공포는…… 반드시 생겨나게 마련이지. 최선의 방어는 그것들을 잘게 쪼개는 거야. 사회, 사회가 답이지. 사회는 우리가 문명이라 칭하는 아치의 요석이고, 무법 상태에 대한 진정 유일한 해독제인 거야. 아가씨는 반드시…… 이런…… 이런 일들을…… 당연한 일로서 받아들여야만 해. 이번 일은 사회에서 홀로 떨어져 나온 단 하나의 사건일 뿐이야. 그런 건 그냥 괴물이라고 생각해. 그래! 트롤이나 요그나 아프리트 같은 거야. 일반적인 종류의 괴물들이라고. 나는 그렇게 여겨. 난 자명한 사실이라고 생각하지만, 누군가는 사회 구조적 윤리라 부를지도 모르지. 하! 하!"

그의 웃음은 반쯤은 한탄이었다. 프랜은 난해한 문장마다 "그래요, 교수님." 하며 맞장구를 쳐 주었지만, 그는 듣지 않는 듯했다. 글렌은 약간 메스꺼운 냄새를 풍겼다. 나비 떼가 일행한테 부딪혔다가 자신들의 임무를 다하려 또다시 후다닥 달아났다. 농장에 거의 다 도착했다. 전투는 1분을 채 넘기지 않았다. 1분도 안 됐지만, 프래니는 그 전투가 자신의 머릿속에서 요청이 빗발치는 인기 있는 추억으로 군림할 것이라 짐작했다. 글렌이 그녀의 손을 토닥거렸다. 제발 그러지 말라고 말하고 싶었지만, 그랬다간 그가 엉엉 울까 봐 두려웠다. 토닥거림은 견딜 수 있었다. 글렌 베이트먼이 울고 있는 모습을 견딜 수 있을지는 자신할 수 없었다.

스튜는 한쪽에서 해럴드와 걷고 있었고 금발 아가씨 데이나 저겐스는 반대쪽에 있었다. 수전 스턴과 패티 크로거는 아치볼드 마을에서 붙잡혔다는 이름 없는 정신병 여자 옆에 서서 걸었다. 죽기 전에 로저 래빗을 흉내 냈던 남자가 바로 코앞에 두고도 못 맞혔던 셜리 해밋은 왼쪽으로 약간 치우쳐 걸으면서, 뭐라고 중얼거리면서 이따금 지나가는 나비 떼를 잡고 있었다. 일행은 천천히 걷고 있었지만 셜리 해밋은 더 느렸다. 희끗한 머리칼이 얼굴에 어수선하게 흐트러졌고, 멍한 눈은 임시 도피처에서 밖을 내다보는 겁에 질린 생쥐 떼처럼 세상을 주시했다.

해럴드가 스튜를 불안하게 바라보았다.

"우리가 그놈들을 쓸어 버렸어요. 그쵸, 스튜 씨? 우리가 그놈들을 날려 버렸다고요. 녀석들의 목을 땄다고요."
"그런 것 같구나."
"에이, 어쩔 수 없었잖아요."
마치 일이 전혀 다른 방식으로 풀렸을지도 모른다고 스튜가 말하기라도 한 듯이 해럴드가 진지하게 말을 이었다.
"그놈들 아니면 우리가 죽느냐 사느냐였으니까!"
"놈들이 당신들 머리를 날려 버렸을걸요."
데이나 저겐스가 조용히 말했다.
"놈들이 우리를 공격했을 때 난 두 남자랑 동행하고 있었어요. 그놈들이 매복해 있다 리치와 데이먼을 쐈다고요. 습격이 끝난 후에 놈들은 시체의 머리에 각각 한 발씩 쐈어요. 확인 사살이었죠. 당신들도 그 꼴이 될 운명이었어요, 틀림없이. 당신들은 지금쯤 죽어 있었을 거라고요."
"우리가 지금쯤 죽어 있었을 거라니!"
해럴드가 스튜를 보며 언성을 높였다.
"괜찮아. 그냥 내버려 둬, 해럴드."
"그럼요! 소극적 노력을 게을리 하지 않을게요!"
해럴드가 진지하게 말했다. 그는 배낭 속을 마구 뒤져 페이데이 초코바 하나를 꺼냈고, 비닐 포장을 벗기던 중 하마터면 떨어뜨릴 뻔했다. 지독하게 욕지거리를 퍼붓고 나더니 그것을 막대 사탕처럼 두 손으로 잡고 게걸스럽게 먹기 시작했다.
일행은 농가에 도착했다. 해럴드는 초코바를 먹는 내내 계속해서 은근슬쩍 자기 몸을 만지작거려야 했다. 계속해서 자신이 부상당하지 않았다는 것을 확인하고 싶었던 것이다. 기분이 매우 찝찝했다. 가랑이를 내려다보기가 두려웠다. 분홍색 트레일러에서 벌어진 축제가 최고조에 달했던 직후 자신이 오줌을 지렸다고 확신했던 것이다.

아침 겸 점심을 먹는 동안 몇 사람이 음식을 집어 들긴 했으나, 모두들 마음이 가라앉지 않아 실제로는 아무도 음식을 입에 대지 않았다. 그동안 데이나와 수전이 거의 모든 대화를 도맡았다. 열일곱 살의 몹시 아름다운 패티 크로거는 가끔 몇 마디 거들었다. 이름 없는 여자는 먼지투성이 농가 부엌의 한구석으로 몸을 들이밀었다. 셜리 해밋은 탁자 앞에 앉아 나비스코 꿀 통밀 크래커를 먹으며 뭔가를 중얼거렸다.

데이나는 리처드 달리스와 데이먼 브랙넬과 함께 일행을 이루어 제니아를 떠났더랬다. 독감 유행 후 제니아에는 얼마나 많은 이들이 살아남았나? 그녀가 직접 본 것은 딱 세 명, 아주 늙은 할아버지, 성인 여자, 그리고 어린 소녀. 데이나와 친구들은 그 삼인조한테 같이 떠나자고 요청했지만, 할아버지는 그들한테 손을 휘휘 내저으며 "사막에 볼일이 있다."며 알 수 없는 소리를 몇 마디 했다.

7월 8일이 되자 데이나, 리처드, 데이먼은 요괴 같은 남자가 나오는 나쁜 꿈에 시달리기 시작했다. 몹시 무서운 꿈들. 데이나의 말로는, 리처드는 그 요괴 남자가 실제로 존재하고 캘리포니아에 살고 있다는 망상에 빠졌다고 한다. 그는 이 남자가 살아 있는 사람이라면 그들이 얼마 전 만났던 삼인조가 사막에서 볼일을 볼 상대가 바로 그 사람일 거라고 생각했더랬다. 데이나와 데이먼은 리처드의 정신 상태를 의심하기 시작했다. 그는 꿈속 남자를 '단단한 사나이'라고 불렀고 그 사람이 단단한 사나이들을 한데 모아 '군대'를 조직하는 중이라고 했다. 이 군대가 얼마 안 있어 서부 지역을 휩쓸고 나와 살아남은 모든 이들을 노예로 만들 것이라고 했다. 처음엔 미국에서, 그다음엔 전 세계에서. 데이나와 데이먼은 밤중에 리처드에게서 몰래 떠나갈 수 있는 가능성을 은밀하게 상의하기 시작했고, 자신들의 꿈이 리처드 달리스의 강한 망상으로 말미암은 결과였다고 믿기 시작했다.

윌리엄스타운에서 그들은 고속도로 커브 길을 돌다가 커다란 덤프트럭이 도로 한복판에 쓰러져 있는 것을 발견했다. 인근에 스테이션왜건 한 대와 견인 트럭 한 대가 있었다.

"우린 그저 흔한 교통사고 현장이라고만 여겼어요."

데이나가 말하며, 손가락 사이로 통밀 크래커 한 개를 신경질적으로 부스러뜨렸다.

"분명히 사고 현장이라고밖에 생각할 수 없는 모습이었다고요."

그들은 덤프트럭 주변으로 오토바이를 끌고 가려고 각자의 오토바이에서 내렸고, 그 순간 바로 네 명의 단단한 사나이(리처드의 표현법을 빌자면)들이 배수로 도랑에서 총격을 개시했다. 놈들은 리처드와 데이먼을 살해하고 데이나를 포로로 잡았다. 그녀는 그들이 때로는 '동물원' 때로는 '하렘'이라 부르는 것의 네 번째 추가물이었다. 나머지 포로 중 한 명이 중얼쟁이 셜리 해밋이었는데, 당시만 하더라도 거의 정상이었다. 비록 네 명의 모든 남자한테 강간당하고, 항문이 뚫리고, 억지로 남근 빠는 일을 수차례 되풀이해야 하는 처지긴 했지만서도.

"그리고 언젠가 한번은, 놈들 중 한 명이 셜리 아줌마를 덤불 속으로 데려갈 시간이 됐는데 응하지 않자, 로니가 셜리 아줌마의 엉덩이를 가시철사로 때렸어요. 아줌마는 사흘 동안 직장에서 피를 줄줄 흘렸어요."

"이런 경칠 일이 있나. 그 자식 어떻게 생긴 놈이에요?"

스튜가 묻자 수전 스턴이 대답했다.

"산탄총을 든 남자요. 내가 골통을 쳐부순 놈. 그 자식이 바로 여기에 바닥에 누워 있었으면 좋겠네. 또 골통을 깨부수게."

여자들은 갈색 수염에 선글라스의 사내를 그냥 '박사'로만 알고 있었다. 박사와 버지는 독감이 발발했을 때 애크런 지역으로 보내졌던 파견군의 일원이었다. 그들의 임무는 '언론 교섭'이었는데 '언론 탄압'을 뜻하는 군대식 완곡 어법이었다. 임무를 적절히 완수한 그들은 '군중 통제' 임무로 옮겨 갔는데, 이것은 도망가는 약탈자를 총살하고 도망 안 가는 약탈자는 목 매 죽이라는 군대식 완곡 어법이었다. 박사가 그들한테 말한 바로는 6월 27일경이 되자 명령 체계에 이어진 곳보단 구멍 난 곳이 훨씬 더 많았다. 꽤 많은 군인이 심하게 병을 앓아 순찰을 돌 수 없었지만, 그때쯤엔 어쨌거나 별 문제가 되지 않았다. 애크런의 시민들도 너무나 병약해져서 뉴스를 읽거나 뉴스를 작성할 수 없는 지경이 되었으므로, 군대는 은행과 보석상이 털리도록 그냥 방치해 버렸다.

6월 30일이 되자 군부대는 사라졌다. 부대원들은 죽었고, 죽어

가고 있었고, 아니면 뿔뿔이 흩어졌다. 박사와 버지는 사실 그저 두 명의 탈영병일 뿐이었고, 그때가 바로 그들이 동물원 사육 담당자로서 새로운 인생을 시작한 때였다. 가비는 7월 1일에 동참했고, 로니는 3일이었다. 그 시점에서 그들은 자신들의 독특한 클럽에 추가 회원 모집을 마감했다.

"그렇지만 한동안은 당신들이 그 남자들보다 인원수에선 우세했을 게 분명한데."

글렌이 말했다. 이 말에 답변한 사람은 뜻밖에도 셜리 해밋이었다.

"알약."

이마에 흘러내린 희끗한 앞머리 뒤편에서 덫에 걸린 생쥐 같은 셜리의 두 눈이 그들을 노려보았다.

"매일 아침 일어나면 알약, 매일 밤 잠잘 때도 알약. 정신이 오락가락."

셜리의 목소리가 가라앉는 바람에 마지막 말은 거의 들리지 않았다. 그녀는 말을 멈췄다가 또 뭔가를 중얼거리기 시작했다.

수전 스턴이 이야기를 이어받았다. 그녀와 죽은 여자들 중 한 명인 레이철 카모디는 7월 17일에 콜럼버스 지역 외곽에서 붙잡혔다. 당시 그 집단은 스테이션왜건 두 대와 견인 트럭 한 대로 이루어진 여행단이 되어 이동하는 중이었다. 남자들은 상황에 따라 앞길에 있는 부서진 차들을 치우거나 고속도로를 차단하려고 견인 트럭을 사용했다. 박사는 약품을 특대형 주머니 속에 담아 허리띠에 묶어 보관했다. 취침 시간을 위한 강력 진정제, 여행 시간을 위한 정신 안정제, 휴식 시간을 위한 신경 흥분제.

"아침에 일어나면, 두세 차례 강간을 당하고 나서 박사가 알약을 건네주길 기다리는 거예요."

수전이 무미건조한 목소리로 말했다.

"그러니까 낮을 위한 알약 말이에요. 사흘째 되니까 찰과상이 생겼죠. 내…… 음, 어디냐면, 내 음부에. 그리고 어떤 형태의 정상적인 성교라도 너무 고통스러웠어요. 난 로니한테 희망을 걸곤 했죠. 왜냐하면 그 자식은 오로지 펠라티오만 원했으니까. 그런데 알약을 먹고 나면, 먹은 사람은 매우 차분해져요. 졸리는 게 아니라 그냥 차분한 거예요. 그 파란 알약 몇 개에 육신이 휩쓸리고 나면 만사가 귀찮아지는 것 같았어요. 원하는 것은 오로지 두 손을 무릎에 모으고 앉아 지나가는 경치를 구경하거나 두 손을 무릎에 모으고 앉아 그들이 견인 트럭으로 길에서 뭔가를 움직이는 모습을 구경하는 것뿐이었다고요. 어느 날 가비가 한 소녀 때문에 열을 받았는데 이유는 열두 살도 채 안 된 그 아이가 자기가 시킨 짓을 하려 들지 않는다고…… 제대로 하려 들지 않았다던가 뭐 그랬는데 자세히 밝히진 않겠어요. 그 정도로 나쁜 짓을 시켰던 거예요. 그래서 가비는 여자 애의 머리를 날려 버렸어요. 난 별로 신경 쓰지 않았어요. 그저…… 평온했죠. 한순간만 지나고 나면, 탈출하고픈 생각이 멈출 지경이었으니. 도망치는 것보다 더 간절히 원했던 것은 그 파란 알약이었어요."

데이나와 패티 크로거가 고개를 끄덕이고 있었다.

놈들은 적정 수용 인원이 여자 여덟 명이라고 생각한 듯싶었다고 패티가 말했다. 놈들이 7월 22일에 동행하던 50대 남자를 살해하고서 패티를 붙잡았을 때, 그들은 약 일주일간 '동물원'의 일원이었던 나이 많은 할머니를 살해했다. 지금은 구석에 앉아 있는 저 이름 모를 소녀가 아치볼드 인근에서 붙잡혔을 당시엔, 열여섯 살 먹은 사팔뜨기 소녀가 총살당해 배수로에 버려졌다.

패티가 말했다.

"박사는 그걸 두고 농담을 하곤 했죠. 이렇게 말이에요. '나는 재수 없게 사다리 아래로 걸어가지 않아. 재수 없게 검은 고양이들의 통로를 건너가지 않지. 그리고 재수 없게 열세 사람과 함께 여행을 다니지도 않을 테야.'"

29일에, 놈들은 처음으로 스튜와 그의 일행을 발견했다. 스튜 일행 넷이 지나갔을 때 마침 동물원은 주간 고속도로에서 좀 떨어진 소풍 구역에서 야영하고 있었던 것이다.

"가비는 당신을 무지 탐냈어요."

수전이 프래니에게 고갯짓을 하며 말했다. 프래니는 몸을 덜덜 떨었다.

데이나가 그들 쪽으로 몸을 더 기울이고 나지막하게 말했다.

"그리고 놈들은 당신이 누구의 빈자리를 채울 것인지 분명하게 정해 놓았죠."

그녀가 거의 알아차릴 수 없을 만큼 살짝 셜리 해밋 쪽으로 고개를 끄덕거렸다. 셜리는 여전히 중얼거리며 통밀 크래커를 먹고 있었다.

"정말 불쌍한 아줌마군요."

프래니가 말했다. 뒤이어 패티가 입을 열었다.

"여기 있는 남자 분들이 우리에게 최선의 기회가 될지 모른다고 결정한 사람은 데이나였어요. 어쩌면 마지막 기회일지도 모른다고 했죠. 당신들 일행을 보니 남자가 셋 있더라고요. 데이나와 헬렌 로젯이 똑똑히 봤어요. '무장한' 남자 세 명. 박사는 '길에다 트레일러 뒤집어엎어 놓기' 작전을 과신하는 경향이 있었어요. 박사가 정부 관리처럼 행동하기만 하면 만사 오케이였거든요. 놈들이 만난 일행의 남자들은('남자인' 경우에) 하나같이 걸려들었어요. 그러고는 총살. 그 작전은 계획대로 착착 들어맞았어요."

"데이나가 오늘 아침에 한번 시도해 보자고, 알약을 손에 감추고만 있자고 우리한테 부탁했어요."

수전이 말을 이어 갔다.

"놈들도 우리가 정말로 약을 먹는지 확인하는 걸 게을리했고, 오늘 아침엔 도로에다 커다란 트레일러를 끌어내 뒤집어엎느라 놈들이 바쁠 거라는 걸 알았어요. 모두에게 말하진 않았지만요. 그 일을 알았던 사람들은 데이나와 패티와 헬렌 로젯…… 현장에서 로니가 쏜 총에 맞은 여자들 중 한 명이에요. 물론 저도 동참했어요. 헬렌이 말했죠. '우리가 약을 손안에 뱉으려 하는 걸 놈들이 눈치 챈다면, 우리를 죽이려 들 거야.' 그러자 데이나는 그들이 일찍감치든 느지막이든 어쨌든 우리를 죽일 게 뻔하다고, 그럴 바에야 차라리 빨리 죽는 게 우리한텐 행운이라고 했어요. 우리는 그 말이 맞다는 것을 알았죠. 그래서 행동을 개시했어요."

패티가 말했다.

"난 입 안에 약을 물고 있었어요. 뱉어 낼 기회를 잡았을 땐 약이 이미 녹기 시작했죠."

그녀가 데이나를 바라보았다.

"아마도 헬렌은 자기 약을 삼킬 수밖에 없었을 거예요. 그래서 그렇게 굼뜨게 움직였던 것 같아요."
데이나가 끄덕거렸다. 그녀는 눈에 띄게 따스한 눈길로 스튜를 바라봄으로써 프래니를 불안하게 했다.
"만약 당신이 현명하게 굴지 않았더라면 놈들의 작전이 계속 착착 진행되었을 거예요, 대장님."
"난 현명한 행동 근처에도 간 적이 없는 것 같은데요. 다음번엔 현명하게 굴어야겠군요."
스튜는 일어서서 창가로 가 밖을 내다보았다.
"그런 일이 또 일어날까 봐 두렵지만요. 모두 함께 있는 것이야말로 현명한 일이에요."
프랜은 스튜의 뒷모습을 바라보는 데이나의 호의적인 모습에 신경을 안 쓰려야 안 쓸 수가 없었다. 프랜은 여태껏 그와 동행해왔는데도 호의적으로 바라볼 권리조차 없었던 것이다. '이 여자가 나보다 훨씬 더 예쁜데. 게다가 임신한 것 같지도 않아.'
"지금은 현명해져야 사는 세상이라고요, 대장님. 현명해지든가 아니면 죽든가."
데이나가 말했다.
스튜가 데이나를 돌아다보며 처음으로 그녀를 자세히 들여다보자 프랜은 온통 질투 어린 고통이 몸을 후벼 파는 기분을 느꼈다. '나는 너무 오래 기다렸던 거야. 아아 맙소사, 나는 마음은 정했는데 실패하고 말았어. 마음은 정했는데 너무 오랫동안 기다리기만 한 거야.'
그녀는 우연히 해럴드 쪽을 힐끔거리고 해럴드가 조심스럽게 웃으면서, 웃음을 감추려고 한 손을 입에다 갖다 대는 모습을 목격했다. 안도의 웃음처럼 보였다. 그녀는 문득 해럴드한테 훌쩍 걸어가서 손톱으로 그의 머리통에서 눈알을 뽑아 버리고 싶은 기분을 느꼈다.
'절대 넌 안 돼, 해럴드!' 눈알을 뽑으면서 소리를 지를 터였다. '절대로 안 돼!'
절대로?

프랜 골드스미스의 일기장에서

1990년 7월 19일

아아 어쩌나. 최악의 사태가 벌어졌어. 책 속에서 벌어진 일이라면 끝이 나서 뭐가 변해 있기라도 할 테지만, 실제 생활에서는 일이 그저 계속 또 계속 이어지기만 하는 것 같아. 일일 연속극에서는 어떤 사건도 완전히 끝장을 보지 않는 것처럼 말이야. 어쩌면 나는 위험을 무릅쓰고라도 관계를 명확히 해야 했는지도 몰라. 그러나 서로 간에 무슨 일이 벌어질까 봐 너무 무서웠어. 그들과 그리고. '그리고' 라고만 쓰고 문장을 끝맺으면 안 되지만, 그 접속사 다음에 붙어야 할 당사자를 적기가 두려워.
사랑스러운 일기장아, 너에겐 모두 말해야겠어. 너한테 이걸 적는 게 그리 기쁜 일은 아니지만서도. 실은 생각하기조차 싫어.
해 질 무렵에 글렌 교수님과 스튜 씨가 마을로 갔어.(오늘 밤엔 오하이오 주 지라드에서 야영.) 음식을 구하러, 농축 음료와 냉동 건조식품이 걸리길 바라면서. 그런 것들은 옮기기가 쉽고 어떤 농축 음료는 정말 맛이 있긴 하지만, 내 경험에 비추어 보면 모든 냉동 건조식품은 똑같은 맛, 즉 말린 칠면조 똥 맛이야. 그런데 말이지 넌 말린 칠면조 똥 맛본 적 있니? 신경 쓰지 마, 일기장아. 결코 솔직하게 대답할 수 없는 질문도 있는 거니까 뭐, 하하.

그 사람들은 해럴드와 나한테 같이 가고 싶으냐고 물었지만, 나는 온종일 오토바이를 실컷 탔으니까 그들끼리만 가는 게 좋겠다고 했고, 해럴드는 물을 길어다 끓여야겠다면서 안 가겠다고 했어. 아마도 녀석은 이미 계획을 세워 두고 있었나 봐. 개 말이 계획적이었다고 생각하려니 유감이지만, 틀림없는 사실은 정말로 계획적이었다 이거지.

(여기서 메모 한 가지: 우린 모두 끓인 물에 엄청나게 넌더리가 났어. 밍밍하고 산소가 '전적으로 결여된' 맛이거든. 하지만 마크와 글렌 교수 두 사람은 개천과 강물이 수질을 자체 정화할 수 있을 만큼 공장이나 기타 등등의 시설들이 오랜 시간 동안 폐쇄된 것은 아니라고 해. 특히나 북동부 산업 지대이자 '녹슨 강철 벨트'라고 불리는 이 일대에선 더하대. 그래서 우린 안전하게 물을 전부 끓여 먹지. 모두가 조만간 엄청난 양의 미네랄 생수 병들을 발견하길 끊임없이 바라는데, 진작에 손에 넣었어야 할(해럴드가 그렇게 말하지.) 그런 생수 병들이 불가사의하게도 사라져 버린 것 같아. 스튜 씨는 수많은 사람들이 자신을 병들게 하는 것이 수돗물이라고 단정 짓고서 죽기 전까지 그 많던 생수를 다 마셔 버렸을 게 분명하다고 생각해.)

근데 마크와 페리온 양은 어디론가 가고 없었지. 추측건대 우리 식사에 곁들일 야생 딸기를 찾으러 갔거나, 어쩌면 그 외에 뭔가 특별한 일을 해치우러 갔을 거야. 두 사람은 그 일을 굉장히 조심스럽게 치르는데, 나는 그들의 건투를 빌어. 그래서 난 우선 불 피울 나무를 모으고 그러고 나선 해럴드의 물 주전자에 땔 나무를 챙기고 있었지…… 얼마 안 있어 개가 주전자를 갖고 돌아왔어.(몸을 씻고 머리를 감을 만큼 오랫동안 개천에 머물렀어.) 개는 모닥불 위에 세워 놓은 그 무슨 받침대 위에 주전자를 걸었어. 그러고는 다가와서 내 옆에 앉더군.

    통나무에 앉아 이런저런 얘기를 나누다가, 해럴드가 갑자기 나를 끌어안고 키스하려고 시도했어. 시도했는데 실제로도 성공했다는 것은 밝힐게. 적어도 처음엔 그랬어. 왜냐면 난 너무 놀랐거든. 곧바로 개한테서 떨어지려고 거세게 몸을 비틀었고(아직도 쓰라리지만 돌이켜 생각해 보면 좀 우스꽝스럽기도 하네.) 즉시 통나무 뒤로 휙 넘어졌어. 그 바람에 블라우스 뒤가 구겨지고 살갗이 1미터 가까이 긁혔지 뭐야. 난 찢어질 듯 고함을 내질렀지. 역사는 되풀이된다는 것에 관해 말하자면, 그 순간은 제스랑 방파제에 나갔다가 혀를 깨물었던 때랑 너무도 흡사했어…… 그때랑 너무도 흡사했다는 게 그나마 위안이지.

    해럴드는 금세 내 옆에 한쪽 무릎을 꿇고 앉아 괜찮은지 물어보더군. 말끔하게 씻은 머리칼의 모근까지 온통 빨개지면서 말이지. 해럴드는 이따금 매우 냉철해지려고, 매우 세련돼 보이려고 애를 써. 나에게는 해럴드가 항상 장 폴 사르트르를 얘기하고, 싸구려 포도주를 들이켜며, 하루 종일 빈둥거릴 만한 파리 센 강의 서쪽 강변에 있는 특별한 사드 카페를 부단히 찾아 헤매는 초췌한 젊은 작가처럼 보여. 그렇지만 잘 감추어진 밑바탕은 환상으로 똘똘 뭉친, 머리에 피도 안 마른 10대 소년이야. 하여간에 나는 그렇게 믿는단 말이지. 그 환상은 거의가 토요일 조조할인 극장에서 얻은 것들이야.「페드로 선장의 모험」에 나온 타이론 파워한테서,「다크 패시지」에 나온 험프리 보가트한테서,「형사 불리트」에 나온 스티브 맥퀸한테서. 스트레스를 받으면 항상 이런 면들이 튀어나올 것만 같아. 잘은 모르지만 어쩌면 어린애 같은 면을 너무 엄격하게 억눌렀기 때문일지도 모르지. 어쨌든 해럴드가 험프리 보가트 흉내로 돌아갈 때면, 내 머릿속에선 그저 우디 앨런이 만든「카사블랑카여 다시 한 번」에서 보가트 역을 연기했던 사내만 떠오르는 정도인 거야.

개가 내 옆에 무릎을 꿇고 말했어.

"자기 괜찮은 거야, 베이비?"

나는 키득거리기 시작했지. 역사는 되풀이된다는 것은 바로 이런 걸 두고 말하는 거야! 그런데 그 웃음은 상황이 웃겼기 때문만은 아니었던 거야. 그게 다였다면 웃음을 참을 수도 있었지. 하지만 참지 못했고, 그렇다고 처음부터 발작적인 웃음이 터져 나온 것만은 아니었던 거야. 나쁜 꿈들, 아기에 대한 걱정, 스튜를 향한 내 감정 관리, 매일 매일의 오토바이 여행, 긴장, 쓰린 아픔, 잃어버린 부모님, 모든 것이 영원히 변해 버렸다는 생각…… 처음엔 그런 것이 키득거림으로 나오다가, 도저히 멈출 수 없는 발작적인 웃음으로 바뀌어 버렸어.

"뭐가 그리 우스워요?"

해럴드가 물으며 일어섰어. 그 말은 몹시도 고상한 목소리로 나왔을 테지만 당시 나는 해럴드에 관해 생각하기를 중단하고 머릿속으로 도널드 덕의 괴상한 이미지를 떠올리고 말았어. 서양 문명의 폐허 속을 뒤뚱뒤뚱 걸으며 화가 나 꽥꽥거리는 도널드 덕. 뭐가 그리 우스워, 응? 뭐가 그리 우스워? 뭐가 그리 좆나게 우스우냐고? 난 두 손으로 얼굴을 가리고 마냥 키득거리다가 훌쩍거리다가 기득거렸어. 해럴드가 내가 완전히 돌아 버린 게 틀림없다고 생각할 때까지.

잠시 후 나는 가까스로 웃음을 멈추었지. 얼굴에서 눈물을 닦고 등이 얼마나 심하게 까졌는지 봐 달라고 해럴드한테 부탁하고 싶었어. 하지만 안 그랬어. 왜냐하면 그런 부탁을 '들이대도 좋은 자유'로 받아들일까 봐 두려웠거든. 프래니에 대한 헌신, 자유 그리고 집착. 오호, 그런 건 전혀 우습지가 않아.

"프랜 누나, 이런 말 꺼내기가 매우 어렵다는 건 알지만."

해럴드가 말하지.

"그렇다면 아예 말을 안 꺼내는 게 낫겠지."

내가 말했어.

"난 말해야겠어요."

걔가 대답했고, 난 확실하게 호통 치지 않으면 걔가 입을 다물지 않으리란 걸 깨달았지.

"프래니, 나는 그대를 사랑합니다."

걔가 말해.

나는 걔의 말이 그토록 노골적일 거라고 처음부터 예상했던 것 같아. 만일 걔가 원하는 게 오로지 나랑 동침하는 거였다면 더 편했을 거야. 사랑은 그냥 뒹구는 것보다 훨씬 위험한 것이라서 난 매우 난처한 지경에 빠졌던 거지. 해럴드한테 어떻게 안 된다고 말해야 하나? 딱 한 가지 방법만이 있다는 생각이 들어. 누구한테 말하는 것이든지 간에.
"나는 너를 사랑하지 않아, 해럴드."
그게 내가 했던 말이야.
걔 얼굴에 산산이 금이 갔어.
"그 사람 때문이군요, 그죠?"
그 말을 하면서 얼굴이 험악하게 일그러졌어.
"스튜 레드먼 때문이죠, 그죠?"
"잘 모르겠어."
내가 말했어. 지금 생각하니 좀 성질나네. 내가 만날 내 마음을 다스릴 수 있는 건 아니야. 내 생각엔 외가 쪽 유전인 것 같아. 그렇지만 해럴드를 상대할 때는 그 성질을 죽이려고 여성 특유의 정신력으로 발버둥쳐 왔어. 그런데도 그 성질이 자꾸만 들썩거리는 것을 느낄 수 있었지.
걔가 날카롭고 자기 연민에 빠진 듯한 목소리로 말했어.
"나는 알아요, 확실히 알아요. 그를 처음 만나던 날 그때 알았다고요. 난 그가 우리와 함께하는 걸 바라지 않았죠. 왜냐하면 다 '알았으니까'. 그가 말하길······"
"그 사람이 뭐라고 했는데?"
"누나를 원치 않는댔어요! 누나는 내 것이 될 거라면서!"
"꼭 너한테 새 신발을 선물하는 것처럼 말했구나. 그렇지, 해럴드?"
대답하지 않더군. 어쩌면 자신이 너무 많이 까발렸다는 것을 깨달았겠지. 약간의 노력을 기울여 나는 파비안에서 스튜 씨를 만난 그날을 다시 기억해 냈어. 스튜 씨에 대한 해럴드의 순간적인 반응은 어떤 개가 자기 마당으로 들어오는 새로운 개, 낯선 개를 만났을 때 보이는 반응이었던 거야. 영역 침범. 해럴드의 목덜미에 곤두서는 털이 보일 정도였다고. 나는 스튜어트 씨가 한 말을 이해했어. 그 사람이 그렇게 말했던 것은 우리를 개떼 같은 꼬락서니에서 빼내 사람 모습으로 돌려놓으려는 의도에서였다고. 그리고 그거야말로 진실 아니겠어? 내 생각엔 우리가 현재 하고 있는 이 멋지구리한 발버둥질도 매한가지인 것 같은데? 그렇지 않다면 우리가 왜 귀찮게 기를 쓰고 예의 바르게 행동하고 있는 거지?
"그 누구도 나를 소유하지 못해, 해럴드."
개가 뭐라고 중얼거리더군.
"뭐?"
"내 말은, 누나가 그런 생각을 바꿔야 할지도 모른다는 거예요."
마음속으론 따끔하게 반박하고 싶었지만 겉으로 내색하진 않았어. 해럴드의 시선이 저 멀리 흘러갔고, 얼굴은 매우 침착하고 꾸밈이 없었어. 개가 말했지.
"예전에 어떤 남자 애를 봤어요. 정말이니까 잘 들어요, 프래니 누나. 걔는 풋볼팀의 쿼터백인데 수업 시간엔 자리에 앉아서 입으로 씹은 종이 공을 날리고 애들한테 가운뎃손가락이나 치켜드는 애예요. 왜냐면 선생이 적어도 C 학점으로 봐줄 것을 아니까 계속 놀기만 하는 거죠. 제일 예쁜 치어리더랑 사귀러 다니는 놈이고 여자 아이들은 걔를 인기 폭발 예수 그리스도쯤으로 생각하죠. 그 애는 영어 선생님이 작문 과제를 읽어 보라고 하면 방귀나 뀌고 앉아 있는데 그 이유는 그놈이 교실에서 제일 잘 나가는 녀석이기 때문인 거죠. 그래요, 난 그런 새끼들을 잘 안다고요. 행운을 빌게요, 누나."

그러고 나서 훌쩍 가 버렸어. 애초에 의도했던 '당당하게 상대를 깔아뭉개는 퇴장'은 아니었어. 확실히 그랬어. 오히려 개가 지녀 온 어떤 비밀스러운 꿈을 내가 무참히 쏴 갈겨서 온통 구멍투성이로 만들어 버린 상태에 더 가까웠어. 꿈에선 상황이 변했는데, 현실에선 실제로 아무것도 변하지 않았던 거라고. 하나님께 맹세코 나는 개 때문에 소름이 끼쳤어. 왜냐하면 개가 걸어가면서 신랄한 냉소를 보내지 않았는데도 '진정한' 냉소가 느껴졌고, 신랄하게 따지고 들지 않았어도 칼날처럼 날카롭고 위험하기 짝이 없는 기색이 있었기 때문이야. 개는 몹시 상처받았어. 오, 하지만 해럴드가 결코 알지 못할 사실 하나는 먼저 자신의 사고방식을 약간만 바꾸면, 그런 마음가짐을 갖고 있는 한 세상은 예전과 똑같은 모습으로 머물러 있으리란 것을 알게 된다는 거지. 개는 해적들이 보물을 쌓아 놓듯 좌절을 높이 쌓아 두기만 하고는······.

흐음. 이젠 모든 사람이 돌아왔고, 저녁도 먹었고, 담배 피울 사람은 담배를 피웠고, 베로날을 분배했고(내 것은 뱃속에서 녹이는 대신 주머니에 넣었지.), 사람들은 축 늘어졌어. 해럴드와 나는 내내 괴로운 상태로 얼굴을 마주 대하고 있었는데, 사실은 아무것도 해결된 것이 없다는 느낌만 들지 뭐야. 다만 개가 다음에 무슨 일이 벌어질지 알아보려고 스튜 씨와 나를 감시하고 있다는 사실은 분명해. 그래서 이토록 역겨운 기분이 들었고 이것을 일기에 적으며 괜스레 화가 나. 무슨 권리로 개가 우리를 감시하는 거야? 무슨 권리로 개가 우리가 처한 이 딱한 상황을 더 골치 아프게 하는 거야?
 기억해 둘 것들: 일기장아, 미안해. 내 마음 상태 때문인가 봐. 기억나는 게 하나도 없네.

 프래니가 우연히 발견한 스튜는 바위에 앉아 시가를 피우고 있었다. 장화 뒤꿈치로 맨땅에 자그맣게 둥근 구덩이를 파서 재떨이로 쓰고 있었다. 그는 서쪽을 향하고 있었는데, 그쪽에선 해가 막 지는 중이었다. 구름이 커다랗게 갈라져 붉은 해가 그 사이로 머리를 빼곡히 내밀었다. 그들이 여자 네 명을 만나 일행으로 받아들인 것은 겨우 어제 일이었지만, 벌써 까마득히 먼 옛날 일인 듯싶었다. 그들은 스테이션왜건 한 대를 배수로에서 쉽게 꺼내어 지금은 오토바이들과 함께 상당한 규모의 여행단을 꾸리고 고속도로 서쪽으로 천천히 이동하는 중이었다.
 스튜의 시가 냄새는 그녀로 하여금 아버지와 아버지의 담배 파이프를 생각나게 했다. 그 기억과 함께 뒤따라 나온 것은 과거에 대한 향수로까지 발전해 버린 슬픔이었다. '아빠, 나 아빠를 잃은 걸 극복하고 있어. 아빠가 언짢아할 거란 생각은 들지 않아.'
 스튜가 돌아다보았다.
 "프래니, 어쩐 일이야?"
 그가 진심으로 기쁘게 말했다. 프래니는 어깨를 으쓱했다.
 "그냥 여기저기 돌아다니는 중이에요."
 "여기 앉아서 해 지는 거 감상하지 않을래?"
 그와 나란히 앉자, 그녀의 심장 박동이 조금 빨라졌다. 그러나 여기까지 나온 다른 이유가 있던가? 그녀는 스튜가 야영장을 떠나 어느 쪽으로 갔는지 알고 있었다. 해럴드와 글렌과 여자 두 명은 민간용 주파수 무선 통신기를 찾으러 브라이튼으로 갔다는 것도 알았다.(기분 전환 삼아 가 보자고 한 사람은 해럴드가 아니라 글렌이었다.) 패티 크로거는 야영장에 남아 두 명의 전투 피로증 환자들을 돌보았다. 셜리 해밋은 실성 상태에서 벗어나는 몇 가지 징후들을 보이긴 했지만, 이날 새벽 1시경 자면서 비명을 지르고 뭔가를 물리치는 듯 허공을 양손으로 할퀴었고, 그 바람에 사람들이 죄다 깨어났다. 이름 없는 나머지 여자는 다른 쪽으로 병세가 진행 중인 듯싶었다. 그녀는 앉아만 있었다. 떠먹여 줘야 음식을 먹었다. 생리 현상을 아무렇게나 해결했다. 질문에는 대답하지 않았다. 그녀는 오로지 잠잘 때만 몹시 생기가 돌았다. 베로날을 상당량 복용했는데도 종종 신음을 했고 때로는 비명도 질렀다. 프래니는 그 불쌍한 여자가 무슨 꿈을 꾸고 있는지 알 것 같았다.

"아직도 아주 긴 여정이 남은 것 같아요, 그렇죠?"

스튜는 잠시 침묵하다가 말했다.

"우리가 생각했던 것보다 더 멀지. 그 할머니는 이젠 네브래스카에 없어."

"나도 알······."

그녀가 말을 꺼냈다가 이내 말문을 닫았다.

스튜가 슬쩍 미소 지으며 그녀를 힐끔 보았다.

"그동안 약 복용을 건너뛰셨군요, 마님."

"비밀이 들통났네."

그녀가 어색하게 웃으며 말했다.

"우리 둘만 그런 게 아냐. 오늘 오후에 데이나하고 얘길 하고 있었는데(스튜가 그 여자의 이름을 부르는 친밀한 말투 때문에 프랜은 속으로 질투와 공포가 후벼 파는 것을 느꼈다.), 그녀랑 수전도 약 먹기를 싫어한다고 그러더군."

프랜이 끄덕거렸다.

"스튜 씨는 왜 약을 안 드세요? 하긴, 사람들이 약을 억지로 먹인 적이 있었겠죠…… 저번에 봤던 그 건물에서."

그가 맨땅 재떨이에 재를 털었다.

"밤에 가벼운 진정제, 그게 다였어. 그들은 나한테 약을 먹일 필요도 없었어. 난 아주 제대로 갇혀 있었으니까. 지금 약은 끊었어. 사흘 밤 전부터 중단했지. 왜냐하면 나는 느꼈거든…… 나쁜 접촉에서 벗어난 것을."

스튜는 잠시 깊은 생각에 잠겼다가 자세히 말했다.

"글렌 교수님과 해럴드가 민간용 주파수 무선 통신기를 찾으러 간 거 말이야. 그건 정말 좋은 아이디어였어. 송수신 겸용 무선기로 뭘 할 수 있을 것 같아? 외부와 접촉할 수 있어. 아네트에 살 때 내 친구 토니 레오민스터가 자기 스카우트 트럭에 한 대 설치했지. 굉장한 장치더군. 멀리 있는 사람들과 이야기도 할 수 있고, 곤경에 빠져 꼼짝할 수 없을 땐 도움을 요청할 수도 있어. 이번에 꿨던 꿈들 말이야, 그것도 머릿속에 무선 통신기를 갖고 있는 것과 비슷한 거야. 다만 송신 장치가 고장 나서 우리는 오로지 수신만 하고 있는 거지."

"어쩌면 우리끼린 서로 송신하고 있는지도 모르죠."

프랜이 조용히 말했다.

스튜가 깜짝 놀라 그녀를 바라보았다.
그들은 한동안 말없이 앉아 있었다. 태양이 구름 사이로 얼굴을 빼꼼히 내밀었다. 마치 지평선 아래로 가라앉기 전에 서둘러 작별 인사를 하려는 듯. 프랜은 왜 원시인들이 태양을 숭배했는지 이해할 수 있었다. 거의 텅텅 비다시피 한 땅덩이의 광활한 침묵이 그녀 안에 매일 매일 축적되면서 침묵의 진리를 그녀의 뇌에 묵직하게 각인시킬수록, 태양은(그런 점에선 달도 마찬가지로) 더욱 거대하고 더욱 중요하게 여겨졌다. 더욱 친근한 존재로 다가왔다. 밝게 빛나는 하늘의 배들은 프래니가 어린 시절에 느꼈던 것처럼 사람을 지그시 굽어보았다.
"어쨌든 난 약 복용을 중단했어. 어젯밤 또다시 그 검은 남자의 꿈을 꾸었지. 꿈은 여전히 최악이었어. 그는 사막 어딘가에 자리를 잡는 중이야. 내 생각엔 라스베이거스인 것 같아. 그리고 프래니…… 그가 사람들을 십자가에 매달고 있는 것 같아. 자기에게 골칫거리가 되는 사람들을."
"뭘 어쩐다고요?"
"꿈에서 봤어. 헛간 대들보와 전신주를 뽑아 만든 십자가들이 15번 고속도로를 따라 죽 늘어선 모습. 그 십자가에 내걸린 사람들."
"그냥 꿈이겠죠."
그녀가 불안한 표정으로 말했다.
"어쩌면."
스튜가 시가를 피우며 붉게 물든 서쪽을 보았다.
"하지만 우리가 여자들을 붙잡고 있던 그 미친 놈들을 만나기 직전에, 이틀이나 그 할머니 꿈을 꿨어. 자기를 마더 애버게일이라 부르는 여자. 그분이 76번 고속도로 갓길에 주차된 낡은 픽업 트럭의 앞좌석에 앉아 있더군. 난 한쪽 팔을 차창에 기댄 채 땅에 서서, 프랜한테 말하듯 아주 자연스럽게 그 할머니와 얘기하고 있었어. 그 할머니가 말하지. '당신은 그들을 더 빠르게 이동시켜야 해요, 스튜어트. 나처럼 늙은 여자도 그렇게 할 수 있다면, 당신 같은 텍사스 출신 터프가이야 거뜬히 해낼 수 있어야지.'"

스튜가 웃음을 터뜨리며 시가를 내던졌고, 장화 뒤꿈치로 뭉갰다. 그러고는 멍하니, 마치 자기가 무엇을 하고 있는지 모르는 듯, 프래니의 어깨에 팔을 둘렀다.

"그들은 콜로라도로 가는 중이에요."

"어, 맞아. 나도 그렇게 생각해."

"그들…… 데이나나 수전도 그 할머니 꿈을 꿨대요?"

"둘 다 그랬대. 그리고 수전은 어젯밤 십자가가 나오는 꿈을 꿨대. 내가 꿨던 것과 똑같이."

"지금은 수많은 사람이 그 할머니와 동행해요."

스튜가 동감했다.

"스무 명, 어쩌면 더 많이. 프랜도 알다시피, 우린 거의 매일 사람들을 지나치고 있어. 그들은 그저 몸을 숨기고 우리가 지나가기만을 기다리지. 우리를 겁내고 있어. 하지만 그 할머니…… 그들도 할머니에게 찾아갈 거야, 내 짐작으로는. 그들 나름대로 상황이 나아지면."

"아니면 반대쪽 사람한테로 가겠죠."

스튜가 끄덕였다.

"맞아, 그 할머니가 아니면 그 남자한테 가는 거겠지. 프랜, 왜 베로날 먹는 것을 중단했어?"

그녀는 떨리는 듯 한숨을 내쉬며 스튜에게 말해야 하는 건지 고민했다. 말해 주고 싶었지만, 그가 어떤 반응을 보일지 두려웠다.

"여자가 무슨 행동을 할지는 종잡을 수가 없는 법이에요."

그녀가 마침내 말했다.

"그래."

스튜가 동의했다.

"하지만 여자들이 무슨 생각을 하고 있는지 알아내는 방법엔 여러 가지가 있지."

"무슨……"

프래니가 입을 열자 스튜는 키스로 그녀의 입을 막았다.

그들은 황혼의 마지막 여운 속에서 풀밭에 누웠다. 그들이 사랑을 나누는 동안 불타던 빨간 태양은 좀 더 서늘한 자주색으로 한풀 꺾였고, 이제 프래니는 구름의 끄트머리 사이로 빛나는 별들을 볼 수 있었다. 내일은 오토바이 타기 좋은 날씨가 될 것 같았다. 운이 따라 주면 인디애나 주를 거의 횡단할 수도 있을 것이다.

스튜가 가슴 위를 맴도는 모기 한 마리를 굼뜬 동작으로 철썩 때렸다. 그는 셔츠를 가까운 덤불 위에 걸쳐 놓았다. 프랜은 셔츠를 입었지만 단추가 풀어진 상태였다. 유방이 셔츠 천을 밀치고 솟아 나왔다. '가슴이 점점 더 커지고 있어. 당장은 아주 조금씩이지만 눈에 띌 정도야…… 적어도 내 눈에는.'

"지금껏 너무나 오랫동안 너를 원했어."

스튜가 그녀를 똑바로 바라보지 않은 채로 말했다.

"너도 알고 있었을 것 같은데."

"해럴드하고 말썽 나는 걸 피하고 싶었어요. 그리고 다른 문제도 있……"

"해럴드는 자기만의 갈 길이 있는 거야. 강인해지려고 노력한다면 언젠가는 훌륭한 남자로 거듭나는 법을 깨우치겠지. 그 애를 좋아하는구나, 그렇지?"

"그건 적절한 표현이 아니에요. 영어에는 내가 해럴드한테 느끼는 감정을 표현할 단어가 없다고요."

"나에 대해선 어떻게 느끼는데?"

스튜를 바라본 프랜은 자신이 그를 사랑한다는 말을 꺼낼 수 없다는 것을, 지금 당장은 꺼낼 수 없다는 것을 깨달았다. 비록 말하고 싶긴 했어도.

"아니야."

마치 그녀가 반박이라도 했다는 듯 스튜가 말했다.

"난 그저 이런저런 사정을 확실히 알고 싶었을 뿐이야. 내 생각에 너는 해럴드가 우리 일을 아무것도 모르길 바라는 것 같아. 내 말 맞아?"

"그래요."

그녀가 고맙게 여기며 말했다.

"뭐, 상관없어. 우리가 가만히 있으면 저절로 해결될 수도 있으니까. 그 애가 패티한테 눈길을 주는 것을 봤거든. 패티가 개랑 비슷한 또래잖아."

"모르겠어요……."
"그 애를 감싸 줘야 한다고 책임감을 느끼는 거구나, 그렇지?"
"그렇게 생각해요. 우리는 오군큇 마을에서 살아남은 단 두 사람이었고……."
"공교롭게 그렇게 된 거지 그 이상은 아냐, 프래니. 순전히 운이 맞아떨어져 생긴 일 때문에 자신을 압박하는 것이 당연하다고 여기지는 마."
"그렇긴 하죠."
"난 너를 사랑하는 것 같아. 나로선 꺼내기가 그리 쉽지 않은 말이야."
"나도 스튜 씨를 사랑하는 것 같아요. 그렇지만 다른 문제가……."
"나도 알고 있었어."
"왜 약 복용을 중단했느냐고 물었죠?"
프래니는 차마 그를 쳐다보지 못하고 자신의 셔츠를 잡아당겼다. 입술이 이상하게 바짝 마르는 느낌이 들었다.
"나는 그 약이 아기한테 안 좋을 거라고 생각했던 거예요."
프랜이 속삭였다.
"약이 누구한테……."
스튜가 말을 멈췄다. 그러더니 그녀를 움켜잡고 자신의 얼굴을 똑바로 보게 했다.
"임신했다고?"
그녀는 고개를 끄덕였다.
"그럼 다른 사람한테는 말 안 했어?"

"안 했어요."

"해럴드는. 해럴드도 알아?"

"아무도 몰라요. 스튜 씨만 빼고."

"아니 세상에 이럴 수가."

스튜는 프랜이 무서움을 느낄 만큼 프랜의 얼굴을 똑바로 응시했다. 그녀는 두 가지 일 중 하나가 일어날 것이라 상상해 왔다. 스튜가 즉시 그녀한테서 떠나갈 것이다.(만일 제스가 그녀가 다른 남자의 아이를 임신한 것을 발견했다면 의심할 여지 없이 그랬을 터이다.) 또는 꼭 껴안고 걱정하지 말라고, 자기가 모든 것을 돌봐 주겠다고 말할 것이다. 그녀는 이렇게 화들짝 놀란, 뚫어질 듯 쳐다보는 표정을 보리라곤 전혀 예상치 못했고, 정원에서 아버지한테 임신 사실을 밝힌 날 밤을 떠올리고 있음을 깨달았다. 아버지의 표정은 둘이 스튜의 지금 표정과 매우 흡사했다. 그녀는 둘이 사랑을 나누기 전에 자신의 처지가 어떤지 스튜한테 미리 말했더라면 좋았으리라 생각했다. 그랬더라면 어쩌면 그들은 사랑을 나누지 않았을지도 모르지만, 적어도 그한테 어쩌다 그 표현을 사용할 기분이 들게 하지는 않았을 터이다. 그녀를 가리켜…… 그 흔히 쓰는 표현이 뭐였더라? 하자 있는 물건. 스튜도 그렇게 생각하고 있는 건가? 쉽사리 단정 지을 수는 없었다.

"스튜 씨?"

그녀가 겁에 질린 목소리로 말했다.

"어느 누구한테도 말하지 않았군."

그가 거듭 말했다.

"어떻게 말해야 할지 몰라서."

이제 그녀는 눈물이 나올 지경이었다.

"출산 예정일이 언젠데?"

"1월이오."

프랜의 얼굴에서 눈물이 흘러내렸다.

스튜는 그녀를 끌어안았고, 아무 말도 하지 않았지만 그녀로 하여금 일이 잘 풀렸음을 알게 했다. 그는 걱정하지 말라고 하지도 않았고 자기가 모든 것을 돌봐 주겠다고 하지도 않았지만, 그녀와 다시 한 번 사랑을 나누었고 프래니는 그토록 행복했던 적이 결코 없었노라고 생각했다.

두 사람 모두 다크맨만큼이나 은밀하고 과묵한 해럴드가 덤불 숲 속에서 그들을 쳐다보고 있다는 것을 전혀 알지 못했다. 강렬한 오르가슴이 몸속에 퍼진 프랜이 행위의 끝에 기쁨의 탄성을 내지를 때 해럴드의 두 눈이 작은 죽음의 삼각지를 이루어 실눈을 뜨고 노려보았다는 것을, 두 사람 모두 전혀 알지 못했다.

그들이 애정 행위를 끝냈을 쯤 날이 완전히 어두워졌다.

해럴드는 조용히 자리를 떴다.

프랜 골드스미스의 일기장에서

1990년 8월 1일

어젯밤엔 글을 하나도 안 썼어. 너무 흥분돼서, 너무 행복해서. 스튜 씨와 나는 서로 하나야.

가능한 한 오랫동안, 바라건대 우리가 안정될 때까지 내 뱃속의 고독한 방랑자에 관한 비밀을 함구하는 게 좋겠다는 데 그 사람이 찬성했어. 콜로라도라면, 그곳이라면 비밀 발표 장소로 딱 좋아. 오늘 밤 내 기분대로 하자면 여기 달 뜬 산 속이라도 상관없을 텐데. 내가 들뜬 여학생처럼 말하는 것 같니? 글쎄다. 숙녀가 자기 일기장에도 들뜬 여학생 같은 소리를 늘어놓을 수 없다면, 대체 어디다 그럴 수 있겠어?

그런데 고독한 방랑자 얘기를 끝내기 전에 한 가지 더 말해 둬야겠어. 나의 '모성 본능'과 관련된 거야. 그런 게 정말 있기나 한 건가? 내 생각엔 있어. 아마도 호르몬의 영향일 테지. 요 몇 주 동안 내 옛 모습을 찾을 수가 없었어. 게다가 나의 임신으로 생겨난 변화를, 세상을 뒤집어엎었던 그 끔찍한 사태로 생겨난 변화로부터 따로 떼어 내 구분 짓기가 엄청 힘들어. 뭐랄까, 경계심같은 것도 느껴.('경계심'이 적합한 단어는 아니지만, 오늘 밤 내가 떠올릴 수 있는 가장 적합한 단어인 것 같아.) 삼라만상의 핵심에 좀 더 가까이 다가가서 거기서 내 자리를 지켜야만 한다는 식의 감정 말이야. 그것이 바로 내가 나쁜 꿈들보다 베로날이 훨씬 더 위험하다고 여기는 이유야. 비록 나의 이성은 베로날이 아기한테 전혀 해가 되지 않을 것이라고, 적어도 다른 사람들이 복용 중인 적은 양은 해롭지 않을 거라고 믿는데도 말이야. 그리고 그런 경계심은 내가 스튜 레드먼 씨한테 느끼는 사랑의 일부분이기도 하단 생각이 들어. 내가 2인분의 식사를 하고 있는 것과 마찬가지로 2인분의 사랑에 빠져 있다는 느낌이 들거든.

근데 말이야, 글을 빨리 끝내야겠다. 난 잠이 필요해. 무슨 꿈이 찾아오든지 간에. 우린 예상했던 것만큼 신속하게 인디애나 주를 다 건너진 못했어. 엘크하트 고속도로 인터체인지 부근에 차들이 끔찍하게 얽혀 있어서 지체되었지 뭐야. 상당수가 군용 차량이었지. 군인들 시체도 있었어. 글렌 교수님, 수전 스턴, 데이나, 스튜 씨가 수많은 무기를 찾아내 챙겼어. 대략 스무 개 정도의 소총, 수류탄 약간. 맞아, 진짜 로켓탄 발사기도 있었어. 내가 지금 이 글을 쓰는 동안, 해럴드와 스튜 씨는 로켓탄 발사기 작동법을 알아내려고 노력 중이야. 로켓탄이 열일곱 갠가 열여덟 개가 있거든. 제발요 하나님, 그것들이 폭발하지 않게 해 주세요.

해럴드에 관해서는, 너한텐 얘기해야겠다, 사랑하는 일기장아. 걔는 '한 점 의혹도 품지' 않아.(옛날 베티 데이비스 영화에서 따온 문구처럼 들리네, 그치.) 우리가 마더 애버게일의 무리에 따라붙을 때가 오면 걔도 사실을 알아야겠지만 말이야. 어떤 결과가 생기든 더 이상 숨기는 건 잘하는 일이 아니야.

그런데 걔는 오늘 내가 봐 왔던 어느 때보다도 더 밝고 더 활기찼어. 너무 많이 웃어서 얼굴에 금이 갈 것 같은 생각마저 들었다고! 스튜 씨한테 위험한 로켓탄 발사기 만지는 걸 도와 달라고 먼저 말을 꺼낸 사람도 해럴드였고 그리고

그들이 여기로 돌아오고 있어. 글은 나중에 끝낼게.

프래니는 곤히 잠들었고 아무 꿈도 꾸지 않았다. 그들 모두 그랬다. 해럴드 로더만 빼고. 자정 직후 어느 순간 그는 일어나 프래니가 누운 곳으로 살며시 걸어가서, 그녀를 내려다보고 섰다. 하루 내내 웃음이 끊이지 않았던 그가 이젠 웃고 있지 않았다. 이따

금 그 웃음이 얼굴 한가운데에 금이 가게 해서 소용돌이치는 뇌를 밖으로 쏟아 낼 것 같은 기분이 들기도 했다. 정말 그랬더라면 훨씬 편했을 텐데.

해럴드는 그녀를 내려다보고 서서, 여름 귀뚜라미들이 찌르르 우는 소리에 귀 기울였다. '우린 지금 개같이 더운 날을 겪고 있어.' 웹스터 사전의 설명에 따르면 개같이 더운 날은 7월 25일부터 8월 28일까지였다. 그런 명칭이 붙은 것은 그 시기에 미친개들이 가장 많이 속출한다고 여겨지기 때문이었다. 그는 프랜을, 스웨터를 베개 삼아 너무도 달콤하게 자고 있는 프랜을 내려다보았다. 곁에 그녀의 배낭이 있었다.

'모든 개들한텐 다 자기만의 특별한 날이 찾아오게 마련이야, 프래니.'

무릎을 꿇다가 구부러진 무릎 관절에서 딱딱 소리가 나서 몸이 굳어 버렸지만, 아무도 움직이지 않았다. 해럴드는 그녀의 배낭 버클을 풀고 졸라맨 끈도 푼 다음 배낭 안에 손을 집어넣었다. 작은 연필형 손전등으로 배낭의 내용물을 비추었다. 깊은 잠에 취한 프래니가 잠꼬대를 하며 몸을 뒤척이자 해럴드는 숨을 죽였다. 배낭 밑바닥에서, 깨끗한 블라우스 세 벌과 접힌 소형 지도첩 뒤에서 원하던 것을 발견했다. 스프링으로 제본된 공책 한 권. 그것을 꺼내 첫 쪽을 펼친 해럴드는 빽빽하지만 너무도 읽기 쉬운 프래니의 필적에다 손전등을 비추었다.

'1990년 7월 6일, 얼마간의 설득 끝에 베이트먼 씨는 우리와 함께 떠나기로 동의했는데.'

해럴드는 공책을 덮은 다음 자기 침낭 속으로 가지고 들어갔다.

그는 옛날처럼 어린 소년으로 돌아간 것 같은 기분을 느끼고 있었다. 친구는 거의 없고(세 살 무렵까지는 예쁜 아기 시절의 짧은 영광을 누렸으나, 그 후로는 줄곧 뚱보에다 못난이라고 놀림을 받았다.) 적만 잔뜩 있었던 소년, 부모조차 그가 놀림을 당하는 게 어느 정도는 당연한 일이라 여겼던 소년(부모의 눈높이는 미스 아메리카, 미스 애틀랜틱시티를 인생의 목표로 삼고 먼 행로를 시작한 에이미한테 맞춰져 있었다.), 위안 삼아 독서에 열중했던 소년, 책을 읽는 동안 해적 롱 존 실버나 밀림의 왕자 타잔이나 모험가 필립 켄트가 되어, 리틀 리그 경기에 한 번도 선수로 뽑히지 못했던 설움과 늘 학교 선도부 애들한테 시달렸던 설움에서 탈출했던 소년…… 밤 늦게 이불을 뒤집어쓴 채 손전등을 책장에 비추면 이런 책 속 영웅들이 되어, 자기 방귀 냄새도 못 느낄 정도로 흥분해서 눈이 휘둥그레졌던 소년. 이 소년이 이제 프래니의 일기장과 손전등을 가지고 침낭 안쪽을 향해 거꾸로 기어 들어갔다.

스프링 공책의 앞표지에 조명을 비추자, 순간 제정신이 들었다. 마음 한구석이 아주 잠깐 너무도 강력하게 '해럴드! 그러지 마!'를 부르짖어 온몸이 움찔거렸다. 그리고 거의 할 뻔했던 일을 그만두었다. 아주 잠깐은 그만두는 것이, 일기장을 처음에 발견했던 곳에 돌려놓는 것이, 그녀를 포기하는 것이, 끔찍스럽고 되돌릴 수 없는 일이 벌어지기 전에 그들이 자신들의 길을 가도록 그냥 놔주는 것이 가능할 듯싶었다. 그 순간은 쓰디쓴 음료를 컵에서 쏟아 버리고, 이 세상에서 자신에게 어울리는 무엇으로든 컵을 다시 채우는 일이 가능할 듯싶었다. '그만둬, 해럴드.' 분별 있는 목소리가 이렇게 애원했으나 아마도 이미 너무 늦은 것이리라.

나이 열여섯에 그는 또 다른 환상을 좇아 버로스와 스티븐슨과 로버트 하워드 같은 작가들의 세계를 버렸는데, 너무나 사랑하기도 하고 너무나 미워하기도 했던 그 환상은 로켓이나 해적들이 아니라 그의 앞에서 속이 비치는 실크 파자마를 입고 새틴 베개 위에 무릎 꿇고 있는 소녀들이었다. 환상 속에서 해럴드 대왕은 옥좌에 발가벗고 기대앉아 작은 가죽 채찍으로, 은 손잡이가 달린 회초리로 소녀들에게 체벌을 가할 준비를 했다. 오군퀫 고등학교의 모든 미소녀가 한 번쯤은 꼭 들렀다 가는 쓸쓸한 환상이었다. 이러한 백일몽은 항상 그의 음부를 점점 흥분시켜, 즐거움보다는 짜증이 앞서는 정액의 분출로 마무리되었다. 그러고 나면 그는 잠들고, 정자는 배 위에서 비늘처럼 말라붙었다. 모든 멍멍이들한텐 다 자기만의 특별한 날이 찾아오게 마련이다.

그리고 이제 그 쓸쓸한 환상들, 누레진 침대 시트처럼 그가 온몸에 끌어 모았던 옛 상처들, 절대 죽지 않고 절대 이가 무뎌지지도 않고 치명적인 애정 또한 절대 무너지지 않았던 옛 친구들과 함께하는 순간이 돌아왔다.

그는 일기장 첫 쪽을 들추어, 글씨에 손전등을 비추고 읽어 나가기 시작했다.

동트기 전에 해럴드는 일기장을 프래니의 배낭 속에 되돌려 놓고 버클을 잠갔다. 딱히 조심하진 않았다. 만일 그녀가 깨기라도 하면 그녀를 죽여 버리고 도망가겠다고 냉담하게 생각했다. 어디로 도망가? 서쪽. 그러나 같은 서쪽이라도 네브래스카나 심지어 콜로라도에서 멈추지는 않을 터였다. 오, 절대 아니었다.

프래니는 깨어나지 않았다.

그는 자기 침낭으로 되돌아갔다. 씁쓸히 자위를 했다. 잠이 왔지만 깊은 잠은 아니었다. 그는 어질러진 바위와 둥그스름한 자갈이 무성한 가파른 비탈 중턱에서 죽어 가는 꿈을 꾸었다. 하늘 높이 야간 기류를 타고 있는 것은 비행 중인 대머리 독수리 떼였으며, 그가 한 끼…… 식사거리가 되어 주길 기다리고 있었다. 그곳엔 달도 없었고, 별도 없었고……

한순간 소름 끼치는 붉은 눈동자가 어둠 속에서 열렸다. 교활하고 섬뜩한 눈. 그 눈이 그를 두렵게 했으며 그를 붙잡았다.

그 외눈이 그를 유혹했다.

서쪽에서는, 때마침 어두운 그림자들이 모여들고 있었다. 황혼녘에 죽음의 춤을 덩실덩실 추면서.

그날 저녁 해가 진 뒤 일행은 일리노이 주 졸리엣 서쪽에서 야영을 했다. 맥주 한 상자, 흥겨운 대화, 웃음이 있었다. 그들은 인디애나 주와 함께 비 오는 날씨를 뒤로 제쳤다고 느꼈다. 모든 사람이 특별히 해럴드 얘기를 했고, 그는 전에 없이 매우 활기찼다.

"있잖아, 해럴드."

저녁 늦게 사람들이 흩어질 무렵 프래니가 그를 불렀다.

"그렇게 기분 좋은 모습을 전엔 한 번도 못 본 것 같아. 너 무슨 일 있니?"

해럴드는 그녀한테 유쾌한 윙크를 보냈다.

"누구나 다 자기만의 특별한 날이 있게 마련이잖아요, 누나."
프래니는 약간 어리둥절해하며 그에게 웃음으로 화답했다. 하지만 그녀는 그렇게 뜬금없는 애매한 말이 해럴드답다고 여겼다. 그런 건 아무래도 좋았다. 중요한 것은 모든 게 비로소 올바르게 돌아가고 있다는 것이었다.

그날 밤 해럴드는 자신만의 일지를 적어 나가기 시작했다.

〈4권에 계속〉

 밀리언셀러 클럽을 펴내면서

지난 수백 년 동안 소설은 기묘하면서도 교양 넘치고, 자유로우면서도 현실에 뿌리 박고 있으며, 흥미진진하면서도 감동적인 이야기로 독자들의 사랑을 독차지해 왔다.

민담이나 전설 등에 비해 비교적 최근에 탄생한 이야기 형식인 소설이 순식간에 이야기 왕국의 제왕으로 올라선 것은 현대인들이 살아가면서 느끼는 희망과 절망, 불안과 평화 등 온갖 삶의 양상들을 허구 속에 온전히 녹여 내어 재창조함으로써 이야기를 읽는 기쁨과 더불어 삶을 재발견하는 즐거움을 주어 온 까닭이다.

사실 이야기를 읽음으로써 삶을 다시 생각하고, 삶을 생각함으로써 이야기를 다시 만들어 온 것은 인간이라면 피할 수 없는 숙명이다.

그런데도 최근 이야기의 제왕이라는 소설의 위기를 말하는 목소리가 점점 늘어나고 있다. 만약에 이 말이 사실이라면, 그리하여 사람들이 소설을 점차 외면하고 있다면, 핏속에 스며들어 있으며 뼛속에 틀어박힌 이야기 본능이 무언가 다른 것에 홀려 있음에 틀림없다.

사람들은 이제 이야기를 소설이 아니라 거리에서, 인터넷에서, 영화에서, 드라마에서, 광고에서, 대중가요에서 즐기고 있는 것이다.

'밀리언셀러 클럽'은 이러한 소설의 위기를 넘어서려는 마음에서 기획되었다. 국내뿐만 아니라 전 세계 각국에서 독자들의 사랑을 한껏 받은 작품들을 가려 뽑아 사람들 마음을 다시 소설로 되돌리고 이야기를 한껏 즐길 수 있도록 배려하였다.

'밀리언셀러'라는 이름을 단 것은 소설이 다시 사람들의 마음을 끌어 널리 읽히기를 바라기 때문이고, '클럽'이라는 이름을 단 것은 소설을 사랑하는 독자들이 이 작품들을 가운데 놓고 오랫동안 이야기를 나누기를 바라기 때문이다.

앞으로 '밀리언셀러 클럽'에는 예로부터 오늘날까지, 동양에서 서양까지 시대와 장소를 가리지 않고 널리 독자들의 사랑을 받아 온 작품들 중에서 이야기로서 재미에 충실할 뿐만 아니라 인간 본연의 모습을 확인시켜 줄 수 있는 소설들이 엄선되어 수록될 것이다.

이 작품들이 부디 독자들을 소설의 바다로 끌어들여 읽기의 즐거움을 극대화함으로써 이야기 본능을 되살려 주어 새로운 독서 세대를 창출하기를 바라는 마음 간절하다.

옮긴이 | 조재형

1972년 서울에서 태어났다. 숭실대학교 법학과를 졸업하고 전문 번역가로 활동 중이다. 『미저리』를 우리말로 옮겼고, 그 주인공인 애니 윌크스에 뒤지지 않는 스티븐 킹의 열성 팬이라고 자부한다. 스티븐 킹과 그의 작품에 관한 한 우리나라에서 가장 방대한 자료를 담은 팬 블로그(http://stephen-kingfan.tistory.com)를 운영하고 있다.

스탠드 3

1판 1쇄 펴냄 2007년 11월 23일
1판 5쇄 펴냄 2020년 4월 10일

지은이 | 스티븐 킹
옮긴이 | 조재형
발행인 | 박근섭
편집인 | 김준혁
펴낸곳 | 황금가지

출판등록 | 2009. 10. 8 (제2009-000273호)
주소 | 06027 서울 강남구 도산대로 1길 62 강남출판문화센터 5층
전화 | 영업부 515-2000 **편집부** 3446-8774 **팩시밀리** 515-2007
홈페이지 | www.goldenbough.co.kr

도서 파본 등의 이유로 반송이 필요할 경우에는 구매처에서 교환하시고
출판사 교환이 필요할 경우에는 아래 주소로 반송 사유를 적어 도서와 함께 보내주세요.
06027 서울 강남구 도산대로 1길 62 강남출판문화센터 6층 민음인 마케팅부

ⓒ 황금가지, 2007. Printed in Seoul, Korea

ISBN 978-89-6017-126-8 04840 (3권)
ISBN 978-89-6017-123-7 (set)

㈜민음인은 민음사 출판 그룹의 자회사입니다.
황금가지는 ㈜민음인의 픽션 전문 출간 브랜드입니다.